七支簪

尾羽 著

南方出版传媒
花城出版社
中国·广州

图书在版编目（ＣＩＰ）数据

七支簪 / 尾羽著. -- 广州 ： 花城出版社，2017.8
ISBN 978-7-5360-8411-7

Ⅰ．①七… Ⅱ．①尾… Ⅲ．①长篇小说－中国－当代
Ⅳ．①I247.5

中国版本图书馆CIP数据核字(2017)第174343号

出 版 人：詹秀敏
责任编辑：陈诗泳　张　旬
技术编辑：凌春梅
封面绘图：陈　卓
装帧设计：仙境书品

书　　名　七支簪
　　　　　QI ZHI ZAN
出版发行　花城出版社
　　　　　（广州市环市东路水荫路 11 号）
经　　销　全国新华书店
印　　刷　佛山市浩文彩色印刷有限公司
　　　　　（广东省佛山市南海区狮山科技工业园 A 区）
开　　本　880 毫米×1230 毫米　32 开
印　　张　12　1 插页
字　　数　280,000 字
版　　次　2017 年 8 月第 1 版　2017 年 8 月第 1 次印刷
定　　价　39.80 元

目录

江南这两个字总是带给人无尽的遐思。是淡烟流水，是弱柳繁花，是粉墙黛瓦，是一个丁香一样结着愁怨的姑娘，撑着竹伞悠悠步入雨巷时的回眸。

　　生于江南，生于苏杭，在外求学时，总有人问我，你的家乡是什么样子？江南又是什么样子？

　　我可以说断桥相会的许仙与白娘子，我可以说西泠桥畔的苏小小墓，我可以说和靖先生的梅妻鹤子，我可以说那些眉清目秀的姑娘惹人骨酥的吴侬软语，我可以说那些惹人垂涎的各色糕点……

　　我有这么多可说，可到最后，我却没有说这些，而是说了这样一个长长的故事。生于江南水乡（安乡）秦安镇的少女秦莫语，为了寻找十几年前其父打下的七支花簪，辗转霭安、蔺安、秦安、池安四地。在途中，她遇见了形迹可疑的外乡人莫之聆，共同达成约定，结伴寻找簪子的下落。在他们收集簪子时，却也拂开了簪子身上积攒的蒙蒙灰尘，揭开了被岁月掩埋的六段情和邂逅了六位性格迥异的女子。秦莫语与莫之聆一路相伴，一路走来，二人从相互猜忌、彼此利用到冰释前嫌、互为钟情。而他们各自暗怀的最后的秘密，却让这段情不知何去何从……

在开始写《七支簪》时，我没有预料到它会变成一个这么长的故事。

2015 年，坐在乌镇的乌篷船里，看着夜色下踽踽前行的花灯，我几乎是像做梦一般，看见了一个气质温婉的女子在桥畔氤氲润湿的雾气里，用她忧愁善语的眸子打量着这河水。

仿佛被什么触动，翌日，我开始写第一簪的初稿。我给了这个女子名字叫若漪，给了她血肉，给了她一个等待了一生的恋人。这是个关于爱情的故事，却不止于爱情，更多的是我报之以江南的感情。钟灵毓秀的江南将向往美好的初心融入我的血脉，而我想写下和她有关的美好，让更多无法来到江南的人看见她，看懂她。

抱着这样的想法，写完了第一簪，我没有停笔。女子是水做的，在与水为邻的江南里，有太多明媚温柔的女子，像春雨一般润湿了谁的心扉。江南的一大部分美好，由她们构成，所以只写一个定是不够的。

所以我便又开始我的旅程。乌镇、西塘、同里、塘栖这些水乡里，留下了我的足迹，而它们的影子也留在了《七支簪》里，像双簪里乘凉的菰雨轩的的确确存在于同里的退思园里，很多嫁娶婚俗也来自古镇的婚嫁博物馆。很遗憾最后没能把在这些古镇里"采风"到的很多东西写进《七支簪》里，只能粗粗地呈现冰山一角。

想起了在圣诞节看的话剧《恋爱的犀牛》，那天主演马路的年轻男演员站在舞台上最后对我们说："祝你们能在生活中找到那些能为之坚持的、美好的事情。"

　　这也是我对大家的祝福。一生太短暂，希望每一个人都能像我笔下的主人公一样，柔中带刚，待人温和柔软，却能坚忍不拔地追求自己的自由，坚持自己的理想。感激我找到了《七支簪》并坚持到了最后，希望你们也能找到属于你们的故事，并为之坚持。

　　　　　　　　　　2017 年 7 月于江南杭州月夜

楔
子

我第一次遇见莫之聆那日，与平素也无甚不同。稀松平常的太阳照样升起，稀松平常的秦安河照样闪闪发亮，稀松平常不讨喜的小麻雀照样叽叽喳喳地乱叫着，气得我连投了十几个小石子赶走它们。

　　唯一不能算稀松平常的是，我多吃了一碗老鸭馄饨煲。以至于我在跑路时，万分痛悔这个错误的决定。

　　徐府的人一路把我的簪铺从镇西撵到镇北，叫叫嚷嚷着，活像千百只麻雀一起来凑热闹："谁抓住这个丫头，徐府重重有赏！"

　　我一边咬牙切齿地加快步伐，一边又开始后悔，怎的就不长眼，接了徐家小姐的簪子小样。

　　安乡遍传，秦簪佑得女子情路通畅，完满姻缘。秦安的秦簪后人，总是如江南突如其来的一阵春雨，不知何时便在安乡现身，四处支起他们的簪铺，挂上不惹人眼的招牌。他们的簪铺被安乡人称作"秦家铺"。

　　秦簪却只为未出嫁的女子而做，以花与珠玉为饰。若是哪家公子向心仪的姑娘下了聘礼，定是要订一支秦簪放在其中。而姑娘嫁为人妇后，便以秦簪绾发，盼着与夫婿举案齐眉，白头偕老。

而我的祸事正也因这花簪而起。

一周前，我替秦安四大府之一的徐府小姐做了一支绞丝梨花簪，由另一大府的陆公子带去提亲。二人拟了婚期，今日便是徐小姐的出嫁之日。

可未曾想，陆公子却在大婚之日，携着刚到秦安唱戏的一个小生跑了，令整个徐府颜面扫地。徐小姐更是一哭二闹三上吊，只说要去跳了秦安河寻短见。

徐老爷不敢同陆府算账，却把心思动在了我身上，只说是我的花簪不灵，派人把我"请"回去理论理论。刚听徐府的小厮这么禀报，我便懂了他定是要捉我回去，随便借着什么缘由，让徐小姐拿我撒一撒气。

秦安谁人不知徐小姐刁蛮？我若是入了徐府这狼穴，以后也别想吃馄饨煲了。

于是逃为上计，只是那徐府的人却也丝毫不打算给我留条活路。

眼看着他们就要捉到我，我心一横，调头跑向船埠，随意在众多乌篷船中选了一条，趁着乘船的船夫还未回来，连忙藏身在后舱的卧铺下。

我屏息听着外面的动静。似有一人进了后舱，慢悠悠地走到我面前，却半天未移位置。

这不是徐府的人，便是包下船的主人了。

我刚在心中期盼着那些恼人的"麻雀"快点走，谁知他们就闯了进来，厉声诘问："喂！你快把那丫头交出来！"

我眼前的脚转动了一圈："丫头？哪里来什么丫头，这船上，便只有我与船夫。"

"我刚分明看见她跑进这艘船！也罢，或许公子并未瞧见。那你只需挪挪地方，让我们把这儿搜一遍，把那死丫头找到了，自然给公子放行。"

　　只听一声冷哼："哪来的野狗，来我这儿乱嚷就罢了，还要脏了我的地？我倒想有个姑娘陪我上路，只是这青天白日哪里凭空就生出什么姑娘来？你们脸上的眼睛都是摆设罢？"

　　"你！"为首的小厮被他挑衅似的话语激怒了，似乎不打算轻饶他。

　　我本以为会有一翻厮打，正犹豫着要不要出去，却又听那如淙淙泉音的男声道："也罢也罢，破财消灾。若是你们肯行个方便，这些银票，便是你们的了。"

　　舱内一时肃静无声。

　　不过没一会儿，就听见密集的脚步声伴着抽取银票的声音响起，夹杂着一声："算你小子识相。"

　　我长吁一口气，看着替我解围的人也走了出去，似是在确认那帮人是否真的走了。正想寻个空子逃出去，岂料，这时船却突然挪动了。

　　我大惊失色，正想钻出去，却见那脚又向我踱来，只得再度回转身去，憋屈地再度蜷缩在床铺下。

　　船夫一句悠悠的"开船"，我却如遭雷劈。如今该如何是好？看来只有趁那公子睡着了才能逃出去了。

　　虽是多吃了一碗馄饨煲，被他们这么一折腾，我的肚子又咕咕叫起来。尤其是船舱的主人此时正在啃一只叫花鸡，定还是用茶叶一起烘烤的。茶香掺杂着肉香四溢在舱内，直往我鼻子里灌，无声地引诱我。

我垂涎欲滴地更加痛恨素未谋面的陆公子：当什么不好，偏要当个断袖！连累我沦落到这般田地。

仿若老天听见我心里的嘀咕。一只鸡腿被那公子不小心掉到了地上，滚到了我手旁。我挣扎了许久，终是饥不择食地拿起，一口便咬下去。

哪知我咬到的，却不似鸡的味道。我反应过来抬起头，正和蹲下身来捡鸡腿的少年打了个照面。他的手握着鸡腿，而我的手握着他，手已被我咬出了血渍。

清俊的少年，不过二十岁的光景，一边用绢帕包裹住被我咬出的血痕，一边打量着我，眼神却极为慵懒，将半盘叫花鸡都递到我面前："喏，还有的是，吃罢。"

我垂涎欲滴地看了看，刚打算伸出手，盘子却又被他拿走："叫你吃，你还真不客气了？"

我不好意思地垂下头："我……"

"不过藏了这么久，也真是难为你了。"他撩起鸡腿在我面前毫不顾忌地大快朵颐，仿佛是为了刺激我，故意吃得特别响，"本少爷今日心情还算过得去，便不与你算那笔账了。"

"你早晓得我藏在这儿？"

"我的眼睛可不是摆设。"

他还是懒洋洋地不用气力答话，"况且，"他不知从哪里举起一本小册，扔到我面前："这是你落的罢？"

风突如其来地从窗缝漏进来，如一只温柔灵巧的手掀开书页。

"芙蕖，出淤泥而不染，绝尘脱俗。"

"牡丹，花中之王，冠居群芳；芍药，花中之相，风姿婵约。"

"水仙，凌波而生，清丽高雅；山茶，傍山而生，艳丽如锦；昙花，月下美人，一生一现。"

"合欢，相思绵绵，此情不绝。"

我沉默不语地和他一起看着这几近被我翻烂的册子，这七支簪子的图样，由我阿爹亲手所绘。也是他，写下了花语。

而两年后的今日，我又在这乌篷船上虔诚地写下这些话语：

有翡翠芙蕖簪一支，予清高者，秦若漪。

有宝蓝琉璃芍药簪一支，银鎏金掐丝牡丹簪一支，予矜贵者，予福薄者，苏伊洛，苏将离。

有白玉镂雕水仙簪一支，予质洁者，叶汛澜；玲珑点翠山茶簪一支，予烈性者，余年年；金丝攒珠昙花簪一支，予恒志者，云昙。

"有合欢纹银簪一支，予寻簪者，予相思者，予天下有情者。秦莫语。"

唯独这句话，许久前我便已写好。

"秦莫语。" 两年前他读出这句话，对我说，"这名字取得倒还算好听。"

一簪

孤灯清夜芙蕖寐

壹

我几乎是抢一般生生把那小册藏到怀里，像暴露了什么见不得人的秘密："家父信手画下的，只不过是些无聊玩意儿。"

他扬了扬唇，不置可否，只是信手展开桌上的折扇，轻摇着同我道："我倒觉得挺有趣的。刚翻看了两三遍，竟还有些爱不释手呢。"

明明早就瞧见了我，还故意将我冷落在床铺下，明明晓得我饥饿交加，还故意如此这般作弄我。

此时我的怒火随着他这句轻描淡写的话熊熊燃烧："公子莫不是以为救了我，便可以肆无忌惮，像个无赖流氓一样，随意翻看我的贴身之物？"

"我自然不这样觉得。"他放下折扇，"我可从未想救你。只不过不想让那些野狗脏了我的船，误了我的期。不过现下你这样讲，我倒是觉得，你仿佛是欠我一个恩情。本来，我若是早些把你揪出来，也省却现下这许多麻烦。"

我气得脸色铁青："好，我秦莫语一向不喜欢欠人东西。你给了他们多少？我还上便是。"

他收起折扇，捏着手指，忽然极快地从我头上取下我前些天刚雕刻好的木簪："你未必还得起。这簪子，权当抵了你的债。等到下一个船埠，我便把你放下。"

我一口气没提上来。原以为他不是什么善类，却这么轻易便放过我？

灌进来的清风又把我散落的青丝吹乱。我忽然想到什么："公子，又是要去哪里？"

他把玩着那支簪子，语气忽而柔和："池安。"

我又是大吃一惊，难以置信："池安？"

池安，我本欲五日之后去的地方。

冥冥之中，天意难违，我已被推上这漫漫寻簪路。

"既是如此，若是公子方便，便也将我带去池安罢。"

他狡黠的目光徘徊在我身上，语气又多有揶揄："那便要委屈秦姑娘，和我这个无赖流氓凑合半宿了。"

这人果真不是什么善类！记仇如此！

我叹了口气，想要做小伏低："哪里的话？刚刚是我出言不逊，公子大人有大量。"

他皮笑肉不笑地说："秦莫语，你还只是个小丫头片子。想骂的话，全都写在脸上了。"

未等我反应，他就起身走了出去："可惜，我便不愿和你这样明里装得乖顺，暗里不知怎样可劲骂我的人同处一室了。剩下的鸡屁股，你想吃便吃罢。明日到了船埠，船夫自会来叫你。"

他虽是又帮了我一回，可我只觉得更加气恼，却又不能指着他的鼻子大骂。

看了看被他吃剩的鸡屁股，只觉得一口气堵在胸臆，快把我给活活憋死。

翌日一早，船只悠悠地停稳在池安的船埠。

我一人从船舱中出来，向船夫道了谢，便心急火燎地想要从船上一步跳到岸上。

谁料我终究是心太急了，险些踏个空，幸而被背后的人扶了一把："哟，这样心急呢，姑娘。"

我转头定睛一看，更没好气地亟亟从他手中挣脱出来，不冷不热一句："多谢。"

他一把又抓住我的手臂，不让我走："好歹有缘相聚，敢问姑娘一句，来池安又是为了何事？"

"我们不过萍水相逢，今日相聚，随后又是擦肩奔走，不复回头。公子不必理会我的无聊事，就像我也不想知晓公子为何从秦安辗转来此，又要去办什么无聊事。"我再一次硬生生打开他的手，"后会无期了，这位公子。"

我记忆里的池安镇，朦胧得像一缕抓不出的轻烟，在池安河的怀里风吹即散。池安像是秦安的妹妹，同样的眉清目秀，同样的安静恬淡。唯一不同的是，池安的岸头在夏天会被一河更为艳丽的红莲所湮没，徒留轻烟一样的香，抓不住。行舟石桥下，红莲香染襟。

"劳驾，阿婶可知莫氏大宅如何去？"我寻了处无人问津的卖茶的铺位。

阿婶有点困惑地睁大眼睛来将我望着，脸上的皱褶都挤到了一处去："莫氏大宅？"

　　我连忙解释道："就是商贾大家，安河都闻名的莫氏，阿婶你再想想。"

　　她低下头用白瓷碗盛了碗茶："你说的是镇南的莫氏，还是镇北的莫氏？"

　　我不晓得如何答话，一时间愣住了。但是反而她又接起了话："勿论是哪一个莫家，都不在了。镇南的莫家，十几年前就散了；镇北的莫家，十年前也迁往外处去了。姑娘想要找谁？"她用木勺搅拌着大桶的茶，自始至终没有看我一眼。

　　"莫氏秦若漪，二十年前嫁入莫家的秦若漪。阿婶你可知她现在在何处？"

　　白瓷碗一下跌落在地，一大波的水花汹涌出碗沿，刚巧溅在一位女子身上。

　　她似是正拿着一幅画路过，一边展开细看，一边分心走路。没料到这飞来横祸，不仅脏了她的衣服，还累及她手中的画像。

　　我还未有反应，一个巴掌就生生打到了对面阿婶脸上。

　　是那女子的贴身丫鬟。女子显然是哪个大户人家的小姐，横眉冷对被打的阿婶，想说的话却全借这飞扬跋扈的丫鬟说了："哪家的老婆子，这么不懂事体？端不动茶碗，还出来卖什么劳什子茶？"

　　说着便举起手还想再打，我看不下去，横在两人中间："得饶人处且饶人。小姐的衣服，我便替阿婶赔了。"

　　"你以为我们稀罕你的破钱！"丫鬟快把白眼翻上天了，"我们才刚从秦安请了安乡第一的画师为我们小姐画了幅小像，想着送去给小姐的心上人。没曾想还未走出几步，就被这鲁莽妇人弄成这模样。若是因此坏了我们小姐的姻缘，你们就是想赔也赔不起！"

　　"安乡第一画师，也就如此的水准？"一旁被打的阿婶忽然出声，指着那画大笑，"姑娘还是不要辱没画师二字了。不过物以类聚，人以群分，三流的画师，配小姐这样的人物，倒也算绝配了。"

"你！"那小姐的脸色更为阴沉，而那丫鬟看她眼色，便发了蛮力想要教训她，却被我先一步推倒在地，也一起拽住我，和我纠缠起来。

这么多碗老鸭馄饨煲，从来都不是白吃的。

眼看我便要占上风，那小姐趁我不备，便打算自己动手教训阿婶，一脚就把她踢倒。

阿婶惊呼一声，那小姐却是一边抬起脚便要往她手上踩，一边还骂："不长眼的老东西！嘴还这么硬！"

我被那丫鬟揪住了头发，焦急之余闭上了眼，不忍看惨剧上演。

那意料之中的惨叫却未来临。

"姑娘所要不过只是一幅画像，又何须做到此等地步。老天长眼，你若出了这口恶气，坏的始终是自己的名声，也是自己的善缘。"

这声音十分耳熟。

三番四次挑衅我的怪人手执他形影不离的折扇，挡住了小姐的腿。脸上虽挂着笑意，我却看到了那笑意底下冰冷的寒意："我虽在安乡排不上第一，但也曾跟随名师学画五年有余。若是姑娘不嫌弃，在下便替姑娘作了这画，可好？"

那小姐最后居然拿了他画的画，万分欢喜地同丫鬟走了。走前还再三道谢，连称他比那安乡第一的画师技艺高超。

我看着她们大相径庭的态度，不免也在心中冷笑。若不是他的一双桃花眼生得勾魂夺魄，那小姐当时才不会信了他的鬼话，让他给她作画。

皮相这玩意儿，有时用起来，比银票顺手得多。

解决了这一场风波，他才想起同我打招呼："不曾想，秦姑娘晌午还刚说过再也不见，现下却又是好巧不巧地见着了。"

我冷哼一声，不想睬他。

一旁的阿婶却看着他，似有些出神，出口相问的声音也突然颤抖："敢问公子，可是……可是……"

他看着那阿婶，神色却不像先前那样自然："只不过是个偶然经过的异乡人，或许与阿婶有缘，多做了这好事一桩罢。我还需赶路，若是我走时阿婶还在，我定会记得，来你这儿讨碗茶喝。"

"哎！"阿婶急急追他，因追得太急，跌落在地。

他却倏忽一下，入了这茫茫人海，便了无踪迹。

我连忙打算扶起她，她却不动身，只是坐在地上怔怔地问我："方才，我忘了问你，你是秦若漪什么人？"

"她娘家的亲戚，我唤她一声阿婆。"

"她半月前已去了。"

"去了？"

阿婆已经死了！在她嫁入莫氏后，我姆妈就鲜少收到她的消息。

光阴荏苒，物是人非。

她起身，给我盛满一碗茶："姑娘将这碗清茶喝了罢！前路漫漫，若是赶得及，便去莫氏祠堂为你阿婆上柱香。你阿婆，这几年，过得很苦。"她将茶递给我，"我做不了什么，还请姑娘为我向你阿婆问个好。"

我一时无言，只得接过那碗茶，一饮而尽后问道："阿婶能否同我说，这十几年，我阿婆发生了何事？"

"我终归只是个局外人。听得的事情又如何能当真？"她抽走了那只白瓷碗，"姑娘可去镇南辛湾桥边的莫氏祠堂为你阿婆上香。若那时还没有答案，再来这里寻我。"

"多谢！"

一路上我同很多人问路，他们也与阿婶一样，带着疑惑的眼光望着我，好像我是一叶误入迷途的小舟，失了方向却又要执拗地往前行。但他们还是好心地替我指路。

行了很久才到莫氏的祠堂。木匾上金漆写成的字已经晦暗不清，沾染上时间的灰尘，而朱木曾经艳丽的红也像深闺的怨妇嘴边那一抹褪去的残妆，失去了当初的明媚与光泽。

祠堂非常的阴冷，仿若有夜雾侵袭。我费力地辨认哪处是阿婆的灵位，哪处可以让我询问这个亡人的灵魂：阿婆，你在何处？这些年来，你过得究竟如何？

"莫氏族老向来不允外人踏进这里一步，尤其是女人。秦姑娘违背了族规，可怕被族老惩罚？"

未来得及反应，我就看到一面展开的折扇，大片泼墨化成坚硬的磐石，孕育挺拔颀长的翠竹，竹叶姿态恣意。仔细辨认一下，顿觉眼熟。我不由自主地惊讶出声："怎么又是你？"

一抬起头，未出我所料，这个阴魂不散的人果然又活生生地站在我面前，不由得让我心生疑惑："你？又在这里做什么？"

"先前忘了自报家门，在下莫之聆，是池安莫氏之后，和家父迁出安乡已久，这次特意受他嘱咐回来拜祭先人。倒是你，"他扇着扇子围着我转了一圈，最后定定地站在我前方，收起了扇子，"啪"的响了一声，"你又有何贵干？若无事乱闯进来，请姑娘出去，不要打扰先人们的清净。"

他竟是莫家的人。

我觉得心里一阵怒火无法抑制，他怎么偏偏要挡在我面前一而再、再而三地同我作对，偏偏他还有无数的正当理由和借口。

我只得装作心平气和地说："秦安秦莫语，今日来祭拜莫氏秦若漪，无论如何，请你行个方便。若先前多有得罪，我同你道歉。"

他终于不再那么可恶地笑了，反而脸上有一丝愣住的神情："你说，你祭拜的是谁？"

"秦若漪，"我盯着他与纸扇上的墨色如出一辙暗沉的那双眼睛，突然有点不敢再说下去，可能是为了掩盖我的害怕，我又重复了一遍，"秦若漪"。

"哦，"他笑了笑，从那种木愣的表情中恢复到自然，"我不认识什么秦若漪，原本来祠堂也只是替远房亲戚上柱香。既然如此，我权当什么都没看到。"

我心底没缘由的奇怪更加地汹涌而来，但我也可以当作什么都没有看到。

他是一个奇怪的人，奇怪的名字，奇怪而变幻无常的情绪。

我又反反复复地按着顺序把祠堂看了一遍，但还是不见阿婆的牌位。既然女眷不允入内，又怎么会允许放女眷的牌位，但阿婶又不像在扯谎。我绕过了莫之聆站着的位置，又认认真真地看了一遍，这才发现我忽略了莫之聆面前的那排。我小心翼翼地从侧面看过去，他正拿着柱燃着的香神情专注地鞠躬，而在他鞠躬的一瞬间，我看见了阿婆的牌位，正好在那一列的最后一个。漆是新上的，木纹质地清晰。我站上前去想看得更清楚，却被他的目光逮个正着。

"怎么了？秦姑娘眼神不大好使？要不要我大声地对你念出来，这是你阿婆的牌位？"他睨着我冷笑了一声，把香插在了上一排誊写着"莫兰"牌位前的香炉上。

"可你明明说你没看见。"我总觉得他在向我撒谎，或是隐瞒什么。

"秦姑娘，那就权当我又耍了你一次好了。后会无期。"他又冷笑地看了我一眼，拂袖而去。

"你！"燃着的香腾起了烟，烟雾缭绕，使得这间祠堂更加的迷离。我追不上他的步伐，只能在阿婆的牌位前良久地沉默。

夜色下的池安镇睡去了，独独留下我这个未眠人在打更声中踽踽而行。沾露的青石板大街带着戏谑的寒意，像莫之聆最后看我的目光一样傲慢冰冷，让孤独的过客只身于虚无的痛楚中无法靠岸。夏日的夜，皓月当空，银色的光华是一匹绵延不断的素绢，缠绕在红尘中无法踏上奈何桥的亡魂们身上，系扣于他们和安河之间，让他们无法喝下孟婆汤渡桥，永久忘记人世的灯火阑珊，忘记他们盘虬卧龙扎根于某处的执念。

阿婆，我诚心地祈祷，你会是他们中的一个，哪怕是亡魂，我也不惮你用如何可怖的面目站在我面前。虽然我们素未谋面，但我晓得，在漫漫红尘里，我可以看见，认识，触摸到你一缕缱绻此处的魂魄，勿论如何幽眇。

我身处路口不知再往哪里走。我总以为上天永会安排好我的命运，我只要闭着眼睛一路走到头，总会看见我要的东西。但是现在我失去了——我连阿婆的魂魄都无法遇到。

<h1 style="text-align:center">贰</h1>

"万家灯火明，兰舟桂棹水伶仃。迢迢暮暮青城雨，念念朝朝蹒跚渠。古巷月夜风满塘，异客多离伤。"

我轻轻哼唱着小时姆妈对我唱过的小曲儿，让我落下的脚步声显得不那么的空荡而落寞。

身后有轻微的门吱呀的声音，随后有一个温婉低沉的女声响起："姑娘请留步！"

我回过身去看，正迎上明月的万千光华，一位满身着白的中年阿婶站在我面前。她约莫四十岁，比我整整矮了一个头，身形矮小而干瘦。而她长的模样仍是小巧玲珑，一双细长狭窄的丹凤眼，稀疏淡淡的眉毛也是细细的一条，几乎看不见，尖尖的下巴上也尽是褶子，显得她小小的脸宽松了起来。满身白色的她，几近和月色融为一体，而发髻上绑的白结，好似一只摇摇欲坠的白蝶，即将葬身于这黑暗的夜。

"阿婶找我有何事？"我看着她一脸着急地追回我，想必定有蹊跷。

"哦，"她望着我若有所思地说，"姑娘刚刚哼唱的小曲，我在屋里听见了。这首曲儿，在池安会唱的人不多。看姑娘的打扮，是从秦安镇来罢？"

"阿婶猜得没错，我今日刚到池安镇，人生地不熟。夜路太长，唱首姆妈留下来的小曲，为自己壮壮胆。"我用手扶了扶滑下来的布包，答话道。

"你是秦安镇的人？"她打量着我，问道，"那可允我问一句，你姆妈是何人？"

"我姆妈自幼在秦安镇长大，故姓秦，单字一个宁。"我神色自若地答道，没想到她激动地伸出手搂住我。

"阿语，你都长这么大了，大得都不认识诺婶了。难怪了，难怪。"她忘情地喃喃着，温柔地抚摸着我的背，让我有一瞬抛却了孤单的悲怆，想要在她同姆妈一样温暖的怀里哭。

是夜，终由诺婶，在昏黄烛火里，讲起了我阿婆的故事。

叁

阿语，二十年前，你阿婆真真是个美人胚子。一双杏眼藏清明，柳眉弯弯捎春风。樱唇皓齿麝兰香，滑如凝脂肤赛雪。总之，秦安镇的黄花姑娘里，当属你阿婆最美。

虽说你唤她当唤的一声阿婆，但其实她比你姆妈大不了多少，只差了两三岁。我比她稍小几个月，一直是她贴身的丫鬟。你姆妈是她房里的另一个小丫鬟，当时我们共同服侍她，叫你阿婆一声小姐。故是这样，我想你姆妈为了尊敬，才让你大一个辈分，喊她阿婆。

你阿婆当时家中并未出现变故，贩茶、船坞、绣庄、当铺这四样生意，一样也未落下。人家都是挑一经营，可是我们的老爷却将四样生意打理得井井有条，可想当年秦氏的家世多有根基，家底有多富足，能承受得了这么大的耗资。

小姐虽是二房太太所生的孩子，却和正房太太所生的少爷一样受老爷宠爱。或者说，秦宅上上下下的人都很喜欢她，包括她的大娘，也就是正房太太。小姐性子太好了，从不对下人耍什么小性子。而且小姐很聪明，不仅琴棋书画，连绣花下厨也在行的。她常常熬莲子羹给所有人喝，大家也是说不出的喜欢。

但是小姐十七岁那年，未意料到的事还是发生了。那年开春雨水不足，明前茶根本没有意料当中的收成，之前投下去的钱一无所得。而河道上频频缺水断路，船坞的生意也无法做下去。这年老爷欠下的债已经超出了秦家偿还的能力，债主们说什么也不肯延期，甚至钱庄有交情的人也执意要老爷还钱。焦头烂额之下，老爷气急攻心一病不起。秦家人人都乱了阵脚，除了小姐。

表面上看小姐像什么都没发生一样地端坐着，但是我晓得她比谁都着急。偌大的家业即将散尽，生于秦家，长于秦家的她，不能不怕。

然而，上天有好生之德，他还是给老爷留了条后路。池安镇的大户人家莫家老夫人来秦安镇新建的月老庙求姻缘，途中正遇上小姐在街头卖字画。镇中看热闹的不计其数，却没人愿意买小姐的字画，可小姐还是笑吟吟地站着，不发一言。我们这些下人都劝她死了这条心，毕竟字画能卖多少钱去弥补亏空？况且，一个未出阁的黄花闺女，又怎能抛头露面地在街头卖字画呢？可是小姐的固执，不是我们能劝得住的。

莫老夫人一时好奇，让侍从驱散了围观的人群，走上前去细细看小姐的字画，一边看，一边笑着说道："这位小姐的书法，苍遒有力，竟不像一个姑娘家写的。今日卖出去几幅了？”

小姐抿了抿唇：“未有一幅。”

老夫人轻轻摸了摸那上面的字，道：“既然都晓得别人看的是热闹，为何还在街头卖字画？一个未出阁的姑娘，不怕闲言碎语吗？”

“家道中落，不得已而为之。父兄如今焦头烂额，我一介女子无力分担，也只能卖卖字画了。同这些比起，名声又算什么？”她卷起了其中一幅字画，捆绑好递给老夫人，“夫人拿好，一路慢行。”

老夫人微微阖了阖眼，示意侍从把画卷收着，自己摸着手上的玉镯说道：“老身今日没带钱，小姐的字画，恐怕是付不起了，这只玉镯，”她取下玉镯扣在其他铺展开的字画上，“就当抵这幅字画的价钱，可好？”

“不必了，”小姐拿起镯子递到老夫人面前，“难得有人赏识我这个只懂皮毛的黄毛丫头写的字，权当送给夫人玩了。其实我身后当铺里的作品，出于名师之手，或是沧海遗珠合太太眼缘的也大有，太太若是有时间，可到那里去看看。”

“不，”老夫人用手挡在了镯子面前，“这算是我送小姐的礼物。这只玉镯是我本家祖传的，也请人开过光，逢凶化吉不在话下。收着它，你们秦家自能雨过天晴。”言罢，她径直在侍从的簇拥下离开了。

只剩我呆呆地看着这只玉镯，问小姐道：“小姐，要我追上那位夫人吗？”

小姐的手指轻柔地抚摸着浑然天成的玉做成的玉镯，摇头道：“不了，阿诺，今日去当铺查查账，然后收摊便罢。”

不过三日，莫家的聘礼和求亲的媒婆就到了秦宅。莫家虽然家大业大，但子嗣不多，老夫人膝下只有一对儿子，大的早年自己扎根在镇北，小的留在莫家照顾母亲。而小儿子的媳妇故去得也早，莫家老爷未再续弦，只留下了一个儿子，也是莫家唯一的少爷，唤作莫懿。作为莫家的独苗，自然是千万宠爱集一身，打他出生就未吃过什么苦，虽然没娘疼，也少不了老夫人的疼爱。

莫懿被惯成什么样子，自然不必多说。最离谱的是，他一贯自由散漫地过活，十指不沾阳春水就罢了，连经营生意也不屑学，成为了莫家一块不可不提的心病。偌大的家业，无人能继承，眼看多年的繁荣就要毁于这个纨绔子弟，莫老爷坐不住了。在三年前，莫懿与莫老爷最大的一次争吵发生了。莫懿当时十八岁，自认自己也算能做得了主的大人了，当即求老夫人供他出国读书。

安河一带一向有个不成文的规矩，阿语你不会不晓得。安乡的人们不愿意让外人进来，也不许这里的人出去。为了维持传统，进这里和出这里的人，要缴纳一笔"过路费"，数目大得惊人。

莫懿的要求，老夫人一开始怎样也不愿点头同意，莫懿好说歹说，最终老夫人才松口了。但出钱供他读书的要求是，以三年为限，三年后莫懿一定要回来。

而老夫人的那只镯子，其实就是向秦家订婚的信物。老夫人自知这个混账的孙子没有人帮持，再大的家业也会败光，待她百年之后，无论如何也没脸去见故去的祖宗们，所以必要有一个懂得持家之道的孙媳妇来重新撑起这个家。

小姐就是那个合她眼的人。

秦宅的正堂顿时挤满了人，秦家上上下下的人，包括病重时不时咳嗽的秦老爷也撑着身子勉强来了。大红的绣球包裹着莫老夫人的期许和聘礼，大大方方地被摆在了正中央，不晓得是沾着喜气兆，还是一团团惹人心烦的火花，行将把秦宅点燃。

所有人都觉得莫懿混账，劝小姐莫要接了秦家的聘礼，二姨娘哭得上气不接下气，只怕小姐接了这聘礼。

可小姐却对二姨娘说："出嫁的那一天，你才应当这么哭的。我会回门来看你的，姆妈。"

肆

婚期定在五月初五，正是端午节。

四月我还在忙着帮小姐准备嫁妆，你姆妈也帮着我打下手。

"床前橱、衣架、红橱、子孙桶、春凳、马桶、红桌、梳妆台什么的，内房家伙都备齐了。外房家伙画桌、琴桌、八仙桌、圈椅什么的，阿宁你要盯紧下人们赶紧同师傅订做。" 莫家在定下日子之后就给秦家下了聘金，数额足以让秦家度过这次的危机。大部分人都忙着去解决钱庄和船坞的事情，以至于那年的四月，我一个人忙得像两个人一般，只有你姆妈还能搭把手。

"何曾还有什么下人能够使唤的呢，"你姆妈把喜帖放在桌子上让我过目，"诺姐你将喜帖看清楚了，对对是否还有什么遗漏，我好同老爷回话。下午这一趟，看来还是要我去跑。"

我接过喜帖开始一一核对名字，我们请的都是秦安镇的亲朋，算是娘家人。一边对着名字，一边也与你姆妈扯着闲话："秦家虽然之前出了这么大的事情，嫁小姐却也破费，金珠宝簪、金指环、金柿底、金钗、金珠宝钿我细看也有三十对,银珠簪、银指环、银镯子也有十多对。"

"好歹也是秦家,人家都在说'百足之虫死而不僵',这些嫁妆并非靠莫家的聘金,早说秦家没钱了,这也不知闹的是哪一出。"你姆妈好像并不想小姐嫁过去,于是不停地在我耳边念叨,"诺姐,你怎的不劝劝小姐?小姐最听你的话了。"

"那床'百子被'做好了么?阿宁你还有闲跟我说这些?都定下来的事了,"我摇摇头用毛笔添上了秦家远房舅爷的名字,看着墨水均匀地晕开,"我既然陪嫁过去,怎么也不会让小姐受委屈的。备好针线了么?今日小姐要做'上贺鞋',就由阿宁你拿过去了。"

我还记得你姆妈当时俏皮地伸了伸舌头,但在她走出房门之前,我还是嘱咐了一句:"记得别再说什么不该说的话惹小姐伤心了,出嫁是喜事。"她停顿了一下,还是拿着针线走了。

五月初五如期到了,天公不作美,下起了绵绵密密的毛毛细雨,微微润湿了青石板的大街,又为这个日子添了几许哀伤。凤冠霞帔,木雕朱漆的龙凤花轿,锣鼓喧天,鞭炮齐鸣。十里红妆,需以五六十抬计。我领着媒人和喜娘走在前面,转头便看见嫁妆像一河的红莲,从秦宅开到莫宅,伴着哭嫁歌开得愈来愈盛:"女要嫁人姆妈哭,哭到三更十里铺。养女不知阿娘苦,日日忧心到迟暮。夫家到此多折路,阿囡难回寻阿母。"

为免小姐劳累,莫老夫人特地雇船在船坞等候送亲的队伍,故而不走陆路。岸头就是送别的地方,送亲的队伍只能到这里,莫家迎亲的队伍要在这里接上。一片哭声越来越响,我也听见小姐哽咽的声音合着哭嫁歌:"爹爹姆妈勿再送,漫漫回程情意浓。女大本就不中留，阿囡愿爹夜好梦。"规矩不准新娘揭开盖头下花轿一步，激动的大太太和二姨娘被少爷们死死拦住。空旷的安河上今日再没人赛龙舟，大家都早早在街边看小姐出嫁，这应该是数十年里最隆重的婚嫁。

接亲的喜娘吆喝道："秦家小姐要出嫁，三拜安河龙王爷求平安。移轿子喽！"轿夫抬着花轿上了大船，我跟着向送亲的老爷太太们挥了挥手，老爷向我喊道："阿诺，照顾好若漪啊！"风把他的吆喝拉得绵长，我的泪水也蓄在眼眶里，只能向所有人喊道："哎！"

然而，我们谁都不曾料到，踏进莫家大门的那一刻，也许真是一念之差，一生之伤。

小姐被喜娘背到了主堂里，因她盖着盖头，她看不到主堂里最让我感到害怕的一件事——莫家的少爷根本就不在主堂里，只有莫老夫人和莫老爷坐在扶椅上，看似喜又似忧地望着我们。

我突然觉得手心握着的绢帕要被汗水濡湿了，但还是帮着小姐下了喜娘的背。喜娘好像也有点不知所措，望着莫老夫人，不知如何开口喊话。小姐好像隐隐约约地察觉到什么，扯了扯我的袖子，压低声问我："阿诺，怎么了？为何喜娘不喊话？"

莫老夫人此时站起身，慢悠悠地径直走到小姐面前，握住了小姐的手："若漪啊，阿懿回来兴许是水土不服，病得下不了床。今日拜堂，只得由你拜了，可别怨我，也别怨他，我的乖孙媳哟。"

我们都还来不及反应，就听见一个男子朗声道："谁人说我病了？奶奶你真会说笑，替我娶媳妇，却不让我到场，这又算是什么道理？"

这是我第一次见到莫懿。莫懿虽是个纨绔，但样子并不差，身高约莫五尺四，剑眉星目，面如冠玉，留了短发，兴许是出国久了，穿着当时不流行的灰色西洋装束，两手随意地插着口袋，身子斜倚在门框上，说不出的潇洒。他的眼光带着嘲谑和不羁，我当时就在想，那双乌黑的眼睛怎么能放出这么恶毒却又不惹人厌的光芒呢？

他这样站了几秒钟，我们都站在一旁不发一言。待他扫视了一遍后，便大步流星地走到了呆愣愣的老夫人旁，一把掀开小姐的膝裙，一双小巧的三寸金莲乖巧而又静静地放在那里，衬着喜鞋上小姐亲自绣的凤凰，寓意百年好合。

老夫人这才回过身，拿起龙头拐杖不轻不重地打了莫懿的手，呵斥道："混账！既然病好了，为何不让下人通禀一声？贸贸然就这么来了，客人还在主厅呢，存心让别人看我们的笑话！"

我微微将小姐拢向我这边，莫懿不怀好意的眼光怎么看都让我发怵。他极轻地从鼻腔里发出"哼"的一声，摸了摸手背，答道："我莫懿要娶的女人，从来都不是裹着三寸金莲，要奶奶庇护的大家闺秀。你们信奉的是父母之言，我信奉的却是自由婚姻。拜堂是么？我既然不会穿上喜服，就不会拜这个堂！"

我感到小姐的手在我手里微微颤抖了一下，我还没来得及反应，莫老夫人打了一记很响的耳刮子，"啪"的一声让整个大堂一下更加安静，像暴风雨前的午后："混账东西！这么多年我舍不得打你，你倒是得寸进尺，登堂上脸！我也告诉你，能进得了我们莫家大门的只有若漪！"

莫懿更响地笑了一声，轻巧地扯下小姐的喜帕，随后三下两下就撕扯成几条长长的碎条，将它们抛在空中。一种诡异的暗红色弥漫在大堂，让人有种深深的害怕。他看着小姐，依旧还是那张充满了嘲谑的目光："秦若漪，你能讨得我奶奶的欢喜，可惜永远也讨不了我的欢喜。要么你坐着回门轿现在就走，要么就看着我把我爱的人娶上门。今天只是个开头，要是你赖在这不走，总有一天我能把你折磨到悔不当初。"

那种锦帛的碎裂声我至今都还记得，因为我好像看见小姐的一生也由此被撕裂一般。

莫懿潇洒走出大堂的样子，我没有看见。因为大堂里所有的人都忙着叫大夫来看已经晕过去的老夫人，手忙脚乱的人们都没有空来安慰这个刚进门就坐了冷板凳的媳妇。

伍

"他们说早膳都备好了，唤小姐去用膳呢。"我细细梳理着小姐的黑发，寻思着盘成怎样的发髻才好看。按规矩，出嫁的女人都不再放下长发，而必定要用头发绾成发髻，以簪相衬，以示身份。用玉簪的是官家太太或是官家小姐，用金簪或银簪的是商贾人家的少奶奶及夫人，寻常人家只能用粗糙的木簪草草一插，或改用梳篦。我随意在陪嫁的发簪里选择了一支银凤镂花长簪，既不像金一样惹眼，也够衬身份。

谁知簪子刚触及小姐的发鬓，她就开口："不必了。"

"不必去用膳了？"我在水镜里看她垂着头，小心地把簪子插进发髻里。

"我是说，不必插簪子了，"她自己一把把簪子拽下，扔到一旁，"给我插个梳篦就行了。"

"小姐，"我捡起簪子，试图重新插上，"这不合规矩的。"

"规矩？"她转过身来，站起身摘下我的梳篦，"我是连命都不信的人，还信什么规矩？阿诺，我瞧着你的就甚好，这簪子归你了，这梳篦就归我了。"

"恐被那些莫家的亲戚嚼舌头呢！"我唯唯诺诺地看着她，打死我也不敢要小姐的嫁妆！

"他们嚼舌头嚼得还不够吗？一个弃妇戴着银簪丢人现眼才更够嚼舌头的呢！阿诺，你晓得我不开心，就别惹我更不开心！"她很利落地把梳篦插到了她的发髻上，自始至终没看过水镜和我一眼，"去哪里用膳？"

"老夫人说，在她房里即可，不用去内厅了。"

"阿诺一个人服侍你，多少有些不方便，阿杏，你派一个老练点的供若漪使唤。"

我站在一旁看着小姐和老夫人在房里用膳，梅花糕的香味一阵阵地往我鼻子里窜。在这个时节看到碧螺春太过难得，谁都知今年茶叶收成不好，莫家的财力雄厚，可见一斑。

"是，太太我看着孟姐不错，手脚麻利，做事也没半点差错。将她派给秦小姐使唤，您看合适么？"站在老夫人一旁的孟姐毕恭毕敬地把甜汤端给老夫人，好身手，满盅的汤未洒出一滴。

"孟姐是不错，可是阿杏，不知是我年纪大了耳背，还是你最近口齿太不清楚了点？你唤若漪作什么？"果然好身手，这种情况下，杏姐还是一派镇定。

"是我口齿不清，方才唤的是少奶奶。太太，还要甜汤么？"

"今日的太腻了，你同厨房说说。明日多加一碟蝴蝶酥，我瞧着若漪喜欢吃。阿诺你也坐下吃罢，站着多生分。"

杏姐给老夫人用绢巾擦着嘴，小姐安安静静地吃着蝴蝶酥，没看我一眼。

我将手背在身后使劲搓揉着，说道："规矩不能坏，主人是主人，下人是下人。"

老夫人的皱纹挤作一团，盯着我明明带着笑意，却看得我毛骨悚然："你也晓得规矩不能坏？你也算是大户人家出身的丫鬟，给主子的梳妆打扮，规矩你不清楚么？"

我这才觉得脑门上出来了一溜的汗水，这时小姐终于插话道："奶奶，莫怪阿诺了。这是我的主意，她跟了我这么多年，哪会坏了规矩？"

"若漪，"老夫人握着小姐的一双玉手，轻轻叹了口气，"你何必委屈自己？戴个银簪又如何？你是明媒正娶的孙媳妇，没有人敢说什么。莫懿这个不孝子想闹，我就看看他多能闹！"她转了转小姐的手腕，问道："之前的玉镯呢？若漪你怎么也不戴着？"

"不是我的，终究不是我的。我们终究缘分不够，喝完这盅茶，我当坐轿子回去了。这玉镯当然不应戴在我身上。"

"若漪，你这是扇奶奶的巴掌。堂虽然未拜完，莫家还是我说了算，我叫你一声孙媳妇，他们怎敢不叫你少奶奶？"我瞄了杏姐一眼，看见她低下头，脸色有些难看。

"我掏心掏肺地同你说句话，你和莫懿结秦晋之好，我自然盼着你们白头偕老，'命里有时终须有，命里无时莫强求'。莫懿与你的路，我不晓得，但莫家与你的路，我晓得。莫家这么多的生意，若漪，我全交给你了。不管是报恩还是可怜我这个老人家，若漪，你答应我，莫要再提走了。"她笑着抹了把眼泪，"人老了，不中用，说着说着就不争气了。我晓得你是个乖孩子，还是个聪明的乖孩子，若漪……"

"是了，奶奶你莫哭了，我答应你，我明日一定来吃蝴蝶酥。"
她搂着已然苍老的老夫人，我看着，觉得终究有一日，她会变成她
怀中的老夫人，但没有人再能搂着她。

都道冤家路窄，我伴着小姐去轿厅时，莫懿就挡在半路上，拿
着鸟笼给里面的画眉鸟喂食。我暗暗看了小姐一眼，低声道："小姐，
换条路走罢。"

"无妨，低头不见抬头见，何必怕了他。"她整了整额边的碎发，
径直向前走去。

莫懿很不知趣地将一旁的藤椅放在路上，挡住了我们的去路，
一边逗着笼里啾啾在叫的画眉鸟，一边若有若无地说道："秦小姐
这是要回家了？一路走好，慢走不送。"

"莫少爷何必挖苦人？听说池安镇莫家名下珠宝铺子十处，钱
庄五处，船坞三处，绣庄十处，粮仓七处，茶叶、粮食买卖更不必说，
就连大酒家也造了四所。奶奶嘱托我前去弄清楚账目，我岂敢违背
她老人家的意思？莫少爷喝茶逗鸟，若漪不便扰你雅兴。"

说完，她拽着我一把往前走，却被莫懿拿着鸟笼拦住："站住！"
他站起身从下往上打量了她一遍，乜斜着蔑笑说："我莫家的产业，
同你这个外人有什么关系？不趁早打道回府，还妄想在这里分一杯
羹，秦若漪，够有本事的。"

小姐笑了笑，掀起膝裙用绣花鞋狠狠踩在了莫懿的黑皮鞋上，
莫懿痛得龇牙咧嘴地"呦"了一声，我暗暗在心里偷笑。

小姐却带着我径直往前走，不忘回过头来看着他说："莫大少
爷千万别轻瞧了三寸金莲，晓得痛了就挖空心思气我，别妨碍我干

正事，还是逗鸟有意思多了。"

"阿诺，今日上轿罢！"小姐在轿子中掀起帘子，同我招呼。

我吐了吐舌头："今日老夫人还说我不守规矩来着。"

"一切不是我担着么？上来罢？今日要跑腿的地方可多着呢！"她扬了扬手，轿夫扶着我上了轿。

"小姐，你刚踩得真重，他喊得我耳朵都聋了！可真解气！"我觉得偌大的轿子有几分宽敞，不觉舒服得打了个哈欠。

"今日可没闲心捉弄他。按着老夫人的嘱咐将铺子走一遍，都不晓得几时能回来。"

"这么多店面，当分几日接洽，小姐何必急于一时？"

"能快则快罢了。记着，今日给轿夫多塞点小费。"

那一晚我们并没有回去。我只记得在灯红酒绿、靡靡之音里，嗅着哪里的芙蓉花香便醉了，沉沉地睡去了。有人在我的梦里弹着琵琶，酒家女和着琵琶唱着曲儿，周围的人谈笑风生。

陆

第二天我一醒来就腰酸背痛，散了架似的难受，而抬头一看，小姐正伏在桌上用狼毫在账簿上写着字，我却已在她的床上睡了一觉。

"小姐。"我浅浅地唤了一声，许久以来，我都不曾这么放任自己睡觉了。

"醒了？"她还是没有看我，目光始终停留在账簿上，"昨日你在酒楼累得睡着了，只好烦轿夫把你架进来了。"

"小姐，你怎能让轿夫进来？还有，让我睡您的床，这……"

"又不合规矩？阿诺，你愈发像老妈子了。梳整好便去厨房取吃的，跟杏姐说我不去老夫人那里了。"

"小姐，你可是一夜没睡？"

她置若罔闻，但从她丝纹未乱的头发来看，我晓得她一夜未睡。我想念叨一句，让她当心身子，但她又会嫌我烦了。我本应守着承诺好好照顾她，让她一生无忧心安，让她如愿以偿，但到头来，却是她事事看顾着我。

端着蝴蝶酥回西厢房的路上，我遇见莫懿在后花园，不晓得正拿着什么稀罕东西四处把弄着。

在路上碰着这个冤家，我也不知该作何感想，只能低下头妄想绕开他，却又听他悠悠道了一声："看见少爷不行礼，秦家调教出来的丫鬟果真无礼。"

我只能端着食案向他心不甘情不愿地点了点头，道："少爷早！"然后我便想离开，懒得与他多作纠缠。

"这就想走了？"他随意地跳过了走廊上的围栏，一跃到我面前，端起莲子汤一饮而尽，"汤倒是不错，还能多放点糖。"随后又抓起蝴蝶酥吃了几口，让我看得哭笑不得。

"昨日你们小姐踩了我，我可还没算账呢！"他抹了抹嘴巴，坐在扶手上跷起了二郎腿，眯着眼睛看我，"你打算怎么替你们家小姐赔罪？"

"少爷，您把小姐的早膳也吃了，算我们向您赔不是。阿诺还要去厨房再端早膳来，我先行一步了。"我又向这个祖宗行了个礼，匆匆想走，果真又被他一把抓住。

"就这么着想了事？"他冷笑了几声，"你们家主子不出来赔罪，要你这个丫鬟道声歉有何用？"

"那按少爷的意思，怎样才算赔罪？"我真想扇这个无赖一耳光，却又顾虑他始终是少爷，只得客客气气地回答。

"简单得很，池安镇谁不晓得我莫懿好脾气，"他看着我，却一把将空碗摔到身后的假山上，"砰"的一声刺痛了我的耳膜，他拍了拍手，看着我笑得意气风发，眉梢随着那笑意上扬得如同那只白瓷碗的弧线，"把那些碎片拾掇干净了，不要让我在喂鱼、喂鸟、赏花、画画、吃早膳抑或走过长廊的时候看到任何的碎片，我和你小姐之间的事，就一笔勾销。若是能让我找到任何的碎片，我请你们，趁早带着你小姐的嫁妆滚出我莫家！"

早晓得莫懿是个不好惹的角色，但他刁难人的力气，一次花的比一次多，一次比一次狠，让人招架不住。明明他也晓得刁难我，就是在刁难小姐，却还是这样变本加厉，一而再再而三。我心里的怒气早就压抑不住了，小姐是我们秦家的宝，何至于沦落成莫家的草，被他莫懿踩在脚底践踏？

我用尽所有力气将食案朝他扔过去，他在惊异中灵巧地一个偏头，终究还是躲过去了。食案和空碟子砸在柱子上，应声四分五裂，散落在台阶上。我叉着手冷眼看着飞起的碎片擦伤了他的手，滴落的鲜血像点点红梅，妖娆地开在他的白衣服上，纵横交错。他低着头用右手捂住左手的伤，血沿着手指滑落，一种报复后的快感让我咬着牙齿暗自笑得开心："莫少爷，端食案久了手未免有些麻了，是阿诺不小心。莫少爷你都流血了，阿诺真不是有意的，让阿诺为你包扎一下可好？"

"要不要再用瓷片划我一刀更好？"他恼羞成怒地高高扬起那只带血的手，我闭眼等着那致命的一掌。下人就是下人，挨巴掌的事也在我意料中了。

可听见小姐的声音在我耳边响起："阿诺，我说今日的早膳怎么这么慢，原是你在和少爷寒暄。得罪了少爷么？怎的这么不小心？莫少爷见谅，秦家惯坏了这丫头，净在莫家撒野了。"

我抬头一看，小姐就站在莫懿边上，笑得比红梅更艳，还柔和地顺势按下他流血的手装作仔细查看："啊，还真不轻，阿诺，还站在这里干什么？快去拿伤药和绷带！"

未来得及应小姐的话，莫懿一把伸出手推开小姐，皱着眉凶恶地说："何须要你秦若漪猫哭耗子！"

"是我猫哭耗子又怎样？背着我欺负我的丫鬟，你也须问我这个做主的同不同意！你莫大少爷恨我，何须殃及池鱼刁难我的丫鬟？自己想赶人走，你也须拿出真本事逼我走，光用你那些刁钻伎俩，下辈子也妄想赶我秦若漪走！"小姐一改柔弱的本色，我诧异地看着她。

她十几年来从未发过什么脾气，我都以为她忘记如何发脾气了。我还痴痴看着她，却被她又牵住，几欲被她拉走。

"我莫大少爷是恨你！可惜我有本事也不敢与你比，秦若漪！"

我吃惊地转过头去看着莫懿，莫懿又变回那副懒懒散散的样子，斜倚在围栏上握着自己的左手，头斜靠在柱子上漫不经心地吐出这几个字，仿佛懒得看我们。

小姐听了他的话，转过身眨了眨眼，问道："你有什么本事，莫懿？

我倒想要领教领教。"

他望着远处的假山，面色里只看见冰凉清冷的笑意："他们对我说，你是大户人家的小姐，琴棋书画样样精通。我不想欺负人，秦若漪，琴棋书画，只要你能赢我三样，我莫懿以后就听你的话。但若是你输了任何两样，别让我看见你们这一对倔驴再在我莫家撒野。"

我更惊讶了，人人都说这不学无术的败家子最会的就是花钱如流水，比吃喝玩乐他敢认第二无人敢认第一，比琴棋书画还不是自寻死路？

"好，明日卯时你若起得来，我在这里等你，看你有什么本事。"小姐向我使了个眼色，我乖乖跟着她走，不敢再向后瞟莫懿了。

卯时本是蒙蒙亮的时刻，天才露出那么点的鱼肚白，我本以为莫懿肯定起不来。但出乎我意料的是，扶着小姐走出来，正对上莫懿那双乌黑的不怀好意的眼睛。他还是按昨天的姿势坐着，受伤的手缠上了绷带，而他以手支颐，仿佛在翘首以盼。我朝他身后望了望，除了来看热闹的仆人，一群衣着打扮有些不一样的女人正在花园里说笑。她们的面孔生得很，不是大宅里的人。而一个个浓妆抹艳，衣着鲜艳，轻纱花钿，并分别带着古筝、琵琶、洞箫，一看就明了是花楼里的歌姬。莫懿打的机灵算盘果然还是让我们着了道，虽说是比试，但也没说明不能让外人插手帮忙，分明是想以多欺少。

"今日秦小姐果然准时，我们先比琴如何？"他转过头去看那群叽叽喳喳的歌姬，笑意更深，"奶奶说她也想来瞧瞧，杏姐去扶她过来。就让她做个评判，可好？"

"悉听君便。阿诺，去将我的琴拿来，"她轻轻地在我耳边嘱咐了一句，"泡一壶荷叶茶给姑娘们润润喉，给奶奶端一壶龙井茶，千万别弄混了。至于莫少爷，他爱喝哪种就给哪种茶。"

我挠了挠头便去做了。回来的时候，几乎莫宅所有的人都在了，将花园围得水泄不通。老夫人坐在假山后的亭子里，一边品着龙井茶一边看着我们。小姐落座在花园的空处，我呈茶后就为她调试着琴。对面正是莫懿和歌姬们，喝茶喝得也欢快。莫懿放肆地随意拿起歌姬喝过的杯子，上面想必水泽未干，他丝毫不介意地大口饮啜着荷叶茶，一边喝一边还让歌姬塞糕点给自己吃，和那些莺莺燕燕笑得一样随性而放纵。

不一会儿，比试就开始了。

小姐弹起了那首《虞美人》。宫商角徵羽，勾托抹揉按，只看见她修长白皙的双手在琴弦上缓缓移动，高音低音错落有致，揉弦时，那颤音也让人听得心儿颤。我看见李煜在雕栏玉砌里，抱着他的春花秋月一起死。而小姐呢？她是不是在这亭台楼榭里，抱着她的闺梦一起死？我不能让自己再想下去，因为我怕我，也会抱着这样的痛苦而死去。人人都渴望做个潇洒不羁的红尘客，却终究还是做了自己的亡国君，背负太多太多命运的枷锁，死在自己的梦里。

这一曲很快终了，大家一时都怔得不知如何鼓掌。还是莫懿最先鼓起了掌，有几分倒喝彩的意思。

"秦小姐果然名不虚传，莫懿见识了。香冷，你还愣着作什么？"他朝自己口中扔了块糕点，"你们都可以开始弹了。"

"明明是以多欺少，大男人也不害臊。"我低声说了句，却被小姐传递来的眼神堵住了嘴，意思是提醒我别忘了昨天的事。

他们演的是《平湖秋月》。莫懿装模作样地拿了支洞箫比样子，不得不说，要是他没有把洞箫拿反了，我或许会信他真的会这么一手。弹着古筝的据说就是花楼的头牌，也是莫懿口中的那个香冷。头牌担的不会是虚名，更何况有这么多人撑场面，悲戚的乐曲缠绕在庭院深处，将之前《虞美人》的余音通通赶走。莫懿得意的神色更盛，因为他觉得输赢已分。

然而，进入最后的高潮时，古筝突然发出一声尖锐的啸鸣，最高的那根弦应声而断。本来神采奕奕的香冷捂着肚子汗水涔涔，大家都惊异地看着她。她痛苦地呻吟着，表演不得不暂停。一旁弹着琵琶的歌姬正打算扶起她，结果那歌姬居然也开始捂着肚子叫疼。她的呻吟声还未落，歌姬们全都面色突变，像着了魔似的都痛了起来，一个个挣扎着起来急急地问茅房在哪里。下人刚指了路，她们就争先恐后地奔过去了。

莫懿看着这一群人，又看了看我泡的茶，突然像明白了什么。他拿着那紫砂壶装的荷叶茶，狠命地砸在小姐面前，茶水飞溅，小姐却没有闪躲，纹丝不动地坐着，好在没有被溅到滚烫的茶水。

莫懿像只斗败了的小公鸡，红着眼怒问："是不是你在茶水里下的药？"

"笑话，"小姐看都没有看他，理了理自己的鬓发，用绢帕擦了擦古筝上的茶渍，"我一个老实人岂能做这种缺德事？莫少爷，无须以你的小人之心度君子之腹。"

"没做？"他怒极反笑，"没想到你还是个孬种，敢做不敢认，是我以前看错你了！"

"看错我了？你以为我是什么？打不还手，骂不还口？还是你莫少爷看不上的一条狗，再不济也只会朝你吠吠？莫懿，你太看高你自己了，也太看高你雇来的歌姬了，你们值得我去花钱买泻药来吗？我还怕脏了莫家的茅房呢！"

"你！"他再好的掩饰也已经被盛怒击垮，但最宠他的老夫人这次却置若罔闻，居然没有出手阻拦这出闹剧。

"我请你们喝荷叶茶，可惜你们大鱼大肉惯了，荷叶本就性寒，只能帮你们解解毒了。这想必也不是我的错，你们都问了阿诺是什么茶了，不是吗？不要说我做了什么，莫懿，是你欺人太甚！"

莫懿的脸色铁青铁青的，他从来没想到他眼中那株柔弱纤细的莲花居然是这么个狠角色！而那张铁青的脸霎时变得雪白，我能感到那种绞痛已经在他的腹部蔓延开来。他只能捂着肚子也往茅房走。

"站住！"小姐拿着绢帕拦住他，"你要是走了，就自动弃权后面的比试。莫懿，你想好了吗？"

"秦若漪，今天栽倒你手上，你莫得意！迟早有叫你还的一天！"他粗野地推开小姐的手，踉踉跄跄地走了。当然，他走后，仆人们没忍住笑，毕竟大少爷又一次丢人了。在哄笑中，老夫人和小姐都各自离去了。我看了看白墙黛瓦框出的那片蓝天，阳光正盛。

柒

"请莫少爷喝茶。"小姐斟了满满一杯茶，放在莫懿面前。

莫懿正用左手敲打着桌子，手上一枚西欧式的戒指十分引人注目，上面缀了颗纹理清晰的红宝石，折射出的光十分耀眼。他没用正眼瞧眼前的茶，而是凑近小姐冷冷地说道："秦若漪，你还嫌上次整我整得不够惨么？"

"我晓得莫少爷对我心存芥蒂，今日是菊花茶，不是什么莲叶茶。香茗须得懂茶人，既然如此，"小姐举起了茶杯，一饮而尽，"我就喝了这杯茶。"

"今日找我来，又有何贵干？"他的语气是满满的不耐烦，"就你这麻烦女人事儿多。"

"莫少爷还记得十天前打的赌么？你已经输了我，暂且看在你身体抱恙的分上，我自然懒得找你麻烦。既然输了，"小姐突然看向我，嘱咐道，"阿诺，风声太大了，你去把窗关上。"

"那还不是你暗地里玩阴的。"他从鼻子里发出这几个字。反正这位少爷就是不会好好说话，听他这么久了，我也就习惯了。

"哦？我一向学的就是'不择手段'的方法，也不怕你再给我加条罪了，到时候你撵我出莫家，还能更理直气壮些，"小姐又端起茶杯轻抿了一口，"明日就随我去各处账房看看罢！你现在都被禁足了，闲着也是闲着，倒不如出去逛逛好。"

"秦若漪，"他的语气里又多了些愤然，"你是不是觉得我天生就是个纨绔，学什么都学不好，还要你这个诸葛亮来扶我这个阿斗？查账记账这些事，我不是不会，只是不屑做罢了！"

"哦？"小姐笑不露齿，淡淡的如同夏风扰了一塘的红莲，"那你倒是同我说说，你为什么不做呢？"

"同你说了你懂吗？"他不耐烦地站起身，看着就是已经要走的样子。

"你信吗？"

莫懿停住了脚，奇怪地问："信什么？"

"奶奶说，她在月老庙里求来的姻缘签上说，我是你的良配，金玉良缘的良配，我嫁过来，是天定的旺夫旺子旺家宅。"

　　莫懿定定地站着，他不晓得怎么回答这个问题。从那一刻起，我晓得他只是个没长大的孩子罢了，嘴巴臭脾气坏，但再怎么样，他都不忍童言无忌地去撕破什么。他晓得，小姐有很多的委屈都源于他，但他无能为力。他是一只鸟，莫家却是一个大大的牢笼，而小姐无疑成为了一副更重的枷锁。他讨厌的并不是小姐，而是这个看不见底的宅子，和这个宅子交给他的沉重的必须履行的责任。他有的是文人的性子，千金散尽还复来，抑或今宵有酒今宵醉；可是既然冠了"莫"这个姓，他就要沉着稳重且精明老到，既要在无硝烟的商场上磨牙吮血，杀别人个片甲不留，又要老成温厚，装成一个大好人。

　　可是现在呢，他要说什么？是说，秦若漪，我不信，这不是金玉良缘的良配，是你可怜，怪不得谁？

　　"我不信，"小姐又倒了一杯茶，一口喝下，"什么金玉良缘，不过是一个笑话。莫懿，我倒信我们八字不合呢！"她拔下了银簪，痴痴地看着它笑，"本来，就该你走你的阳关道，我走我的独木桥，井水不犯河水，可惜天命硬要把我们凑成一对，多好笑啊！有时候，我倒希望我是你，一走了之。你何苦要回来呢？你留在外面多好呢！他们说，那里是金发碧眼的美人儿，数不尽的玛瑙鸽子血，纸醉金迷，花钱如流水，但也花得爽快！你不是有了喜欢的人吗？那就该带着她躲得远远的，走到天涯海角也莫要回头。我呢，我就守着秦安河的河水，夏天，我最爱红莲开满了一条河，比我的嫁妆还要红那么几分，像玛瑙鸽子血。我会守着秦安，守着阿爹，守着大娘，守着姆妈，守着阿哥阿弟，活该被抵债卖到那些债主家了也认命，但与你有什么瓜葛呢？莫懿，你真傻，真傻！你天生一个榆木脑袋，我不屑说了。"

莫懿重新坐下来，看着将头埋入臂间的小姐，第一次肯好好说话，并且还带着那么几分温存，乌黑的眼睛也写满了怜悯和不晓得怎么办的惶急："秦若漪，你又诓我。你喝的是酒罢？你醉了，醉了就赶快睡。你别哭啊，我不欺负你就是了。"他手足无措的样子带着憨劲，最重要的是，我还从没觉得他如此服软过。

"醉你个头，"小姐懒懒地抬起头，斜靠在桌子上，半真半假地说："我又何时骗过你？我一向不喝酒，更不会哭。你同意去账房了？"

"你这女人就是麻烦！"他一下又变回了原来吊儿郎当的样子，纨绔的嘴脸毕露，"同我姆妈一样。"

"应了就是了，"小姐好像没说过之前那番哀伤的话一样，拍着手笑得像有糖吃的小女孩，"阿诺，送客。明日叫轿夫早点来接少爷。"

"绣庄的账我瞧过……"

"哈——"长长的哈欠声打断了小姐与蓉婶的谈话，我在一旁瞟了不识相的莫懿一眼，数着这是第七个哈欠了。

小姐望了他一眼，继续同蓉婶说："我瞧过没问题，只是蓉婶要当心市面上的绸缎有问题，近来永南绣庄进了劣质的绸，绣品都被退回来了。"

"是，我会按您的嘱咐再查一遍的。"蓉婶接了账簿，低着头走了，经过莫懿身前的时候，她还是露出了不易察觉的鄙夷的神色。

"都三天了，还不适应早起呢？"小姐翻看着账本，拿起狼毫添了点什么，"一会儿叫阿浓给你泡提神茶喝。"

"无聊罢了，"莫懿捻着富贵树的叶子玩，"这些账簿是够费神的。阿诺不也在打哈欠吗？你只训我，真是主仆情深呢！"

我闻言狠狠地看了他一眼，还是忍不住又打了个哈欠，莫懿看到了扑哧一笑。

"别碰那叶子，风水先生都看过风水了，"小姐用账簿打开他的手，"前几日还吹嘘自己会看账，也没见你帮把手啊！"

"你不是不信的吗？"他缩回手，随意地坐在扶椅上，拿起了一个苹果大口地啃着，一边抹嘴一边说，"秦若漪，你晓不晓得你犯了什么错？"

"还会卖关子啊？阿诺，咱们去茗记点东西吃，莫少爷您就留在这里吃苹果吧！"小姐亲热地挽住我，装模作样地就要从他面前走过去。

"哎哎哎，"莫懿只能拦住了我们，"我说就是了。第一，"他把苹果扔到了右手，"据我所知，除了咱们的绣庄，其他绣庄并没有劣质的绸缎，如果有劣质的绸缎流入池安镇，没理由其他绣庄没进到劣质的。所以可见是有人中饱私囊，故意买了劣质的绸缎。"

"第二呢？"小姐饶有兴趣地挑拣了一个苹果，用手绢擦了擦。

"第二，你去了这么多粮店，没发现今年的粮食卖价都低吗？粮店本就够多了，今年又丰收了，这么多粮食一下拿到市面上抛售，价格自然卖的贱了。我若是你，自然囤积粮食，明年若大旱，定能卖个好价钱。"

"第三，酒楼向外放债，毕竟不同于钱庄和当铺，伙计都是少眼力的，收的假货自然多。长此以往，不仅当铺生意萧条，酒楼也亏在假货上了。"

"言之有理，"小姐把第二个苹果扔给了他，他猴急似的接过了，

"但是明年假若真的大旱，一下子把价格拉高，平常人家不就买不起粮食了吗？"

"你还有空关心别人死活，"他狠狠啃了一口苹果，吸溜一声响，"现在市面上粮食价格如此低，如果富商出手囤积，不需到明年，只要存粮不足，他们就会趁风头拉高价格，普通人照样买不起。"

"那依你看，是谁中饱私囊？"

"永南绣庄和茗苑酒楼就在隔壁，你不是吩咐人做了放外债的账簿吗？一查不就清楚了，谁借过债，出事之后又还上了。"他已经啃出了两个苹果核，抹了抹嘴，一副吃饱喝足的满意样。

"你这脑袋还真不是摆设，不像阿诺真的是个榆木脑袋。"小姐调侃我了一句，我涨红了脸，不屑地说："少爷喝过洋墨水，哪是我们这些下人能比的。小姐，趁早将生意转给他，我们回秦安罢了。你都没有回门，不想老爷他们吗？"

话一出口，我才觉得我真真是个榆木脑袋。没有回门，自是因为堂没拜成，严格意义上说，小姐若是回门，就是被人赶回来的，不是被丈夫陪着光明正大地回来的。这话当着小姐的面说也就算了，偏巧莫懿也在，就更让人觉得尴尬了。我的脸更红了，越描越黑地补了句："我是说，我俩还是抽空回去看看，省得老爷他们担心。"

"到时再说罢，先去吃饭。"小姐若无其事地第一个走出账房，莫懿却是一副心事重重的样子，背着手走在后面。

捌

那年的中秋，我着了风寒，都下不了床看中秋的月。他们都说，月是故乡明，那么看与不看又有什么分别呢？池安的月，明明就是秦安的月，但于我，我的心只装得下秦安的月。

阿浓端来月饼给我吃，是我最爱的花生嵌豆泥，但病着的我没食欲，只是靠在床上和她扯着闲："怎么这几天不见少爷出来走动？"

"呀，"这丫头嘴里塞满了月饼不得闲，鼓鼓囊囊地说，"他不是陪小姐回秦安了么？诺姐你不晓得吗？"

小姐在三日前回秦安省亲，我便是在那一日前着了风寒，她看我病得这么重，便让我留下安心养病，执意一个人回秦安。我心里还觉得难受，看她形单影只的一个人回去，又没人在路上照顾她，想撑着病陪她回去。但小姐的性子就是这样，还是趁天亮偷偷走了，为这我还生了好几日的气。我根本没想到，莫懿会陪着她一块回去。虽说这大半月，他跟着小姐做事，关系缓和了不少，但一码事归一码事，陪小姐回秦安，不就是承认了小姐是莫家的媳妇？这不是莫懿最不齿做的吗？

小姐在十日后回到了莫宅，可只有她一人，莫懿不见了。

老夫人和老爷问起，小姐只说，河灯节要到了，莫懿想带她去蘅安看一看。他先行一步，在蘅安等她。

既是小姐说的，大家便也都信了。果不其然，两日后小姐去了蘅安，而我也被小姐催着回秦安。一周后，她便也同少爷，先我一步一齐回来了。但是小姐再也没有踏进西厢房，而是直接搬进了东厢房。

我去秦安的那几日不必细说，就也好像是回了趟娘家。秦安的一草一木，从来没有这么熟稔而又陌生。这里是生我养我的地方，留着我的念想，存着我的泪、我的笑的地方，要是我也是只鸟，我反而愿意被这个牢笼囚着，直到终老。你爱的东西囚着你，你会以为一生只是一瞬，到了时间还舍不得走；若是被你憎的东西囚着，你会希望一瞬就是一世，恨不得下一秒就含恨而终，却也是解脱。

我回莫家的时候，已入了秋。秋凉如水，我只着了件薄衫，凉意渗入毛孔，我裹紧了自己，还打了个寒噤。打花园里走过，秋的银杏树已是黄叶纷纷，夏日的绿荫及珠圆玉润的莺啼都化作一夜老去的红莲，残妆毕露，绛红色的花瓣惨兮兮地陈尸在水塘里，无人清理。徒留阳光还是暖的，暖得教人落泪，摊开手握住它时，才感觉明天又有了盼头。

我转头一看，小姐躺在摇椅上，正睡得酣甜。恰好她就在银杏树下，风一吹，无数的枯蝶蹁跹起舞，落在她乌黑如墨玉的秀发上，和她睡在了一块。她只穿着薄衫，看得我有些冷。我向她走去，想把她叫起来，让她到房里睡。

即将把她弄醒时，莫懿突然出现挡在了我面前，并在嘴边竖了竖食指，示意我不要出声。我只得轻轻退后了一步，心中不免奇怪他又要干什么。

只见他轻轻拿起怀中雪白的狐皮披风，小心翼翼地将它盖在小姐身上。他那眼白极少的乌黑的眼一直望着小姐，眼波脉脉，倒映着小姐娟秀的面容，手上却是点点的轻柔，并未惊动小姐半分，反而将她的身子全都严严实实地裹进去了。看着她乖巧睡去的模样，莫懿第一次在我看来很心满意足地笑了，没有一丝丝的嘲讽和讥笑。他最后俯下身，用修长的手指缓慢地拨落她头发上的黄叶，斜阳正好投射下他的倒影，也将小姐裹得严严实实的。我看着没我什么事，便掸了掸包袱走开了。没走几步，我一回头，看见莫懿淡淡地却又庄重地吻了吻小姐的额，轻得不着痕迹，却又用尽了天荒地老的力气。那一瞬长久地定格在我眼中，让我开始怀疑，这究竟是假戏真做，还是莫懿心血来潮。

在秦安和蘅安发生的事情，小姐没有提及莫懿也没有告诉她，他曾经这么温柔地帮她盖过披风，拨落黄叶并且吻过她。

我很想晓得的一件事，就是从头到尾，小姐有没有爱过莫懿。她从来都没有告诉过我，她的心有没有那么一小点曾经为他沦陷；她是否觉得她的丈夫也仪表堂堂；她是否也感谢过他曾为她买了一支秦安的簪子——就是出自你阿爹之手，莫语。

一开始我觉得奇怪，不见她戴那支银簪，却戴了一支缀以红莲的翡翠簪。翠玉作叶，以衬红莲，多少恣意盛开的韶华，绽放于玉簪惊鸿一瞥的红，是支美丽的簪子。簪在小姐头上，格外好看。我问起，她只是说："莫懿买的，还是在阿望的铺子上。阿望都成婚啦，娶的居然是阿宁。"

"少爷对你，回心转意了？"我试探着问她，她却没作声。

良久，她说："你不会也给了阿宁贺钱罢？那我们就亏了，给了两份。"

我不便再问什么。往后，她就天天将红莲簪戴着，那支银簪也不见了。莫家的族老有一次上门做客，在偏厅和老夫人喝着茶，小姐戴着这簪子在一旁陪坐。莫家族老看着小姐，喝了口普洱，笑说："老夫人好福气，有这么一个貌美如花的孙媳，又这么精明能干，羡煞旁人了！"

老夫人笑着接口道："若漪可是我挑中的孙媳，自然是秀外慧中。我当初也让高人配过八字，都说若漪是莫懿的良配呢！"族老听了，也跟着一起掩嘴而笑。

小姐端上一杯白藕莲子羹，红着脸说："奶奶莫夸口，让族老见笑了。听说莫先生嗜甜，我熬了莲子羹给莫先生尝尝，还望先生包涵拙妇的手艺，莫要嫌弃。"

"莫少奶奶谦虚了，果真是好手艺。"莫先生尝了一口夸赞道，却又话锋一转，说道，"莫少奶奶持家有道，在下好生佩服。只是，上得厅堂下得厨房的事可做，有些事，你还是含蓄点好，以免外人多说闲话了！"

没想到这一场寒暄却是鸿门宴，小姐变了变脸色，又将无数翻滚而出的想法压下去，只是声音柔柔地问："请先生直言，是否若漪在外经商，有违妇道？"一旁的老夫人想替小姐挡了话，言道："这莲子羹好像香味不足，若漪，你去拿点干桂花来。"

小姐这次却执拗不肯走，说道："桂花冲莲花的味，串了味就不好了。若真想要，阿杏还不去取来？"阿杏为难地看了老夫人一眼，老夫人无奈地摆了摆手，她便依言去取了。

一时间鸦雀无声，只听得见小姐温软的呼吸声。良久，莫先生道："鄙人无心驳老夫人的面子，只是怕人有意诋毁莫家的名声。一是这女人在外经商，于理不合；二是官家太太才能头戴玉簪，少奶奶戴个金簪尚可，玉簪就未免招摇。此番只是来提点一下，还望老夫人包容鄙人冒失之处。"

小姐和老夫人的脸色一下子变得很难看，我也暗地在心里唾弃那个墨守成规的老头子，但场面上的难看却没人来收拾。此时，凭空听见门外一声响，转眸一看，莫懿端着一碟的干桂花踹门而入，一脸惊异的神色："莫老先生也在啊？小孙唐突了，先生莫责怪。"一边大摇大摆地将桂花盏端给老夫人，一边有意无意地踩了族老伸出来的脚，之后还道歉道："小孙最近眼拙得很，冒犯了老先生，无心的。"一边还装模作样蹲下身捏着袖口想要擦擦鞋，族老却不耐烦地将脚往另一边一转，说道："这么大的人了，还这么冒失！行了，我自己来就是了。"

莫懿淡淡地笑了一下，又走上前去给老夫人盖了盖毯子，说道："奶奶，天凉了，阿杏这个不懂事的都不帮你好好盖毯子。真是的，你自己也不好好顾着自己。"

莫懿随后坐在了小姐旁，握着她的手说："你也是，衣服穿少了罢？手这么凉。"小姐想要将手伸出来，但被莫懿的手握得更紧。她看了看他，他却目光严肃，一脸凶相地望着对面的族老说："听说族老觉得若漪有些事做得有失身份？"

族老突然支支吾吾地说："我……我……我也不是这个意思……"

我在心里骂了他一句软骨头，还是族老呢，被这个小孙一凶就没胆说下去了，真是个迂腐不敢说话的老头儿！

"先前是我不懂事，成天只顾得吃喝玩乐。既然族老你也出面了，若漪，你还是在家里好好休息休息，这种谈生意的事还是交给我好了。"说完，他还亲了小姐的手一下，偏着头问："同意么？"吓得小姐花容失色，随即脸变成了酡红色，不发一言。

他倒是一派镇定地清了清嗓子，道："不说就是同意啦！"言毕，又望向那支红莲簪，道："这支簪子是我送给你的，有人说你不够配它，我看是它配不上你，"他抚了抚玉簪几下，眼睛瞟着族老说："我的女人愿意戴玉簪，有人不依，看来是我莫懿不够格。莫老先生，听闻族里最近少钱用，我有意捐钱修整一下祠堂，您看我如今够不够格？"

一听有钱，老夫子的眼睛放出了金光，唯唯诺诺地说："够格，自然够格。谁说少奶奶不够格戴玉簪的，我定当堵了那些长舌鬼的嘴巴！"

莫懿笑了笑，放开了小姐垂死挣扎的手，答道："莫先生若再不回家，莫夫人又要大发雷霆了。钱稍后送到，您还是先行一步罢！"族老点了点头，接着草草向老夫人拜别，眼睛又闪着金光一路走了出去。

我"切"了一声，看着他的背影凑近小姐的耳朵说："没想到不仅是个色厉内荏的家伙，见钱眼开也就罢了，还是个妻管严！"

莫懿听到了我说的话，笑得东倒西歪的，老夫人看到他这样，也不免抿嘴笑了笑："今日怎么这么有闲工夫，还来对我嘘寒问暖的，真是前所未有啊，阿懿。"

"还不是听阿杏说奶奶有难，我特来救驾！"他拿起一碗未动过的莲藕羹，正准备尝个痛快，小姐却面色阴沉地快步走出了偏厅。我只能跟上去，莫懿望着我们，思忖了一下，还是埋头开始喝羹。

我在回廊里看着他们不敢出声，小姐坐在摇椅上看着院里的红枫，而莫懿站在她身后没有作声。已是深秋初冬了，却是红枫的好时节，片片飘逸的红色伫立枝头迎风而舞。乱红香薰玉琼樽，花色不留夏暮云。桌上是小姐在夏暮时酿的酒，她一人独酌。她以为莫懿走了，莫懿却拿着出国时买的新鲜玩意儿站在她身后——听说那是叫作照相机的玩意儿，除了镇里的照相馆能见着，其他地方鲜少能见着。

他轻轻地拍了拍小姐的左肩，小姐转过头来看着他，没料到他却按下了相机，闪亮的光照得院子如同白昼一般敞亮，小姐皱着眉挡了挡光，生气地瞪了莫懿一眼，回过头去继续斟酒。

莫懿将相机放在一旁，坐在白玉凳子上，随手拿过一个酒杯，也蘸上酒，却被小姐一下夺过了酒杯。她瞪大了眼睛，嫣红的脸庞如盛世繁花，酒色染上她的柳眉，更添几分娇媚。她操着标准的吴侬软语说："这是我的酒，别碰。"尾音拉得很长，我晓得她有几分醉了。

"你的酒？莫家的东西有什么不是我的？"他一把拉起小姐的手，夺回了杯子，一口饮下，饮完大赞，"好酒！古人说'绿蚁新醅酒，红泥小火炉。晚来天欲雪，能饮一杯无？'，想必也像现在这样畅快。"

"一时畅快罢了，烈酒伤身。你自己不顾惜自己身子，成天逞能觉得自己还年轻，夜夜去花楼买醉。"小姐又抿了口酒，"我一向唱惯了白脸呵斥你，你也总觉得我是坏人，不肯听我的劝。"

"那你自己还喝酒？"莫懿的语调有些许颤抖，"何况我若觉得你是坏人，何必还在族老面前帮你。你却不愿领情啊，若漪。"

"哦？"小姐歪着头问，"明明不喜欢这里，明明不喜欢我，明明不喜欢莫家，那还帮我作甚？你不是很讨厌我么？莫懿，我也讨厌你，你就是好生讨厌的一个人。"

"你醉了，我扶你回去。"他站起身，却被小姐一手按下。小姐的声音断断续续的，听得不是很分明："不要再帮我了，莫懿！你入戏太深可不好的。"

"你觉得，我是在演戏？"他笑得有些不自然，"那你觉得，我和那些花楼的姑娘是什么？"

"逢场作戏罢了，你一直在演戏。"最后的词语越发模糊，我几乎是贴着墙才听清楚的，小姐说，"你和所有人都在演戏，除了你心心念念的人。你的心里，只有孟菀笙，只有孟菀笙……"

"那你呢？若漪，你的心里又装的是谁，告诉我。"他将酒杯抽离出小姐的手，朗声问她。

"谁？以前呢，是秦家，现在是莫家，以后呢，也是莫家。哈哈，也是莫家！"她大笑了几声就醉倒过去，枫叶的疏影乱颤，天开始落雨了。莫懿皱着眉看了看，还是抱起了小姐。他走得极快，我来不及闪躲，猝不及防地，他在回廊看见了我，却还是波澜不惊地问我："你都听到了？"

"我不是有意听的，不过是……"

"听了也没有什么，她藏在心里的话，醉酒都不肯说。"他抱着小姐，继续往前走，我急急地追着他的背影问："你爱她吗？"

他走了几步停下来，转过头来。壁灯阑珊，在幽深的偏廊里将他照亮，全身都散发着光。他在光中说："爱不爱的，重要么？总之，莫少奶奶不能不是她。"

哦，原来，他真的不爱她。着了魔地百般对她好，只是因为，莫少奶奶不能不是她。

玖

　　小姐交出账房的账本时，不知为何，沉痛而又惋惜，好像失去了什么珍宝。莫懿看着她痛失珍宝的神色，说："怎么？交给我不放心么？"

　　"我巴不得图个清静。"

　　"那你心疼个什么劲儿，不晓得的人还以为你被我休了呢！"莫懿打趣起小姐毫无顾忌，丝毫不觉得踩到了小姐的痛处。

　　"对！我就觉得被休了一样，莫家把我这个管账的给休了！"小姐的脸色阴沉下来，也撇开了顾忌向莫懿大声道，"跟我吵个什么劲儿！有本事和商场的老爷们去吵啊！纸老虎一只！"

　　莫懿脸上有些挂不住了，他也向小姐吼道："我哪里跟你吵了！明明是你不对头，以前你讲话都细声细语的，今天着了什么魔，跟我吵个什么劲儿啊！"

　　"你！"小姐说着说着就红了眼眶，含着眼泪甩开账本就走了。我还来不及反应，就听见门外一声响。我和莫懿走出去一看，小姐居然晕倒在了门外。

　　还是莫懿把小姐抱回了东厢房。老夫人不放心，特意叫了熟识的大夫来看看。她和大夫在外面谈着话，我在内屋守着小姐，莫懿在一旁踱来踱去。

　　忽然，莫懿停住了步子，问我："我今天说错什么话了，惹你家小姐不开心？"

　　我轻笑了一声，有几分嘲谑地说："都是喝过洋墨水的人了，还不晓得说错了什么话？"

他皱着眉想了想，倚在拱门上说："可是因为刚进门时，我给她难堪的事情？我当时没有想用这件事存心气她来着，我……"

"行了行了，"我摆手道，"跟我解释什么呀，等小姐醒了你自己同她说。"

"阿诺，你就帮帮我罢，我给你加月钱。"他无耻地扯了扯我的衣袖，"我要是同她讲，她又是一副受气的样子，什么都不肯跟我说。"

我们正讨价还价着，老夫人却破门而入。莫懿只好悄悄把手放了回去，装作一副少年老成的样子，问道："若漪是什么病啊？奶奶？"

"瞧瞧这么大的人，还净给若漪找气受，"老夫人戳着他的脑门，叹道，"都是要做阿爹的人了。"

我和莫懿一下都惊着了，莫懿问："阿爹？若漪，是……"

"还能是什么？她都来东厢这么久了，自然是有了身子。你要是不好好看着她，欺负她，看我饶不饶得了你！"老夫人又向我吩咐道，"把你们家小姐的东西搬回西厢罢，有了身子自然要分房睡。阿杏，等会儿叫厨房炖了燕窝送到少奶奶这里。"语毕，她指了指莫懿："傻愣着干什么，跟你阿爹说说这个好消息，别跟个木棍一样站在这儿添堵！"

莫懿目送老夫人离开，自言自语道："怪不得脾气这么大！怀孕的女人就是不能惹！"

我打了他一拳，道："瞎说些什么呢！怀的还不是你儿子，老夫人可没说错，快去向老爷报个喜罢，别站在这里添堵！"

不得不说，这个孩子来得正是时候，至少小姐又有了其他事情打发时间。我早已说过，在囚笼里的日子过得水深火热，期待着结束，每一秒却又被无限制地扩大、扩大。她被囚在莫家的西厢房里看旭日东升，夕阳西下，春去秋来，时光匆匆，又能做什么感想呢？而这个孩子，成为了她唯一的盼头和念想，唯一的。只有她的血脉能感受由她传递的那一份彷徨踌躇和无助，只有那个孩子能用小手贴近她的脸庞，给予莫懿不能给予的温暖。

阳光好的时候，她会让我扶着她坐在院子里要么弹琴，要么绣花。还是绣花的时间多一些，她很认真地缝制了一双虎头鞋，希望在儿子出生的时候，亲手给儿子穿上。暮色四合的时候，莫懿往往会回来，但有时小姐若是睡去了，他就会蹑手蹑脚地去西厢房看她一眼，一点也没有惊扰到她。

有一日，阳光很好，而莫懿回来得很早，于是他就搭了把椅子，坐在小姐面前不发一言地看着她刺绣。她一丝不苟地在绣一朵红莲，还用银红色的丝线镶了边，反反复复几遍。莫懿一开始低着头不作声，最后说了句："你就这么想躲着我么？"

小姐停顿了一下，又换了种颜色的针线开始镶边。莫懿继续说："我回来了，你没什么想对我说的吗？"

小姐把丝线引到针孔里，答道："我不晓得该说什么，不如你教教我。"

莫懿一字一句地说："我希望你说，我想你了，阿懿。"这一声"阿懿"，尾音模糊，竟让人分不清他说的是"阿懿"还是"阿漪"。

小姐手中的针一下子掉了下去，她忙弯下腰去捡，莫懿却握住了她的手，说："这么冷的天，也不晓得叫人拿个汤婆子。"

"无赖，放手！"

"什么？风太大了，我听不见。"他果然有无赖的样子，握着小姐的手，惬意地闭着眼说："别说话了，阳光这么好。歇会罢，阿漪。"他就那样握着小姐的手，闭着眼睛，从阳光分明时坐到天色昏沉。小姐没有小憩，而是丝毫不动地看着他的脸，一直从阳光分明时看到天色昏沉。

怀孕的小姐不似莫懿说的那般骄横难弄，她越来越安静，也越来越少语。有时候静静地坐着，望着铜镜就能发一日的呆。我提出带她出去走走，她却说："不必了，外面冷得慌。"

我帮她梳着长长的发。女人最伤心的一天，也就是这青丝变白发的那一天。等到那一日，小姐老了，我也该老了。我想象着我若是满头的银发，也该像那窗外飘扬的雪花，纷纷扬扬的白。这样想着，我不自觉地说："青春易老，韶华易逝，这就是一生了。"

小姐置若罔闻，扬首向绿窗棂看去，玉白的雪化为点点梨花，优雅轻盈地飘洒在她眼前。她手烤着小火炉，神色凄婉地说："那些花，可都要冻死了。"

"自己都顾不上了，可还顾着什么花呢？"我编着她的发，小心翼翼地说道，"你这几日愈发不爱说话了，小姐，你不开心是罢？你若不开心，我们回秦安罢。"

"秦安……明明才几个月，我都觉得有一世这么长了。"她颔首而笑，"你说，我为什么要不开心？我怀孕了，莫懿他也变了性子，我为什么要不开心呢？"

"那是因为，"我压低了声说，"你不爱他，他也不爱你。你只是因为莫家，才留在这里。"

"那只愿我下一世，不要再遇见莫懿了。"

　　她说这番话的时候，神色平静，风吹着雪，雪一直飘啊飘。周围开始很静谧，但是突然门外有什么杂响。我放下了牛角梳，打开房门一瞧，门外只是白雪，什么都没有。

　　我又重新拿起梳子，问她："若是下一世，他喝了孟婆的孟婆汤，把前尘往事都一并忘了，第一眼看见的便是你。若是下一世，他爱的人是你呢？"

　　"他是个长情的人，"她将桌上的玉簪递给我，"我从第一眼看见他，我就晓得。他本是个性子极好的人，却在我进门时为了她如此发火。他其实精通书画，为她画的像栩栩如生。他和她的缘分这样深，连在蘅安也能遇见。那么，若是还有下一世，他死活还是要去找他喜欢的人的，我们之间强凑的缘分，是抵不过他们的情深似海的。"

　　"小姐……"我唤了她一声，"你在蘅安……"

　　"他喜欢的人为了他去蘅安做歌姬，被关起来逼着给别的老爷做小妾。她跳楼伤了手，正撞上在街上的莫懿。他看到她受伤的神色那样急，抱着她的脚步也那样急。他不晓得我跟着他，就站在他身旁。可笑啊，阿诺，明明这样近，他也看不见我。"

　　"而我回到池安，搬到他屋里去。刚开了他的抽屉，就看到厚厚一摞的画，都是那个他最放在心尖上的人。他把她养在蘅安，难道不就是在等我给他个了断，好能和自己心心念念的人朝夕相守么？他瞒着我，我便装作不晓得。可是我没法不难过，阿诺。"

　　我也觉得难过。我将她的头别过来，放在我的怀里，柔声说："别东想西想的了。你可饿了？我再拿点吃食来。"

　　她把温暖的手放在我手上，偏过头来，嫣然一笑，又带着几分疲倦，说："他们说，有了身子的人，就是这样伤春悲秋的。阿诺，当我在说笑罢。我不饿，你让我睡一会儿就成了，别让别人来扰我。"

"好，待会儿你醒了我再帮你簪上发簪。"我抽走了她手中的簪子放在梳妆台上，连簪子都暖乎乎的，带上了她的余温。

之后，莫懿来看小姐的次数越来越少，东厢房的灯却一直亮着。有时我觉得，他肯定是去青楼寻欢作乐去了，但那盏灯告诉我，我错了。我不晓得那个冬天，他在忙着干什么。按理说，既然他肯对小姐好了，那么理应来看看小姐和她腹里的骨肉。但是，他就是这样一个不按常理出牌的人。

莫老爷卒在那年的花朝节。沉疴痼疾死死缠住他太久太久了，这一去反倒是个解脱。连临走的时候，他的脸色都没有好过，不像人们说的回光返照。我和小姐都没有去他的病榻前，怕的是不吉利，毕竟小姐还怀着孩子。出殡的那天，也是锣鼓喧天。我扶着小姐在门槛里，目送莫懿护着紫棺启程。

莫懿守完灵以后，很久都没有出门管生意，只是坐在莫宅里理着账，让账房先生到莫宅来听他的吩咐。有一日我碰见他在花园里逗着鸟，似曾相识的场景，只是他整个人都颓废了，眼里再也没有当年的光彩。明明才过了一年，莫懿却早已不是我认识的样子。我以为这是老爷的死打垮了他，他那双流光溢彩的眼睛，现在都只剩沉落下去的余晖。

我要经过时，他忽然叫住我："阿诺。"

"我在，有什么吩咐的？"我隔着一段距离和他说话，只觉得他好像还在神游一样，并未睡醒。

"你们小姐好吗？"他问着一句稀松平常的话，却又恍如隔世。他很久都没去看小姐了，自从去年的除夕后，他就再也没见过她。

那天，我们所有的人都在院里看着烟花。

小姐其实是很怕声响大的东西的，为了讨个吉利，才不得不硬着头皮站在这里看烟花。我紧紧地扶着她，老夫人在，她又不好意思捂着耳朵。随着烟花的啸叫，她的脸色越来越白。

莫懿一开始在前面点着烟火，后来他忽然就给了身旁的一个小厮，让他随意点着。他直直地从绚丽的火树银花下走来，然后横过我和小姐之间的空隙，微微搂住了小姐。我慢慢松开了手，看着他骨节分明的手捂住了小姐的耳朵。他眼里流过千万的烟火，他的肩上倚靠着他不爱的人。他在嘈杂的声音里问怀中的她："还怕吗？我在这。"

小姐被捂住了耳朵，回眸看了看他，用眼光问他在说什么。他笑了，说："我忘了，都捂住了你的耳朵，你如何还能听得见。"

我回想起那一夜的他。那时他明明双目如炬，现在却是一片晦暗的黑色。我回答道："她很好，也没反胃。只是没什么事做。"

"哦。"他放下了手中的鸟食，却只字不提要去看看她。我以为他就是要问我句话，就端着食案走了，却刚迈步，他又说："我要去秦安一趟，问问你家小姐，看看她有什么想要的？"

我终于忍不住了，向他反问道："你为何不自己去问呢？"

静了很久。他抬了抬眼，最后只是说："我一个守孝的人，身上沾着晦气，怎能进她的房？"

拾

莫懿一去就是三个月，从农历三月到了六月。他回来时，莫宅内满塘的红莲都开了。如火的红莲把天际线上的云几乎都要烧得干干净净，映得一塘的绿水都留着血。

我匆匆忙忙地握着带血的毛巾穿过抄手游廊，风风火火地催着稳婆赶紧去西厢房。赶得这样巧，莫懿回来的这一日，正是小少爷出生。我看见塘里的水，竟一时怔住，小姐淌着的血好像和塘水混为了一体，看得我有点迷瞪。她扭曲的脸颊，她的呻吟声历历在目、声声在耳，让我的呼吸一下子急促起来。

"阿诺。"莫懿站在长廊里唤了我一声，我看着拿着包袱的他，才想起刻不容缓。正抬起头，看见稳婆也急急地迎面走来，我忙牵着她的手拖着她走，呵斥道："怎么来得这么慢！"

"老婆子年纪大了，腿脚不利索了。诺姑娘莫见怪！"

"成了！别啰唆了！快些走！"

足足四个时辰后，我才精疲力竭地抱起了哇哇大哭的小少爷。没错，真是个少爷，一双眼睛和莫懿的完完全全一样，鼻子倒是像小姐。我将小少爷抱给小姐看后，小姐就累得阖上了眼。

莫懿和老夫人都在门外等，我抱着小少爷出门时，老夫人还在数落莫懿："你真是长出息！媳妇大着肚子，你还有空在外面游山玩水，整整三个月都杳无音讯！"

莫懿一声不吭地任由老夫人数落，一看我抱着孩子出来，眼睛都亮了。他一把从我怀里夺过孩子，笑眯眯地逗着小少爷："乖！

不哭了阿爹给糖吃。"声音出口，却带了几分沙哑。

"才这么小的孩子，吃什么糖啊！"老夫人白了他一眼，接过了孩子。结果刚刚停下哭泣的小少爷，立马又哭了起来。

莫懿接了回去，说也奇怪，任谁都哄不好的小少爷，偏偏莫懿一抱就什么事都没了。我当时就在想，这孩子长大了，保不准性子也跟莫懿一样，也是个能闹的主。

我拿着热毛巾轻轻擦拭小姐的身体，她皱眉睡得不是很舒服。在帮她擦脸时，她突然醒了，一把握住我的手，声音极其虚弱地问："莫懿回来了么？"

我点头，心中五味杂陈，轻声安慰她说："一会儿，或许他就来了。"

她流露出怆然的神色，让人不忍。她紧握着我的手，尖尖的指甲嵌入我的皮肤，让我觉得有些疼，一时吃痛地轻呼了一声。小姐睁大了那双杏眼，凝结的水汽在她眼前晕成一层白雾。她虚弱地说："阿诺，我只有你了，只有你了。"说完，她就放下了手，再度合上了眼。

在孩子出生的一个月里，莫懿只去看过小姐一次。我端着蝴蝶酥踏进门时，只看见茶杯都在地上碎成了齑粉，满地的白沫让人看得心寒，而莫懿瞟了我一眼，正打算迈出门槛。我随处搁下碟子，一把抓住莫懿的袖子，难以置信地问他："这是你摔的？"

"是又如何？"他的脸混杂着失望、愤怒，更多的是冰冷而又无法触及的嘲笑，"是我摔的又如何？秦若漪生了孩子，她也永远只是秦若漪！无论她是在坐月子，还是另干什么事，关我何事？我爱耍性子了，在莫家的地方就耍得了！"

我当时即刻甩了他一个巴掌，骂道："无耻！你放着我家小姐不管不顾整整三个月，还有脸在这里撒野！"

"够了！"小姐在床上向我喊道，"阿诺，让他走罢！莫再吵了，我累了。"

莫懿听了这句话，冷笑了一声，大步流星地走了。

满月宴说到就到。清冷了许久的莫家又一次热闹起来，猩红的幕布将主厅装饰一新，沁得满眼都是红色。满月宴，按理先让小少爷抓阄，然后要向镇里的道观请平安符，接着要向族老请名字，最后便是接受镇里的贺礼。

我正给小姐穿大红绣花的锦服，她苍白的气色里毫无红润可言，即使再亮丽的红色，穿上了，只衬得她的脸无比的惨白。我正给她戴上发簪，却听见阿浓破门大喊："少奶奶，少奶奶！"

我转了转头，盯着着急的阿浓训斥道："急性子的丫头，没见少奶奶在梳妆么？"

"少奶奶，不是催您出去，是……是老夫人去了。"

我手中的金簪倏地落在了地上。小姐转过头，不可置信地问："什么？你说，奶奶去了？"

老夫人作为当家人，支撑着这个庞大又古老的院子在风雨飘摇中走了太久，终于在看见她的曾孙后长长吁了一口气，继而安眠不起。说是安眠，因为她那嘴角带着的笑容让我们每个人都相信，她是幸福的。而这幸福，我当年就觉得，是用莫懿和小姐彼此的幸福才换来的。莫懿抛弃了他的所有，抛弃了他喜欢的人，他恨着小姐；小姐没有了她的全部，失去了莫懿，最后还失去了她的儿子，只剩下我，还要被莫懿恨着。她怎么能不幸福呢？若是她不幸福，那莫懿的恨、小姐的苦都算什么呢？

　　红色的绣花还没来得及挂上，就被白幡所取代。满月宴就这样没了，我们哄着小少爷，身着月白的孝服。他怎么哄也哄不好，只因他的阿爹不在跟前，还在灵堂守着灵。小姐红着眼圈安慰自己的儿子，破碎的歌谣声，让我也想哭一场。

　　我永远都记得这首曲子，阿语，你哼的这首曲子，所有秦安的母亲都会哼："万家灯火明，兰舟桂棹水伶仃。迢迢暮暮青城雨，念念朝朝蹒跚渠。古巷月夜风满塘，异客多离伤。"原是秦安的船夫唱的曲儿，每个嫁去秦安的新娘子在蜿蜒的河道上都学会了这首只属于秦安的歌，世世代代用它哄着孩子。渐渐地，这就是只属于秦安的摇篮曲。

　　莫懿回来的那一天，小姐撑着油纸伞在看池塘里的红莲，瓢泼大雨凌厉地抽打着红莲，红莲却依旧昂着它们的头颅。莫懿淋着雨，整身衣服都已湿透，头发一绺一绺地集成一团。他良久地站在那把纸伞边上，也看着绿萍被雨打翻滚了身，也看着红莲被打下了无数的花瓣。他站了很久，身旁的纸伞却没往他那里移动半分。

　　在瓢泼的大雨里，他没有哭，而是笑了。伸出手，平摊着手，看见无数的雨滴落在他掌心，滴答滴答地响。他就是这样握着一抔的雨，这样笑得让人发怔，颔首说："秦若漪，我不会给你休书，因为奶奶会很伤心很伤心的。可是，我要走了。"

　　我想，那个男人的面具和隐忍终于破碎在这个黄昏。也许并不能说他的温存与笑容都是做一场自己从未入戏的戏，只是，他的爱与责任始终太浅，浅得像夏日里本不该存在的薄雪，转瞬即逝。才短短的一个月，他守完了灵，他的儿子才这么小，他就要走了。为着的，还是那个他喜欢的人。

"我还以为，你忘了她。"油纸伞终于转过来，她对着他，就像那一年他第一眼看见她，这么端正的容貌，在破碎的红绸里，这么姣好的年华，他却不肯要。

她说："莫懿，你是个最薄情的人，也是个最长情的人。"

他看着她的蒹葭双瞳，眸中是两年前的他，那个桀骜不驯、敢爱敢恨的他，他说："是我薄情，你若怨我，便怨了。"

她很认真地看着他笑，婉转的笑声像黄莺的叫声一样悦耳。她发髻上还是那支芙蕖簪，是面前这个人送她的。那支簪子仿佛在嘲笑着莫懿，我远远看得真切，那个男人痛了，也许小姐的笑还是刺痛了他。

他伸出沾满雨水的手指，慢慢地抚上小姐的脸颊，雨水沿着她的脸慢慢滑落。他没有停，她没有躲，有一瞬他便快要触上那玉簪了，但是他还是把手放了回来，说："你告诉我，我这两年演得可好？你可满意？"

"若走了，便不要回来了，"她没有回答莫懿的问题。而是对着雨说，"你若走了，这院子并着所有的家产，便是我的了，你不要再回来，不要再踏进池安一步。我们从此，是路人，再不相干，再不相问，再不相见。你可做得到？"

他笑着点点头，拖着满身的雨水湿漉漉地在雨中悄然离去。白色的孝服，像错生在夏天的一团雪，缓缓融化在雨中。

天空闪着雷。我撑着竹节油纸伞，走近小姐。她仰着头，脸再不是那副天真的样子。走近她，只听见她对着雨说："我想你了，阿懿。"她的侧面，惨白如鬼的脸上，分明有一行清水。那不是雨水，而是泪。

然而，只剩下莫懿零乱的脚步和倦怠的回声。

从此，莫宅里再无阿懿。也无阿漪。

拾壹

雨落平川，雨染青莲，落雨的地方，都是魂断的地方。

雨落得最狠的一天，我却陪着小姐跪在镇北莫宅的门口，没有打伞，任由雨水将我们冲刷。

莫宅的另一位莫老爷很快被这番阵势惊扰，打着伞来扶小姐。镇北的莫老爷和莫家的老爷原是兄弟，按规矩莫懿要喊他一声大伯。莫伯父也是家大业大，早些年分了家，就在镇北操持渔业生意，发了不小的财。但因莫伯父多年来膝下无子，眼看着就要断了香火，实在有愧于老夫人，因此莫伯父逢年过节也不好意思上门去见老夫人，鲜少有来往。

老人惊恐地要扶起小姐，她却低头执意不起。长长的刘海过了纤细的眉，将她饱含情绪的眼遮掩："若漪求伯父，让小儿过继到伯父门下，以续莫氏香火。"她的声音依旧是不卑不亢，又让我心生感慨。

"若漪，你心中所念，我不能答应。我若让你们骨肉分离，定要遭祖宗的咒，不得安眠。"老人看着她，叹息地说道。

"骨肉未离，只是过继罢了。"她的声音突然轻微地颤抖，"我儿并这家产，都请伯父代为照顾了。一个妇道人家，又有何力经营。从今起，再不相干，再不相问，再不相见。"

"可是……"他犹豫地看着她，"这不是正人君子所为，夺人家产，离人骨肉……"

"与叔父无关，"她突然抬起头，雨水夹杂着多少的辛酸刺了进来，生疼生疼，"就当我是狠心的娘亲，不孝的媳妇。百世骂名，若漪一力承担。"

还未断奶的小少爷连名字都未取好，就被送出了莫宅。小姐亲手给他穿上了那双绣了半年的虎头鞋，他乌溜溜的大眼睛像极了莫懿，看着他的姆妈咯咯地笑。她摸着他嫩嫩的脸蛋，泪猝不及防地落下，看得我心疼。我劝她："小姐，后悔还来得及，小少爷还这么小……"

"你可晓得，"她凄凉地望着我说，"一个弃妇的儿子要怎么有脸面地活在池安镇？"

我望了望她，哑然无言。

她给他挂上她请来的平安符，亲了亲小少爷的脸，对着他的小脸说道："我秦若漪起誓，愿短衣少食，愿折寿暴毙，但求吾儿岁岁平安，一生无忧。苍天为证，但鉴吾心。"

最后，她还是闭着眼，让阿浓抱着小少爷，离开了莫宅。这个世代绵延的大宅，最终，就只剩下孤单的我俩，还是一对外姓人。

当年怎样风光地踏进这个大宅，就怎样萧索地踏出。于是，她几乎一无所有地走出这个大宅，为了老夫人一句"金玉良缘"，为了莫懿一声"我爱的人"，为了小少爷的前途。她立下的誓言，她不食言。只剩当初的嫁妆，和当初的陪嫁丫头——我，秦安的秦诺，又被唤作阿诺的我。但究竟怎样风光地嫁进来，怎样辛酸地走出大宅，从头到尾，只有她自己明白。

她和我一直留在池安镇，靠着那笔不菲的嫁妆过活，再没有回过莫宅或是秦家。我晓得，她就是这样一个为着家里、为着别人的人。她不会再回秦安，让流言蜚语去中伤她爱的那些人。所以在池安的小屋子，就是这里，在这里，我和她度过了这最难熬的十几年。说难熬，其实也很快，转眼就过去了。

在莫懿走后的那一年夏天，池安河突然开满了芙蕖，从未有过的红。兴许是老天也觉得小姐的命太苦，补偿给她一河她最爱的红莲，让她终于可以暂时看着它们展露笑靥。

在夏天的时候，她会去池安河看红莲，然后手痒地做一锅莲子羹，就在熹微的清晨站在青石板街上分给大伙儿尝。你阿婆的手艺好，红莲和着露水封存了一个月，使那莲香愈发浓烈。她温婉的声音穿透鱼肚白的天空，池安的人们都被吸引来领一碗莲子羹。人们都说，她清丽的容貌、粲然的笑容，当记得一辈子。

莫懿几乎什么都没有留给她，除了那支簪子，也是你爹制作的簪子。她岁岁年年都戴在头上。我没有问她还记不记得莫懿，还恨不恨他，爱不爱他。

因为我亦记得，他们再不相干，再不相问，再不相见了。（人世间的爱恨嗔痴，本就抵不过天命。）一直记得，得多累啊。

她临走前，可能已料到了什么。非要独自去蘅安看河灯，而且不许我陪。这么多年了，我都习惯她不逆来顺受的样子了，于是我对自己说，由着她罢。

结果，她一回来就倒下了。我叫来大夫也束手无策，灯尽油枯，又有什么办法呢？

　　我看见她头上的玉簪不见了，我问她在哪里，她说："我把它留在蘅安了。我将它放在河灯里，看着它走了。"

　　最后她跟我说了许多话。第一句话是："阿诺，这么多年，你都没嫁给个好人家。对不起。"

　　我含着泪摇头，她继续往下说："莫把我的骨灰带回秦家，我不要大娘，姆妈她们看了伤心。"

　　我点头，断断续续地呜咽着说："我依你。"

　　她看着我笑得很虚弱："这就好了。我的一生，过得其实并无什么不好。生就一副好皮相，又被人夸赞秀外慧中，既不缺衣少食，也未吃过你们下人的苦。人人都道，人定胜天。但天是胜不了的，各人有各人的命数。阿诺，你不要觉得我苦，我觉得你比我更苦。"

　　她最后说："我很累了，所以我放下了那支玉簪。这二十年，最轻不过这只玉簪，最重，也不过这支玉簪。这二十年，我反反复复在想，莫懿在我心里，究竟占了什么位置？我用了十几年，也没有忘记他。我以为我和他一样薄情，但我又是那个长情的。我想他一心记挂孟菀笙，想他一生渴望的只是离开莫家，故对他的所有好意铁石心肠，临了也不愿吐露一句真心话。我一生自恃清高，原以为自己不会被情爱所缚，也一心只想拼个自由身。可二十年前，我自由了，他自由了，我却用这二十年记挂着本不该记挂的他。"

　　"但不管怎样，放下那支簪子，我就能去见孟婆,问她要碗汤了。"

　　她最后的一句话是，惟愿来世，莫再相逢。

　　惟愿来世，莫再相逢。

拾贰

静夜，油灯的火花在夜风中左右摇摆，夏天燥热的气息一潮接着一潮地向我吹来。我听着知了死性不改的鸣叫，觉得一夜过得竟这么快。打更人的声音悠悠飘进来，竟已是后半夜了。

我握着早已冷去的浓茶，问诺婶："这二十年，就是如此？莫懿，莫懿再没回来过？"

她微微向我点了点头，不知为何，我却有了几分伤感。明明这不干我的事，我只要关心那支玉簪的下落便是，却偏偏还是卷入到这漩涡里，执意求一个过往。

我又接着问道："那莫家的小少爷呢？他又在哪里？"

诺婶摇了摇头，叹息地说道："十年前莫家已迁出去做生意了，逢年过节也少有来访亲问友的。想必，那小少爷也不晓得还有这么一桩往事。"

忽明忽暗的灯火里，我仿佛看见那白墙上浅灰色流动的浮影正是阿婆的剪影，在我的梦里，渐行渐远。

"这就要上路了？"诺婶扶着门框问我，脸上有些不舍。

"哎，"我攀着她的肩说，"等到得空了，诺婶，我会回来的。你是真不愿回秦安了？"

"都二十年了，再回去，也不是那个秦安了。"她的黑发中已经掺了几丝白发，显得比实际年龄大得多。

我向她道了声珍重，复又上路。

我走过来时的路，转眸一望，当时的茶铺居然人走楼空，只剩一个人在木桌上兀自喝着茶。茶铺的招牌颓废地倒在一旁，我走近扶起它，却听见有人在背后笑我："痴丫头，都是没人要的东西，还扶起来做什么？"

我抬起头，看着那把熟悉不过的折扇又在我眼前浮现，真不晓得该喜还是忧。我抽开木凳坐下来，对着埋头喝茶的莫之聆说："这里的阿婶呢？她去哪里了？"

他闻言没回答，而是狂傲地说："你管她做什么？要讨茶就问我拿，我才是这里的老板。"

我好声好气地敛着性子说："我还有事问她，你就帮帮忙。"

他笑了笑，露出了洁白的牙齿，看得我极想打落那一排整齐的牙齿。他故意慢悠悠地说："是想问你阿婆的事罢？你想问的事我都晓得。"

"这些也算是秘辛了，你如何晓得？"我顺手拿过他手中的碗，说道，"不用喝茶了，老板，你倒是好好给我说说。"

"既然我姓莫，这些我便都晓得。不过，我有一个条件，等我说完这些事之后，你就必须同意，"他伸出了手，"击掌为誓。"

我思考了一两秒，伸出手来与他击了掌，没好气地说："依你，都依你。"

他看着我的样子，就好像我这只猎物终于掉到他的陷阱里去了，笑得愈发意气风发。他从身后拿出一个包袱，丢在我面前："成了，看了这些东西，你都会明白了！我先去别处转转，你乖乖待在这里。记住，你要是乱跑了，你保准会后悔的！今日除了我的船，可没人带你回秦安！"

"喂……"我急忙去拽他的袖子，没想到这兔崽子跑得比兔子还快。

我在心里暗暗骂了他一声，揭开了包袱。一个不留神，风吹得里面层层宣纸四处飘散，张张飘落在石板路和木桌上。我忙弯腰去捡，待看到那些宣纸时，我愣住了。原来我以为终结的这一桩往事，才开始罢了。

拾参

每个人都说，我莫懿是天生顽劣的性子，全安乡最有名的败家子。所以甩掉阿浓的时候，我理所当然地觉得，我又有什么错？反正欲加之罪，何患无辞。况且是奶奶该操的心，操心她没本事的丫鬟又把她的命根子——本少爷我跟丢了。

我被老鸨理所应当地请上了花楼最好的位置，就在二层楼上，不高不低，望出去，正好能望见我们莫家的茗记。

老鸨问我："莫少爷可要几个姑娘作陪？今日头等的花魁都有空呢。"

我懒得搭理她，只是说："成了罢，我何时要过姑娘了？香冷去哪儿了？"

她也不嫌脂粉擦得厚，一笑起来满是皱："被洪老爷请去洪宅了。要不，还是来几个姑娘，换换口味？"

"再多一句嘴，小心我把这里砸了。"我喝了口花雕，风轻云淡地跟她笑着吐出这些话。

她果然没了影子。真没骨气，从来不跟秦若漪一样敢跟我顶嘴。

天不怕地不怕的秦若漪成天找我麻烦，跟我想象里完全两个样子。想着想着，我居然看见她就站在茗记门口。我偷偷笑了一声，果然她还没能踏进茗记的门就被水浇成了落汤鸡。阿力果真还是听我话的，这样想着，我心情又大好起来。

我还以为这女人肯定打道回府去换衣服了，没想到她居然还是踏进茗记的门去算账了。我狠命地摔了杯子，骂了声娘。

秦若漪就好像池安的牛皮糖怎么赶都赶不走，非要粘在我们莫宅。奶奶写信来的时候，我还跟菀笙在看她画的西洋婚纱。在外留学这么久了，只有菀笙让我觉得快乐。她笑起来有一对酒窝，浅浅的酒窝，戳戳她糯米一般的脸，酒窝就缩回去了。每一个夜里，在洋人们觥筹交错的舞池里，我都牵着她跳舞。她可真笨啊，每次都踩到我打蜡的黑皮鞋。可是她笑得真甜啊，让我忍不住低下头吻她。法国的街这么宽，法国的梧桐叶在皓月的照耀下，每一片都闪烁着莹亮的光芒，只不过终究在秋天落下。我驮着菀笙，在灯红酒绿的光芒里，用大皮鞋踩着黄叶嘎吱嘎吱作响，一路飞奔。她的笑声和着电车的呼啸声，让我着了迷一样地喜欢上法国，和她。

可是秦若漪呢？她懂我的什么呢？她就是一个土生土长的秦安人，永远也不晓得我的油画其实很漂亮，舞池的灯光多耀眼，我的黑皮鞋多大尺码，法国的街走几步才到头，法国的梧桐和池安的多不一样，法国的电车会带着她走，不需要再叫什么轿夫，以及，我多爱孟菀笙。

可是现在呢，我这个落魄的少爷却坐在池安的花楼里看着她，看着这个从来不肯跟我低头的女人走进了茗记。我有时候讨厌我自己太不成器，要是我有钱时不是忙着在外面寻欢作乐，也许现在我就能留在法国和菀笙过我欢喜的生活。奶奶平常看起来挺好的，但只有两件事永远不会依我：婚姻，以及我的自由。可这是我最爱的两件事。我想秦若漪也不懂，其实我不恨她，只是恨我不得不接受这样的命运。

有人觉得我太不知足了，大有人缺衣少食，过得惨要卖儿子女儿的也大有人在，比我莫少爷要惨的人多了去。我只不过娶了一个我不爱的人，过了一种我不喜欢的生活，偶尔还能出来找找乐子，有什么好抱怨？无病呻吟罢了！

那是因为他们不懂，当把你曾经拥有的东西突然夺走时，那是什么样的感觉：你会觉得你身体里少了什么，很疼很疼，欲哭无泪。但你不能喊、不能叫，就拿着剪子往你身上戳啊戳，戳到血流光了，麻木了，你就不会再觉得疼了。

他们把我关在了笼子里，给了一个我不要的秦若漪，谁稀罕呢？这样想着，我又多喝了几杯酒，心想还是醉倒了省事儿，否则想着就心烦。

拾肆

我被秦若漪整得光顾了好几日茅厕，一杯荷叶茶而已，却几日肚子疼。最可恨的是阿浓这个丫鬟，偏偏还在我面前不停地夸她："我觉得少奶奶没什么不好，长得漂亮，性子又好，从没对下人发过火，还会做莲子羹，可好吃了！"

我一边仇视地望着她，一边总算明白了这蠢丫头怎么永远能把我跟丢——她根本就不晓得主子脑袋里想的是什么。

她长得是漂亮。揭下喜帕的时候，其实我有一瞬的晃神，蒹水双瞳、白净的皮肤、清淡的长相，是个标准的江南美人。但我想起菀笙的酒窝时，我就理直气壮地讽刺她的脚，讽刺她不过是抵债才嫁来莫家的女人。我以为好性子的她应该只会柔柔弱弱泪水汪汪地哭一哭，像她的名字一样软，没承想这个女人倒是踩了我一脚！好性子、好性子，也不过是对除我以外的人好性子，对我的狠劲，没法提。做莲子羹她倒是喜欢，可从来都没给我喝过一口，倒是一倒杯茶就让我叫苦连天。总而言之，她还真是个有仇必报的人。

她请我去喝茶，我本来不想去的，心里却又有一丝期待，她会跟我说什么呢？于是我去了，去西厢找她。

却没想到秦若漪什么都懂，她说，那里是金发碧眼的美人，数不尽的玛瑙鸽子血，纸醉金迷，花钱如流水，但也花得爽快！我这个榆木脑袋有了喜欢的人，那就该带着她躲得远远的，走到天涯海角也莫要回头。

在这一刻，我才懂了，我喝了三年的洋墨水，还没有她看得明白。人心不足蛇吞象，做人，总是有舍有得。我舍不得放弃我衣食无忧的生活，我才放下了法国的一切一切，我才回来了。没有人逼过我。说到底，我爱我自己胜过孟菀笙。一往情深的谎言，只是个笑话，笑我是个没胆子还要怪人家的懦夫。

秦若漪跟我不一样，她晓得她放弃了什么，选择了什么。她不会后悔，我却后悔。

我的生辰那日，又被秦若漪这个麻烦女人所连累。

她早上一声不吭去陆家谈生意。本来我是要跟着去的，却因太累睡过了头，她走时也不知将我叫起。

结果，陆家那好色的公子差点借着谈生意对她动手动脚。若不是她刺了他一簪跑了，我连想都不敢多想。

她回来陆家老爷上门赔罪道歉，阿爹和奶奶以及我才晓得这事。

我阿爹病了多日，此时却一下受了刺激，精神起来，将我一路拖进莫家祠堂揍了我一顿。

"混账东西！平日就是把你惯坏了！若是若漪今日出事，我是要把你活活打死才算数的！你给我好好面壁思过！"

说罢，就把祠堂门一锁，不准任何人过来给我送饭吃。

我抱着膝坐在地上，却觉得被打一顿，身上痛着，心里好受了些。

平日有什么事，她一个人替我撑着，她比我更累也从未说过什么。而我只不过是去跑了一趟船埠，便睡过了头，实则说白了，就是对她不上心。

在祠堂待到半夜，她却来了，隔着窗扔了两颗鸡蛋给我："今日，确然是我不好，连累了你。"

我拿着红鸡蛋，才想起是我的生辰，没想到她还记得。心底却愈觉得不好意思："没有。阿爹说得对，是我不好。"

她坐在外面，和我一门之隔："你在法国过生辰，不会吃这些东西罢。"

"我从来不过生辰的。"

"为何？"

"因为我姆妈，在我五岁的生辰和一个茶商跑了。"我将红鸡蛋往地上一磕，突然觉得眼眶酸涩，"他们都跟我说，她去山上出了意外，死了。可这种事，怎么会瞒得住？"

过了许久，没人说话。

我以为她走了，便自己一个人念叨："她走之前，就没想问问我，没有她怎么办，没有她我会不会想她。阿爹宠我，奶奶宠我，可他们也从不想问问我，要不要帮我找我的姆妈，问问我为何我从来不过我的生辰。所有人都觉得我过得无忧无虑，可所有人都从没问过我，我究竟要什么。在他们眼里，我只是莫少爷，却从不是莫懿。"

"那你想要什么？是离开莫家，是找到孟菀笙，还是想去见你姆妈？"

她突然出声，让我吓了一跳。

我有些好笑，眼泪却不经意流出来，蓦然掉到鸡蛋上："其实我小时候，只想当个制扇艺人。是不是听着很可笑？"

"只要是真心想做的事，便都不可笑。"

我以为我只是说过算数，可那天同她查完账，她突然带我去了一个地方。

在池安不起眼的角落里，一家扇坊，居然已冠上"莫记"。

我瞠目结舌，可她却认真道："莫懿，它是你的了。"

"阿爹和奶奶会把我打死的。"

"我帮你瞒着他们，这是用我的嫁妆买的，他们便是想查，也查不到。"她轻描淡写，可我心中难以平静，"人生苦短，想做的事，趁来得及，便都做了罢。"

我看着她先我一步离去的背影，忽然想冲上去问问她：秦若漪，你又有什么是想要的？

而那天阿诺提起秦安的时候，我才晓得她究竟想要什么。

那天我从账房回来，坐在轿子上，反反复复，脑子里却只有她的眼神——带着零星的期许，却又容易随时破碎，恰似刚出窑的白瓷，不堪一击。又像小时候的我渴望姆妈来给我擦汗的眼神，触手可及，却又遥不可及。

于是我没有立刻回去，而是吩咐阿浓去跟船埠的人订一艘船，去秦安的船。

我跟她说起去秦安的时候，她明显带着难以置信的表情，那双杏眼瞪得我透不过气，让我手心甚至微微渗汗。但是我唯一做的就是更凶神恶煞地瞪着她，理直气壮地说："是奶奶让我陪你去的！你这样瞪着我干什么？"

天晓得奶奶怎么会逼我去秦安，但这是我唯一能扯的谎。我不想在秦若漪面前示弱，也不想跟她说一声对不起。我的性子就是这么怪，有什么办法，嫁鸡随鸡、嫁狗随狗，秦若漪，也不是我对不住你。

我第一次走进秦宅，才体会到大家所说的"大户人家"，其实没有说错，曲折迂回的连廊已经把我绕晕了，而主厅陈设的家具也颇有讲究，看得出是上好的紫檀木做成的。若不是之前时运不济，我想秦家断然不会把秦若漪嫁给我这种草包的，他们一定会给她选门当户对的夫婿，像她的大哥二哥一样知书达理，谦谦有礼。

秦老爷上下打量着我，用那种咄咄逼人的看贼的目光，让我觉得我不是他的女婿，而是他的敌人似的。我只能乖乖地说："阿爹好，阿懿来拜见您了。"

我觉着要不是看在奶奶的面子上，秦老爷应该会把一口茶全喷在我身上，因为那声硬生生的"阿爹"。场面有些尴尬，秦若漪突然向下握住了我的手，向她爹笑道："阿爹，你别这样看阿懿，看得他怪不好意思的。"那声阿懿，能比我那声阿爹更僵硬几分。

她第一次对我这样亲昵，我有些不习惯。她的手很软，柔若无骨，握着很暖很舒服，但却又感觉，随时都握不住。我没有放开她的手，而是更紧地握了握。

至此之后，我便允自己在她的手心里，一点点沉溺。

拾伍

秦老爷他们并未刁难我，说些若是敢欺负秦若漪，你就等着的话。也许也是碍于我们送的那些聘金，他们只得客客气气地对我。我们彼此怀揣着自己的心思，装模作样地吃了顿饭，我冠冕堂皇地和她演着相亲相爱的戏，叫他们欢喜。但是我怀疑，只是谁都不好意思拆穿，这出太拙劣的戏。

秦若漪坚持吃完饭就走，她大娘急急地问："怎的这么急，多住几天再走也可以。"

她看了看我，在饭桌下踢了踢我的脚，随口说："阿懿赶着中秋回去看奶奶，就怕误了船期，遇上暴风暴雨也未可知。还是早点动身好。"

我望了望她，却没有附和："我也觉得不急，阿漪若是喜欢，我们过了中秋再走也无妨。"说着还很温善地给她夹了一对鸡翅。

秦老爷突然夸了句我："对啊，阿漪，阿懿都不急，你们就再待些日子再走。"

秦若漪的脸色变得很难看。她第二次踩了我的脚一下，我痛得脸色惨白，还吃茴香豆吃噎着了，好不狼狈。

晚上我在天井转悠时，她的二哥正好在那里。我同这位小舅子不晓得该说什么，只能两眼一抹黑跟他胡乱聊天："二哥也在这呢？"

"莫懿，你倒是蛮能演戏的。"他笑着看我，有几丝不怀好意，随手捻了身旁的树叶，开始吹曲子。有点耳熟，我想起，这是秦若漪弹过的《虞美人》。

春花秋月，不是了却在时间潜移默化的变迁里，而是被健忘成性的痴人所抛弃。雕梁画栋，不是坍圮在枯槁的岁月洪流中，而是被看似有情的无情人所漠视。

不得不承认，他吹得很好。但这并不能平息我的愤怒，我质问他："你凭什么这么说我？就仗着你是她阿哥？"

"我常年在池安秦安两处做生意，池安发生了什么我不会不晓得。"

"先前是我混账，秦安的人也晓得，但是我现在，对她很好。"我说得有些心虚，非常非常心虚。

"阿懿，"他的语气突然缓和了，却有怜悯我的意思，"秦家上下都晓得，阿漪最不爱吃的东西，就是鸡翅。"

所以我是个最可笑的戏子，以为我把这出戏演得天衣无缝，却其实，秦家人的演技比我好上千倍万倍。

我沉默不说话。

良久，他动了动唇，有好闻的辛香从他身上传来，在这个银辉照耀的地方显得分外美妙。他说："所有人都说，我很疼我这个同父异母的妹妹。可是，我却亲手把她推向了你。你不要反驳，听我说。你是怎样的一个人，我再清楚不过，江山易改，本性难移，阿懿，我从不渴望你怎样地对她好，因为这不是你的责任，你不爱她，对她不好，对她撒气也没有什么。"他叹了叹气，说，"可是，我还是要求求你，对她好一点，她不是你心尖上的人，却是我们想放在手里好好疼的人。等到秦家一切正常了，我就会把以前的聘金加一倍还给你，只求那时，你能把一个完完整整的阿漪还给我们。"

在苍茫而又凄凉的月色里，我用尽我一生的力气狠狠地笑，笑够了，我对他说："秦若潮，你对她不好，你们秦家都对不起她。"我捡起他扔下的那片叶子，说，"我终于晓得，她在你们心里的价码，区区两份聘金而已。既然她对你们这么重要，为何还丢下她，丢给我这个混账？只为了你们秦家的生意？"

秦若潮只是说："我们还能怎么做？难道要看她到时候被卖到那些老头子的宅里做小妾？"

"狗屁！"我毫不留情地骂他，"你们难道不晓得能带着她逃出秦安吗？分明就是你们堂而皇之的借口！说到底，你们舍不得秦家的家业，其实这没什么，因为我也舍不得我的荣华富贵，所以才回来了。但是，不要口口声声地说我是如何地对不起她的小人，而你们是不得已为之的君子。"

最后，我还是学着他那副谦谦君子的模样温和地说道："不过你放心，你不要这片叶子，我要了。我会好好地守着它，一直一直不会抛弃它。"

这是我第一次想要，对这个死心眼的傻丫头稍微好一点。

别别扭扭地住了几日，若漪从她大娘的房间睡到她姆妈的房间，幸亏没有人再给我们难堪，硬要我们睡同一间房。

走的时候倒是坦然，她只是说，想去月老庙看看。我依她，那天之后我就告诉我自己，依她罢，依她罢，她想怎么样，我都同意了。

我们走进偌大的月老庙，可谓济济一堂。都说安乡哪，要数蘅安的河灯最美丽，池安的酒楼最热闹，秦安的月老最灵验，霭安的香糕最好吃。

我看着成千上万的红条迎风飘扬，好像一朵朵红莲在风中烂漫地飘荡，无所寄托，问她："这是什么？"

"许愿的红条儿。若是想嫁给好人家，就在树上系上一条，求月老许个好姻缘。"

我看着左手边大大的木架子上全都系满了竹木块，竹木块的两面都写满了大大的名字，就又指着问她："这又是什么？"

她漫不经心地答我："想要白头到老的情侣，等找到了彼此的良人，就摘下一条红绸条，两个人一起写块竹签，系在这，等着一生一世，永不分离。"

我上前饶有兴趣地翻着竹签，有个小和尚跑过来劝阻我道："施主，莫碰！这都是其他施主向月老祈求的诚愿，您碰了就不灵验了。要是您喜欢，旁边有竹签，您也可以请一块。"

我心想灵验个什么，要灵验，秦若漪怎么还会在我身边？一偏头，发现秦若漪已经跑到旁边的一棵缠满红绸条的树下，向一个仙风道骨的老人讨教着什么。我看着拿着扫帚的小和尚，拿出一张银票说："看你们这木架都这么旧了，给你们点钱去修葺下。"

果然还是财能通神，他看着银票唯唯诺诺地摆出手接着，我却一把拿回来，指着秦若漪说："你要是想要，就过去听听那位小姐向那个老头儿问了些什么，然后告诉我这老头儿是怎么答话的。记住，不要被发现了，快些回来，这些钱就是你的了。"我话还没说完，这小和尚就像几个月没吃羊的狼一样，朝着秦若漪那边奔过去了。

没一会儿，小和尚向我呕呕地奔来了，喘着气说道："这位少爷，我都悄悄听清楚了。那位小姐问我师傅，他有没有帮一位秦家的小姐和莫家的少爷配过姻缘。"

"那你师傅怎么说？"

"嗨，说什么我压根没听。少爷，看在您对我们月老庙这么好的分儿上，我老实跟您说了罢，我们师傅根本就没帮秦小姐和莫少爷配过姻缘。几个月前，秦家的秦夫人早就用一对玉佛像买通了我们师傅，让他和莫老夫人说，莫少爷的良配就是秦家的小姐。还有后来配的八字，自然是做做样子。"

在淡漠的震惊里，我敷衍地把银票给了他。秦若漪，比我想象得更可怜。什么千里姻缘一线牵，只不过是一场秦家一手安排的戏。秦若漪的大娘，看着像亲娘一样温柔待她的女子，却把她卖了。或者，所有人都晓得？我恍然大悟，明白了秦若潮为何说，他把她推向了我。秦家的人，没有一个人愿意救她，都迫不及待地把她往我这个混账、草包、败家子这里推。

她说她不信金玉良缘，今天她既然问了，就说明，这颗七窍玲珑心什么都晓得了。若她证实了，所有的人都背弃了她，她会不会比我想象的更难过呢？

正想着，她却忽而不见踪迹。

我着急了，在人群中一顿乱找，却被那师傅叫住了："莫少爷。"

我回头，他将一个包袱交给我："秦姑娘替您请了支签，托我将这包袱，转交给您。"

我抬起头，看着那些堪称灵验的红绸条，还有被风吹乱的维系着姻缘的竹签，阳光直射我的眼睛，眼前的一切有些眩晕，红绸条也变成了一团又一团的红雾。我眯着眼仔细看，终于看清楚了，新挂上的竹签上一面写着"莫懿"，一面写着"孟菀笙"。

我打开包袱一看，一沓我这辈子也花不完的银票放置在一个匣子里面。

"她可还有什么话，留给我？"我负气地将那包袱丢在地上，问一旁仍旧淡然的师傅。

"她让我转告你，她从不爱做棒打鸳鸯的事。你要的所有，她已经给了你。而她祝你们，永结秦晋，一世白头。"

拾陆

蘅安的河灯节真是热闹，摩肩接踵的人们端着老妪们做的各色河灯在街上热热闹闹地走着，每盏河灯都长着魅惑的赤色火舌，在微有凉意的秋日里让人找到掌心的温暖。姑娘们的脂粉香气熏染着辉煌一片的长街，熙熙攘攘的声音沉落在红枫铺成的大道上，让人迷乱。

她不知，我已偷偷跟了她一路。

我看见她向在河边兜售河灯的老婆婆随意买了几盏，红艳艳的花瓣在光的笼罩下柔和了许多，便在她不远处，放下我事先准备好的河灯，用手推着水波，让那盏河灯一下漂到她面前。

她先是看见了河灯里的一支芙蕖翡翠簪，那是她出嫁前，奶奶在秦安时定下的秦簪。我因当时与她怄气，藏起来没给她。

她看到了簪子上她的名字，低下去的头一下子抬起来，我看见她眼中的光把我照亮了。

她拾起河灯，问我："你为何还要回来？"

我看着她，想要攒出一个笑，却不觉泪已润湿眼角："我虽窝囊，也必守信。"

她忽然落了泪："莫懿，你蠢不蠢哪？你蠢不蠢哪！他们都不要我了，我没想到，他们什么都安排好了。我是为了他们才去莫家的啊！可是他们呢，在他们心里我算什么？你还有孟菀笙，莫懿，可是我谁都没有了，我在乎的人，他们都不要我了！我这辈子，再也回不去秦安。可你呢？我放你回你的秦安，可你为何偏偏还要回来！"

我就那样一下子抱住了她，轻轻拍打着她的背，第一次学会把给孟菀笙的温柔分给她一点点："你放走了我，可我又能去哪里？你是我的妻，只有你在的地方，才能作我的家。他们不陪你一世白头，我莫懿陪着你，看红莲成灾，韶华落尽。只要是你愿的，我都依你。我没了菀笙，你也失了秦安，我们又扯平了啊，阿漪。"

在赤色的烛光里，我将那芙蕖簪插入了她的发间。

而我没有告诉她。那日，我拿起有着她名字和我名字的签，踮着脚挂在了最上面的一排架子，换下了她写的签。我在风中听着那些竹签敲打在一起，就像我和她纠缠不清的姻缘，命中注定无法分离。

坐在归程的船上，我看着她将头搁在我肩上，一动不动地木然看着眼前那条深不见底的河。黑白的眼珠分明，湿漉漉的像池安清晨沾了露珠的青石板大街，一览无余的空白。

"只有秦安，才有芙蕖啊。"

"为什么偏偏不喜欢牡丹，不喜欢水仙，不喜欢腊梅，只爱红莲呢？出淤泥而不染？"

"兴许，是因为荷叶能泡茶入药，莲藕能做吃食，莲子能炖汤熬粥，而红莲也能碾碎了做香糕吃。"

"这么肤浅的理由？阿漪，你从来没有亲手做过东西给我吃。人人都说你的手艺好，可是你偏偏不给我做。"

她笑笑，伸出自己的手，手中是一个青玉瓶："拿去罢。"

我迟疑着没有接过。她补充道："这是我亲手调的药，祛疤用的。手上留了疤，不好看的。"

我想起上次我同阿诺挑衅自讨苦吃留下的疤。她竟还记得。

我却只说："我又不是姑娘，要好看做什么？"一边说着，一边还口是心非地拿了过去。

"醒酒时也是有用的。你若醉了醒来头疼，就嗅一嗅。"

那时的我，却并不知，以后的年月里，我倒是更愿意醉着。

拾柒

我未曾想到，我会在蘅安遇见孟菀笙。

她对我说："莫懿，我找了你很久很久。我从法国一直找到这里，幸亏你在这里。"

她又说："我背弃了我的家人，我什么都没有了，莫懿，幸亏你还在这里。"

她最后说："现在我再也不是法国的孟菀笙，会画画的孟菀笙。香榭里大街只是一个遥远的梦了。我不是用手画油画的孟菀笙，我是用手弹琵琶的花楼的头牌歌姬，但莫懿，你在这里，幸亏，你在这里。"

她嫣红的血溅在我青白色的广袖上，让我晓得这不是个梦。我眼看着她从二层的阁楼里开窗跳下，眼看着她的手骨应声折断，眼看着她声声唤着我的名字昏睡在我怀里。

簇拥的人群密不透风，老鸨用团扇劈开了一条路，啧啧啧地执着团扇点着我的脸说："这位公子，闲事莫管，来人，将这个贱婢抓回去。"

"慢着，"我从怀中掏出一张银票扔给她，"这位嬷嬷，从此你莫要再找她的麻烦。"

老鸨接了银票就换了一张脸，谄媚地笑着说："怪不得这贱婢不肯跟陆老爷，饿了她三天逼着她跳了楼，居然还遇见你这位财神爷。"沙哑的笑声扎得我耳朵疼，但我顾不得和她计较，直接抱起菀笙去医馆。

事情这样清晰。菀笙晓得我回来成婚不告而别，竟宁愿和家里人反目，也执意来安乡寻我。走到这里，想必没有路费再支撑她走下去，才到花楼里当歌姬，却被什么老爷看上了。老鸨这贪财的人，必和老爷串通好了将她关起来，硬逼着她嫁到那个老爷家里。她一时无奈，跳了楼，居然那么的巧，正被我看见。

菀笙也是生在水乡大户人家的女儿，从来娇生惯养，和我一样在法国大手大脚惯了，却为我这样受苦。以前她明明最爱的是画画，纵然天生一副好嗓音，也不屑唱歌。但现在，她居然这么作践自己。

我给了医馆许多钱，他们告诉我，无性命之虞，但右手恰好先着地，估计是要废了。我嘱咐他们一定要照顾好她，等她醒了告诉她我迟早会回来看她。

她曾是我想与之共老的女子，最妍丽而又骄傲的女子，现在却这样为我枯竭。我没有留在她身边，纵使她身负重伤，纵使她需要我，但是我居然想到的，还是秦若漪。我想着，她一个人，河灯节后人又多，若有闪失，又怎么得了？菀笙在这里不会有事，故我飞奔回客栈找她。

不曾想，掌柜对我说："莫少爷，莫夫人已经走了。她留了口信给我，说先行一步了。"

竟这样心急。竟这样等不得我。

在回池安的路上，我在船里反复想着这两个女人，我想，我迟早要在她们之间做个决定的。

但回到池安之后，我终日都在怕。怕这个傻丫头被来要账的人刁难，于是我再也不去酒楼和花楼寻欢作乐，而是整日在街上乱逛；怕这个傻丫头不晓得自己照顾自己，于是悄悄给在树下小憩的她添上一件披风；怕这个傻丫头被族长责难，所以听了阿杏的话第一时间冲进去找她。凡此种种，难以细数。

第一次，听见德叔对我说，她让我的债主上门去问她要账，我心想她真是不晓得那些老鸨和满脸横肉的老板的厉害。所以我懒得再去花楼和酒楼买醉，反正现在醉了，她也不会心疼我，反而我倒是越醉越清醒，越觉想念。

第二次，我看见阿诺想要叫醒她，却不忍心熟睡的她被打断，于是我走向前给她盖一袭披风。那日的阳光太妖娆，照得她格外的乖巧，脸上温柔的嫣红让人着迷。我吻了吻她的眉心，动作已经快于我的思绪。

我当时想，若她醒了朝我笑，即便菀笙再怎样的可怜，我也会放弃与她浪迹天涯。其实我对菀笙的爱情，已悉数变成了愧疚和责任，还有同情。炙热的情虽然动人明艳，但也易枯槁，我现在却只想有细水长流的一份温情。我晓得若漪给得起，却不愿给。

第三次，我在族老前握着她的手，她却一下子就挣脱了。我到花园里找她，她醉了，我终于听到了她醉后的心底话：前前后后，我只是莫家的莫懿，而不是她的阿懿。我同阿诺说，她说的不是真心话，可其实，我只希望听到，她说她有那么一点点在乎我。

第四次，我握着她的手说，愿她说一声想我了，并唤我一声阿懿。可我还是没有等到那一声阿懿。她不懂，为何我还会握着她的手不肯放。我一直在给她和我机会，但她从来不要。

第五次，我兴致勃勃地煮了莲藕羹去看她，还未推门，便听见她和阿诺在房里谈话。

她说，惟愿来世不要再遇到我。

没错，这就是她的心底话。从她进门我给她难堪开始，她就已经漠视了我对她种种的弥补和好，我做的一切都是徒劳。

我仓皇而又绝望地笑，拿着手中的碗一直在长廊上漫无目的地游逛，手上的冰冷一直蔓延到心里。看着白雪飘洒在这大宅里，我只想冰雪也将我埋葬。那一天起，我最后的一根稻草都被她无情地剥夺了。

我越来越少去看她，我早已说了，她愿的我都依。既然她不想看见我，那么，我自然不会再去看她。只是在冬日里，我还是用手炉烘着手，默然地画着她的画像。画始终都是骗人的念想，没了念想，人又要怎样苟活世间？

　　为了躲着她，借口去秦安办事，但我先去了蘅安找孟菀笙。

　　我曾深深喜欢的人，现在却成了我的一壶酒，来让我忘记一个叫秦若漪的人。我不发一言地抱紧了菀笙，对她说："菀笙，再等我几个月。"

　　所有莫宅的人都道我无情，抛下秦若漪三个多月。其实我只离开了她十天，去秦安和蘅安的十天。其余的两个多月，我从秦安买来了红莲的种子，一天一天，沿着河渠，看着仆人们一点点将那种子种在池安河的河泥里。我想明年的今日，我不在了，这些红莲还在池安守着她，她看见了池安的莲花，就不会再去想起秦安，想那些抛弃她的亲人。

　　孩子燃起了新的希望。她生下我的孩子后，我是多么欣喜地去看她。我甚至想，若她说她挂念我，我必当负了我对菀笙的承诺，告诉她其实我想同她和孩子一起，等着池安的红莲开放。

　　但她只是打量着我，轻启樱唇："你必然是高兴的罢。我生下的是儿子，莫家有后了。奶奶再没有理由难为你我了。"

　　原来我给予她的，从来都是被束缚的伤痛。我以为我的爱让她展露笑颜，但其实，却成了她嗤之以鼻的枷锁。

　　她从来就未爱过我。她做的一切，只是为了挣脱莫家的牢笼。

　　而我却倾尽全力，只为博她一笑。

　　那一刻，我真的开始恨秦若漪。我疯狂地用手扫去并排而立、好似佳偶的一对白瓷茶杯。它们碎裂在地上，而我的心碎裂在她淡漠的眼神里。

是时候要离开了，我再没理由留下。

我走的那日，正下着瓢泼的雨。我这样在她面前落荒而逃，我问她我演的戏好不好。我演了这么久的戏，骗所有人包括我自己我不爱她，对她却从来没有演过戏。我赠她她所要的，抑或她不要的，究竟这一生，谁薄情，谁长情？

阿漪，我背弃了我的诺言，不因我寡情薄意，因你从来吝啬说一句爱我。

拾捌

故事的最终，我又一个人去蘅安看河灯。在汹涌的人潮里，我望见了你，你虔诚地放下了我的簪子，将它放在了河灯里。

已经二十年了。这二十年里的想念与伤痛顷刻消逝殆尽，一瞬只让我看见这支你留着的玉簪，在火花里闪烁。我忘了你种种的绝情，因我晓得，你也记得我，你至少还记着我，用了二十年去记我。

这二十年很冗长，很冗长，每日在漂泊中我不是没想过我们的重逢，却没料到是在这河灯的光影里看见了你。

你不晓得，我每年都会画一幅你的画像，岁岁年年，长记心间，斯人难觅，唯画寄情。我最大的愿望是什么，其实，也不过是给站在我眼前的你画一幅像。

你不晓得，那一河的红莲，是我赠你最后的礼物，并着我的离去。

如果你在后来的岁月里，爱上了比我更好的人，你再也无须担心什么——这是我欠你的，我该还你。

你不晓得，在月老庙的那一个黄昏，望着那个放我自由的你，伤痕累累的你，我早已情根深种。总想着执子之手，与子偕老，才会如此眷恋地握着你的手。

你不晓得，我不敢在你面前说这些我对你做的事，说一句我的心意，只因我以为你会懂。早知你这样的木讷，阿漪，我早应该告诉你，阿漪，我最爱的人不是菀笙，是你。我不该再用奶奶，再用你二哥，再用菀笙做借口。我觉得你吝啬，其实我也不愿低头，直接同你说我爱你。

现在，我终究明了，其实你也用了这样的二十年，记住了我。你也用这二十年，反反复复思量着那些我再也不会晓得的事情，反反复复思量着那些埋在你心底却从未说出口的爱恋，直到如今我们重逢。

爱不过是那一瞬的悸动，却折磨了我们彼此二十年。我们背道而驰，越走越远，始终有缘无分，阿漪。

我想挽回，可惜，已经来不及了，回首已是百年身。我重新拿起了那支玉簪，放在手心，却任由汹涌的人潮把我们冲散，望着你，没有再去喊你的名字。

阿漪，若百年之后你看到了我写的日记，看到了这封长信，看到了这支玉簪，看到了这么多的画像，我的悔恨，你应明了。我当时说不出的许许多多情话，原宥我，我再也无法亲口告诉你——在池安镇里住着一个倔强的丫头，她是我心心念念的人，她是我的阿漪。

那时，我一定不在了，但池安的莲花，你要看着，孤灯清夜芙蕖寐，想必一定漂亮。

惟愿来世，共度朝夕。

拾玖

莫之聆递给我的包袱里，竟是莫懿写给阿婆的信、画下的画，还有那支我要寻的玉簪。我取出那支玉簪，深望良久，也只有凄然的痛楚。一段本应相依相守的佳话，却变成了一段可歌可泣的痴念。

若他们没有遇到彼此，莫懿依旧做着那个千金买醉的混世魔王，阿婆只做着那个温婉可人的大家闺秀，如此相安无事，笑看盛世浮华，也应是好的。

偏偏相逢，偏偏又错过。

我正叹惋着，冷不防莫之聆已站在我面前，笑吟吟地看着我，问："可看完了？"

我点点头，将除了玉簪的所有东西都归还于他，问："你是从何处得来的呢？"

他又拿起茶杯兀自倒了一杯茶，啜了一口才说："你不晓得之前在这的阿婶是何人么？"

我说："不过就是个卖茶的人么？"

"错，"他定定地看着我，"她就是孟菀笙。"

我一时惊讶不已。

他说："想必莫懿折磨的不仅只有他和你阿婆，还有孟菀笙，从她的容颜你自然看不出她曾几何时的妙容了，所幸莫懿带着她，还是找人把她的手医得半好了。还有，"他好像有几分惋惜地说，"莫懿已不在这世间了，一周之前他就去了。自然，他只能据实以告孟菀笙，托她来找你阿婆。却不曾想，你阿婆走得更早。"

"他们到死都不晓得彼此的心意了。"

"这又何妨，"他又展开了折扇摇了摇，"依我看，可怜人只有一个孟菀笙。莫家觉得亏欠了你阿婆，不仅将她的牌位放在莫氏宗祠，还将她葬在莫氏的祖坟里，葬的可是鸳鸯墓啊！"

"鸳鸯墓？那莫懿……"

"莫懿的骨灰被孟菀笙带回了，早已被葬在墓穴中。他们奈何桥上自然还会相见，若有执念，来世再做一对有情人便是了。可惜孟菀笙一人，还要如此凄凉地过活，只因还承着你阿婆相让莫懿的一份情。"他收起了扇子，皱眉叹气道。

"这些事，你如何都晓得呢？"我哈着气往玉簪上吹，不由觉得疑惑。

"我如何晓得？我便是莫家派来找孟菀笙的人。其他的，你就不需再问了，即便问了，我也不会再答。"他收起扇子，猛地夺过了我的玉簪，说道，"这一桩往事，已经结了，我说的话，勿要再告诉任何人。"

"干吗无缘无故抢我的簪子？"我着急想要拿回，却又被他的纸扇所挡。

"可还记得你答应了我什么？我有个条件，就是这玉簪你不能拿回去。"

"为何？这簪子本是出自我阿爹之手，理应归我。若你毁了也可以，但你绝对不能留着它，留着这簪子是要遭罪的！"

"哦？遭罪？秦莫语，你老实告诉我，为何非得找到簪子，却又要毁了它？说实话，我就还给你。"他将簪子悬空放在我头的正上方。

"我死活也不会告诉你的。"我看拗他不过，反而转了个身，不再理他，想拿起包袱走，不忘恶狠狠地对他说，"你要是遭了报应，可别怪我。"

"秦莫语，别走啊，"他突然挡在了我面前，嘴角上扬地说道："我可以毁了簪子，可你要再答应我一个条件。"

我觉得遇上这个混账真是逃不过的大劫，想着太阳穴就突突地疼，我只好说："世上真有两种人拗不过，一种是你这种无赖，一种是你这种流氓。成了，我依你就是了。"

他闻言很满意地点了点头，将玉簪掷到脚下，狠狠踩了几下。玉簪瞬时只剩白色的齑粉，多少往事都随风而去了。

随后他拿起了包袱，对我说道："午时在船埠等我。"

我拦了他一下，奇怪地问他："为何要在船埠等你？"

"你要寻的不过就是你小册上的簪子。你说好巧不巧，我也是为了它们所来。而你不会不晓得你要找的簪子，有两支在蘅安祁家的手里罢？"

我一下子懵了，这种消息他都晓得，他果真意有所图。"你是要跟我一起寻簪子？"

他轻笑了一声，转头望着我说："是又怎样？不是又怎样？秦姑娘，你压根就没有钱负担船资，不如我们各取所需。我最多的就是钱，也只是想来寻簪子图个新鲜，据说安乡一线，人们都晓得你阿爹手艺最好，而这套花簪又最是出名。我只不过是个闲人想寻来看两眼，你不会不肯罢？况且，我有的是钱买这种消息，你不会亏的。这事，我看就这样定了。"

他语罢漫不经心地从包袱中抽出几张银票，不管不顾我的意愿，强行塞在我手中："拿着。"

我不接："就算我同意，也不该拿你的钱。"

他弯下腰将银票卷起塞在我腰带里："小姑娘，看来你还是不懂钱能通神的道理。装有骨气是没有什么用的。"

　　我还没来得及回答，他又像一阵风一样消失在我的眼前。这个怪人，先前称是游山玩水而已，分明只是不让人起疑。他也要找到那一副花簪，但仅仅是为了赏玩一下就满足了么？

双簪

伊洛传芳花色旧

将离忘春情不留

壹

蘅安的夜里总能寻觅到三三两两的零落河灯。正如诺婶所说的一样，蘅安的河灯最漂亮。蘅安的人们似乎总有未完成的夙愿，也总不忍留这蘅安河独自守夜。

而我此时，正踩着河灯星星点点的光，小心翼翼地追逐着我口中那个怪人的背影。

和莫之聆半日相对无言地坐船来到此地，他将我随意安置在一家客栈里，自己却乘夜色已浓时，孤身一人出来。

他步子迈得大，我没走几步便跟不上，只能气喘吁吁地一路小跑，却不留神撞上了人。

我们相撞得极狠，双双倒在地上。我见状自知理亏，忙起身扶起被我撞倒的姑娘。

她身着浅蓝襦裙，长着一张素净的脸，鼻子玲珑小巧，面色妍丽，看上去温柔美丽，那双圆眼也是脉脉柔情。下半张脸却以轻纱相掩，身上却又有牡丹的香气。

　　我连连道歉，她却十分宽容大度，连说无碍，反倒还忽然塞了一个香囊在我身上："看姑娘不是蘅安人，不知蘅安镇里蚊子的厉害劲，手被咬成这模样。喏，这香囊驱蚊，你且拿着罢。"

　　我死死盯住莫之聆快要看不见的背影，草草道谢后，拿着香囊往怀里一塞，赶紧疾奔过去，也没来得及再和那姑娘多说。

　　幸亏还赶上了他，正瞧见他走进了蘅安的月老祠内。

　　这深更半夜的，神神秘秘地遮掩行踪，居然只是为了来月老祠？

　　我满腹狐疑地尾随其后，却发现门已经被他关死，便将脑袋靠近窗，想听听房内的动静。

　　"你还是来了。"一道清丽的声音响起，不知是喜还是悲，"阿聆。"

　　这么亲昵的称呼。

　　我踮起脚想透着窗纱看看那出声的女子，可窗纱厚实，朦朦胧胧只看得出是一个身材匀称的窈窕女子。

　　可莫之聆语气中皆是嘲谑讽刺："不曾想堂堂祁大小姐，哦，不，此刻应是改称顾夫人了，竟喜欢用这样下三滥的手段。我这一只脚刚踏进蘅安，只想早早洗漱去会周公，不曾想，还得走这一趟夜路，听候您的差遣。"

　　那女子却对他冷若冰霜的态度置若罔闻："那位与你同来的女子，可是……"

　　"这又关你何事！"似乎再也按捺不住，莫之聆应该是打算拂袖而去，"祁㸌，你如今真是越来越不可理喻了。"

“阿聆，你就算讨厌我，我也必须得说。莫之聪现下也在蘅安。你若留在这里，便要多加小心”

“我没有讨厌你，”他话中分明都是疏离之意，“祁鄠，你高看你自己了。对我来说，你根本不值得我费精力去恨去厌弃。当初你亲手扔了莫弃琴，我们早已桥归桥路归路，能谈得上厌弃，只说明我心中仍有你。可惜，事实并非如此。我是好是坏，从那时起，便与你无关了。以后你若是再用向莫家透露我的行踪来要挟我，就莫要怪我不念旧情了。”

“我晓得时至今日，我无论说什么，你只当我是借口诸多，穿凿附会，但我这趟来蘅安，以后也不知可有机会能再见你，自当把话说个明白。我晓得你这么多年吃了许多苦，无非是想教你阿爹后悔当日弃你而去。你当时虽说爱我，可你真的爱到能放下是非恩怨，同我举案齐眉？”

“如若不然，”我听见他这次真是怒了，“我当日为何约你去船埠？我当日愿舍下一切，要的不过是一个你，你到现在还是不信！”

“我不是不信，”这啾啾莺语突然变成迟暮之春杜鹃啼血的声音，“我晓得你爱我，你愿意让自己放下一切，可是阿聆，野心对有些人来说是毒是祸，对你而言，却恰恰是你命中终须有的东西。你选了我，莫之聪就有了理由同祁家一起联手追捕你，你注定要隐姓埋名，惶惶不可终日，东躲西藏。你选了我，就要舍弃你唯一翻盘的机会，注定只能做个无名无姓的碌碌庸才。你会后悔，而我也会。我比你大四岁，早就该过上相夫教子的平稳生活，但为了你，我可以忍受背着私奔的骂名，我也可以忍受众叛亲离的痛楚，我唯一不能忍受的，是看着你一点点从我心中最爱的英雄，变成一个面目全非安于现状的庸碌之辈。而这全都是因为，你选了我。”

安静了好久，莫之聆终于开口了："说完了？说完了，我回去睡了。"

他话音未落，一只蚊子狠狠盯了我的鼻子一口。我一时没忍住，甩了一大巴掌想把它往死里招呼。

岂料这掌声惊动了房内二人。两人朝我走来的脚步声几乎是立刻响起，我连忙如同惊弓之鸟一般立刻逃走。

贰

在逃亡的路上，我方知莫之聆方才的步伐还是慢了。他追逐我，如同一只野狼迅猛而不遗余力地撵着一只快跑不动的兔子，丝毫不给我喘息的机会。

也难怪。从我偷听而来的话可知，他可是在私会人妇。若是被他人撞见传了出去，他二人怕是要被拖去浸猪笼了。他若抓到我，会不会杀人灭口呢？

念及此，我更加胆寒，慌不择路，不知被什么东西一绊，摔了个狗啃泥，而衣衫却不知又被什么划破，连累那皮肤也被划伤，刀割一般地疼。

可我有苦说不出，只能噤声，怕引得莫之聆注意。

忐忑不安地听着他稀稀落落的脚步声终究离我而去，我定下神喘了口气，才发觉有一双眼睛正在悄悄地打量着我。

盯着我的人二十出头，生得高高瘦瘦的，面色苍白，戴了一副金丝眼镜，短短的头发梳理得很整齐，浓黑的眉越发显得脸色的白，一副书生的文静样子，语气也甚是和蔼可亲："这位姑娘，可是有什么难处？怎会深夜突闯这牡丹园来？是有人在追你么？"

我这才晓得，自己无意间闯入了牡丹园。此时牡丹花期已过，芳华不在。

"我……"我支支吾吾着低下头，不知如何开口。

岂料那男子递出一方绢帕给我："可是要被亲爹亲娘卖给别家做丫鬟，不情愿，才逃出来，不小心跑错了路？"

我貌似笃定地点点头，实则心虚，接过绢帕包住渗血的伤口，不留神触及他温暖的手指："公子说得不错，正是如此。"

他叹息一声："这世道啊，真是越走越难。"

他接着嘱托我："今日本是来给牡丹松土，遇见姑娘也是缘分。我本还要去私塾取些东西，路不远的。姑娘不如在这等我回来，我带着姑娘一同去我的宅子歇息一晚，明日再做打算，可好？"

我小鸡啄米般点头，心里却催促这位面善的公子赶紧离开，可别让莫之聆听到声音再折返回来。

何况即便再面善的人，我又怎敢凭他只言片语，就乖乖同他一起回他所谓的宅子？

可他不知我心中所想，看着我点点头满意地离去。

我用绢帕包裹上我伤势最严重的手，回转过头，才发现，这一地牡丹，虽已开败，这番却遭了罪，被我压死了好多。

真是罪过。

我叹息着，正欲转身逃之夭夭，却忽觉一阵晕眩。

我努力想要站稳，却力不从心，倒在了一双绣花鞋前。

我用我最后的力气去看我面前的人。

那是一个身形纤细，衣着紫蓝色长裙的女子，梳着堕马髻，随意地插了一支鸾凤金钗，还戴了一层轻薄的紫色面纱，遮去了她大半的容颜，只剩一双懒洋洋的圆眼让人看得迷乱，身上也有清爽的牡丹花香。

原来是她，那个被我撞倒的女子。可短短的时间里，她怎么换了一身行头。

我下意识地掏出怀里的香囊，不得不恼火于自己的蠢钝——里面应是有迷药了。

"我不喜欢有人压坏我的牡丹。"那个女子蹲下身来，用纤细的手指捏着我的下颌，指甲微微用力掐入我的皮肉，让我一声闷哼，"我更不喜欢有人碰到他的手。它们和他，都只是我一人的。"

"我当然更不可能让他带你回家了。一朵芍药还不够么，这一朵小野花，还是化作春泥更好。"

我无力再辩解一句，只能呻吟一声。

"今日可真是有趣的一天。"她凑近我的脸，却重复吟诵着一句让我毛骨悚然的诗句，"化作春泥更护花。"

叁

这个梦真是很长。

从下了宜山以来，我很久都未做过这样美好的梦了。

我和阿然在山坡上疾驰着，嬉笑打闹着，出了满头的汗。阿然唤我一同去她家里，吃二姑做的米酒红糖炖鸡蛋。

我才吃到一半，就被一阵尖锐的疼痛所唤醒。

睁眼一看，戴着面纱的女子，正用一只金钗对准了我的咽喉，只要一用力，我便能去阎王府吃酒酿炖蛋了。

我想去摸贴身而带的簪子，可却发现自己早就被五花大绑起来了，唯一能用得上劲的就是眼睛。

于是我狠狠瞪她，却引得她一阵发笑："真是个有趣的小丫头。我倒有些不忍心杀你呢。"

"是我欠的你，你为何又要扯上其他人？"另一处有声音传来，有些耳熟，"苏伊洛，左右不过一个祁翌，你要他，我早已将他还你！你恨我，我把命还你便是。你放了她，你爱怎样便怎样！"

苏伊洛。

这三个字让我仿如晴天霹雳一般，正欲开口问她，却发现迷药的后劲让我说不出话来。

听到了另一边女子的话，苏伊洛拿着金钗的手抖了一抖，却没有收回去："苏将离，你这样的东西，又有什么资格同我谈条件。我杀了她，再杀了你，然后去祁翌的私塾放一把大火，把一切烧得干干净净。等你们都死得干净了，我便能好好地干净地活下去了。"

苏将离。

我又是一惊，可尔后，我才明白其中缘由。我第一次撞上的人，应是苏将离。而第二次，掳走我的人，才是苏伊洛。她们本就是姐妹，所以长得酷似彼此。

来蘅安之前，我曾四处打探祁家的消息。

祁家二公子祁翌，现年二十有一。原本家里执意在乡里给他谋个职位，他却执意要开个私塾，倒也是个有趣的人。

最有意思的是，祁家有两位少奶奶，倒是一对姐妹。阿姐做了偏房，妹妹却做了正房。而妹妹唤作苏伊洛，姐姐却叫苏将离。伊洛传芳是牡丹的别称，而将离是芍药的别称。牡丹是花中之王，而芍药是花相，王与相哪个金贵，自然一听便知。

祁家当日向我爹买了其中的两支花簪，赠与世交苏家为聘礼，当时祁翌三岁，苏将离与苏伊洛都还未出世，但两家已说好要订个娃娃亲，苏家的女儿以后必为祁家儿媳。

可不知为何，听闻一年之前，蘅安就无人再见过这对姐妹，而祁翌也只是孤身一人住在祁宅。

此次因着莫之聆说，他有鲜为人知的绝密消息，我才信了他的邪，来到蘅安，却不知不觉把自己送上了死路。

"你这样杀了我，岂不是便宜了我和他？不如，我来告诉你怎么做。你把她放了，把我们留在这里，活活饿死我们。而你呢，便回去扮作我，永远留在他身边。他分不清你是木小姐还是白牡丹，他会一直爱你、敬你、珍惜你，同你生儿育女。让他一辈子留在自己写的戏里，等他死之前，再告诉他，你不是我，让他发现，他竟用一辈子去错爱一个他不该爱的人，这才是真正的报复。"

苏伊洛听着这话，慢慢闭上了眼，金钗也忽而滑落，坠到地上："将离，有时候，我真是恨你太聪明。可这委实是个好主意，你说得实在是对。"

"那我，便听阿姐的话罢。"她蓦然睁开眼，笑意盛满了眼，"可是，我的确不喜欢这个丫头，便不想放她走。你若是饿了，便吃了她罢。"

她又癫狂地笑着离去。而我看着窗缝里漏进来的阳光，开始思考人不吃不喝究竟能活多久。

"对不起，是我连累你了。"

我和苏将离已被关在这个鬼地方快一天了。夜里气温骤降，我们便互相靠近取暖。

"你叫什么名字，家里可还有家人？"

她问我，我试图张口说话，却依旧还是嘶哑："秦……秦……"

她见状轻叹："我当时便不应该好心把那个香囊给你。谁又曾想，她居然把我的香囊偷偷调包了。她想迷晕的是我，见香囊没用，便把我打晕作数。可你运气也着实不好，怎会遇见了她呢？"

我看着她的眼，想安慰她，这不是她的错，可依旧说不出连贯的话来。

"是不是好奇，我们一对姐妹，如何会闹成今天这般田地？"她若有所思地看着我，"这么久了，我好累了。我同你讲个故事，你愿不愿听呢？"

我迫不及待地点头。

这正是我最需要的东西。

肆

在蝉鸣与蛙声的交织起伏里，我听见了蛙声盖过了蝉鸣，又听着她绵柔延长的声音盖过了蛙声："我记得十二年前，那也是个夏日。"

十二年前，我约莫六岁，姆妈染了重症，药石无灵，咯血不止。

饶是我爹花重金请了多少的大夫并着江湖郎中，姆妈的病也未见半分起色。

姆妈死去的那个夜晚，我睡得很沉。乳娘后来把我抱到她跟前，她用手指轻轻抚了抚我眼下的泪痣，发出一声若有若无的叹息，对乳娘说："荀娘，阿洛她的命会不会像我这样苦？若是阎王召我早些去，却肯给阿洛一副好命格，我是愿意这样作交换的。"

荀娘的声音不平稳，起伏极大："夫人这是说什么胡话呢，小姐和夫人，这都不是好好的么？"

姆妈只是苦笑着理平我额前凌乱的刘海，最后只说了四个字："天命难违。"

她在半夜死去。

老爷……嗯，我是说我的阿爹，当时并未见他如何伤心。的确，梅姨娘，就是阿洛的母亲，当时刚为我阿爹生下一个儿子。他平日都与他们母子腻在一起，我姆妈的死，对他来说仿如落叶无声，并不曾让他伤情半分。

我生下来时，他本待我若掌上明珠。满月宴就为我订了六十六桌酒席，甚至宴请毫不相识的陌生人为我讨个好兆头，六六大顺，福泽深厚。荀娘说我出生时，蔺安城南废弃的牡丹园里，牡丹突然开花，像是在庆贺我的生日。我自然记不得我满月时候的事，我猜那时我姆妈应是笑语盈盈地看他为我忙前忙后。他还请了霭安镇珈珞寺的高僧为我取名，高僧那时正忙着修葺寺庙，于是按着八字为我取了一个名字，就叫伊洛。

然而我大约长到一岁光景，我阿爹在花楼迷恋上一个风情万种的头牌。为她一掷千金，夜夜笙歌，流连春色，真是不枉他风流才子的一世英名。她风华正茂，然而我的姆妈已开始被不知名的病痛折磨得面色蜡黄。我阿爹名曰冲喜，定了日子打定主意将这个头牌娶来做小妾。

那时应是清秋罢，姆妈抱着我，颤颤巍巍地从自己屋里带着细软行李走出来。

我阿爹已有七分醉意，他胸前配着大红的喜花，仿佛在一片彤彤的大火里，定定看着我的姆妈，又惊又惧："阿叶，你这是要去哪儿？"

她笑靥如花，未有半分伤情的样子："不过是换个楼住住。眼不见，心不烦。"

他伸出手，紧紧箍住她带着玉镯的纤细手腕："我错了，你可以打我，你可以骂我，你可以怨我，可你却偏偏这样笑着，让我心里好生难过。"

我的姆妈还是笑笑，眼里却浮上一层氤氲的雾气："我这样做了，莫非那些发生的事就能烟消云散，莫非我就能把这些荒唐当作南柯一梦？"

他的手渐渐松开，暗哑的声音却着实伤人："覆水难收。若我没遇见她，定不会负你的。我踏入这一场痴梦，被魇住了，走不出了。"

"吉时到了，该进洞房了。你的新娘可在等你哩。"她指指洞房的方向，"走不出，就留在里面罢。"

他喃喃道："阿叶。"

她只是抽出手，无声离去。

她决然回头，再没有看他一眼。院中秋风萧索，枯萎多日的白牡丹徒留一院浮靡的香气，在清瘦月华中更显凄然。

梅姨娘诞下阿洛时，城南废弃的牡丹园居然又开花了，而那时我右眼下突然无端端生出一颗泪痣，胭脂色的，好像一颗凝结的血珠。从这一天，我姆妈的病无端端地恶化起来。她一年同我阿爹没见几面，只有苟娘和大夫在照料她。

我阿爹却在一个日子里带着珈珞寺的高僧来到她的病榻前，她望着高僧手中转动的佛珠，干涸的嘴唇无声翕动。

我阿爹却无视她在说什么，只是问高僧："您看内子还有救么？"

高僧答："贫僧不是大夫，只是来度有缘人的。夫人这副形容，该去找大夫才是。"说完，转身就要走。

我躺在姆妈身边忽然醒了，咯吱咯吱地对笑起来。高僧看见我，止住了脚步。他朝我走过来，用手摸了摸我的泪痣，问我阿爹："这是当年让我取名的女娃娃？"

阿爹点头。

高僧喃喃自语道："难怪啊，难怪。一生流水，半世飘蓬。"他叹了口气，将手上的佛珠脱下，戴在我的手上，"便让她带着这串佛珠，保佑她逢凶化吉。"

阿爹瞬时愣了："大师，她……"

高僧却继续自顾自说："不要再叫她伊洛了，叫她将离罢，越凶的命格当用越凶的名字镇。若是运气好，说不定真能逢凶化吉，安度一生。"

此时我姆妈终于能发出声音来："大师留步。"

高僧转眸去看她："施主还有什么要问？"

姆妈道："我晓得我并非大师的有缘人，但只问一句，大师肯不肯度将离？"

"她也并非我的有缘人，度不了。"他闭了眼，只肯说这一句，"无缘的终究无缘。施主保重。"说完，他头也不回地离开了苏宅。

阿爹从那天起，看我的眼光中就有了异样。高僧虽然没多说什么，他看我泪痣那副模样，分明已经下了批语。是我的命格太凶，才克死了姆妈。

阿爹舍不得伊洛这个名字，就送给了阿洛。而我在那天起，就叫苏将离。

姆妈死后，一把大火烧透了她以前住的小院。恰好荀娘带我上街，躲过这一场浩劫。只是姆妈的东西被烧得干干净净，一点不剩。她最爱的那些牡丹，还未开花就烧成了灰烬，安息在这小院里。

我回来时，阿爹一言不发地抱着我，无论我如何踢打哭闹，他都紧紧拽着我，直到来到一间黑暗的柴房前。

他，我的阿爹，一把推我入这深不见底的黑暗里。我当时只有六岁啊，莫语。你六岁的时候，在干什么呢？

我听见一个娇媚的声音在外面问阿爹："阿梓，你这又是何苦呢？阿姐才刚死……"

"你给我闭嘴！"

"老爷，"我听见荀娘在外面求情的声音，"老爷若是嫌弃将离，我带走她，您眼不见心不烦。她如今只有六岁，再怎么说，也是夫人的骨肉。夫人生前最舍不得的就是将离，您这么做，夫人九泉之下又怎能安息？"

"荀娘，别用一个死人来压我，我不吃这套。"

"老爷！"荀娘声嘶力竭的哭声让我至今难忘，"您不能这样心狠！"

"心狠的是我么？她克死阿叶，招来这场妖火把牡丹楼烧得干干净净，她就不心狠么？难道我还要放任她，克死我们所有人你才高兴？"

　　荀娘无声地落泪，最终带着恨意一字一句地说："好，苏觅梓，你够狠！你够狠！"然而回答她的只是那些无情的脚步声。

　　我从门缝里看见梅姨娘回头时那抹妖冶的笑容，真像个妖精，志得意满的妖精。

　　而我坠入无边的黑暗里，不死不活地苟延残喘着。除了荀娘，谁还记得苏家的苏将离，那个右眼下，一颗朱砂泪痣的苏将离？

伍

　　我八岁时，又克死了荀娘。

　　荀娘寻着机会带我跑出苏宅，数十只凶猛的猎狗嗷嗷待哺，疯了一样追着我们。荀娘让我跑，她自己却引着那些狗走了。

　　然而三天后，他们还是找到了我。我蜷缩在巷子深处的一个角落，惊恐地看着我阿爹。这个人为我定下六十六桌酒席，祝我六六大顺，福泽深厚。这个人为我向高僧求名，却最终因一颗泪痣把我逼到如斯境地。

　　"阿爹。"我叫着他，泪水却忍不住落下，"我不要回去，求求你，当作你没有这个女儿，好不好？"

　　他的眉毛皱成一团，却还是坚定不移地抱住我，不顾我的挣扎，又带我回到黑暗里。

　　梅姨娘在门外故意说给我听："听说荀娘喂了狗，连全尸都没剩的。阿离，幸亏我俩不曾沾亲带故。你这么好身手，怕是被你克死了都不晓得怎么回事。你啊，就乖乖待在这里，离我们都远点。尤其是伊洛，你若敢招惹她，我就刨了你姆妈的坟！"

我连送荀娘一程都不行，她死得这样惨，她爱我如同我的姆妈，我却连送她一程都不行。

我欲哭无泪。想必，也没人在乎我流不流泪。一生流水，半世飘蓬。这大抵是我的命数，果真逃不过。

我以为我会一直过这种不人不鬼的生活。直到我十三岁，有人打开这被紧锁的柴门。

突如其来的光亮让我忍不住抬手遮住双眼，已经适应了黑暗的我难以接受这耀眼的光。

"你是谁？"

祁翌是五年来，第一个同我说话的人。因光亮刺痛而留下泪水的我下意识答道："将离，苏将离。（芍药为盟，白首不离。芍药的别名，叫将离。）"

一双柔软修长的手蓦然握住我的手，缓缓将我的手拿下。

他软声细语地劝我："将离，你不要怕，我挡着光。你睁开眼，看看我。"

我听他的话睁眼。他在金黄色的光晕里白衣磊落，被风吹得衣袂翩飞。所有晦暗与阴冷，好像都因他的到来而散去。

而他身后忽然出现一个清丽活泼的少女，同我长得八分相似。她指着我，啧啧称奇："翌哥哥，你从哪里变出一个我来？"

他望着我，将钥匙拔出，藏在身上，漫不经心地说："这恐怕要问你爹了。"

他拉起我，毫不避讳我是如何落魄的打扮，握着我的手，轻声道：

"将离，我带你离开。"

我看着他的脸庞，泪水不受控制地滴落。他看了看，用手轻轻抹去，继而用衣袖遮住我的眼，拉着我的手，温润如玉的声音却沉着有力："莫慌，将离。都过去了。"

这样的祁翌，让我如何能不爱上他。

我们来到后花园的凉亭里，所有人在这里小憩。我对祁翌说，我的眼睛好多了，他听话地放下手。其实光还是很刺眼，但我料想，他的手应该酸了。一路上我将我的遭遇告诉他，他没有过多地介绍自己。而伊洛跟在我们后面，也好奇地听着我的经历。我看不到她的表情，想必她是惊讶的。她居然还有我这么一个阿姐，活得如此落魄的阿姐。

凉亭里，四个姨娘，三个同父异母的弟弟，两个同父异母的妹妹齐齐盯着我看，我的阿爹坐在凉亭里习字，仿佛把我当空气。

梅姨娘摇着蒲扇装出一副贤淑端庄的样子，婉声唤我的名字："阿离，你怎会在这里？"言罢，就将我身后的伊洛拖开，生生地和我拉出几米距离。

阿爹终于抬头，看见我和祁翌站在一起，脸上却未有半分反应。

"世伯，"祁翌叫了他一声，"竟未想到将离还活着。"

阿爹将狼毫悬挂在笔架上，做了做手势，姨娘们带着少爷小姐离开了，梅姨娘把伊洛交给别人，自己却留下了。

我心中猜想，他必定跟别人说我已经死了，不愿别人晓得他还有个女儿叫苏将离。可这又同祁翌有什么关系。

"你阿爹托我好生照料你，我特地请了安先生带你和阿洛一起研习，你却偷了钥匙跑到柴房放这丫头出来。祁翌，是不是平日我太宠你，教你把这些做人的礼数都忘了？插手别人家的私事，这又算什么事！若不是看在你年少无知，我今日定是要赶你出苏宅！"他微微动怒，却始终没看我一眼。

"世伯，我可以同你道歉，但这不能算私事。你这样无端端地囚着你女儿，还赤口白舌地咒她已经死了，这又叫什么事？"祁翌却未有半分惧色，言辞凿凿。

"放肆！"阿爹盛怒，"祁翌，我一直把你当儿子，却不是让你今日这般顶撞我！"

倒叫梅姨娘做了和事佬："阿梓，你就别同祁翌较劲了。他才那么点大，出口重了也是小孩子不懂事体。祁翌，这里有这么多的细枝末节你都不晓得，何必为不相关的人强出头，倒教下人看了笑话。"

我看了看阿爹，暗暗扯了扯祁翌的衣袖。是啊，他犯不着，毕竟我是一个不相关的人。

我不值得。

没想到他微微挑眉："不相关？我三岁时，就用花簪下聘。她还没出世，就与我定了娃娃亲。如今她是我未过门的妻子，你凭空一句不相关，就抹煞我们两家当年的盟誓，是不是可笑了点？"

我的心跳落了一拍。这定亲的事情，我却从未晓得。

梅姨娘还想说些什么，却因阿爹的一个手势悻悻离开，走时她盯着我看了一两秒，目光瘆人。

阿爹却是被气着了，坐在椅子上缓了口气，没有好脸色地问："那么，你想怎样？"

"你给伊洛怎样的生活，就要给将离怎样的生活。你怎样待伊洛，就要怎样待将离。待我留洋归国，定会娶她为妻。"

"若我不呢？"阿爹的眼神有轻视与鄙夷，"祁翌，清醒点，你未有资格能同我讲条件的。"

"这件事，不只我想这么做，我阿爹也是同意的。若你不从，祁家就会撤资，苏家的新工厂就别想建了。"

"好啊，"阿爹冷笑道，"好一个少年老成，算计起你世伯来倒有几分手段。"

"世伯，你是同意不同意？"

"我若说不同意，"他终于看了我一眼，却立刻把目光移开，"只怕我们苏家从此在安乡再无立足之地。"

祁翌却是满意地笑笑："你说得对，世伯。"

陆

我最终搬到牡丹楼住。这里几乎十年来无人问津，虽然楼阁已经被修葺，但因没有什么人住，还是有几分萧索之意。

我没有要丫鬟伺候我，其实心里委实担心当年高僧给我的批语。如果我是这样的命运，自己活不长就算了，何必拖累别人。

但是却未曾想，祁翌却将在苏家伺候他的丫鬟送给我，唤作阿绿。

阿绿是个聪明伶俐又能干的丫鬟，她从没有理会过其他人的闲言闲语，只是一心地对我好，时常为账房克扣了我的月供和管家吵得不可开交。因为有祁翌撑腰，管家还是把钱补给了我。

我本想疏远阿绿，但是阿绿太聪明了，她对我说："小姐，若你有本事你便克死我！我横竖是不信什么泪痣、什么孤星的。夫人离开只是因为骨子弱，牡丹楼着火是因为有人从中作梗，同你又有什么关系？"

"从中作梗？"我难以置信，"你说，有人故意纵火？"

"楼里无端端起火，天上又没有落什么闪电，还正好在大家都干活不注意的时候，你说不是人放的火，还会是什么呢？"

"阿绿，"我握紧她的手，"你是真不怕？"

"怕又怎样，不怕又怎样？狗也晓得护着主子，遑论主子是好是坏。况且小姐你本来就是个好人，和夫人一样。夫人收留我，我就一辈子对小姐你好。"

我点点头，对她说："我饿了，阿绿你帮我拿晚膳来罢。"

我不想同其他人一起用膳，我惧怕他们的眼光，好像一只羊落入在狼群中。

却不曾想到，伊洛是跟着阿绿一起回来的。她像只无忧无虑的小云雀，轻快地跳过门槛，真的是在最好的年华里，活出了最好的样貌。

我看着她，竟不知该说些什么。

她却将眼睛笑成了两道浅浅的月牙："我是不是该叫你阿姐？从前我从未晓得，我竟还有一个阿姐。整天被那些弟妹闹得心烦，竟然还有个阿姐能宠我。"

我向她攒出一个勉强的笑容，居然有几分凄然："伊洛，你姆妈讨厌我的。你离我远些。"

她歪着头，好像另一个古灵精怪的我："我偏不。阿绿，给我加双筷子，我要同阿姐一起吃饭。"

她费心费力地为我夹菜添饭，为我介绍我这些年未尝过的美味佳肴，为我讲述我从未去过的世界，向我倾诉上私塾的苦恼。

"若不是因为翌哥哥，我是绝对不会去私塾的。他喜欢知书达理、温婉可人的女子。可惜啊，我总是难以变成这副模样。啊，对了，翌哥哥要走了，阿姐你去送他么？"

我的心又咚咚地跳起来，我偷偷窥她脸上那掩饰不住的春色，问她："祁翌他，这些年同你处得很好罢？"

她掩嘴笑笑，像极了一个怀春的姑娘。眼波流转，她瞟了阿绿一眼，偷偷和我咬耳朵："郎骑竹马来，绕床弄青梅。我俩是青梅竹马从小一起玩大的，翌哥哥会娶我的，我没出世我们就定了娃娃亲。"

"哦？原来是这样。"我的心情无来由地低落。我生来带泪痣，伤人伤己；她生来有福，无忧无虑。终究是她，更衬他。

"阿姐，"她亲昵地缠住我的胳膊，撒娇道，"如今翌哥哥走了，你就代他同我一起在家中上课好不好？"

我苦笑："姨娘她会动气的。"

她扔下筷子，却是一副气鼓鼓的样子："他们把你关在柴房不闻不问，你不生他们的气，他们却还想同你计较。从今天起，我为你做主。我有的东西，通通都分你一半！不过……"她偏偏头，"只除去翌哥哥，我不能分你。不过也没关系，你总会遇上喜欢的人的。"

她怕是也不晓得，我同祁翌才是定了娃娃亲的。李代桃僵，这种事我阿爹自然做得出。说我死了，自然由伊洛顶了我的亲事。

然而她怕是不晓得，我也是钟意祁翌的。

可是我答应她："好，我如今认了你这个妹妹。我会尽一个阿姐的本分，陪着你，照顾好你。"

她笑意更盛，同我举杯共饮："一言为定。"

失了一个喜欢的人，有了个妹妹，这应该不要紧罢。也许他并未钟意我，反而早已同伊洛有了感情呢？

我一饮而尽这盏苦涩，却看见祁翌仿佛站在我面前，同那日一样对着我笑。

我听见伊洛说："明日申时他就走，你总该同我去送送他。毕竟是他救了你的。"

我苦笑着说："好。"

转眼就到申时，阿洛拉着我坐轿去码头见祁翌。她牵着我的右手，又像一只叽叽喳喳的小云雀，问东问西，大抵都和祁翌有关，譬如："你说，翌哥哥喜不喜欢我的胭脂？"又譬如："翌哥哥会不会是在国外看上什么狐媚子，再也不回来了？"

我被她一口一个"翌哥哥"说得心烦，打消了去见祁翌的念头，对她说："阿洛，我不太舒服，你自己去罢。"言罢，我不顾她在我身后叫我，慢慢从码头走回苏家。

又起风了，我用手抱着胳膊，企图找回一点点的温暖。然而我不知不觉却走到了镇南的牡丹园。五月末，堪堪过了牡丹的花期。

却未料到，祁翌竟在这里。他跪在地上，好像正在松土。他看到了我，朝我笑笑："你竟也来这里？一个人？"

我点点头，问他："你不是该在码头么？阿洛她去找你了。"

他拍了拍手，尘土飘散让我忍不住打了个喷嚏。他自责地掏出绢帕站起身帮我擦去脸上的尘土，低语道："抱歉。"

我实在受不了他离我这样近，只能抢过绢帕，退后一步道："我自己来罢。对了，你到底为何在这？要开船了。"

他看着满园不开花的牡丹，突然语气低落："临走时终归放不下这里，想来看一两眼。误了船就误了罢，误了牡丹的花期，却是罪过。"

我蹲下来看着那些牡丹，好奇道："它们怎么都不开花？这明明是花期啊。"

他说："这二十年，好像只开过四五次罢。你出生的时候，它们也开花过。那是我第一次见到这里的牡丹开花，一直惦记到今天。或许它们是通人性的，只为有缘人开花。然而我，终究无缘。"

"终究无缘"这四个字还是触及到我的心弦，我望着他，终于忍不住问他："祁翌？"

"嗯？"

"阿洛说，她同你青梅竹马长大。"

"那又如何？"他依旧笑着，好像我说的并不是什么要紧的事。

"她说，你们早就定了亲，还是娃娃亲。"

他终于不笑了，只是淡淡道："当初是祁家与苏家定亲，只说了是苏家的大女儿。若你真的死了，我自然是要娶阿洛的。"

"那现在呢？"我和他四目对视，强装一副淡漠如水的平静。

他端详我半晌，终于启唇道："将离，若是你爱上旁的男子，不必等我留洋归来。定的亲事，可以不作数的。"

未曾想暮春却还是这样冷风飒飒，凉到骨子里去。我压住心中汹涌的痛楚，问他："若并未想把我当成你的妻，何苦对我如此好？"

他还是那副衣冠楚楚的模样，轻轻将身上的披风解开披在我身上，声音朗然，甚是好听："不是我对你好，是他们待你太差。你只需担着这未婚妻的名声，他们就不敢欺负你。若找到欢喜的人，千万莫要错过。我也不知我几时才能回来。况且，"他神情凝重，"况且，你也未必有多喜欢我罢。我们之前，素昧平生。"

或许只是他的借口罢。哪里有人，放着青梅不娶，却偏偏愿意娶个灾星呢？究竟是我不喜欢他，还是他不喜欢我呢？可不管怎样，我也不敢说一句，我是喜欢他的。

我颔首，听见打更的人敲着锣。我解下披风，还给他："祁少爷，最后一班船了。若是不去，再未有机会。"

他并不接过去："这披风你留着便是了。"

我摇头："说不定日后，未再有机会相见了。好像，我还未同你道过谢。谢谢你，祁塑。"

他终于接过披风，对我说了句："再会。"

我走出几步，却还是被他叫住："阿离。"

我亟亟回头："嗯？"

他垂首问我："你能不能叫我一声'阿塑'？"

我听他的话喊他："阿塑。"

他却还是不肯放我走："我走了，你一个人要好生照顾自己。这种吹风的日子，要晓得自己加件衣服。夜深了，你不要像今天一样一个人乱跑出来。这里是镇南，还算好。镇北镇东，总是不太平的。"

他絮絮叨叨着，好像一个故人，又像一个母亲在那里不放心地交代着。也许是因为无法再见了，要把能说的话都说完。

是不是他对每一个人都这样温善体恤，柔情款款。不像当日出言顶撞我阿爹，略显莽撞的他。我一定不是这样的唯一，却还是因他的温言善语微微润湿眼眶。

"你也是，一路保重。再会。"我轻巧地说声再会，脚步却移动得越来越迟缓。

他在船上应会发现，他的披风被我包进了一个香囊。

牡丹园的牡丹没有开花，但是荀娘生前在牡丹楼栽的牡丹和芍药已然开花。他喜欢牡丹的香气，我清楚。但他应该没分清牡丹与芍药。

牡丹的花期，早已过了。牡丹楼的牡丹早已枯萎。反倒是芍药，却正好晚了半月。牡丹园种的，不是真正的牡丹，而是芍药。

芍药为盟，白首不离。香囊里粉碎的芍药，正如同我粉碎的期许。若是我早些遇见他，并未错失这些年；若是我没带着这样伤人伤己的命格，我会告诉他，我会等着他来，无论青丝，还是白发。

但如今我们，终究无缘。

柒

伊洛做到了她所说的。正如我意料的，梅姨娘和阿爹都不准我去私塾读书。但伊洛说到做到开始用绝食来要挟他们，虽然她偷偷央了阿绿在午夜给她送吃食，在未惊动任何人的情况下，着着实实让梅姨娘和阿爹心疼了一把。

我终于可以去私塾念书，我想我是欢喜的。我的姆妈，据说也是衢安一代才女，只可惜她的墨宝，都在大火中付之一炬。

那日我起得极早，用过早膳便想乘着轿子去私塾。但轿夫都未有一人理睬我，我尴尬地站在一旁，等了良久，却还是没人看我一眼。

梅姨娘从我面前身姿摇曳，顾盼生辉地走过，身上的脂粉香让我觉得难受。她坐在轿子里，伪善的嘴脸令我作呕："将离，如今轿夫都各有各的事，私塾也不远，你自己走着去，一个时辰就该到了。"

我低头盯着脚，不发一言。

她媚声笑着说："该不会又打什么小九九想找阿洛帮你？你若有几分骨气，就别老是缩在阿洛身后，像个十足的软骨头。"

我被她激得猛然抬起头，用尽全身力气道："你又算个什么货色！你若有几分骨气，当初就好好待在青楼，何必下嫁我阿爹？如今当了姨娘，可惜终究扶不正的。你一辈子也休想当上正妻！你去我姆妈的坟前看看，她就算死了，墓碑上刻的也是'苏觅梓之妻'！"

梅姨娘的脸色刹那间变了，她冷笑一声径直从身边走过的丫鬟那里夺了个鸡毛掸子，向我砸来。

我不哭不叫，只是冷眼看着她，她一边打，一边奚落我："是啊，我妓女出身，比不上你娘亲高贵贤淑，出身名门。可惜她毕竟死了，而我如今打着她的女儿，她除了在九泉下心痛，还能如何？"

我身体上的痛楚怎样也比不上心里的。身体已然麻木，可是心中的难受却让我更加清醒。

不知打了多久，突然有个身影扑在我面前，我睁眼，竟是伊洛。可鸡毛掸子还是不长眼地落在她身上，她惨叫一声，汪汪的眼泪还是落下。

"姆妈，你莫打阿姐了！"她为我求情，却被我推到身后。

梅姨娘气得连话都说不清了："你……你你，我生你养你，你不听我话就算了，还偏要胳膊肘往外拐，护着这个贱蹄子！你以为我不晓得，你串通阿绿一起做戏，其实偷偷吃了东西？我爱你宠你，让步让她去读书给你个台阶下，你却蹬鼻子上脸，如今都快忘了自己的亲娘是谁了？好好好，我不打她，我今日若是不打你，日后就怕你忘了自己姓甚名谁，是何人的亲骨肉！"

说着，她猛然推开我，开始打我身后的伊洛。我看着就冲上去，用我的身子护着她。伊洛的哭叫声伴着梅姨娘的骂声，让我的脑袋快要爆炸。

　　我最后已经忘了是如何回到牡丹楼的。醒来时，阿绿为我上药，她心疼我："小姐，你何必为了一口气同那个贱人闹到这般。若不是老爷，你今日怕是劫数难逃。"

　　我抬起头，疑惑地问："你说什么？"

　　她叹口气涂了伤药在我右臂上，我疼得"咝"地倒吸口冷气。

　　她最后端着药走了，好像忘记提了我阿爹的事，只是嘱咐："这些天就别着急去看二小姐了。她的伤并不重，但如果惹怒了那个不该惹的，你们两个都别想有好果子吃了！"

　　我再见到伊洛，已是半月后的事了。苏家请了戏班在戏台唱戏，庆贺三姨娘给苏家又添了个儿子。梅姨娘只说身体抱恙，并未来看戏。丫鬟为我添茶水时，突然塞给我一张纸条。

　　我看了纸条，又看了伊洛一眼，她听戏听得正入迷。而纸条上说让我子时三刻在牡丹楼里的玉兰树下等她。

　　是夜，我如约前去。她斜倚在园中那棵玉兰树下，用手在地上写写画画，看上去十分无聊。她看见我，本想咯吱咯吱大笑起来，却还是抿了抿嘴硬生生止住了笑，怕引来下人。

　　"你可来了！"她拉着我放低声音说，猫着腰扫了扫我身后，确定无人跟来。

　　她拉着我的手臂左右望了望，自言自语道："伤果真好了。"

　　"你呢？梅姨娘有没有为难你？"

　　她摇头，道："她也只是在你面前逞凶，怕你再来见我。可惜，她死活不同意你去私塾了，现在轮到她寻死觅活了。"

　　我突然摸了摸她额前凌乱的刘海，道："没关系的，你若好好的，我去不去私塾又有什么关系？阿洛，我晓得你待我好。但你应离我远一点，其实你娘并未有什么说错。姆妈是怎么死的，荀娘又是怎么死的。你要同我远一点，晓得么？"

她固执地摇摇头，道："你若是读了书，就不会信这样的东西。他们太蒙昧无知，偏偏要把错事都怪在你身上。"

她拉着我的手，道："你听我说，阿离，你穿上我的衣服，将你的痣用脂粉隐了，装作我的样子去私塾读书，而我装成你待在牡丹楼，他们不会发现的。"

"那怎么行？你自己的课业不就耽搁了？"

她却笑道："我可是受不了私塾那些老头了，你也算是帮我了却一桩心事。"

我却梗着脖子不松口："不成。"

她终于让步："那我们各退一步，你装我一天，我自己去私塾一天。晚上在这里，我们各自教各自功课。这样可行？"

我还是摇头，她却虎着脸说："若是这样你还不答应，我就不认你这个阿姐了！"

她暗着脸就要走，我只好拉住她道："好好好，都依你，都依你。"

她转过身来又向我粲然一笑，如一朵洁白如玉的牡丹一样盛开在我眼前。

她掏心掏肺地对我好，如同荀娘一样，保护我，珍重我。我有时分不清，究竟她是阿姐，还是我才是阿姐。

祁翌走后的光阴如白驹过隙，过得飞快。我再也没看见他来过苏家，但他平素一直和伊洛有书信往来。我时常看见伊洛在殚精竭虑地想着该怎么回信，但从未向我提起什么。她早已说过，什么都能同我分享，只除去祁翌。自然也不会把这样甜蜜的烦恼向我提起。

我及笄之年，按着苏家的礼数，本是应该由我阿爹在宗祠替我祝祷，求得祖宗的保佑；再向寺庙请平安符，并为之后佩戴在我头上的簪子开光的；之后在花厅大摆筵席，宴请族人。然我晓得，我一直是苏家的特例。我生日之前，未有人提起这件事。伊洛去祁家做客，走之前嘱托阿绿为我过生日，却忘了这是我十五岁的生日。

生日的这夜，我在牡丹楼里看着那些盛放的牡丹，花团锦簇，白玉无瑕。香气弥漫，缠绕在树梢上。我一个人走出去，学着伊洛倚靠在玉兰树旁。

"怎的一个人在这里？"

一个熟悉而陌生的声音，我转头。

阿爹站在玉兰树下，背手而立，脸在幽深的树的倒影里，看得不甚分明。

我转过头不去看他，讽刺地说："将离早已习惯一个人了，独来独往，省得让人沾染晦气。"

他沉默良久，却未离去，只将一个匣子放在我手心，道："我晓得你恨我，讨厌我，甚至不肯把我当作是你阿爹。但是记住，你始终是苏家的女儿，也是伊洛的阿姐。我们对不起你，但是伊洛她从来都没有对不起你。"

我冷笑着推开那个匣子，站起身来顺势推开他："你又想同我说些什么？"

他定定地看着我说："你晓得及笄之礼后，就可以嫁人了。可是祁翌他和伊洛真心相爱，你何必棒打鸳鸯呢？伊洛如今去祁家，和放假回来的他处得正好，答应我，阿离，你莫要拆散他们。"

我笑得眼泪都要流出了："苏老爷，你说我是你的女儿，可是我真的没有你这样一个阿爹。你放心，我从未看上祁翌，祁翌也未曾喜欢过我。他不过是人好心善，想帮我一把。这婚约，你大可让伊洛去应承！"

他听了不知是什么表情，只是把匣子放在石桌上，踏着月光离去。

我兀自踱步半晌，还是打开了木匣。一支宝蓝琉璃簪通体发蓝，唯独那芍药花，白得像丝毫未沾染俗世红尘的皓然白雪。

我抚摸良久，阿绿在身后喊我："小姐，该吃寿面了。"

我将发簪斜斜插入发髻，问阿绿："好看么？"

她点头："自然是好看的。"

可是这样的好看，有谁来看，有谁想看，有谁值得让我给他看？阿绿陪着我，可我却还是感到弥漫的冷意与孤苦。

伊洛从祁家回来时并未带着笑容。原来祁翌放假时选了留校做研究，写了信晚些时候才到祁家，让伊洛空欢喜一场。

她又坐在那棵玉兰树下，对着面前那些白牡丹痴痴发呆，同我道："阿姐，两年未见，他难道都丝毫不想我念我的么？"

我摸摸她的头，宽慰她："祁翌……他或许是面子薄，不好意思见你。若不挂念你，怎会给你写信？再说他学业繁忙，你也该多体谅体谅他。"

她听了我的话果然又笑了，瞬而指着我的簪子说："阿姐，我真健忘，都忘了庆贺你及笄。这簪子真好看！"

我勉力向她笑着说："等到明年，你及笄的时候，你的那支应该更好看。"

捌

　　阿洛及笄之后，果然也戴上一支银鎏金掐丝牡丹簪。

　　阿爹果然一件事也未曾落下：在宗祠替阿洛祝祷，求得祖宗的保佑；再向寺庙请平安符，并为佩戴在她头上的簪子开光；之后在花厅大摆筵席，宴请族人。

　　阿洛却并没有笑出来，只是暗自生气祁翌没有来看她的及笄之礼。她同我讲过，等到及笄之后，苏家就会向祁家递庚帖，到时候，祁翌无论如何都会从日本回来的。

　　阿洛及笄之后，愈加喜欢在外面玩乐。她和同学商定了，决意为一年一度的庙会排出戏看。大家都不愿唱那种正儿八经的剧，毕竟大家都不会唱、念、坐、打这种东西。阿洛便拿出祁翌之前做的一直存放在苏家的本子，这不需要怎样的唱功，因为词都写得通俗易懂。

　　这本子，祁翌取名叫《白牡丹》。讲的是江南纺织业大户家的独子顾昳小时候因为工厂的大火而毁容，一直戴着面具生活在顾宅里，只敢在深夜去后花园看看自己种的牡丹。顾昳因为容貌被毁，没有姑娘愿意接受他的求亲。他在深夜的后花园里散步，正好救下遭受天雷之灾的牡丹精。牡丹精为了报恩，将在放纸鸢的木家小姐引到他的后花园。那小姐来捡纸鸢，看见戴着面具的他，并未害怕，反而同他聊天。顾昳为小姐重新做了一只纸鸢，在上面题词作画。木小姐自觉得与他志趣相投，遣了红娘上门求亲。顾昳同木小姐共结连理，却发现牡丹精还附体在木小姐身上。顾昳求牡丹精离开木小姐的身体，牡丹精说想同顾昳白头到老。但顾昳说人妖殊途，牡丹精闻言就走了。三年后，顾昳查出了当年放火烧了他家工厂的凶手，想要乘船去外地取证时，凶手买通了船夫想要将他灭口。但冥冥之中，仿佛有什么东西保佑，湖面居然波涛四起，船夫被浪打下船，而他却安然无恙。回到苏宅，他当晚做梦梦见牡丹精同他诀别。翌日，后花园那片白牡丹凭空消失了。

我看了本子觉得好生奇怪："这本子有几分像《聊斋》，却有些略显肤浅。"

阿洛满不在乎地答道："本就是给庙会做的本子，何须太高深？说那些讳莫如深的大仁大义，倒是没有几个人愿意听的。说起来也有意思，这是阿翌十一二岁消暑时无聊做的本子，只因我同他打赌，他这样一本正经的人，是不会写什么才子佳人的本子的。他不服气，就用三天写了这个本子给我看。"

我顿时懂了她为何执着于这个本子："那么，阿翌总会来庙会的罢？他都去三年了。"

她却还是埋头在改本子，并未答我的话。

阿洛之后经常溜出去排戏，却让我扮作她留在苏宅。想必梅姨娘是怎样都不会让她一个姑娘家在外面当戏子，抛头露面的。

临演之前她同我商量："阿姐，明日我就扮作你的模样登台。你将簪子同我换换，就算苏宅有人看见，也无妨的。"

我点着她的额头说："我何时没依你？这几日扮你的难道是阿绿不成？"

她笑逐颜开，但又拉着我说："那我们来对对本子可好？我怕明日人一多就太紧张忘了词，丢了脸。但是丢的可是你苏将离的脸。"

我又在她头上敲了个栗子："整日光晓得打着你阿姐的名号，

成了，我才不会让你丢我的脸。我们对对本子罢了，我要演谁呢？"

她摸摸额头道："我是演牡丹精的，你么，自然是演顾公子的。"

临出演那日，我听阿洛的话同她换了簪子，假作成她在庙会上同她的贴身丫鬟阿玉逛街。

阿玉看见阿洛在镇中的戏台上演戏，竟有几分兴致："小姐，大小姐在演戏呢！我们过去看看成么？"

我捏声捏气地说："好啊！就去看看阿姐。"

此时正演到牡丹精同顾生第一次相遇。顾生是私塾的同学扮的，我仔细辨认了一下，确定那是先生的儿子。

戏台上放置了许多画着白牡丹的屏风，阿洛坐在屏风旁，白衣翩然，风姿绰约，却又媚眼如丝，真有几分妖精的样子。她微微蹙眉，打量着月光下爽朗清举的少年，天真无邪地问："敢问……乃是公子救了牡丹？"

顾生有些慌张地退后几步："你是……"

牡丹精说："公子莫慌，牡丹虽是妖精，却也是人美心善的妖精。伊洛传芳，春雨飘香。能与公子在春日相见，幸会，幸会。"

其实这戏既有才子佳人，又有顾生破案，倒有几分意思。中间还有安乡的《采莲曲》，也算是引人入胜，一时间堂下喝彩连连，聚集的人也是越来越多。演到顾生破案一段，我突然感觉有人在扯我的衣服。我转睛一看，竟是阿洛。阿洛瞟了一眼聚精会神的阿玉，悄悄将我拉离人群。

她的样子有些焦灼："阿姐，我吃坏了肚子，肚子疼得难受。这戏我左右是演不下去了。"

我也有几分焦急："这怎么成？阿洛，你还差一幕诀别的戏。"

她抓住我的胳膊，仿佛抓住最后一根救命稻草："阿姐，你替我演了罢，我俩长得这么像，别人都是识破不了的。"

我瞠目结舌："这这这，这怎么行？我都没练过。"

她继续拽住我的手往前走："同我去换衣服，如今死马当作活马医，得亏昨日跟你对了词，再说我的词也不多。你若不上，今日可真是闹洋相了。"一边说着，仍不忘先把我们的簪子对换过来，省得让阿绿寻出破绽。

我登上戏台的时候，心中的惶恐慢慢化解，毕竟事已至此，无力挽回。我演的是顾生梦中和牡丹精诀别的时刻，顾生背对着我，向光而立。

我朝他走去，念出该念的台词："顾昳，别来无恙。"

顾生转头，青铜面具罩在他的脸上，将他本来的面目全部隐去，只剩一双温善若水的眸子看着我。我的心却被什么东西拉扯住了，面具后的人，应该不是先生的儿子。难道，先前是我眼花认错了人？

然而，他一张口，我才惊觉顾生也定是换人了，连声音都不一样："伊洛传芳，春雨飘香。能与姑娘在春日相见，幸会，幸会。"

他走近我，轻柔地拥我入怀，富有磁性的声音让人觉得这真是一个无法被唤醒的梦境："我先前说人妖殊途，将你气走。你却为何还要舍命来救我呢？我哪里值得……值得你这样做？"

我带笑挣开他，笑得也像一个妖精："妖精总是知恩图报的，欠你的命，我也还了；欠你的情，我也还了，从此天涯相隔，再不相见。保重啊，顾昳。"

"若我说，这三年，其实我时时刻刻都念着你，喜欢着你，从未忘记你，你还愿不愿意同我共结连理，白首相望？"

我含泪而笑，终究是与他渐行渐远："你的话好听，但真的一点都不动人，三年了，才敢同我说一句喜欢。而我总归是只妖精，你是要同木小姐好好过下去的。"

他在我身后问我，声音凉薄："也对，你不老不死，永葆青春，我却只是个凡人。白首不离，真真只是个笑话。可是，我只想问你一句，你会不会记着我，记着江南灼灼春光里，有个叫顾昳的，钟爱白牡丹的男子？"

我躲在屏风之后，念出最后一句台词："不会了，本就无缘，何必执念。顾公子，后会无期。"

屏风被撤走，我悄悄也来到幕后，看着顾生演的最后一幕。

他醒来望着消失的白牡丹，兀自自语道："伊洛传芳，春雨飘香。"身后是木小姐抱着他的孩子，喊他："夫君，用早膳了。"

他一个回眸，落下了大幕。

我在幕后，居然也落下了眼泪，感同身受的眼泪。想要换了戏服离开，却被"顾生"叫住："苏姑娘。"

我留步，盯着还未摘下面具的"顾生"问："何事？"

他双眼含笑："竟觉得姑娘像一位故人，姑娘可认得我？"

我摇摇头，心想你戴着面具，我如何得知你是谁："未曾识得公子这样的故人，想是公子认错了人。"

他还是不依不饶："姑娘方才是真的落了泪，可是觉得感同身受？"

我却依旧摇头，矢口否认："戏中的，都是演出来的。世上哪有什么牡丹精，都是假的。"

"可是你流的泪，倒不像演戏。"他细细看着我的脸，掏出一方绢帕递给我，过近的距离让我有点难以适应。

我只得寻个借口："天色已晚，再不归家，家里人定要急了。再会，公子。"说着呕呕地打开他的手，一路小跑着逃回苏宅。

我回到厢房，真是累得不行，都未洗漱蒙头就睡。睡到第二天日上三竿时，被来看我的阿洛叫醒。

我睡眼蒙眬地看着她，她却大喊大叫道："阿姐，你怎么还睡着啊？今日才是庙会第二天，这么多好吃好玩的，你不去看看？"

我用被子蒙住脸，不想理她，却被她硬生生压在身下，不得不大叫起来："哎，你这姑娘家哪有一点姑娘家的样子，快把我压死了！"

她蓦然把被子掀开："那你是去还是不去呢？"

我气冲冲道："昨日被你拉去救场，真是精疲力竭。今日还得不了安生！"

她笑盈盈地叫阿绿过来："阿绿，你家小姐要外出，你还不端脸盆过来给她洗漱？"

冬日的蘅安镇全都被一片象征祥瑞的大红色点缀，家家户户都沉浸在过节的喜悦里。时不时有鞭炮的声音响起，伴随着疯跑的孩子的嬉笑吵闹声。粉墙黛瓦的蘅安镇，原本是长身玉立的温婉美人，如今却多了一分媚人的艳丽。

畏冷的我却被袭扰的寒风吹得有些晕头转向，但阿洛依旧兴致勃勃地拉着我去月老庙玩。

我嫌弃地看着济济一堂求姻缘的痴男痴女，无端端地多生鄙夷之情："姻缘这种事情，是求能求得来的么？"

阿洛却扯着我往前走，一边走一边说："管它求不求得来，今日刚好在办什么'七夕会'。你也到了该嫁人的年纪，却未定姻亲，今日看看有没有中意的公子。"

我却不想走进过于喧闹的人群里："七夕都过了，还叫什么'七夕会'。"

阿洛瞪大她的眼睛："啊呀，不过是借个有好兆头的名字罢了。阿姐，不中意，凑个热闹也不错。你为人真是太过冷淡无趣。"

我听了闷声不响，只得同她一起前去，怕惹得她不高兴。

然而出乎我意料的是，内堂的"七夕会"，倒是有几分雅意。红木桌上放着几十张铺开的宣纸，宣纸上方一一对应的是公子们留下的题目，想必是要前来的姑娘们画出公子们想要的画。

有的题词浅显易懂，例如什么"山水人家""花红柳绿""小桥流水"，有些却难以下笔，如同什么"清风无边""阳春白雪"。我看了看，有些未有兴致作画，有些又太觉难画。

阿洛看见这些舞文弄墨的东西，早已失去兴致，她道："明明说好了是牵红线的，怎么变作这样无趣的东西。到底是'会佳人'，还是考女状元呢？"

我看了看她，又看了看那些题词，最后道："那我们还是回去罢。"

她突然好像看到了什么，猛然拉住我道："阿姐，我倒觉得这'一期一会'挺有意思。不如你先在这安心作画，我随后来找你。"

我还没来得及说什么，她就小跑着走了。

我叹了口气，转念一想，这"一期一会"是有几分禅意。便拿起在笔架上的毛笔，蘸了墨水，随意挥洒了几笔。画完了这幅画，伊洛还未出现，我本想去找她，却被一旁安排在这里的丫头拦住。

"姑娘，画完了请稍等片刻，说不定公子觉得满意，会出来寻姑娘的。"

我心烦地摇摇手："只是一时兴起，我并不是来会什么公子的。"

小厮丫头见状，只得悻悻道："那好罢，姑娘请便。"

却听见一个熟悉的声音道："咦，竟有人画出来了。'一期一会'，画的居然是一个只有背影的少年盯着一朵枯萎的花看，旁边却开着一朵白牡丹。"

我闻言快步走到那人的身后，指着我画上的白芍药说："公子的眼力有些差劲，这并非牡丹，而是芍药。牡丹叶宽，芍药叶窄。"

"那'一期一会'如何作释？"

我将注意力全放在画上，并未抬头看他一眼，点着画中少年的背影道："少年有心去看牡丹，谁料牡丹花期已过，但恰逢是芍药的花期。'有心栽花花不开，无心插柳柳成荫'。'一期一会'，就是指两者的机缘恰好合适，冥冥中恰好相逢。少年也许再也不会来看芍药，因为他晓得牡丹的花期更早，不会再错过牡丹；芍药也不复有机会为少年而开放，因为少年不会再为它而来。少年和芍药的相遇，注定一生只有这么一次。"

"你这个解释，其实我很喜欢。我最喜欢的花，正巧就是白牡丹。"声音的主人缓缓开口，我细细分辨，才惊觉这是昨日那个"顾生"的声音。

我抬头去看，只见他一袭白衣磊落，被风吹得衣袂翩飞，身姿挺拔，像一棵在冰雪里奇迹生长出来的翠竹，散发着清郁的草木香味。

怪不得这样熟悉，他长得更高了，声音也褪去之前的青涩与稚嫩，可是他的的确确是那个他。

他俯下身看着我笑言："将离，别来无恙。"

而我却已然痴了。

玖

"将离？"祁翌见我未有反应，又叫了我一声。我从神游中回来，刚想说些什么，却被身后的人一挤，一个重心不稳，险些摔在地上，幸而祁翌扶了我一把。

"抱歉啊，姑娘。"身后的姑娘扔下带墨的毛笔，朝我道歉，应是作画太入神了。

"没事罢？"祁翌又问我一句，拉着我转了一圈道："墨汁都溅上你衣服了。"

"无碍的。"我向他道，转而挪开他扶着我的手，向那位姑娘道："你不必放在心上的。"

她又朝我连连道歉，并执意让我换了衣服让她洗，我连连说不用，却未曾料到祁翌居然开口了："阿姐，你怎么也在这里？"

我惊诧，这居然是祁翌的阿姐。

她也同样惊诧："这位姑娘，莫不是阿洛？"

我听见阿洛的名字，才惊觉到我应去找她了，却又被祁翌拉住："阿姐，这是将离，阿洛的阿姐。"

"将离，这名字耳熟。哦，你是昨日同祁翌演戏的姑娘罢？"她的神色从惊讶变为好奇，将我从头打量至脚。

我只能撒谎道："昨日演戏的就是阿洛，不是我。只因怕家里人阻拦，才用了我的名号。"

"既然是阿姐做错了，我这个做弟弟的当赔个不是。阿姐，你同我一起陪苏小姐回祁宅换身衣服，遣丫鬟将她的衣服洗净了送回苏家。"

我不得不再回绝他的好意，挣开他的手："谢谢祁公子的美意，但我同阿洛约好了，如今我正应该去寻她。她一个女孩子家在外面，丫鬟也未跟着，我放心不下。衣服不过是小事，你和祁小姐都不用放在心上。"

结果，我话音未落，阿绿的声音就穿透了整个祠庙："小姐，你果真在这。"说着这丫头三步并作两步径直小跑到我面前，"二小姐逛累了早已回去，同我说把你忘在这了。她脚脖子酸，实在走不动了，遣我叫你回去看烟火。哦，对了，老爷正召了姨太太少爷小姐们在后花园看烟火，族老也在。"

阿绿分明是在提醒我，还是别回去的好，她向来最晓得我的心意。

我点点头，朝着祁小姐还有祁翌道："祁小姐、祁少爷，家父召我回去，改日若有空，我再去祁府拜会二位。再会！"

说着便不让阿绿多说一句，我就拉着阿绿离开了祠庙。

阿绿却嚷嚷着："小姐，那位是祁少爷？"

"如假包换。"我揪着她衣服的手并未放下。

"小姐，你怎么不同祁少爷多待一会儿？你又不回去看烟火。"她嚷嚷道。

"我不去，但我晓得你这个鬼灵精肯定想去。"我终于松开了手，"你一个人回去罢。"

"小姐，那你呢？"

"我在外面逛逛，晚些回来，记得帮我留着后门。"讲完话，我抛给她一串铜币，"看到什么想吃想买的，别怠慢了自己。"

"哎，小姐！"阿绿的声音被淹没在人海里，我故意迎着人海走去，让她瞬间找不到我。

走过这波人海，我才觉得空空落落的。明明是我执意赶走阿绿，自己却偏又觉得难受。可是若我不赶走她，她肯定像头犟驴一样陪着我，就算心底明明不愿错过烟火大会。

在热闹的市井小巷里，我一个人慢慢蹲下，任由嘶鸣的马匹拉着车呼啸而过。

"一个女孩子家，这么晚到处游荡。难道没有人告诉过你，这种吹风的日子，要晓得给自己加件衣服。夜深了，你不要像今天一样一个人乱跑出来。"我听出祁翌在我背后讲话。

我转过头去，学阿洛一样偏头天真笑着，却偏偏又是咬牙切齿地说："祁少爷，你真是阴魂不散啊。"

他背手向我走过来，却还是拿下他的披风披在我身上，恰如在牡丹园那日，算来已有三年光景："若我和阿绿不在你身边，你是不晓得爱惜自己的。"

"祁翌？"

"嗯？"

"你是不是对每个女子都这么温和亲善，照顾有加？"

他弹了弹披风上的落叶："是。"

我自嘲地笑了声："所以你的披风借过多少人？"

"只有你一人。"他拉我起来，"你一向与众不同。"

我不经意看见他的眼，有什么东西在其中涌动，但他的眼中盛满了我，一个惊慌无措生怕暴露了秘密的我。

他却先我一步走在前面，道："走罢，若是不想回家，就陪我去牡丹园逛逛。"

"祁少爷，你未免太自作主张。我并不想同你待在一处。"

"哦？"他转过身挑眉看我，"那你同我成婚之后，是否还要同我分居两处呢？"

我心中一惊，来不及思考脱口道："我同你？你这番回来……"

"是为了娶你。"

我顿了一下，想起那日我同阿爹说过的话，又想起阿洛多少日心心念念地等他。他今日简简单单说一句要"娶我"，却不知我心中又有多少波涛汹涌，愁肠百结。

我只得说："可是我不想嫁。"

他没有半点生气，还是带着那种温润如玉，翩翩公子的笑容："为何？"

"你当初说，婚约可以不作数的。"

"是，我说你若是爱上了旁人，婚约可以不作数的。可是这三年里，你有爱上旁的男子么？"

"有，"此时的谎言对我来说不是什么难事，"他比你英俊百倍，温柔千倍，体贴万倍。"

"如若真是有这样一个人，那你今日还来月老祠？"

"阿洛并不晓得我有了意中人，只道是好玩才拉我过来。那你呢？若你真心想娶我，为何又来月老祠寻姻缘？"

"我是陪朋友出来逛逛。出的题，本来只是好玩让朋友画的，不曾想你却画了。"

"那我同你再说一遍，我有喜欢的人了。祁少爷，你若同阿洛两情相悦，大可让阿洛替了我。你不必这样试探我同意不同意，阿洛三年未见你，你不急着同她相聚，却跑到这里，因为区区一个可以不作数的婚约，同我理论这么半天，也着实是可笑！"我说着气急，想一把拽下披风还给他，却料解不开那个结。

他无奈地看我出洋相，最终走上来道："我来罢。"

我把头别开，他果真低头开始帮我解那个结，那双骨节分明的手，同我记忆中的一模一样。

因为离得太近，他讲话又放低了些声音，但一字一句地传入我耳中，清晰有力："我只当阿洛是妹妹。三年前，我恐怕说不上真的是喜欢你，我不晓得什么东西驱使我对你这般好。所以我等你爱上其他人，而我等一个更加喜欢的姑娘。这三年来，我以为我会遇到一个我更加喜欢的姑娘，她比你容貌出众百倍，温婉可人千倍，知书达理万倍。"

"是的，有很多这样的女子，我对她们温柔体贴，但是我终究只为你一个人解下披风，只为你一个人关怀备至。纵使她们都如我说的一样好，我却还是没有喜欢上她们。而当我回到这里，我是顾眹，而你是白牡丹，我却觉得你大概就是我心中的样子。若是我们两情相悦，为何不在一起？"他把披风重新拿回自己手中，却还是执拗地握着我的手。

我不知是悲是喜，却还是昂起头骗他："我早已说过，扮白牡丹的人并非是我，而是阿洛。"

他依旧不撒手："撒谎，你以为我认不出你头上的簪子？"

我嘴硬："可我并不喜欢你，不管我现在有没有意中人。"

"撒谎。"

"我没有。"

但他却从怀中掏出那个香囊，我最后的软肋："芍药为盟，白首不离。"

我撒开他的手，加重了语气："当时你救我出来，我都不晓得喜欢两个字该怎么写。你是我第一眼看到的人，我喜欢你，仅仅因为你救我。但是三年了，物是人非。我早已说过，戏就是戏，都是演出来的。你喜欢上的，是那个你自己写出来的，叫白牡丹的牡丹精，可我不是。人人都能演白牡丹，我能，阿洛能，甚至阿绿都能。阿洛同你相处的时光，远比我们长，你们了解彼此。若你只因一时的新奇同我一起，然后时过境迁，发现我并不是你想象的模样，你终究会厌弃我，悔恨你今日同我说过的话。想清楚，祁翌，即便你永远扮着顾眜，我也不会时时刻刻扮着白牡丹。你连自己喜欢的是谁都弄不清楚，就不该轻易开口说'喜欢'二字。"

他闻言并没有半分生气，却重新将披风披在我肩上："将离，不要说了，你冻得瑟瑟发抖。有什么话，以后我再同你说，我送你回去。"

我像个疯子一样歇斯底里地大叫起来："祁翌，你到底有没有听懂我的话？我让你离我远一点！远一点！"

他只好举起双手，后退几步："好，悉听尊便。"

我像一只恶狗一样狠狠剜了这只可怜的猫一眼作为警告，随后快步朝着苏宅的方向一路小跑回去。被风吹起的披风飘起又落下，我一边跑，一边落泪。

是风吹起沙子，都进了眼睛，我想。

人若是不善于自我欺骗，又怎能止住这痛苦却无奈的泪水。

拾

未曾料到，最终还是陪着阿洛去了祁宅，并着阿爹和梅姨娘以及几个丫鬟。

　　梅姨娘一早就遣了贴身丫鬟阿芳早早地叫阿洛过去梳妆打扮，阿芳走了好几个地方，才找到留在我这的阿洛，很是不满地瞟了我个白眼："呦，大小姐，把二小姐藏在这里，害得奴婢都快把宅子翻遍了。"

　　我装聋作哑，阿洛却只执着于一件事："阿姐，今日是祁阿姐的生辰。她从小就在国外念书，昨日才同翌哥哥回来。你今日要陪我一起去。"

　　她不晓得我面带微笑，却像哑巴吃黄连，有苦说不出："阿洛，我真的身体不适。"

　　她这次却死活不同意："阿姐，你不要诓我成不成？阿绿今日还说清早你就去集市买东西。你就那么不愿意同我一起去祁家？今天可是我的大日子。"

　　我晓得今日明里是为祁小姐祝寿，暗里其实是商量阿洛同祁翌的婚事。我本不想再被搅和到这件事中，但想想若是祁翌口不择言，让阿洛晓得昨日的事，我这辈子怕是跳进黄河也洗不清。

　　我只得道："昨日实在走了太多路，既然今天是你的大日子，做阿姐的当然要在场。你先去姨娘那里，我们在轿厅见。"

　　她终是满意地走了。

　　我先她一步到了轿厅，没想到只有阿爹在那里。我本能想往玉兰树下一躲，却被他喊住："别躲了，阿洛她早已说过你要来。"

　　我却还是躲在树后没出去："你不高兴看见我，那么眼不见心不烦。你先进轿厅，我再进。"

　　"这句话，你姆妈当年也这么说过。"

　　我讽笑道："难得苏老爷记性这么好，还记得我姆妈说的话。"

他只是说："阿离，我的记性是很好。你曾经跟我保证过的东西，一字一句，我记得清清楚楚。你今日就同我们一起去罢。"话音一落，响起窸窸窣窣的衣料摩擦声，想必已是进了轿厅。

我们一行人终于来到祁宅，大约是阿爹早有了交代，抑或是不能在祁老爷面前甩脸色给我看，姨娘今日却也安分，没找我不痛快。阿洛从进了正厅就拉着我的手，我惴惴不安，手心满是汗。

祁老爷是个慈眉善目的中年男子，身体微微发福。他同我们问好，打量着我和阿洛，笑得同一尊弥勒佛一般："阿洛几日不见又长高了。她身边的那位小姐，想必是阿离罢，同阿洛长得九分相似，不仔细认，果真分不出。觅梓，你真是福气老好的，两个姑娘都是如花似玉的，多少人都会嫉妒的。"

阿洛害羞得垂头，我只得答话："祁老爷谬赞了。"

我们便坐下吃糕点喝茶，中途祁老爷的夫人带着我先前见过的祁小姐一同来了。祁夫人向我们问了好，却直勾勾地看着我，让我有点发毛。

祁小姐看了看她姆妈的眼神，忙出来解围："姆妈，你怎么盯着苏小姐看这么久？就算她同阿洛长得像，你也不该这样。她都羞得恨不得钻到地底去了。"

祁夫人此时却和蔼地笑了，一改当初的眼神："抱歉，苏小姐，你们长得着实太像了。我是没见过世面，觉得稀奇，你莫在意。"

祁小姐在一边笑开了花："我昨日见到阿离，也是认成了阿洛。"

"你们昨日就已见过？"祁老爷好奇的声音响起，整个厅突然鸦雀无声，我感觉好多道灼热的目光盯着我看。

"不过是昨日在月老祠遇见了，我还弄脏了阿离的衣服。当时……"

我捏紧了拳头，生怕她说出祁翌也在这种话。不料此时，一个小厮进来打断了祁小姐的话："老爷！老爷！"

"出了什么事这样慌张，客人都还在，让客人看了笑话。"祁老爷虽是那样说，却还是让小厮走近了。

"少爷同莫少爷一起，把镇长的儿子打了！他儿子叫来许多人，现在正在同二位少爷干架！就在镇北林廊桥桥头！"

"叫上所有家丁，去镇北把他们接回来，再去叫王大夫过来。阿禾，你在这里应酬宾客，一会儿他们就要来了。阿罴，你也留下，招待你世伯他们一家，若是我晚上没有回来，你给他们都安排好住处。我要亲自去镇长那里一趟。"难得在这样紧急的状况下，祁老爷还能面不改色，把事情安排得面面俱到。

"阿信，"我阿爹叫住他，"我同你一起走一遭罢。"

"也好，"祁老爷笑笑，做出请的手势，"总要麻烦你。"

"我们多年交情，这些实在是小事。最重要的是阿翌没事。"

阿洛听到这个消息几次三番想同家丁一起去镇北，但梅姨娘在一旁说风凉话："你一个姑娘家，跑去男人打架的地方，万一有人伤了你，阿翌没事，你反倒破了相，几日之后还嫁什么人？"

"是啊，我阿弟不会有事的。"祁小姐也宽慰道，"三年留洋，其他本事没学，打架的身手倒是不错。何况，莫少爷也在他身边。"

此时，祁夫人的丫鬟进来请祁小姐一起去花厅帮忙应付客人。梅姨娘也道："我们两家都是世交，没什么主客之分。如今祁老爷不在，你一个人，难免是力不从心的。不如让我和阿洛帮帮你？"

祁小姐笑着说："好，那就有劳夫人、小姐了。"

梅姨娘使了个眼色叫阿洛走，阿洛却不情愿。她连额头都急出了汗，怕是还在担心祁翌。

可她不得不去花厅。走之前，她拉住我的袖子，偷偷在我耳边说："替我去找翌哥哥，我不放心他。阿姐，你千万要护着他，护着我一般护着他！若他真有三长两短，你晓得哪里的医馆最近，不用等什么王大夫李大夫，随便找哪个大夫，都定要救活他！"

我拿出绢帕帮她抹了抹汗："你放心罢，他会好好地回来见你，放心。"

后来我常常想，如若那天她并没有求我这么做，我会不会一个人独自去寻祁翌。应该不会罢，我一直都是个看重责任却没有勇气的懦夫。责任驱使我拿出最后的勇气，完成我本完成不了，也不应该完成的事。

拾壹

我自己独自跑去码头，跑得大汗淋漓，一点也不觉得这凛冬的寒风有丝毫的冰冷。真正的冷来自我心里，那种恐惧让我整个人一边喘气一边颤抖。我害怕，害怕如果祁翌真的受伤，或者死在那里，我想我后半辈子会活在悔恨里。

我跑到镇北的琳琅桥桥头，桥头却是空荡荡一片。只是那殷红的血迹还留在桥头，同薄霜凝固在一起，好像被冰封的红梅。血迹旁有一个玄色的香囊，表面已被撕扯出口子，几片早已腐烂的芍药花瓣散落在一旁。

是我亲手做的香囊。

我气喘吁吁哆哆嗦嗦地往前走，想要看一眼，却被一旁卖年货的阿婶拦住："姑娘，怪血腥的，你莫要上前看了。好几个小伙在这打得头破血流的，年纪轻轻的，干什么不好，逞凶斗狠，反倒伤了自己性命。"

我半天才发出声音："伤了几个？死了几个？"

阿婶迟疑了一会儿，道："死了一个，听说是祁家的少爷，刚被人拉走。还有好几个伤势挺重的。"

我的声音轻得如同一片飘落的羽毛："多谢。"

这次却是驱散不了的冷，笼罩我，包围我，击溃我。我一步一步缓慢地走去，从没觉得路这样长。我跪在那血迹前，拿出祁翌给我的绢帕，一点一点擦拭石板上的血迹，可是它同冰混在一起，难以抹去。

就像他死去的事实一样，难以抹去。

我一遍一遍擦拭，一边擦拭一边强忍着泪水低吟着他的名字，每擦一遍，每叫他一次。我终于意识到薄冰只会因温度而融化，将绢帕扔在一边，用手直接去触碰那凝固在冰中的热血。

冰冷与寒意在我的指尖涌动，我闭上眼睛，眼泪蜿蜒而下，径直滴在我的手背上。

"阿翌……阿翌……阿翌……"我泣不成声地喊他的名字，一声比一声支离破碎。

在我差点将自己冻死在这里时，我感觉有人在我身后轻轻将我抱入怀中，温暖的怀抱。我没有力气再挣脱这样温暖的桎梏，只感受到有一双手将我的手拿起，握在手中，宽厚让人安心的手。

"今日总晓得穿着我送你的披风，不让自己冻着。手这样凉，冻得都没知觉了罢？”

我噙着泪睁开眼回望来人，是那个我以为死了的人，他的脸上都是淤青，但还是带着那种一尘不染的笑容。

我所有最好的防备、最坚硬的躯壳、最隐秘的心思，通通被死而复生的他一个轻易的笑容击碎。我身不由己地拥抱他，身不由己地放弃抗拒，身不由己地堕落。而他抱着我，由着我哭泣，由着我让温热的泪打湿他的衣服，由着我语无伦次地乱讲胡话。那时我不晓得他才刚从医馆回来，才将将接好被打断的手，其实我压在他的伤处上，他痛得撕心裂肺还始终带着微笑的模样，从始至终。

若这是一个梦，我希望永远活在这个梦里，但不能。远处响起巨大的轰鸣声，不知是哪家又放了鞭炮，终于把我从这个梦里唤醒。我睁开眼，把捏着力道尽量不碰到他的伤口，把他再次轻轻推开。

“没事的话，就回祁宅罢。祁少爷，方才是我造次了，你莫要放在心上。阿洛和祁夫人祁小姐还在等你，我们还是快些回去罢。”我说完，就想站起身，身子却因蹲了太久而麻木，重心不稳。

他一如既往的体贴，扶了我一把，唇边还是带着那高深的笑意：“你这么急地跑过来，以为我死了，哭得这样伤心这样动情。可当我好端端站在你面前，你却一句都不想提，一句都不想问，还偏偏又装作是陌生人的样子？阿离，不得不说你这面冷热心的模样，委实让我祁某人佩服。”

我扶稳了桥上的扶手，咬了咬下嘴唇，捏着拳头道：“祁翌，我是为阿洛来的。她抽不开身，可你不晓得她有多着急。若你真的死了，她怕是也活不成了。”

“那你呢？”他走近我，脸上的笑意终于挂不住了，“为什么每一次你都要提阿洛，阿洛，阿洛？你是为谁活着的？你自己，还是阿洛？她对你掏心掏肺的好，所以你违心说不喜欢我，不在意我？那我呢？你又把我当作什么？报恩的礼物，任你挥之即来呼之即去的东西？可是，阿离，你记不记得，我也救了你，我也掏心掏肺地对你好，你真真是一个恩将仇报的丫头！"

我被他逼得节节后退，隐忍不发的内心多起波澜。终究是中了他的激将法，我终于被逼着说出真话："你说得都对，祁翌。她是我的亲妹妹，而我们却没有血缘。我可以负你，却不能负她。她是我唯一的亲人了，你饶过我，也饶过她罢。"

"血缘能算什么呢？若你嫁给我，我可以做你的亲人，我们可以生一堆有你骨血的孩子。这世上，你不会孤独一人的，阿离。"他面向流水，看着桥下的河水东去西来，奔流不息。

我看着他的侧脸，含泪说："我晓得，我都晓得。可是对不起，我不能负她。"

他回头望我良久，却用另一只完好无损的手轻柔地将我额边的碎发挽在耳后，乌黑的眼珠浮起一层翳："世上只有一个祁翌，千金不换。你若把他送给别人，就再无挽回的机会。"

"我晓得，"我不爱哭的，可是奔腾的眼泪也像流水，无法止住，"我都晓得。这世上只有一个祁翌，千金不换。我会记着你，记着江南灼灼的春光里，有个叫祁翌的，钟爱白牡丹的男子。"言罢，我扳正他的脸，踮起脚尖，在他唇边蜻蜓点水地轻吻了一下。

他诧异，僵住不动，但很快反应过来，将我拉入怀中。他想回吻我，但看清了我眼中那些苍凉与绝望后，他终究还是只把我抱着，没有吻下去。

我以为我们会结束这个夜晚，结束这个冬天，结束这些不该开始的感情。但是，有人的声音打破了这样的宁静，也打破我不切实际的希冀。

"阿姐。"

我转过头，看见阿洛站在桥下。她独自一人站在桥下，有孤苦伶仃的意味，渐黑的天色让我看不清她的表情，但我晓得，我的表情应该更糟糕。

拾贰

是夜，我们三人都缺席了祁小姐的寿宴。祁翌独自一人去医馆接他的同窗好友，姓莫，唤作之聆。之聆和祁翌在日本留洋时结识，年纪相仿，自然成了知己好友，祁翌归乡时便把之聆也捎上。那日他们二人又在琳琅桥那里闲逛，镇长之子谭立文赶巧在那里向佃户收租。佃户交不起钱，谭立文派人把佃户的女儿抢去抵债。之聆看不过眼上前阻止，并给佃户掏钱。但谭立文不听，执意要抢。二人多有争执，之聆那个时候性子也烈，当时就把谭立文打了。谭立文气不过，立刻去找了地头蛇乔爷，让他带手下过来拼命。祁翌同之聆像模像样打了几下，也挨了不少打，祁翌看打不过，直接洒了银票在桥上，带着之聆就跑了。那些手下为了抢钱各自打了起来，最后有个人被活活打死了。祁翌和之聆在医馆检查，都没什么大碍，只之聆伤重了些，需要卧床几日。但正因他们藏在医馆，家丁们也都寻不着他们，倒是叫了巡捕房把这些闹事的地痞都捕了，还托着巡捕房的福把银票都拿了回来。祁翌因没受什么伤，又瞅着香囊掉了，才去桥头找，没料到我在那里。

而我更没料到，阿洛真的偷偷溜出来，来寻祁翌。祁翌看见她时，还是一派镇定，走到她面前说：“阿洛，我还要去医馆一遭。有什么话，你同阿离说罢。”

阿洛却一下抓住他没打绷带的手，不让他走：“我等你三年，你连句好也不问，却自顾自叫‘阿离’叫得欢喜又亲热。你果真是会叫我心寒。”

他没有看她一眼，只是甩开她的手自己走向医馆。

我赶忙跑到她身边，她却不看我一眼地用鼻腔发出“哼”的一声走了。我急急追着她，可她紧闭着唇耷拉着脸，始终不理睬我。

我一边追她，一边同她喊：“阿洛，你别跑得这样急！街上人多，小心点！”

话音未落，眼看她疯狂地乱走，差点撞上一辆摆满了水果的推车，我三步并作两步，眼尖手快地将她拉开，同她一起跌落到地上。

我扶起她，看她没有受伤，才松了口气。我总算有说话的机会：“阿洛，我不想多解释什么。但你信我，阿翌会娶你的。这三年，你不会白等。”

她一言不发地翻开我的手，因着与地面的摩擦，我的手拉出了口子，开始渗血。她拿出绢帕帮我包扎，一边包，一边问我：“当初，我是不是说过，什么东西都能分你一半，除了祁翌？”

我点头，无法反驳。

“我是不是告诉过你，我已同他定亲了？”

我点头，更无力反驳。

“那为什么，你还是要让祁翌喜欢上你？阿姐，你告诉我！”伴随着这声义正词严的诘问，她用力地打了个结，痛得我叫出声来。

我不知该说什么，只能由她一个人念念叨叨：“阿姐，我没有想怪你，更没有恨你。这样的事，你身不由己。我就在你们身后站着，听你把每个字说得明明白白、一清二楚。其实我该谢谢你，谢谢你一直对我这样好，连祁翌也舍得让给我。"

"这三年，每封信他都写得简简单单，对我们的婚事只字不提，也从没说过什么未婚夫该说的话。反而每封信的末尾，都让我帮他让你问好。其实我从那个时候就开始怕。不，我从他第一天遇见你开始，我就试探你，提防你。你以为你自己很坏么？不，我才是那个最坏的人。他每年都会给你写封信，虽然只是简简单单的问候，从未有僭越，但都被我扣下了。"

"我以为这样子，你们绝无机会。可是，这是命中注定的，是不是？我不想晓得你们怎么遇见，不想晓得他如何喜欢你，也不想听你一句解释。晓得和不晓得，喜欢和不喜欢，这都同我没有什么关系。你只要记住，这世上，绝没有人，包括你，能比我爱他的心更多一分。我不管他如何喜欢你，如何憎恶我，得到了就是得到了。是的，我会同他成婚。我赌上我的一生，赌上我自己。我都等了三年，难道还会怕等一辈子？"

这个晚上，我被各种复杂的情感扯得四分五裂，伤得尸骨无存。爱、恨、嗔痴、贪、恋、狂，七情六欲，我亦不能免俗，她也同样。

我摸了摸她的脸，说："如你所愿，好好待他。他会喜欢上你的，一定。"说着我跟跟跄跄地起身，却还是听到了她从背后传来的声音。

"阿离？"

"嗯？"

好像以前也有人这样在背后叫住我。那个人有一双骨节分明的手，温润如玉的脸，细腻缜密的心思，他却终究只能属于站在我身后的姑娘。

"你会不会恨我？"

我仰头，看见今日没有月亮，怪不得这样黑。祁宅的方向升起烟花无数朵，璀璨绚丽的夜幕里，我转头，看见她熠熠生辉被烟火照得闪亮的侧影。

我用手背抹了抹眼泪，满不在乎地说："只要你不后悔，我也不会。阿洛，比起他，我终究更爱你。"

话音未落，她猛然扑到我怀里，决堤的泪水落在我肩上："你难道没有一点点恨么？是我的姆妈偷走了阿爹，害得你孑然一身。是我偷走了你的名字，你的一切，如今又要偷走祁翌？你难道一点点，都不恨吗？"

我抚摸着她的头，却也抑制不住自己的泪："对你，我终究没有办法。"

她哭得愈加凶狠，刚才那样色厉内荏的模样，只不过是她装出来的："可是我偷走了你的名字，偷走了你的阿爹，现在还要偷走祁翌。你为什么不讨厌我，不骂我、打我，却偏偏还要说这种话让我更加伤心？"

我搂着啼哭不止的她，微笑着说："因为我答应过你，认了你这个妹妹，我会尽一个阿姐的本分，照顾好你，陪着你。"

她哭了很久才止住，我才意识到，我多说一句宽慰的话，不是宽慰，反倒是一种刺激与负担。她最终抬起头，肿着眼，牵住我的手，哽咽良久，道："阿姐。"

"嗯？"

"我决定了，让阿翌做决定。"

"可是……"

"我未必输给你，"她终于露出笑颜，"我不信这么多年青梅竹马的感情，他通通当作过眼云烟。就让他，做决定罢。"

我无声地点点头，拉住她的手。她笑得云淡风轻，如释重负。我们拉着手，走向祁宅。

拾叁

我记得那日祁宅的正厅，气氛冷得让人胆战。

阿爹同祁老爷在寿宴之后才回来，女眷早已入睡。幸而一切安好，镇长引咎自责，全怪自己的儿子胡作非为，拉着地痞流氓太岁头上动土，正好把他们整顿一番。祁老爷问了问祁翌同之聆的伤势后，就同阿爹去睡了。

第二日用了早膳，我们一家被拉到正厅闲聊。祁小姐祁夫人在那里，祁翌却还没露面。

梅姨娘同祁夫人祁小姐聊了片刻，突然话锋一转："阿罨是比阿翌年长，早早到了该嫁人的年纪。可有心仪的对象？"

祁小姐取名祁罨，一向看着温顺的她不知为何，脸色一沉："还未有，也不劳夫人操心了。"

梅姨娘又假笑起来："这么花容月貌的姑娘，怎还未有如意郎君？可惜我两个儿子比你小一轮，不然，我定是要让你做我的儿媳妇。阿洛和阿翌的喜事同你的一块办，本来肯定是热闹的。"

阿爹咳嗽了一声，装作指责的样子，却顺着梅姨娘的话往下说："你这说话太没分寸，真是让祁夫人祁小姐见笑了。不过阿信啊，阿洛过了及笄，阿翌也学成归来了。我是老了，没什么多的念想，只想早点抱外孙。他们的婚事，虽然早早定了，但也是要走走过场，热闹热闹的。"

我和阿洛闻言都低下头，阿洛正欲说什么，却被一旁的祁小姐抢了先："同阿翌定亲的明明是苏家大小姐。将离比伊洛长一岁，那么阿翌当然是该娶将离的。"

梅姨娘闻言有些挂不住脸，却只是抿唇妖娆一笑："阿翌少不更事，有所不知。白纸黑字写得清清楚楚，阿翌要娶的是苏家的苏伊洛而非苏将离。当日下聘时早已说过，一支牡丹簪给祁家的儿媳妇，一支芍药簪给祁翌的干妹妹。如今牡丹簪已属阿洛，理应他们俩成婚。阿翌同将离，义结兄妹，也无甚不好啊。"

祁翌却冷笑一声："我少不更事？有人鸠占鹊巢就罢了，偏偏还要做李代桃僵的勾当，真教人不齿。"

梅姨娘的脸色由红转白，由白又转红。她正欲发作，阿爹却拉了拉她的袖子，随后叹道："阿信，你我多年兄弟了。当日定下盟约，指望着两个孩子结秦晋之好，我们两家能更亲近些。阿离这个孩子，我想，"他看了我一眼，终于把话说出口，"总归是不适合做你儿媳的。阿翌又同阿洛青梅竹马，早有感情了。无论当初定的是谁，亲总是我们两家结的，本来是哪个都无所谓。但阿离，总是不够阿洛合适的。"

祁翌又冷笑一声："没有亲娘护着的，果然就是不合适。"

梅姨娘的手攥紧了，但祁老爷先她一步指责了祁翌："这些年送你出去读书，别的没学会多少，长幼尊卑的东西倒是全忘了。阿翌，你先给我下去。再让你放肆下去，我的老脸都能被你丢尽了。"

祁翌没有争辩，嗤了一声就离开了。

祁老爷随后又道："阿梓，其实这两个闺女，我也都是中意的。可惜我没有多生个儿子，偏偏多生了个女儿，否则两全其美才叫好。"

　　"祁老爷，阿翚虽然觉得是我偏心，但我不得不说一句。将离的命早就被高僧批过，脸带泪痣，注定孤星入命。她亲娘和乳娘都死了，若是阿翟有个三长两短，只怕你们会怪罪我们苏家。"梅姨娘直勾勾地盯着我，我只得垂下头去，不敢去望祁夫人祁老爷的目光。

　　"苏夫人这话失之偏颇，阿洛也是阿离的亲妹妹，却十分安康活到如今。什么批语不批语的，我们读书人都是不信的。"祁翟背手踱步走来，脸上淤青未消，走得虽然勉强，但还是有几分气势。他点头同阿爹问了好，看了看我同阿洛，就坐到了木椅上，喝了口丫鬟斟上的茶。

　　梅姨娘皱了皱眉，仿佛没料到祁翟还来了这么一手，却依旧固执道："好好好，同你们读书人不理论这些。祁少爷，就算不怕她把你克死，难道比起阿洛，你更喜欢她么？你们二人，几乎从未有交集。阿洛她，自打记事了就遇见你欢喜你。你为何非要寻个不痛快？"

　　阿翟放下茶杯，站起身，慢慢挪步到阿洛面前。他同她温柔一笑，问她："你想嫁我么？"

　　阿洛看了我一眼，一字一句地回答他："非君不嫁。"

　　"若我不娶你呢？"

　　阿洛没有一丝的犹豫："那我便孤独终老。"

　　他点点头，一步一步蹭到我身旁，望着我，眼中的深情几乎溢出："那你呢，苏将离？"

　　我顿了很久都没有说话，而他眼中的失望慢慢吞噬了他的柔情。他一瘸一拐带着腿伤背我而去，我终于忍不住朝他喊："一期一会。"

　　一期一会。命中本就没有我和他的缘分，他只因机缘才遇上了扮着白牡丹的我，为他作画的我。而那些，本应是他和阿洛的缘分，却刚巧被我借了，让他满心欢喜地遇上我。若不是阿洛肚子痛，若不是阿洛那天在庙会突然离开，若不是阿洛让我去找他，他遇见的始终都是她，不会是我。而他爱上的，也应该是她。我们的缘分，只不过如同芍药与少年，只是借着牡丹才有的一期一会罢了。

他愣住，随即缓缓回眸，像极了那日闭幕时顾生的眼神，幽渺凄然而深邃。那眼神落在我身上，让我觉得此生定会记着这样的他，从青丝到白头，无人可取代。

"若我，不娶你呢？"他隔着几米远问我，仿佛我再也没有靠近他的机会一般。

我告诉他："我会嫁给别人。"

但是，我会记着你。

他点点头，闭眼不再说话。

"阿翌，虽说是父母之命，媒妁之言，但始终是一辈子的事。我今日让你自己做决定，伊洛还是将离，你自己选罢。"祁老爷说。一旁的丫鬟小心扶着祁翌坐下。

我以为他会选阿洛。但他开口的刹那，所有人都惊了。

"我既娶伊洛，也娶将离。不分嫡庶，都为我祁翌的正妻。"

阿洛下意识抓住了我的手，她看着我，我也看着她。我们感受到同样复杂的感情，不知是喜是忧，不知是乐是悲。

而祁翌不发一言，又一瘸一拐地拄着拐杖离开了正厅。剩下我们六人面面相觑，只是这气氛更冷了。

拾肆

阿离说完了这个并没有结束的故事，就沉沉睡去。她的眼角流下了一行清泪，必定是在入梦时仍逃脱不了梦魇。

我紧紧地靠近她，想用自己的身体温暖这个可怜的，亦是善良的女子，可还没凑近她，房门忽而打开。

我望过去，仅仅是些微一点月光，已让长久习惯于黑暗的我泪流满面，却还是看清了莫之聆铁青着脸，身后还站着一位女子，长得清秀雅致，眉宇间却也有一番英气。

莫之聆一路脸色阴晴不定，却还是时不时在路上步伐缓慢地等着我慢慢跟上他。

可我因为被捆了太久，实在没劲再走，只得嘶哑着嗓子朝他喊："你先走罢，客栈的路，我晓得的。你别管我了！"

他听到这句话，好像怒火一下被撩拨起来："别管你？你说得倒是轻巧。我若是不管你，不沿着你的血迹找到你，你早和苏将离一起被活活饿死了。"

我低下头，不敢直视他的眼。他却忽然大步走到我面前，蹲下朝我吼了一句："上来！"

我呆愣着。

"怎么，听不懂人话了？当初听墙角的时候，怎么听得津津有味？"

我听他这么说，一下子腿更软了："那个……那个……莫少爷……我……"

"你什么你！你给我上来！"

最终还是他背着我走回客栈。

路有些长，我们的影子在灯火里粘在了一起，亲密无间。

仿若是有些对不起他，我终于开口解释："你知道的，我一个姑娘家跑出来混日子，防人之心不可无。我和你只不过初识，你行事诡异，我若不想办法探查清楚，又怎能心安与你一起谋事呢？"

他两句话就几乎堵住我的话："那你如此机警，怎么还中了苏伊洛的套？又怎么任由我背着回去了？你不怕你撞到我私会祁翚，被我灭口么？"

我肚子咕噜咕噜叫起来，似乎也在为我难为情："你若是想害我，便不会……不会来寻我了。"

他冷哼一声："你当时可未必这么想。我追了你老远，你却不要命一般乱跑。真没见过你这么又野又蠢的丫头。"

"我有我的不是。可你也不该什么都不说！你若是早告诉我，你和祁翚是旧交，我也不至于因怀疑你的身份去听你的墙角，还撞上了苏伊洛这个疯子！再说了，你也晓得私会祁翚于理不合。若是他人撞见，事情就没这么简单了。反倒是我，不会多嘴说你们的事。"

"那错都在我了？"他冷冷道，"秦莫语，我只不过想等见了祁翚之后再同你讲我和祁翚是熟识，让你可省去点麻烦。谁想到你非要节外生枝，自己给自己惹麻烦。"

"那你和祁翚……"

他忽然毫无预兆地把我撂在地上："秦莫语，我和你很熟么？我是不是事无巨细，有几段情史都得同你讲一讲？你上了我租的船，从未跟我说过半个字关于你自己的事，现如今，倒是要把我弄个明白了？"

我略微尴尬，似乎感到自己又弄巧成拙，慌忙撒谎掩饰："不不不，那个莫少爷，我并非这个意思。祁翌把将离带走了，我只是好奇你和她想怎么安置将离，并没有别的意思，没有别的意思……"

"他们祁家的事，他们自己去弄清楚。"

"可我们得问她们姐妹要簪子。"

"簪子不在她们自己身上。"莫之聆讳莫如深，"不过，应是在祁家。这一趟，始终还是要去的。"

莫之聆一直不肯同我讲，究竟在苏将离和苏伊洛嫁给祁翌之前，发生了何事，弄得二人势成水火。

可祁宅的请帖却一下送进了客栈。

蘅安又开始一传十，十传百。原来祁家二夫人苏将离只是去池安养病，如今痊愈了，便返还祁宅。祁翌喜不自禁，特意摆席宴请好友。

莫之聆把请帖给我，对我道："我们今日便不去了。我知会过他，等过几日再同他私下小叙。"

我言听计从，可又有点疑惑："你说这簪子不在她们身上，那究竟在哪里？"

他闭目，似是养神："这问题，你竟来问我？你是秦家后人，你应比我更清楚，有何办法可以寻到。"

我心跳漏了一拍，总感觉他意有所指，却矢口道："若我真的知晓，今日又何须借力于你？"

他睁开一只眼看了看我，用手打开他的折扇扇风："既然如此，那便只有将祁府翻个遍了。"

拾伍

与莫之聆同去祁府，我才惊觉，那祁少爷，原来就是那晚对我无比关怀的人。

他笑吟吟地在大门口站着，莫之聆一上去就恶作剧般地捶了他一拳，却被他躲过。

两个人随即颇有默契地哈哈大笑起来。

笑得上气不接下气了，祁翌才道："今晚，便是不醉不归了。"

"谁同你不醉不归？我可是要回客栈里去的。"

"那你倒是去看看，你的行囊此时还在不在客栈。"祁翌朝身后点了点，我们才知他早已叫人把我们的行囊搬到府上，"好不容易回来一趟，偏要跟我装生分，早些日子就该住在我府上，却还要花钱找罪受，挤在那憋屈地方。"

莫之聆同他玩笑："我这次多带了个'行囊'来。她是我远房表妹秦莫语，家里遭了灾，才来投奔我。所以，就不想来叨扰你。"

而祁少爷似乎早就已经忘记我们的一面之缘，和蔼向我问好后随即道："朋友之间，从用不着叨扰这二字。秦姑娘，你便住在这罢，想住多久，便多久。"

他指了祁府空置的一处西厢房给我，吩咐将离曾经的贴身丫鬟阿绿带我去歇息片刻，再去同他和莫之聆用晚膳。

小宴极显祁少爷的性子，上了几道清清爽爽的菜并着精致的点心，既显得不失体面也不至于奢侈，让人难有什么想法。屋里除了在一旁伺候的阿敏，就是我们三个人围着圆桌而坐，有些清冷。他们二人是旧交，自然有说不完的话，只有我，一个人被冷落似的埋着头吃菜。

"阿翌，今日好好陪我喝壶酒，不醉不归！"莫之聆替他斟上满满一碗汾酒，乐呵呵地说道，"人人都敬你是个书生，不敢喂你吃酒，却不知你其实是个千杯不醉。"

祁少爷见推他不过，承了这碗酒，只是说："说好只这一碗，明日我还要早起去私塾教书。"

莫之聆摆了手做出不信服的样子，还指着我说："一个破私塾什么可在乎的，如今安乡外面都乱成了一片，学生都不好好读书了。也只有你，还会守着这么一个破私塾。"

祁少爷浅浅啜了一口酒，毫不在乎莫之聆的揶揄，温润如玉地笑道："所以我在说，也只有安乡算得上是世外桃源了，安安分分地待着，并没什么不好的。阿聆，你也可早些成家立业了。听我的话，早些回来罢！"

"温柔乡即是英雄冢，"莫之聆引颈豪迈地喝下了酒摇头说道，"不过我要是像你一样有艳福，我也早就留在这温柔乡不去闯荡了。今日，怎未见将离？"

祁翌夹菜的手一滞，缓缓道："她奔波这么久，累了，想多歇息会。那便依着她罢。"

"回来了，便是好事。"莫之聆笑着敬他，"既过去了，便都过去了。"

"阿姐之前，来过。"祁翌却突然提起祁翚，"她过得不开心，我晓得的。阿聆……你当初亲手断了莫弃琴的琴弦，把它丢在这里，说自己要'断情'。阿姐上趟来这里，自己却叫人来把琴弦补了。"

莫之聆听了只是又斟满了酒："我这个多喝酒的人没醉，你这个千杯不醉的人倒是开始说胡话了。"

"阿聆……"

"我不瞒你说，"莫之聆忽然拉住我的手，一同摆在桌上让祁翌看清楚，"莫语她不仅是我的远房表妹，也是我未过门的妻子。"

祁翌晃了晃神，酒碗些许倾斜，可他随后便换了笑脸："是我方才醉了。秦姑娘，你们下次的喜宴，我定不会这么早醉了。"

我感到莫之聆的手心出汗，也知他是不得已为之，心想他与祁翌又何尝不是苦命鸳鸯。

世间多少金风玉露一相逢，反倒引来祸事无数。孽缘与善缘，有时便只差那么口气。

我冷静地看着他们慢慢酩酊大醉后，才收回了手，想去外面透口气。

不知不觉如猫一般悄无声息地穿过月亮门，我来到后花园的菰雨轩。菰雨轩建在水上，下底凿空让水流过，夏日正午在此乘凉格外舒爽。而有人正坐在那里，在摇曳的烛光里端坐着，用竹筷打着白瓷碗唱歌：

清风流水语缱绻，醉梦勾阑，碧叶缭乱。
多情细雨生波澜，花雾灼眼，月华如练。
轻罗却惹俏牡丹，一开向晚，青丝难断。
又记霁光芍药眠，长亭巷边，几多愁念。

她唱完了歌，缓缓抬起头来，眯着眼喊我的名字："过来啊，莫语。"

我走近她，同她道："你总算是回来了。后半截的故事，你还未说完。"

"我是回来了。"她垂下头，冷不防，金钗又抵住我的咽喉，"那她呢？你们没有饿死，她去了哪里？"

"我不晓得。"望着眼前的"苏将离"，我更肯定了我当初的预感。

回来的人是苏伊洛，不是苏将离。按着苏将离说的法子，她扮成了苏将离。

"你不说么？如今他们都醉了，又有谁能救你？你不说，我便把你变成我这样。"

她猛然掀起面纱，一条可怖的刀疤从她的右脸颧骨一直划到她左唇，显得面目狰狞。

我捂着嘴，不让叫声溢出来。

"害怕么？也对，我也很久没仔细在镜中看自己的模样了。她没告诉过你罢？是她，亲手把我害成这模样。你想要故事，那我说给你听就够了。"

拾陆

你晓得我爱阿翌，她晓得我爱阿翌，所有人都晓得我爱阿翌。

我同他，幼时就相识，我从很小就晓得他会是我的夫君。可我爱不爱他，同他是不是我未来的夫君毫无关系。朝夕相处，日日相对，何况他是一个如此谦和有礼的谦谦君子，对陌生人尚且关怀有甚，何况是对我呢？

　　但是，我及笄之前就晓得，他是不爱我，甚至是不喜欢我的。我为他写过许许多多长信，我为他找寻各色牡丹种子，我为他排那出《白牡丹》，没日没夜，殚精竭虑，只是希望他回来时能看见。他无意写下的戏，却在我的心里栩栩如生。我会是他的白牡丹，而我们不会错过。

　　可是，他又说赶不回来。我满心失望地登台，从来就未等到过他。

　　可他呢？我后来才晓得，他其实早就回来了，只因不知如何见我，托辞说晚些回来。听说自己的戏正在排，觉着好玩，同私塾先生的儿子说好替他演最后一幕。

　　我等了他这么多幕戏，却终究不能成为他的白牡丹，只不过是他戏中无关紧要的配角，始终得不到他一眼的垂青。而他和她，阴差阳错，却这么轻易就能遇上。都说苏将离命中不幸，眼带泪痣，命中含凶。可是，我宁愿当苏将离，而不是苏伊洛，那样我不必用尽力气，却只拼得这样一个下场。

　　我第一次在桥头看他望将离的目光，我就明白了，为何三年来，他的信从来都是以礼相待，疏远生分，为何他陪伴我十余年，恪守本分，从未有任何亲昵举动。因为正如同他以前说过的，他一直把我当妹妹。明明长得一模一样，明明我们都姓苏，他对她的眼光却是目中含情，眼波脉脉。

　　这一眼，我就晓得我输了。可是我不服气的。换作是你，你能服气么？

　　不管怎样，他当众宣布要娶我们二人。我晓得我同他需要说清楚，可是他摆明不愿见我，甚至一直躲着我。

　　将离不在苏宅时，有人过来送信，我偷偷截下。是他约她，午时在琳琅桥头相见。

我那时怒上心头。阿翌啊阿翌，我放低身段，一而再再而三地原谅你无情无义，可你连见我一面都不肯。我那时是真生了气，想扮作将离去套他的话，因为我料定他不会对我说实话。

　　我偷了将离的簪子，却把我自己的藏在首饰盒里，用胭脂点了一个泪痣在眼下。若我不靠近他，他是无法分辨出我来的。

　　可是，我却没想到，在琳琅桥头的不是他。

　　而是青龙帮的人。

　　我被骗到那里去，他们一言不发把我掳走。当我被人救出来的时候，遍体鳞伤。

　　这些伤，都是我反抗他们的时候留下的。我当年也不过十五，我只不过想做他的妻，我只不过有时刁蛮任性，可是就因为这样，我就活该被毁贞洁，被毁容？

　　那段养伤的记忆，我都记不清了。那大概是我最模糊的一段记忆了，同着我被他们强暴的记忆一起都被我硬生生忘掉。我只记得最后他们一边放声大笑，一边无情地在我脸上，用刀深深地在我脸上刻下这可怖的疤痕。他们拿着那把滴着血的刀消失在我的视线里，我记得最清晰的，无非是那血一路滴下的声音。滴答，滴答，滴答。

　　我的事，满城尽知，但碍着苏祁两家的名望，无人敢提及。可是每个人装作哑巴，难道那些事实就能被淡忘？我晓得，我无论如何也不可能走进祁府的大门。祁家这样的名门望族，怎会接受一个这样不堪的女子？

　　我想过各种各样的死法，但将离一直死死看着我，她对我说："阿洛，我是你阿姐，你想什么，我一清二楚。你若敢自裁，我就陪你一起死。"

　　她抱着我一起流泪，真真像一个最好的阿姐。若没她，我撑不过那样的日子。

阿翌在一个沉闷的阴天来看我，他从厨房端来了为我熬好的药，一口口喂我："身上的伤口可还疼？想去哪里走走？我陪你去。"

我只是喝药，一句话也未同他说。

他喂完了药，叹了口气，道："阿洛，你什么都别想了。我会在你身边的，你会安好无恙，你会一生无忧。"

他说着就想摸摸我的头，我却把头偏开，把他手中的碗扔在地上，歇斯底里地大哭："骗子！你这个骗子！你不嫌我丑么？你不嫌我脏么？你爱的不是我阿姐么？你说这样的好话又能怎样？阿翌，那个苏伊洛已经死了！你不要靠近我，你不要走过来！连我自己都嫌我自己脏，连我自己都不认识我自己！为什么偏偏这样的模样，这样的我，要被你看见？"

我哭得脱力，渐渐睡着。醒来时，却靠在他的膝上，他两眼带着血丝，一夜未眠，却还是能笑出来："醒了？想去哪里走走么？"

那大抵是我一生中最快乐的日子。他对我百依百顺，绝口不提将离，我们仿佛一对璧人。我想我是因祸得福，我也为此愧疚，仿佛我凭空拿走了属于将离的东西。

可将离却告诉我："阿洛，下月结婚。祁家从未有立两个正妻的规矩，所以你是正房，我是偏房。"

我本来想要推托，但她却一下戳中我的软肋："我不会让什么闲言碎语再伤你。"

我默然，深知当一个妾会吃多少苦头，受多少白眼，尤其是一个并非完璧的妾。我感激她，真心感激她。

拾柒

可新婚的第一夜，我却独守空房。阿翌没有来。

第二夜，他来了，却还是这样规矩本分，只在一旁看书到天明。

他就是这样一日来一日不来。来我这的第三日，我夺下他手中的书，问他："你就打算这样，一直不碰我么？"

他抬眼看我良久，轻声细语答道："是，阿洛。"

我怒极反笑，把书撕成一片片丢给他："你嫌我脏，嫌我丑，为何还要娶我？你以为这样是保护我么？这样是羞辱我！像羞辱木小姐一样羞辱我！若你心心念念的是白牡丹，你为何还要娶木小姐？"

他俯下身一边捡起纸片，一边答："阿洛，我没有嫌你脏，嫌你丑。只是你说若不嫁给我，你终身不嫁。我晓得你说过的话，你一定做到。我不想耽误你一辈子，也不想你被他们嚼舌根一辈子。我想像个兄长一样爱护你，珍重你。我只会做兄长对一个妹妹做的事，从不僭越。"

我情难自禁，一时语结。

他拾起碎片，一一整理好，打算迈出大门。我向着他的背影喊："阿翌？"

他停住脚步，等我开口。

"我究竟哪一点，比不上阿姐？"

他没有回头看我，只是低声道："一期一会。"

我不懂"一期一会"到底是什么意思，直到今天你告诉了我。若我没有腹痛，若我没有认错人在庙会时追过去，若先赶去琳琅桥的人是我，他爱上的人，会不会是我？但是我们生命中，都再无这种可能了。只有祁翌和苏将离的故事，再无祁翌同苏伊洛的以后。

我想那时，我是满足的。尽管同他守着那若即若离的距离，不冷不热，但他至少在意我关心我。直到回门时，我看到我姆妈。那时那些强暴我的人都被抓住了，已经把一切招供出来。

先前以为，他们是因为阿翌伤了他们的弟兄，有意报复，不管抓了我还是阿姐，都意欲毁我们清白来羞辱阿翌。

结果，他们招供说是有人付钱让他们奸污我，让我坏了名节，无法嫁给阿翌。

谁会这样做呢？只有一个人无法看着我嫁给阿翌。

我原本不相信，而我姆妈抱着我痛哭："你这个傻丫头！你这个傻丫头！她这样算计你，你却感恩戴德，满心记着她的好！你如今变成这个样子，她却……"

我依旧不信："姆妈，阿姐她不会这样害我，不会的！"

"好，如今我拉你和阿翌一起与她对质，我倒要看看，她有什么说辞！"

是的，我所有的希冀，在那一天毁灭了。

阿爹让她跪在祖宗的牌位前起誓，她却说，一切都是她干的。字条同子虚乌有的约会，都是她早就设计好的了。

我癫狂地拽住她的衣襟，顺手拿下簪子想要划破她的脸："为什么？为什么？阿姐，我叫你阿姐，我爱你敬你，甚至阿翌我都可以不要。可是为什么你要这么做，为什么？"

她望着我，眸子里也是幽深的痛："我没有选择。"

阿爹上了家法，正欲打她，却被她一只手攥住："我从来都不是苏家的人，你没有资格打我。苏觅梓！"

阿爹被气得踉跄，正想打她一个巴掌，却被一旁的阿翌扣住了手腕："世伯，不要当着我的面这样对她。她只要一天是我阿翌的妻子，就一天没人能动她。"

我听到他的话笑了又哭，哭了又笑，当即扇他一巴掌，倾注上我所有力气与恨意："阿翌，是不是只有她身世可怜，只有她才是你眼中的宝？我呢，我又算什么？我的清白、我的容貌，我这一辈子都被她毁了！你却连她被打一下都舍不得，连一下都舍不得！"

他却只用轻描淡写的一句话堵住了我的嘴："若今天犯错的是你，我也不会让谁碰你一个手指的，只因你是我祁翌的妻子。"

我使尽力气用嘴将他扣住我阿爹的手咬得鲜血淋漓，咬得他面色一变，想必极痛的，可他仍忍住不放手。

我擦着嘴角的血沫，语不成调："就是这样，你也不会放手，是不是？可伤我遍体的人是她，为什么你不闻不问？阿翌，你的良心是不是被狗吃了？好，今天你可以不管，但我现在就能把她拉到巡捕房。有证有据，她自己也认了，下半辈子，只须让她吃牢饭吃个饱！"

他闻言松手了，面色有一闪而过的惊慌："阿洛，她是你阿姐！"

我冷笑："她做这些的时候，有没有想过她是我阿姐？"

他看了将离一眼，又看了我一眼，然后，他在我面前跪下。

我的双手气得颤抖，差点背过气去："阿翌，你为了这样一个宵小，竟跪下求我？"

他没有抬头，声音坚定有力："是，总有些事，重于我的尊严。"

我抬起手，想要再打他一个巴掌，却怎么样也下不了手。

可将离却握着我僵持的手，顺势打到她自己的脸上。耳光清脆，让在场每个人都为之一震。

"所有姓苏的人都没资格打我骂我，除了你，阿洛。"她红着眼看我，分明也是动了情，"打我，骂我，送我去巡捕房也好，杀了我也罢。"言罢，她扶起跪着的阿翌，道："阿翌，莫管我了。"

我无法再说什么，无力闭眼，从未感到如此绝望过。背叛我的是我最爱的阿姐，护着背叛我的是我最爱的男人。这两个我最爱的人，却伤我最深。

我睁开眼，带着绝望地笑道："好，你们果真金童玉女，天下无双。我不会送你去巡捕房，只要你答应我一个条件。"

"好，"将离应得十分干脆，"什么条件？"

可是在一旁看着未发一言的姆妈却焦急地望我，那神情就是在提醒我不该如此放过将离。

我倏地扯下发上的金钗，决然地一手划破她的脸。

她用手捂住血渍，像傻了一般，忘了喊疼。

可祁翌却发疯一般号叫起来，像死了爹娘一样号叫。

他反抱住将离，想甩我一个巴掌，却被将离截住了手："阿翌，就由着她罢。我欠她的，我得还。"

而他只是默然站立着，像西风中一株挺拔的翠竹，丝毫没有被这西风撼动半分，抱着将离号啕痛哭。

而我却觉得，已是恍如隔世，物是人非。

拾捌

我同阿翌回到祁家那天，接到丫鬟送来的信。我姆妈在我离去那晚突然开始发疯，大夫束手无策。于是，我还没落脚就催轿夫送我回苏府。

我守在她病榻前。

她头发凌乱，目光涣散，大吵大闹着把我推走。

大夫来了，只说是气血攻心，神志混乱，这一生说不定都只能做这样一个疯子。

而这噩梦远没有结束。欠阿爹许多债的一个熟识携着小妾偷偷离开了蘅安，而阿爹向钱庄借的钱早已拖欠久久，只因为信着这个熟识，才再三同钱庄说要通融。因着熟识离开，他现金周转不灵，一下债台高筑，欠着别人外债也还不上。欠债的人将苏府围得水泄不通，吓得我姆妈连连惊叫。而我阿爹在这个节骨眼病倒，我最大的弟弟尚且年幼只有十岁，被小厮护着退避到房中。

我晓得祁家自然有能力还上这笔债。我去求祁老爷同祁夫人，但他们去了秦安看望旧友。我唯一靠得住的人，只有阿翌。

那时他一人独站在揽胜阁中，正是秋意微凉。我嫁给他不过三个月，却发生这样多的是是非非。

我走近他，木板因年久失修咯吱咯吱地响。他没有回头，只是说："阿洛，你终究是来了。"

我看着他月白轻衫，身姿颀长，一尘不染如同画中仙人，而我却判若两人，今非昔比，徒生苍凉："若这是一盘棋局，你早已胸有成竹，胜券在握。祁翌啊祁翌，你到底想要怎样才肯救我阿爹，救苏家？"

"我从来没想过如何，阿洛。"他偏头看我，眼光淡然如水，"可你和苏家，却一定要把她同我逼到这样的境地。"

我想努力装出一个笑，眼泪却先一步流下："祁翌，我真是错看你了！你是非不分，黑白颠倒，狼心狗肺！"

他走近我，拿出绢帕揩尽我的眼泪，我们又离得这样近，我却没感到半分的欣喜与悸动，反倒生出无限厌弃。但他却很平静地看着我，丝毫未被我触怒："我有时也觉得，我对你太过残忍。可是你们苏家的恩恩怨怨，本就同我无关。"

"可你却帮了苏将离，从头至尾，你为何一直站在她那边，不顾是非曲直，不顾我们多年的情分？"我激动地拽住他的袖口，"这是为何！"

他看我的眼神中终究有了怜悯："因为她是苏将离，而你却是苏伊洛。你可以求她，若她同意我救苏家，我便救。"

是啊，他珍重的人，始终只有苏将离。而我的话，何时有过分量？

"阿翌，"我垂眸望见他手上的伤痕，我留下的齿印，历历在目，"其实那日我去琳琅桥找你，只想问你一句话。"

"嗯？"他收回绢帕，凝视我，等着我开口。

"你究竟有没有一点点，像喜欢阿姐那样喜欢我？像一个男人对女人的喜欢？"

一片落叶飘入窗棂，横尸地上，他径直跨过，只留下一句："执念太深，伤人伤己。"

只剩我一人。我走出揽胜阁时，黄叶漫天飞舞，堕入畅香亭无边无际的池水里，随波逐流。我望着层层黄叶，终究是忍不住落下了泪。发中的牡丹簪委实是一个笑话，什么命定之约，什么金玉良缘，通通只是一个笑话！这牡丹簪，至我及笄之礼戴着，未赠我完满姻缘，却赠我伤痕累累，一世寂寥。我发力摘下它，投入水中，眼角却流下一行清泪。

水声溅起，我一人独行，再无留恋。

我不知我那日是用何种面目跨进了苏将离的厢房。她坐在八角桌旁刺绣，一针一线勾勒出牡丹的模样，正如同我簪子上的那朵，花开正旺，如正值芳龄的她，却不是我。

多讽刺！她开口的话语竟同他一样："阿洛，你终究是来了。"

"苏将离，你若还有良心，就让阿翌帮一把苏家！恩怨纠葛、新仇旧恨，我苏伊洛权当过眼云烟。我只求你救救苏家，救救阿爹！"

我正欲跪下，却被她一把扶起："你不要跪我，阿洛。这世上任何事我都能答应你，除了这件。"

我当即挥手打了她一巴掌："当初你求我什么，你自己可还记得？你如今翻脸不认人，看苏家虎落平阳被你这只狗欺负，你是不是快意得拍手称快？苏将离，不曾想，我也错看了你！你害了我，你气疯我姆妈，你现在还要害死苏家！你会遭报应的，苏家若是死了，我便也去死，做厉鬼也不会放过你！"

她脸上的红印未消，却终于不是那副冷眼相待的模样，而是大笑起来："我翻脸不认人？苏家有把我当过人么？苏觅梓，他有把我当过女儿么？你说新仇旧恨，我倒愿意你同我算清楚。你姆妈只是疯了，哪我呢？我姆妈为何会死？苟娘为何会死？牡丹楼为何被一把大火烧得干干净净？我命中带凶，又是谁下的批语？是谁设计让苏觅梓改了我的名字，说我带煞把我赶到柴房？苏伊洛，真正的报应是会有的，·这不就落在你姆妈和你阿爹身上了么？我姆妈被你姆妈下药害得惨死，茍娘被你姆妈派人放的狗咬死，当初的高僧也同你姆妈串好口供，连牡丹楼的大火，也是你姆妈干的。你以为你这样就叫可怜，你怎么及我可怜？我卧薪尝胆十余年，才等到这报应，你一句轻描淡写的过眼云烟，就把我这十几年的债抹得干干净净，你怎能这样天真？"

她口中一桩桩真相让我震惊得无法言语，我倒退一步，不禁脱口："你无凭无据，在这信口雌黄！"

"是，"她重新坐下，捡起刚刚扔在桌上的刺绣，"如今你姆妈疯了，我自然无凭无据。这佛珠，我戴了十几年，也算是你姆妈有心，劳驾了高僧送我。如今你就把这佛珠拿回去罢，看你姆妈和苏觅梓能不能逢凶化吉，度了这一劫。"她脱下手腕上的佛珠，下了狠劲扔到我身上。

我没有捡起佛珠，只是泪眼模糊地问她："因为她，你设计害我？当初你对我说的话，究竟几分假意，几分真心？你说我是你唯一的亲人，你爱我甚至胜过阿翌。"

"我苏将离的亲人，在十几年前就死得干干净净了。你说我逢场作戏也罢，你说我心如蛇蝎也罢，我只不过是以其人之道，还治其人之身。怪就怪，你苏伊洛是梅彩赏的女儿！"

我竟无言以对。

为何人注定要被事不关己的爱恨纠葛撕得粉碎？为何至亲至爱的人竟会背叛你最深？又是为何，这一切却注定由我来承担？

我恍惚间起身，却还是忍不住问她："你说的一切，阿翌都晓得么？"

她那样志得意满的笑容我一辈子都不会忘："晓得如何，不晓得又如何？他眼中的对就是我，他眼中的错却是你。苏伊洛，这辈子就算我见不了他，他终究也不会爱上你！"

　　是年冬，祁家以低价购得苏家名下所有产业。

　　我阿爹因着祁家趁火打劫一病不起，三日后撒手人寰。而我姆妈和弟妹幸而都被几个念着交情的仆人送去秦安亲戚家里，躲避债主，方能苟延残喘于这人世。

　　阿爹头七的那一夜，我也是拿着这柄匕首抵在阿翌的咽喉，只恨不得杀了他："祁翌，你真是好大的本事！"

　　他没有躲，却用手背反手覆上我的额头："你发烧了，阿洛。"

　　我嘶叫一声，又加了一分力气，匕首瞬间划破他的皮肤沁出血来："闭嘴！"

　　他脸上带着疼惜的模样，那微微带着忧伤的眼，足以让人丧失理智，陷入万劫不复："这世上，我只负你一人。要杀要剐，悉听尊便。你从小到大性子就倔，咬碎了牙齿往肚里吞。若我死了，旁人不知你痛你苦，也不会帮你一把，那么你就得自己照看好自己。"

　　我红着眼讽笑："呵，你还真是帮我一把！我阿爹尸骨未寒，你这个好女婿还能说出这种话！"

　　他沉默半晌，却用他的手握紧我放在刀上的匕首，朝他的咽喉又近一分："那么，我去黄泉下陪你阿爹。只是，你要好好地活着，阿洛。"

　　明明我就要得偿所愿，可为何我没执刀的手还是在最后一刻推开了他。

　　力道之大，让他整个人倒在地上，用一种震惊的神色看我。

　　而我笑得像个痴傻之人，越笑越响："祁翌，我不会让你死得这样轻松！我要站在你身旁，却要看你和苏将离永世不得相见的模样！我要你们生不能相见，死不能同穴！我要你们同我一样，爱不得，恨不得，念不得，痛不得，死不得！"

说完这句话，我便昏了过去。

醒来后，我便再也不能走近苏将离的芍药阁。他用了四个家丁日夜看守，只是妄图拦下我这个手无缚鸡之力的女子，着实可笑。但那里住的，毕竟是他这生心心念念的人，容不得她伤她痛。

可我还是逼走了将离。

我痛不欲生，想活生生饿死自己，将离兴许还是心软了来见我。

她对我说："我说过这辈子，不会负你。我已没什么再可给你的，除了完整的祁翌。你守着他罢，他会是你最好的亲人，你们会生一堆有你们骨血的孩子。你便替我，照顾好他罢。"

她先我一步离开了祁府。

而我在一个牡丹全都盛开的时节离开。

不知为何，从将离离开那刻开始，我便不想再守着这样一个仿如一潭死水般的祁翌。

他对我好，小心翼翼地对我好。可他的眼里，都是太阳行将死去的余晖，不是初升的光亮。

我终究明白，从将离离开的那刻开始，他便不是他了。而我所有的报复，到头来，还是在报复我自己。

拾玖

"我以为我拿得起放得下，可当我偶然回来时，却发现，原来她同我一样并未放下。"

"她会在他去私塾的路上，悄悄在茶肆的楼上看着他；她会在下雨的日子里，放一把'偶然'被遗弃的伞在他私塾门口；她会趁着夜色，又去牡丹园松土。她离开了他，可实则却没有。"

"如同我一样。她做了我所有想做的事，可我只能这样看着她做，自己却什么都做不了。"

"终于在那日，我再也无法忍受了。我想要她消失，你懂么？莫语？我不想她继续在他的身旁，哪怕他从未察觉。"

"这就是我绑走了她的原因，想要杀了她的原因，就是这样而已。"

殷红的烛花零落在晦暗不清的夜色里，却偏生出一种残败而妖冶的美。如若先前我憎恶苏伊洛这个疯子，现今，我好似身临其境地感受到她撕心裂肺的痛。她瞪大着眼睛看晃动的烛焰，火光在她空洞的眼中熊熊燃烧，把她的每一滴眼泪都融成看不见的寸寸灰烬，埋葬了她屈指可数的豆蔻年华。

如若她说的是真的，那么那个在我眼前温婉大方、楚楚可人的苏将离难道只是一个处心积虑的女人一手打造的完美幻象？还是苏伊洛，她始终技高一筹，编织出这个完美的谎言来欺骗我？

我不知。

"故事已经说完了，现在，你该告诉我她在哪里了？"她的金钗更紧地嵌入我的皮肤，"在哪里？"

"苏伊洛，你闹够了么？把金钗给我放下来！"

莫之聆的声音忽然响起，而他冷峻的脸便出现在下一秒："放下来！"

苏伊洛盯着他，却笑道："你紧张她？我原以为，只有祁翟能让你这样紧张。如果我偏不呢？"

"那我就告诉祁翟，你根本不是将离。"他斩钉截铁地说，"我怜悯你是个可怜人，我不拆穿你。可你如果非要动她，那我也只能不客气了。"

"你说得很对，可惜哪，我如今却偏偏只爱拆散世间有情人。"

她的金簪，眼看就向我刺来。我闭着眼睛心想是完了。

岂料，那一记力道十足的重创却没给我意料中的疼痛。我闻见血温热的腥味，睁开眼，"啊"的一声惊叫出来。莫之聆的手紧紧地握着金钗，血沿着金钗滴落在我青莲色的衣服上，似梅落青川，让人发憷。

莫之聆手上虽受了伤，但面色平静，似乎没有感到丝毫痛苦地说道："苏伊洛，那对不住了，我便偏不想让你如愿了。祁翟或许无情，可你也有情不到哪里去。将离已经还了你这么多，你究竟还要什么？她死了，你便快活了么？不会的，我确定。你一辈子都在看自己失去的东西，却从不想想自己拥有的东西。你的可怜与可恨之处，便全在这里。"

我木愣愣地看着他，不知是因为他流出的嫣红的血让我有些慌乱，还是被他的话唬住，总之我像个傻子一样，僵在原地。

"或许你也不相信，我也讨厌这样的苏伊洛。可那又能有什么办法？"她突然松了手，掩面痛哭，"木小姐只是木小姐，她怎么能做白牡丹？"

我们听着她的啜泣相顾无言。

我抽出怀中祁翟曾给我的绢帕，替莫之聆包扎伤口。他的视线一直停留在我背后，我便也一同望过去。

原是一张琴，琴上刻着"翌""聆"二字。

世间有情人，终究还是被拆散。

苏伊洛离去后，我又被莫之聆一通乱训："一次还不够，还闹腾第二次？你以为你九条命啊，怎么作都不会死是不是？"

我心虚道："这不有你在么？你有八条命，我只有一条。"

他抬手就给我一个"板栗"："我有八条命，也经不起你这小姑奶奶这么折腾。"

我揉着额头，终于想起有正事问他："如若苏伊洛说的是真的，一支花簪被乔爷手下夺走，乔爷手下现今还被关在蘅安大牢。而另一支，应在畅香亭的荷塘。你打算如何做？"

"苏伊洛的话信不得。"

"无论我信不信她，我都要去大牢走一趟。"我笃定地看他，"即使不晓得花簪的下落，但他至少能告诉我，究竟是谁支使那伙人去劫苏伊洛。"

他蔑笑一声："你以为那种混江湖十几年的人会同你说真话？秦莫语，你真是学不会吃一堑长一智。况且你晓得了那人是谁又如何，是苏将离也好，不是苏将离也罢，这关我们什么事？我们是局外人，你懂不懂？"

我强压不悦之情道："祁翌是你至交好友，若苏将离真的心狠手辣到戕害胞妹，又故作无辜，你焉能坐视不理？"

"好，就算如同你说的，苏伊洛说的全然是真的，但那代表祁翌也晓得苏将离做了什么，既然他已选择了袒护她，你又何须多此一举？就算苏将离真的做了这些见不得人的事，祁翌他不在乎！"他讲得似乎有些激动，"你干吗非要管你不该管的闲事！"

"这不是闲事!"先前被他数落,如今又被他教训,我实在无法忍受他那副高高在上的样子。

他却冷脸道:"没有自知之明却爱管人家闲事的人,我都觉得他们愚蠢。"

我被他这句话激到,终于也忍不住起身大吼道:"是啊,我是愚蠢。你莫大少爷天下第一聪明、第一理智、第一老谋深算。可惜你终究时运不济,弄跑了美人,现今又只能同我这等粗鄙之人共商大计!"

他脸色一变,真是被我激着了:"你骂我归骂我,别扯上祁罡。"

"我还就是爱扯上祁罡,若你真有运筹帷幄之才,当初怎会被她诓骗,一无所得?"

他真是气着了,拂袖而去:"秦莫语,你真是欺人太甚。"

而我的心里更不好受。他怕是永远都不会晓得,为何我执意要探个究竟。他以为我是任性而又爱耍小性子,多管闲事的姑娘,却不知这一路走来我有多累多乏,却不能放弃。

我摸了摸怀中贴身的簪子,叹了口气。姆妈,你在天之灵要保佑我。

该是动身的时候了。

<h1 style="text-align:center">廿</h1>

"秦姑娘,乔爷的手下虎爷就在里面了。"狱卒谄媚地朝我笑笑,"您看?"

我取出三枚银元丢给他:"还多请这位大哥行个方便,切勿让人进来打扰我。"

他眼泛精光，接了银元还是多提了一句："多谢秦姑娘，但我须得提一句，虎爷可是穷凶极恶之徒，如有意外，秦姑娘定要知会我，我就在门外。"

我笑了一笑："那么，多谢大哥了。"

阴冷的地牢不觉让我鸡皮疙瘩顿起，我努力拢了拢衣服。但那股腌臜反胃的气味，即便是捂鼻也能嗅到。昏暗的牢房让我有一瞬恍然，好像又回到了柴房。

叮叮当当的铁链摩擦声响起，号称虎爷的彪形大汉在栅栏后缓缓转身，慢慢向我走来，嘴角一抹淫荡的笑："哎哟，是谁送来这样一个小美人给老子？老子今日定要吃了你！"

我抱着手，用手指敲了敲栅栏，讥笑道："被拔了爪牙的老虎连猫都不如，你死活是吃不着我的。"

他脸有愠色："你！"说着向我扑来，却因铁链太沉重，朝我扑来时，我灵巧转了个身，让他撞在了栅栏上，痛得龇牙咧嘴。

"我今日来，只为跟你谈一桩买卖。"我攀着栅栏，看着他怒目而视，"你在这如同困兽一般被困了几近两年，听说你这一辈子都得待在这里。只要你答我几个问题，我有办法让你出来。"

他一听我的话，似乎有些心动，却依旧冷笑："我虎爷浸淫江湖十几年，都没法逃出这地牢。你一个手无缚鸡之力的女子，有这种通天的本事么？你也真是太高看自己了！"

我早有防备，从怀中取出一大把银票，全是莫之聆给的，便不知不觉也学他口吻说话："我没有这个本事，但钱能通神。蘅安今年有三个赦免罪人的名额，一向都是价高者得。你的主顾不愿为你付这么多钱，于是乔爷走了，你却顶了罪。我有钱，但你也是要让我晓得，你究竟值不值这个价钱？"

他沉思片刻，坐在地上，咧嘴一笑："那么，姑娘又想问些什么？"

"祁家大夫人苏伊洛，当年是被你伙同其他人强暴的？"

他翘起自己手指尖吹了吹灰："是。"

"你们毁去她容貌？"

"是。"

"她头上那支花簪，为你们所夺？"

"是。"

"那那支花簪，你可知下落？"

他抬头朝我看看，站起身朝我靠近些："那支花簪可是个宝贝，当日早就在黑市出手了。如今说不定早已转手好些次了，我哪里得知下落？"

我在心中暗叹，果然同我意料中的一样。

"好，最后一个问题。究竟是谁指使你去谋害苏伊洛？那个人是不是苏将离？"

他盯了我很久，盯得我毛骨悚然，最后还是开口了："那人，不是苏将离。而是苏伊洛的亲娘，梅彩赏。"

我心头一颤，难以置信："你是在耍我？"

他哈哈大笑："耍你？看来连你也不信罢。其实那日，梅彩赏让我们劫的人是苏将离，要划伤的是她的脸，要夺的是她的贞操！谁也没想到哪，我们认了她的芍药簪这么多次，都行将要烂熟于心。但是戴着芍药簪的人，却偏偏是苏伊洛！我们虽是混江湖的，烧杀掳掠无恶不作，但也是拿钱办事，只杀该杀之人，只伤该伤之人。我这一生，毁就毁在了这桩生意上！"

我一时愣住，不知该说些什么，只能紧接着问："那你们当日招供出的人，也是梅彩赏，并非苏将离？"

他斜眼看我："是。"

我长叹一声，茫然转身。却总觉得有些不对，又仓促转回来："虎爷，我敬你是个重情重义之人，但我有一事不明。若你拿钱办事，自当咬碎了牙也不会供出主子是谁。当日你弄错了人，按理说心中有愧，更不会供出梅彩赏。而今日，我用区区银票却就能套出你口中主使是谁。"

他又走近了我些："那姑娘可是不信？"

"是，"我盯紧了他的眼，毫不示弱，"我相信你必定隐瞒了什么，而你不会说出口。你是一条汉子，但你其他的手下却未必。你不值得我付这个价钱，而说不定，他们值。"

他眨巴了几下眼睛，突然放低了声："姑娘太过天真，这牢中都是眼线。姑娘须得更靠近些，我一五一十都会告诉你。之前我未全说，正是怕别人听去。"

我没有迟疑走近了他，手却轻轻按在腰间。

我几近把头靠进了栅栏，他在我耳旁说："的确，拿人钱财，替人消灾。我今生本就没有活路，再加一条人命，又有何惧？"

话音未落，我直觉想躲，他却用铁链绕上我的脖子，用足了劲往死里绞："小美人，你问了不该问的事，就别怪爷爷我不手下留情。主顾付了钱，我确然不能让他失望。他早就叮嘱我，若有人打听他，只须往死里招呼。你问我手下也是同样，我们青龙帮的，没有懦夫，只有汉子。"

我这时才觉得，莫之聆早前同我的真是十足的玩闹，他果真没下狠手。我左手挣扎着拍铁栅栏，而右手只往腰间寻去，摸到了我要找的东西，正欲反击他，门却一下被打开了。

转眼间不知他被谁击倒，头破血流倒在地上惨叫。而有人帮我小心解除脖子上的束缚，柔声问我："姑娘可无碍？"

我抬头一望，一个同我年纪相仿、模样标志的少年正站在我面前，一双桃花眼煞是迷人。

我扶着铁栅栏起身："多谢公子救命之恩。"说着便掸了掸灰尘，望了一眼正在制伏虎爷的狱卒，"可这位小哥明明答应我，不会让任何人进来。"

狱卒面露难色："这……"

那位少年却笑了："姑娘莫要难为人家，是我硬要闯的，同他无关。"他从怀中拿出一个白瓷瓶，递到我手中，"姑娘自己上药罢，被铁链磨破了皮，可不是什么小事。"

我一把推开："多谢公子美意，我不需要了。"

说着我就想拂袖而去，但狱卒惊叫："丛少爷，不好了，他昏过去了！"

我闻言回眸看了一眼晕厥在地上的虎爷，内心也在踌躇。不知他背后的主使，也不知芍药簪落入谁人手中，接下来该如何办？

而那姓丛的少爷只是微微望了一眼，冷言道："罢了。"倒是先我一步走出了牢门，而我只得跟在他后面。

他在我前面走着，却还关注着后面的我："姑娘小心些，这里路崎岖昏暗，你莫要伤到。不如，让我扶你一把？"说着，回头来望我一眼。

我自是拒绝："公子的好意，我不敢轻受。毕竟萍水相逢，男女授受不亲。"

他朗声笑道："也是，在下还未自我介绍。在下丛之漠，丛林郁郁的丛，之子于归的之，漠上孤烟的漠，外乡人。幸会姑娘，可知姑娘名号？"

我一心只想打发他走，随口答道："秦莫语，秦安人。"

他突然眸光一闪，抓住了我的手："秦莫语？你可是秦安以'秦簪'出名的秦氏后人？"

我皱了皱眉，他自己倒也识相，立马松了手："抱歉，丛某并不是登徒子，只是一时激动。能否请姑娘借一步说话？丛某有事相求。"

我本"死里逃生"，不是很想搭理这个丛少爷。但他一直跟在我屁股后喋喋不休的"姑娘姑娘"，再被他缠上半日，我就可不用做事了。

我只好同他坐在一家茶肆里，他点了菊花茶帮我斟上："秦姑娘，其实这件事很简单。你应该晓得你们秦家十几年前打造的一套花簪，名扬安乡。我今日有幸得了其中的一支，听说当初正是虎爷脱手卖掉的，所以这次特意来一问他真假。不曾想他正在对姑娘行凶，我气急之下把他打晕过去。不过幸而姑娘是秦氏后人，必定能一鉴真假。"

我心中陡然一惊，难道我要寻的簪子，竟然恰好在他手中，却正好教我遇见？我大喜却不露声色："不如呈上来给我瞧瞧。"

他从怀中掏出一个木盒，小心翼翼将盒子打开。宝蓝琉璃芍药簪，横躺在里面，让我为之一振。

我用手轻轻抚摸它，喃喃道："不曾想，竟会这样同你相遇。"随后抬头同丛之漠道："是真的。"

"果真不是仿造的？"他疑窦丛生，"如今仿造的簪子，技艺也能算高超，姑娘须得多辨别一下。"

我冷笑："不瞒公子说，我也在找它。其实我只需骗你这是假的，自己夺了它便是。如今同你说了实话，你反倒不信。"

他连忙拱手作揖："姑娘海涵。丛某也只是爱簪心切，先前被许多人摆了一道，如今只想消得疑虑。"

我皱眉，关上盒子："那么，丛公子能否割爱将这簪子让给我？无论你要怎样的条件，我都答应你。"

他看看我，又看看那个木盒："这……姑娘你真教我为难。"

我已做好了长篇大论说服他的准备："公子你有所不知，这花簪都是得跟着姑娘家，有可能不合公子的五行风水，反倒为公子添了麻烦，招了厄运……"

他突然粲然一笑："姑娘何须说这些废话？得见花簪，已是吾幸。既然如今同姑娘有缘，而姑娘也有急用，丛某便割爱给姑娘了。"

我彻底一惊，本以为生着桃花眼的人花花肠子太多，没想到这人如此亲善老实，同莫之聆完全是两个作风的，只得结结巴巴道："那那，真是谢过公子了。不知公子想要多少银元以做交换？"

他又朝我温柔一笑："此番遇见姑娘，姑娘，真是很合我眼缘。不如就当作姑娘的见面礼。"

我更结巴了："那怎行？我……我不该欠公子这么多，本身公子已是割爱。"

他站起身："并没有什么欠不欠的。丛某还有要事在身，该走了。我相信，我们日后还会相见的。姑娘保重。"

"哎！"我正想叫住他，脖子却一抽抽地痛。而我平复疼痛时，他早已走得看不见踪影。我垂眼看那木盒时，却发现他把装着伤药的瓶子也留下了。

我拿起白玉瓶，低声念他的名字："丛之漠。"

廿壹

我回祁宅时，已是傍晚。我故意将衣服反盖在身上，挡住我脖子上的伤处，怕吓着丫鬟们。

走到祁宅门口时，正巧阿绿走出来，撞见我，神色一凛："秦姑娘，你上哪儿去了？我们险些都要去巡捕房报案了！莫少爷，他都急疯了！"

我做贼心虚，支支吾吾道："先前服了药还是不舒服，我去找大夫看病。见你们都忙得脚不沾地的，不好意思差你们去找大夫，就自己找了医馆。"

阿绿没有生疑："回来了就赶紧回房休息罢，你脸色很不好。"

我一打开门，就看见莫之聆坐在桌边定定地看我，那眼神和丛之漠的全然不同，冰冷到极致，却又有种温暖的流光，难以置信，这两者能融为一体。

我不知不觉往后退了一步，他轻摇纸扇："回来了，就进来罢。我又不吃人。"

我惴惴不安地坐在他对面，隐隐感觉他在生气："你……你别生气了。我下次出门，定会留纸条知会你们的。"

他却嘲谑地扬唇："留纸条？不如下次我留张字条不告而别，让你尝尝急得上蹿下跳的滋味。"

我低头不说话，想起事先还同他吵架触了他霉头，还是不说话为妙。

他转着头将我打量一番，言辞犀利："这么大热的天，又未下雨，你这样反盖着衣服做什么？"

我不想被他晓得我又被人算计，怕他无端冷言冷语笑我痴傻："我有些冷，许是之前伤风了。"

我话都未说完，他一把撩开我衣服的衣领，我用手去挡，但还是慢了一步。

他垂眸看着我脖上的伤口，果然冷嘲热讽："我说的哪里有错，自不量力一个人去了大牢，弄成这副模样。"言毕，他用手指按上我的伤处，我痛得哇哇直叫："莫之聆你别碰我，痛！"

"自作自受！"他鄙夷地拿起装了伤药的瓶子，"总有一天你是要把自己作死的！"

我扬头避开他正欲上药的手，心中百般滋味难辨清楚："我自己来就是了。"

他却直接开始帮我上药："你看得清楚么？别乱动了。"

我用今天堵丛之漠的借口堵他："男女授受不亲。"

他又讽刺我："我从来没把你当女子。有哪个女子这样莽撞，不知爱惜自己？"

若是互为利用，互惠共生，为何又要对我这般？为何次次为我同苏伊洛争锋而对？为何寻我至快要发疯，却不肯说一句？为何替我上药，离我这般近，乱我心神，惹我烦忧？

如若他还是说，只因想利用我呢？如若他还是说，他只把我当枚棋子，从未信我呢？

不要自取其辱了，秦莫语，也莫要这般心神不宁地这样看他了。

我闭上眼，感受到那凉丝丝的药膏跟随着他的手指蔓延在我脖子上。

"莫之聆？"

"嗯？"

"我找到芍药簪了。"

他上药的手指一顿。

"我今日去见虎爷，被他用铁链伤成这样。有位公子救下我，而他本是辗转买下芍药簪之人，特意拿了花簪来向虎爷求证，却撞见我险些被虎爷杀了。他救下我，还将簪子送我。"

我睁眼拿出木盒，交予他手中："你紧张簪子，难道不先看一眼？"

他却把木盒放到一旁，继续为我上药："世间竟有这样巧的事，他来找人，却恰好遇上了寻簪的你。他可有为难你？"

我手中拿着那瓶未打开的伤药："没有，他白白送我，虽然他也寻了这簪子许久。他是个极好的人。"

他微不可察地顿了一下，又恢复原先吊儿郎当的样貌："莫不是看上别人长得帅俊，死皮赖脸粘着别人，吓到了别人才换来的罢？"

我拿起木盒，打开后呈在他眼前："千真万确的芍药簪，你先替我保管着，明日我会取回它。借你一夜，看够了，我就要毁了它。"

他点点头："好。你豁出命来换它，算我欠你一个恩情。"

"若觉得欠了我，那你告诉我，你是不是早就晓得，虎爷他们供出的人，不是苏将离，而是梅彩赏？"

他正欲拿起木盒的右手陡然僵住。

"梅彩赏想要下套害苏将离，毁了她贞洁样貌，让她无法嫁给祁翌和伊洛平起平坐。岂料阴差阳错，害到的居然是自己的亲生女儿，故而才受了刺激变成疯子。而苏将离并不是虚伪歹毒之人，反而对苏伊洛有情有义。她为了不让苏伊洛受刺激，晓得是自己的姆妈把自己害成这样，同苏觅梓、梅彩赏、祁翌一起演戏，冒认了这个罪名，不仅要被苏伊洛忌恨，还不得不同祁翌分离。你是他们的至交好友，你从踏入祁府这一刻起，你就晓得这些，不是么？你晓得苏伊洛为何无端挑事，你晓得苏将离为何见不了祁翌，你也早就晓得这簪子被转卖去了其他地方，我从未瞒你什么事，而你却事事都不肯告诉我。就算你不信我，作为同路人，你也该拿出些诚意才是。我费了这样大的劲，险些赔上性命，就因为你的不信、你的冷漠，这着实让人心寒。"我讲完了话，觉得乏了，就想去床上小眯片刻，不想再理会他如何反应。

他却扣住我手腕："我从未想赔上你的性命，我说过我不会让你出事的。但我同祁翌承诺过，我不会将这事告诉任何人。"

我不屑地打开他的手："莫少爷，我想小憩片刻，你自便罢。"

他喊住我："莫语，你是不是真想晓得所有的事？你是不是铁了心，一定要将这件事管到底？"

"呵，如今我怎么想，怎么做，都不关你的事。莫之聆，你快带簪子走了。我今夜，不想见到你。"

他却站住了，不肯走，反倒一个人开始低落自语："好，我都告诉你。这件事，只有祁家同我晓得，我原先的确保证不会告诉另外的人，但为了你，我破例。青龙帮之前打了我同祁翌，祁家其实早已在那次同青龙帮和谈，更从中周旋，免了乔爷的牢狱之灾。青龙帮念及恩情，答应以后不会招惹祁家，反倒欠祁家一恩，定当涌泉相报。梅彩赏雇青龙帮去劫苏将离的时候，其实乔爷早已通风报信到祁家。"

"既然这样，那为何最后他们还是动手了？"

他咽了口水，继续说道："因为祁老爷祁夫人想要苏伊洛如此，他们想要的儿媳是苏将离，不是苏伊洛。苏伊洛告诉你的没错，梅彩赏本是青楼妓女，勾引苏觅梓进了苏家也就算了，但她下慢性药毒害了苏夫人，和高僧串通污蔑苏将离是命中带煞，放狗咬死荀娘，烧毁牡丹楼，害得苏将离这十几年过得如此惨淡。"

"可是梅彩赏从未想过，祁家一直记着苏夫人曾经的恩惠。苏将离出生前，祁家绣庄出了假货，若不是苏夫人出面担保钱庄借钱，祁家只怕是一蹶不振。梅彩赏做的事，都叫祁家派人查得一清二楚。若梅彩赏按兵不动，没想暗害苏将离，祁老爷祁夫人也许睁一只眼闭一只眼，不会痛下杀手。但梅彩赏真是不知好歹，还想加害苏将离。本着为苏夫人报仇的愿望，他们伪造了字条故意送给苏伊洛，引她去琳琅桥。而他们早就让祁翌约了苏将离去牡丹园玩，所以苏将离，根本不会出现在琳琅桥。"

"而祁家趁火打劫，为的只不过是向苏觅梓报仇。苏将离沦落至此，全因苏觅梓先前变心，有负于苏夫人，后来又虐待苏将离。祁家想把苏家欠苏将离的还给她，如今搞成这样的局面，苏将离进退两难，被夹在祁翌同苏伊洛中间，怕是祁家从未料到的。"

我听了后沉思半晌。原来今日虎爷要杀我，是因为他早已受了祁家所托，以防有人得知真相。我不禁问："那么苏将离晓得么？她晓得自己的妹妹其实是被祁家害的么？"

"正因为后来晓得了，所以她选择离开，将阿翌留给苏伊洛。"

莫之聆告诉我，那天她同祁翌说，祁翌，他根本从未弄懂自己爱上的是谁，是那个受尽人欺侮命运坎坷，让他心生怜惜的苏将离？还是那个惜他如命，被他伤得遍体鳞伤，让他愧怍的苏伊洛？抑或，不是她们中任何一个，是他用他的二十余年精心谋划，让自己爱上陶叶的女儿。这个人，如同白牡丹一样，都是他自己在心里画出的角色，无论她是骄纵任性，还是知书达理，他都会竭尽全力，让自己爱上她，不负她。他是个好人，他用了他的二十余年去报恩。可他是个更坏的人，因着报恩二字，他拖着将离和阿洛进入这一场是是非非，让她们入了戏，却拼尽全力也走不出来。

祁翌，是苏将离最爱的人，可是他们的爱情夹杂着太多的阴差阳错，身不由己，爱恨纠葛，已经不是他们两个人的事了。

苏将离最后说，她原以为，爱只不过是邂逅相遇，与子偕藏。可恨一个人这样难，爱一个人竟也这样难，这出折子戏，终是到了该谢幕的时候了。

祁翌的句句挽回，起不了任何作用。只因柴房相救是虚假的，牡丹园偶遇是虚假的，月老祠作画是虚假的。所谓真心相待，却统统都是虚假的。

可最令我奇怪的是，如此深爱苏将离的祁翌，当真看不出苏将离如今已是假扮？

"他没喝酒，便让自己醉了。给自己一点幻觉，总比没有的要强，你说是么？"莫之聆面对我的疑问，却徐徐道来这样一句话。

"那么，我便不得不问，祁翌当日究竟把将离带到了哪里？我必须要见她一面，必须。"

他侧过脸看着我，脸上有踌躇："我真的不知。莫语，便不要再问我了。我累了，你便也早点歇息罢。"

"你不是想看牡丹簪么？只要你带我去见将离，我便帮你找到。"

他停下脚步，定定看我："看来我们这笔买卖，注定不成。祁翌没有送将离去哪里，将离只是让她保守伊洛扮作她的秘密，而她却不知去了何处。"

不祥的预感忽然丛生，我不由得拉住他的袖子问他："我只问你一句，我听闻苏伊洛当年反抗乔爷，用簪子刺瞎他的一只眼睛。青龙帮有仇必报，会不会对苏伊洛不利？"

莫之聆忽然瞪大了眼睛："你这又是什么意思？"

"蘅安遍传苏将离回来了，而在外的那个，必定是苏伊洛了。若是想要动手，这次，便不会弄错了。"

话音刚落，祁宅一阵喧闹。

我同莫之聆一同出去查看，阿绿同我们解释道："私塾后面那处房子走水，火势太猛，要烧到私塾了。少爷带人去救火了，就怕是哪个孩子住在那屋里。"

我惊愕之余拔腿狂奔，莫之聆紧紧跟随我："怎的了？莫语？"

"是她！她没走！她留在了那里！"

廿贰

私塾后的一片宅子，已是赤色彤彤，烧得如同火烧云一般。

我将外衣脱下泼上水便冲进火场里，尽管已掩了口鼻，浓重的烟雾还是让我咳嗽不止。烟雾让我看不清方向，我如同一只困兽一般大叫："阿离，你在哪里？你在哪里？"

一根燃烧的木椽直直砸落下来，掠过我头顶，几乎封住了我的去路。里面火势似乎更大，若是走进去，怕再无出来的机会。

我天人交战一番，终究还是踏出了这一步。若真的不能活着回去，便同将离一起死在这里罢，终究我也欠她。

"阿离！阿离！"我一路喊她的名字，却根本无人答应。

走着走着，我愈加迷糊，愈走感到越黑越暗。

我绝望地被困在这黑暗中。

"莫语！莫语！"有人在叫我，这声音如此熟悉，可是我真的再无醒来的力气了。

我不能这样死去，我还得去救将离。

我张开了眼，眼前一切虚浮地飘在空中，红红绿绿看不分明。我适应了许久，才能视物，但都朦朦胧胧的，好像一个幻境中丛生的许多幻影。

莫之聆的脸在我面前晃动："你可算醒了！"他擦了擦汗，"我差点就……"

我用尽最后的力气扯住他的衣袖："将离呢？她出来了没有？"

他无言地看着我，面色中竟是悲戚，只是用手指了一下我身后。

我挣扎着起身，他忙扶起我，将我大半个身子都倚放在他身上。

我转身，看见一个破碎不堪，被烈火灼得几乎难辨相貌的苏将离，被祁翌紧紧抱在怀中，已然是奄奄一息。

祁翌抱住她的手因用力太大而指节泛白，他害怕失去她。

还是他，找到了正确的宅子，救出了她。善缘也好，孽缘也罢，终究是躲不过的缘。

祁翌想用手扫去她脸上沾染的污垢，但她的脸早已烧得无一完处。他下不了手，脸上沉痛万分，但还柔声安慰她："大夫马上就到，阿离，你不会有事的。"

她朝他笑，这是一个无关杂念，无关恨意的纯净的笑容，让她破碎的脸却焕发出一种新生的光芒："大夫救不了我的，阿翌。下一世，我再陪你看牡丹罢。"

他的泪一滴滴落在她脸上，洗去所有的尘埃与污垢："你不能这样抛下我一个人，我平素装成什么都不怕的样子，都是诓你的。我不害怕死，却害怕失去你。不管你叫苏伊洛，还是苏将离，不管你究竟是谁的女儿，不管你同我有没有婚约，在你作画的那一刻，我就钟情于你。我是祁家的儿子，背负着祁家欠的恩情走了这么久。我起初也想活出自己的模样，所以去日本想要找一个真正喜欢的人。可是回来时，爱上的却还是你，这本就是宿命。少年一生没有做过自己，可现下，我只想做一件事，便是守着这芍药，长长久久，圆圆满满。"

她仍旧是微笑着的模样："可惜，终究'一期一会'。今生见了这一次，会有来生罢。"

而他无声地流泪，只是将手捂住她的眼睛，一如他们初见之时："光太亮了罢，扰了你清休。你莫要怕黑，你要等着我啊，阿离。"他也知，无法挽回这些。

她又笑了笑，闭了眼睛，声音愈加虚弱，也许只是弥留之际的最后一口气："若你不是祁翌，我不是苏将离，或许更快乐，但也有可能，我们也无遇见的机会。所以我这一生，过得大抵还是快乐的，因我遇上你。就算这是一场戏，我已摒弃所有去爱你，这大抵是我做得最好、最对的一件事。我会记着你，记着江南灼灼的春光里，有个叫祁翌的，钟爱苏将离的男子。"

他的泪不止，而她的呼吸终于停止，手也无声滑落。有什么东西掉出，他偏头抖着手捡起，是那香囊。

他放到鼻子旁嗅嗅，悄然而笑："芍药为盟，白首不离。"

他抱起她，背我们而去。赤色火光笼罩着他们，投下人影一双。而她似乎只是睡着了，听话地依偎在他怀中，同他离去一切是非恩怨，逃离一切浮世杂念。

我望着他们，潸然泪下。我终究，未能救下她。

莫之聆将我搂到怀中，以防我站不稳。我们颇有默契地沉默，看着这雕梁画栋、亭台楼阁，继续融化成片片虚无。

　　子夜，我在祁府畅香亭的荷塘前，咬破手指，将血一滴滴地，滴入荷塘里。

　　血滴落的声音让我的目光渐渐涣散。因失血过多，我开始觉得越来越冷。

　　莫之聆又阴魂不散地来到我面前，给了我一个巴掌："秦莫语，你疯了是不是？你这是在做什么？"

　　讨厌，他为何总是能在我做坏事不想让他晓得的时候出现呢？

　　"唯有我的血，才能找到牡丹簪。"

　　阿爹的血融进了牡丹簪里，牡丹簪会因他的血有所感应，那便也能被我的血所吸引。

　　"我不会看着你送死！"他一把拉起我，"它就那么重要？这只不过是一支破簪子，它就那么重要？"

　　"你不懂！"我咬住他拽着我的手，让他放手，"将离以一死保护伊洛，我不能再让她的心愿落空。我要毁了牡丹簪，一定要！"

　　他看着我，似有动容："莫语……"

　　"一个人从出生开始，就注定要背负她的信仰。而我的信仰，只是让世间有情人终成眷属，仅此而已。"

　　"你成全了世间有情人，但你若死了，那谁，再来成全我？"

　　我讶异地看着他，仿若自己产生了错觉。可这时，突然有一条鲤鱼于荷塘跃出，在地上翻滚扑腾着。

　　我忙收回手指，叫莫之聆："快！打开它的肚子，簪子在它肚子里。"

说完这句话，我便昏了过去。

廿叁

我同莫之聆一起站在将离的灵柩前，见她最后一面。

将离当日被绑，之所以劝伊洛假扮她，其实是她发现了有青龙帮的人在跟踪她们。

将离知晓，青龙帮从未放弃帮乔爷报仇。只因二人长得太像，所以不敢贸然下手。

若是蘅安四处传言，苏将离已归祁宅，流落在外的那个，必然是苏伊洛。她告诉青龙帮的人，来杀她罢，她就是苏伊洛。

她告别祁翌后，走去了一条死路。只因她知晓，她扮作苏伊洛若是死在青龙帮的人手里，那么今生，乔爷的手下以为苏伊洛死去，便不会死死纠缠，才给伊洛真正的安生。

她住在能看见祁翌的地方，却没曾想他们会选择用火这种最引人注目的方法。我想，她是期待自己静悄悄地消失在一个午后的。她不想让祁翌知晓她早已不在人世。

那个千杯不醉的书生，安静地同我们注视着她："我那日在牡丹园，其实遇见她。我晓得，她在茶肆看着我，她为我放伞，为我给牡丹松土。我忍不住，故意去堵她。"

"她告诉我，她会回来陪我，让我这番对她，好一些。"

"你们谁都知晓伊洛她不是将离，我又怎可能不知呢？不是她扮得像，不是我醉了，是我可以为了将离，假装我不知真相。如若这只是她想要的，我便用我的余生演完这场戏。”

“可她……她又是何必送死……哪怕她远去异乡，青龙帮也未必……未必找得到她。”

“因为她，从未负过伊洛。她只想用她自己，来换她一世无虞。只有她死，才会万无一失。”我回答祁翌的话，一行清泪却已落下。

而之聆也同样伤感地看我，将装着芍药簪和牡丹簪的木盒递到我手上：“若想毁了它，现在就毁罢，这毕竟也是她的东西。”

我拿过木盒，打开将簪子取了出来：“太晚了，之聆，原来晚了一步，真的覆水难收。”

我踮起脚尖，努力够着手去将芍药簪子插入她梳好的发髻：“理应物归原主。她簪上这簪子，真是风华绝代的美人。”

尔后，我又将在鲤鱼肚子里断裂又重新修补好的牡丹簪放在她身旁：“既然断了一回，就不必我动手了。干脆将簪子留在阿离这，成双的簪子，才是好兆头。愿她下一世，能真正有个相亲相爱的阿妹。”

苏伊洛应是不知将离的死讯。她还在祁府，等祁翌归家。

可我们在将离下葬之后回到祁府，才发现伊洛失去了踪迹。

而站在门口等我们的，却是双眼红肿的祁罴。

之聆最先按捺不住，先我们一步紧箍她的肩：“你为何呢？你为何偏要告诉她这一切？将离做了这么多，你又怎么能辜负她？”

祁罴挣脱他：“是！我不甘心！我不忍心将离连死了都要被她忌恨，连为她而死，她都不知道将离当年受了多大委屈！我也不甘心让她一辈子活在一个谎言里，就如同我活在我给自己编造的谎言里，骗我自己当年不来船埠丝毫不后悔，骗我自己余生无你也能过得完满！”

将离的死，把这些故人们的心，也一同撕裂了。

反倒是祁翌最为冷静，走到了他们二人中间："阿姐，你也是累糊涂了。莫语还在这里，你又胡说八道些什么呢？"

他的细心体贴，果真对谁都如此："都歇着去罢。走了，便走了罢。"

祁翌和苏伊洛谈话那一日后，苏伊洛就不知所踪。没有人再看见过她。而祁翌整天忙于种花作画，仿佛忘记了他有两个妻，一个叫苏伊洛，一个叫苏将离。

而莫之聆却拉着我一起帮祁翌看房子，他说："这次来也未曾好好谢过他。等他忘了将离的事，总要有个寄托的。干脆先看好房子，等他重振私塾。"

我偷望他一眼。其实他还是重情重义的。

同他走回祁宅时，不自觉问他："我终是不信，那年他写信骗伊洛去虎穴。他不该是这样的人。"

他注视着我的脸，缓缓开口："你觉得他是怎样一个人？无情无义，残酷冷漠，还是懦弱无能？"

我默然无言，最后只说："我不晓得。也许他是个好人，但对她们两个，却不是。"

"他没有写信骗苏伊洛，那封信是祁翌仿照他字迹写的。苏伊洛说得没错，苏将离说得也并没错。如若他没有策划戏台上与月老庙的偶遇，如若苏伊洛不是梅彩赏的女儿，也许他先遇上的就是苏伊洛，也许令他动心的是她，也许他们三人的结局便不一样。可是，世间哪来这样多的也许呢？就算'一期一会'，始终遇到的，还是芍药，并非牡丹。"

他说完就跨入门槛，留下我一人回味他这一番话。

廿肆

头七一过，我们终究该走了。祁翌陪着我们一同走去船埠，他们二人在我前面几米依依不舍地道别。我感觉有人在看我们，顺着直觉望过去，只见到祁罨在角落站着，同我微笑。那笑容，我读懂了。她让我照顾好莫之聆，让我替她好好待他。

而我能做的，只是回她一笑。

他们讲完了话，开始向前行进。我偷偷凑到莫之聆身边，低声问他："她在你身后看你。你真的，不同她告别了？"

他瞟了我身后一眼，道："结束了，便是结束了。你看祁翌都已放下了，我的痛不及他十分之一，又有何放不下？"

前去码头的路上，祁翌忽然发声："阿聆，你这一去不知何时能回来。不如，你同莫语一起陪我去牡丹园看看？"

我正想答牡丹花期已过，可莫之聆却笑道："行，时间尚早。那么，便一起去瞧瞧罢。"

实则，他也未放下。

我们三人走去牡丹园。还未进门，我们就闻到扑鼻而来的香气。眼前的场景让人讶异：数百朵白牡丹齐齐开放，洁白如玉，一尘不染，像仙境中才有的景象。

我们都看得如痴如醉。祁翌步入牡丹园，用手触摸那些牡丹，若有所思。

而牡丹丛中，似有一人被祁翌的脚步声惊到，姗姗转身起来。

她面缚藕荷色的面纱，上面绣着白牡丹。而她的圆眼中，早已了无苏伊洛之前眼中的戾气，脉脉如水，宛如苏将离的神情。右眼下一颗朱砂泪痣，鲜艳得教人过目难忘。

我们所有人都惊得合不拢嘴。可是祁翌还是先开口了："伊洛传芳，春雨飘香。能与姑娘在春日相见，幸会，幸会。不知姑娘名号？"

那姑娘婉然一笑，头上那支金丝接好的牡丹簪熠熠发光："将离，苏将离。芍药为盟，白首不离。芍药的别名，叫将离。"

我看着他们，却不知为何又流泪，我只得仰面问莫之聆："你说，她究竟是苏伊洛，还是苏将离？是苏伊洛当日被祁翌刺激了，疯了后把自己当作苏将离吗？可她今日的神态，完完全全像将离活过来一样。"

"这有何要紧？"他如释重负地笑笑，"已经是盛夏了，却如同春日一样，跟你在一起，好像总是有奇遇，连这牡丹也开了。"

我接口道："其实这牡丹园名不副实。园里一半牡丹、一半芍药，我今日可算认出来了。"

"是牡丹，抑或是芍药又有何重要？"他打开扇子扇了扇，更多的花香聚集在一起朝我们涌来，"伊洛传芳也好，将离忘春开在夏天也罢，'一期一会'，谁都不该辜负。这大抵是最好的结局了。"

"是啊，"我不知不觉拉住他的手，"走罢，再流连于此，怕是赶不上下一班船了。"

三簪

凌波俪兰独怆然

十里山茗血色妍

月下伊人黯掩面

壹

虽是初夏，酷热的暑气让人火烧火燎兀自无端端发火，止不住的汗水一波波侵袭上前胸后背，只坐一会便已汗涔涔的浑身不畅快。

早前便已晓得，阿爹还有三支簪曾给了秦家的五少爷，也是阿婆最小的阿弟，秦若浮。原先他住在秦安，可听莫之聆讲，他十几年前就搬去了蔼安。

于是，我们便直奔蔼安。

所幸并未遇上暴雨大风。而我们的船一路势如破竹地在水中前行，哗哗的水声听得我昏沉欲睡。

莫之聆在我面前打了个响指，我蓦然惊醒。

他摇着扇子靠近我些，道："大上午的，难道昨日没有睡好？"

我的确没有睡好。

在去蔼安的船上，我在反复思索祁翌曾对莫之聆说的话。

听她的意思，应是那年祁翌邀莫之聆来蔼安游玩。而他在月老祠同祁翚玩闹，各题词一副让对方作画，可偏偏，将离画了祁翚的，而祁翚却画了他的。因打伤了镇长之子，反倒惹得乔爷的手下把他打伤，却因祸得福，因此在祁府养伤时同祁翚日久生情。

可惜，祁翚最终没同他一起私奔。

祁家是名门望族，可他既是莫家之后，为何祁老爷不会同意他们的婚事？而祁翚说怕莫之聪寻到他的把柄，又说莫之聆的阿爹曾弃他而去。

那莫之聆，他究竟是谁？是莫家不可告人的私生子，还是有什么更隐秘的身份？莫之聪又是谁？是他的阿弟么？

他看我没回过神，又用扇子挑起我下巴，我未来得及反抗，就被他打量得透：“所幸你还晓得上药，伤口已结痂，今日出再多汗也不会感染了。”

他说完了便极快地收回扇子。没东西承着我下巴，我一下磕到面前的桌上，痛出了泪。我怒目而视，他眼梢却带着捉弄到我的得意之情。

我被他气着了，一路上赌气不肯同他说一句话。但他不以为意，一路上该吃吃该喝喝，毫无歉意。

下午总算到了霭安镇，未等船停稳我就迫不及待跳下了船，不发一言地气鼓鼓走在前头。可明明生了气，我却还是悄悄用余光瞥他有没有跟上我。我故意放慢了脚步，心猿意马用眼去瞟，却不留神撞上了人。

我回过神来忙向对方道歉，抬头一望，却不禁瞠目。

丛之漠站在我面前一脸温和的笑意，一下走近，抬起手指轻轻抚上我脖子上的疤痕，指尖的冷意让我激灵了一下，起了一身鸡皮疙瘩。

他见状收回了手，又同我道歉："每次都无意冒犯秦姑娘，却次次都吓着姑娘了。我们此番有缘再见，我还惦念着姑娘身上的伤。刚刚以手试探，绝非有意轻薄，请秦姑娘见谅。"

我垂下头，心有异样地颤抖，说不清是什么，便低声答道："丛公子是怎样的人，我甚是清楚，不必多言。难为公子劳心记挂我的伤势，倒教我过意不去。"

他抿唇笑笑："你是该过意不去的。我长这么大，没哪个女子可以让我这样牵肠挂肚。"

我装作听不懂，脸却微红。

他继续道："秦姑娘怎么又孤身一人？若是又遇上次那样的事，可怎生是好？丛某来蠹安游玩，也算是无事闲人一个，不如陪着秦姑娘你一起如何？我不会打扰你做事的，你若倦了我，我便在附近等你办完事。"

"不必了罢，"我回绝他，"丛公子，这好意我不敢领受。"

他打量我一眼，却未放弃："你孤身一人，却着实让我放心不下。"

"你哪只眼睛看出她是孤身一人？"莫之聆没有好气的声音从后面传来，我转头一看，还没看清什么，就被他一把粗鲁地拖开几步。

莫之聆挡在我和丛之漠之间，口气生硬冰冷："生得一副风度翩翩的公子模样，却举止轻佻孟浪。公子身边应该不缺姑娘，何必纠缠这样长相平平、一无是处的女子。"

"莫之聆，你不要这样无理，"我懒得同他争论什么"长相平平、一无是处"，"丛公子只是好意而已。之前在蘅安若不是他将簪子相赠，恐怕你我都难达夙愿。"

他却把我的话当成耳旁风，一把拽起我的手拖着我一边扭头就走，一边警告丛之漠："若你敢打她主意，抑或是再近她的身，我到时即便是把你碎尸万段也算是便宜你了。"

他丝毫不理会我对他又打又骂，只顾一路拎着我越走越远。我扭头去看丛之漠，他还是悠然地扇着扇子，伫立在梨树下望着我，却瞧不出有什么表情。

我盯着那个方向，头却一下被莫之聆腾出的手扳正："呵，还恋恋不舍学梁山伯祝英台十八相送呢！那家伙这样花言巧语口蜜腹剑地骗你几句，倒是真的喜欢上人家了？只怕到时候被他卖了都还给他数钱呢！"

我猛捶了他一拳："你这人心思怎么这样龌龊，我们只不过是君子之交。"

"呵，"他又冷笑一声，拂开我的手，"都被迷得七荤八素了，还君子之交？你几时能长点心眼？几时才能不轻信陌生人？"

"我信不信丛公子又关你何事？"我更加气呼呼地发火道，"莫之聆，你没有资格管我信不信谁，管我同谁交好。只不过各取所需才一路作伴，我不干涉你的事，你就不该管我的事！"

他闻言面有愠怒，显得愈发阴沉，却一下松开了桎梏我的手："是啊，我多管闲事。我今天八成是吃错药了，吃饱了撑的没事干才来管你的闲事！你现在爱干什么就干什么去！找丛公子还是张少爷王二麻子，通通都他娘的不关我事！"把话撂下后，他不待我有任何反应，就快步向前走，一刻都没停顿。

虽然以前我们经常小吵小闹，但没有哪一次他这样对我发脾气，甚至吐了脏话。

他这样……好像，分明，也许，仿佛是在吃醋？

这个猜想让我的心跳加快，背也霍然出了一层薄薄的冷汗。我一边摇摇头让自己保持清醒，一边小跑追上差点连背影都找不见的他。

而一边跑着，我一边又忍不住可悲地想入非非。若是他不喜欢我，他为何这次因丛之漠对我生气？可是我身上，应该没什么值得他侧目罢。祁罜才是他钟爱的模样，潇洒干练，聪明能干。

可是就算这样而已，我又是何时，对这样一个甚至我都看不清的人，生出这样说不清道不明的感情。从何时开始，没有他在我会觉得不安；从何时开始，他捉弄我却不觉得生气；又是从何时开始，我甚至希望这段路不要走到头，只是因为……因为他。

或许这就是女子的悲哀，总是这样轻易地信了人心，却忽略了人心叵测。而我，也同样明知不可为而为之。

我止住脚步，克制着自己跌宕起伏的情绪看着他的背影缓缓消失，却不知为何心里空落落的，好像真的被人忘却抛弃。

走了……就走了罢。我木然地转身顺着肉包子的香味走过去，对站在包子铺前的大爷道："阿爷，给我三个肉包。"

"好嘞，从没见过姑娘这样漂亮的可人儿，只收姑娘两个铜币。"大爷看着我笑得皱纹开出一朵花，将热乎乎的包子递给我。

我向腰间摸去，却空空如也，只能尴尬地朝大爷笑笑："抱歉，钱袋落在船上了。这些包子，只能不要了。"

这时，却横空伸出一只手，掷下了两枚铜币在大爷的碗中："我替她付了。"

我没有转过头："你不是……不想再管我的事了么？"

那只手又横生出来接过包子，听似漫不经心道："从来都是这样的榆木脑袋，都要把阿爷的手烫红了也不晓得接过来。"

我吸了吸鼻子，忍住不去看他："莫之聆……"

话还未出口，一个包子出其不意地被塞到我口中。我一口气提不上来，下意识瞪他。他早就用过的伎俩，我却还是中招。

他脸上又是那副狐狸样的得意，之前的怒意一扫而空："吃完了晚饭就该做事。我莫少爷，从不养闲人。"

我想假装笑出来，却并不容易，想必也是一个可怕的苦笑："一顿肉包子就想打发我？"

他哼了一声，像犯了十足的少爷脾气："都落了钱袋，还想挑肥拣瘦呢？笨丫头。"

说完了他把我落下的钱袋抛给我，我忙不迭地伸手去够，他却还是抢先一步拿回了手中。

我怒瞪他，他朝我又笑笑："这是我捡到的，自然是本少爷的。走罢！边走边吃省时间。"

我吃着包子没空计较他将我钱袋占为己有的事，含糊不清地问："去哪里？"

他看了看西南方的天色，眯眼道："自然是霭安秦家。"

贰

莫之聆打算雇轿子送我们去秦宅。他同轿夫在谈价，我嫌腿酸便先坐到轿子里去了。

看他在包子铺的举动，像是想把我们吵架的事翻篇而过，兴许也不想再同我闹僵，坏了我们都要办的事。

我正思索着，"唰"一声轿帘被打开。我抬头一望，莫之聆一只脚都跨了进来，和我四目相对。

我不知不觉退到了角落里，却在嘴上反击："你想干嘛？"

他一屁股坐在我刚腾出的位置上："坐个轿子的还能干嘛？"

"你干嘛不多雇一顶？"我含怒问他，屁股却又气势稍弱地往旁边移了一寸。

"省钱啊。"他却做出无辜状。

"你那么有钱！"我抗议道，"平常你大手大脚花钱眼睛都不眨的。"

他将脚弯起搭在我挪出的地方："你不满意就下去走路好了，这轿子可是我出钱的，我愿不愿意花钱也不是你说了算的。"

我气鼓鼓地站起来就想走，结果轿夫刚好抬起轿子开始向前行进。我一下子没站稳，向后倒去。

"小心！"他在我背后叫出声来，当然已经为时已晚。

我四仰八叉地躺在他身上，头重重向后砸到他胸口的位置，砸得他闷哼一声。

我忙不迭地揉着脑袋乖乖坐到他身旁，紧张地问："你没事罢？"显然是有事的，我自己都撞得眼冒金星，他想必更加不好过。而且我的头撞的是他胸口的位置，可是不能开玩笑的。

他脸色乌青有些讲不出话来，我将手指放在他鼻子下试图确认他能不能顺畅呼吸。

结果还没放上去他就把我的手拍开："得了得了，我还活着呢。"

我有些不好意思，又瑟缩回刚刚的角落里。

他深呼吸了几下，脸色慢慢恢复。我大气也不敢出，生怕他同我秋后算账。

果真他向我凑过来，我吓得闭上了眼，心想被他痛宰一顿也认了。

但是身上没有痛感……却反倒有一种温暖的触感在我的额头刚刚碰伤的地方。

我不敢睁眼再去看他，听见他在我耳畔沉声："我以后不闹你玩了，好不好？"

这气氛徒增暧昧。好像我是他溺爱的一只猫，而他正在给我顺毛。在猫和人之间自然不显得尴尬，可我同他……

我不知该回答什么，只得默默岔开了话题："你的手比旁的人好像都烫一些。"

"嗯，"他低低答道，"确实是。看样子许多人都拿手碰过你的头？"

"我小时候老爱发烧，那时好多人轮流照顾我。我姆妈、我阿爹、还有我大姑二姑，还有我奶娘。我阿爹的手糙，夏天嫌热冬天就暖和。我姆妈的手软，碰起来舒服。我大姑二姑的手都很灵巧，帮我揉太阳穴的时候最舒服。我奶娘的手有些钝，只能帮我赶赶蚊子。"

"那现在……他们怎么放心你一个人这样流落在外？"他破天荒没有打断我说话，显得十分有耐心。

"小时候是小时候啊，我现在长大了，总归是要学会一个人生活的嘛。"眼眶有微微的润湿，我还是没有意想中的坚强，于是继续闭住了眼，不想让他察觉到。

可是眼角的泪却被他的手指擦净，看来我的伪装，还是被他戳破了。

我不想再听到他劝解我的话。人往往越劝越难过。于是，便睁眼，又岔开话题，总算聊到正事上："你还没告诉我，你手上拿了哪些关于秦若浮的消息。"

他终于收回了手，可没答话："秦安是你的本家，你姆妈又出身秦府，你阿爹不是也和他交好么？按说秦若浮的事情，你应当比我清楚。"

"我姆妈在阿婆嫁了之后没多久也嫁人了，秦府的事自然也不清楚。我阿爹是同他有些交情，但我姆妈嫁给他之后，他就带着我姆妈去宜山居住，同他再无联系。"

他点点头："秦若浮，是你阿婆的五弟，也是你阿婆最小的弟弟，这你清楚罢？"

我点头："是。我阿婆嫁人时，他刚满十七岁。"

"他十八岁时娶了霭安纺织大户之女余年年。余年年溺水消失后，他从秦家出来在霭安买了宅子。"

"溺水？"我诧异，"安乡竟还有不识水性的人。"

"余年年的生母在她出生时就难产而亡。她五岁时厌烦她阿爹时不时娶小妾搞得家中乌烟瘴气，就自己带了奶娘在茶山里住。所以她喜好的都是打猎骑马之类的活动，并不会凫水。"

我一下来了兴趣，啧啧称奇："五岁就这样能做主，这个女子好生厉害。可惜……"

我一下有些心虚地说不下去。若不是因为我们，因为秦簪，她应该不会落得红颜薄命的结局。

　　他好像看透了我想说什么，接口道："红颜薄命的恐怕不止她一人。她失踪时，恰逢她二嫂叶汝澜也一同落水，了无踪迹。"

　　我怔住。

　　终是又晚了。

　　眼前一条涓涓小溪欢快地流淌，而溪水后白雾萦绕，隐隐约约的山色显露。

　　没料到下了轿，我们竟来到一座大山前。

　　我的肩膀被拍了一下，莫之聆已背着包袱和我并肩站立："走罢，别发呆了。"

　　我难掩震惊："我们不是去秦府么？这里荒无人烟，哪里来什么秦府？"

　　"去了秦府也只有扫地的老妈子。我已打听过了，他最近都住在这茶山上。"

　　"茶山？那不是余年年小时候住的地方？"

　　他已经开始迈步了："在这里光凭臆想猜测，永远都不能晓得真相。走罢，趁太阳还未下山。"

叁

　　我对莫之聆毫无保留。自从我阿爹娶了姆妈之后，就带她进了宜山。我在山里出生也在山里长大，和余年年有那么些相似。

所以我走山路时自然不觉得吃力。以前上山下山惯了，这些事简直信手拈来。

　　莫之聆有些意外地看我敏捷得像只猴子一样向上不断攀登，而我不得不停下来等他跟上我。

　　他若有所思地望着我，有些气喘吁吁的。这山中根本就没修台阶，都是脚一步步将草木踩死踩出来的小道。尽管他平日体力不错，但这次的确是败在这山路上了。

　　想到他终于有一点不如我，我心里可是笑开了花，便有意揶揄他："莫少爷，要不要我扶你一把？你现在活像一个被裹了脚的闺阁女子，迈不开步子呢！"

　　他脸沉了沉，隔着十米远作势要打我，我却大喝一声："别动！"

　　他闻言定了一秒，却还是向前走，我又惊又急，往前一个箭步大吼道："你别动了，那块石头已经松了！"

　　"啊！"

　　然而这声惨叫并不来自他，而来自我。刚刚我上来时早已看见那个埋在树叶下的捕兽夹，小心翼翼避开了。因着刚刚一时情急，我竟一脚栽了进去。

　　我坐在地上忍痛看着闭合的一对狼牙齿把我右脚咬得死死的，可莫之聆这混账却精准地越过了那块滑动的浮石三步并作两步走到我面前。

　　他一语不发地掏出匕首，蹲下来开始磨捕兽夹的弹簧。

　　我侧转头看着他冷峻的侧脸，问："这次怎么不骂我笨？"

　　他继续着手上动作，头也没抬一下："笨丫头。"

　　我咬着唇不想叫出来失了面子，钻心的疼让我直冒冷汗，不得不说些话转移注意："我伤了脚，恐怕今日是走不到山顶了。不如你先上山，我慢慢来追你。"

"你是真嫌自己命大？入夜后这山里豺狼猛兽尽寻些东西果腹，你是不是非要便宜了它们才罢休。"他头都没抬一下。

"我从小在山里长大，我懂得如何保护自己。"我将手指攥紧了下摆的衣裳以分散疼痛。

他仰头看着我："疼便叫出来罢，我不笑话你。"

我却还是咬紧了牙关，断断续续道："我不怕你笑话我，只怕我自己会笑话自己。我靠山吃山十余年，受了这样的伤，本来就已是耻辱，哪里有颜面喊痛。"

他直视我的眼，眼中倒映着脸色惨白的我，可他语气陡然软了下来："你让我想起我小时候。"

"嗯？"

"我阿爹当时教我和我阿弟射箭。我阿弟练得十次能射中九次时，我阿爹让我站在他面前头顶一个苹果当靶子。我站在那里吓得哆哆嗦嗦直喊害怕，因为我当真害怕。我阿爹说，你是个男子汉大丈夫，以后要顶天立地，要成家立业，你若这样害怕，怎么对得起你是我的儿子。"

"我听了他的话，于是乖乖站在那里不再喊害怕。可是我阿弟那一箭，射穿了我的左肩，我养了两个月才能再拿弓。"

"骨气这种东西，有时候真是没意思，同那些夫子口头的那些虚无缥缈的大道理一般，有时只是累赘。"

我只在祁罡的嘴里听过他同他阿爹的事，当时我只以为他是莫家的私生子，恨自己的阿爹。然而这次听他的语气，却又不像。那种毫无波澜平淡的语气，不像恨，也不只痛那样简单。

沉思时，捕兽夹"啪"地应声而断。弹簧已被他磨断了。

他利落地将闭合的捕兽夹打开："脚还能动么？"

我伸回脚站起来走了几步，朝还蹲在地上的他说："没伤到筋骨，都是皮外伤。"言毕我便自己掏出伤药开始上药。

有什么东西落在我头发上，我轻轻拍落。一朵几近开败的红茶花悠悠坠下，散发出撩拨人的芳香。

我转身望去，仿佛已能看到无边无际的山茶树从我脚下一直延绵到山顶，如一片烧得愈来愈烈的火烧云弥漫这山崖，将极致瑰丽的红色印在过路人的脑海里。

然而现今在我眼前，却没有花，只有叶的身影。毕竟是过了花期。

莫之聆还蹲在那里仔细检查着捕兽夹，我凑过去问："这捕兽夹有何好看的？不是猎户捕猎用的？"

"不，"他抬眼看我，"是秦家的。"他将捕兽夹一侧拿起来给我看清楚，秦家特制的火焰在那里十分明显，"想必是秦若浮不想让人私自进入茶山。树林外都种了捕兽夹，若再往里面走，恐怕还不知会遇到什么机关。我送你下山，今日我们不上山了。"

我却笃定地对他说，"不，我要上山。"

"你这丫头是不是根本不听人劝的？"他望着我大为光火，"连命都不要了，至于么？"

我踩了他一脚，趁他晃神的工夫一溜烟一瘸一拐地往山顶的方向跑去。

我不能再耽误任何时间了，这罪过已经延续了二十年，若是有无辜者再因这些陷入万劫不复，我赔不起。

我折了树枝撑着自己在山茶林中行进。吃一堑，长一智，我用树枝戳戳地面，再三防备这里的机关。

树枝被一只修长的手紧紧握住，他的声音带着隐忍不发的怒意："一个瘸子，还想甩开我？"

我眨巴了一下眼，早早料到他会跟上来："生气了？"

"你什么时候在意过我生气，"他抢过树枝，"不知好歹。跟在我身后，别再冒冒失失的。"

他虎着脸拿着树枝在前面走，用后脑勺对着我。

·

天色暗沉，月亮已爬上树梢头。

因着我的脚伤，他时不时停下来等我，行进的速度也不如先前那样快。

后半程我已然是在逞强。虽然脚上只是皮外伤，但齿咬得太深，一扭动就钻心入骨地痛。

我停下来不动，他察觉到转过身。而我听进了他的话，开始朝他服软："痛。"

他皱了皱眉，扔下树枝一把拉起我放到他身上，一边走一边喊："沉死了！"

"干什么！放我下来！"

"别乱动！"他喝斥我，"又不是没背过你，忸怩作态什么！"言罢，将包袱甩出来让我接过去："拿着！"

我乖乖接过包袱，伏在他的背上不再乱动，心中却起了别样的滋味。

本以为他长得斯斯文文，不善做体力活。可他的双手其实孔武有力，背着我也还能步伐矫健。也不知他是不是混惯了江湖，练出了这样的好体力。

我想我终究没有逃过这一劫，否则我此时怎连句拒绝也说不出口。

"对不起。"其实终究还是我连累了他，看他头上那一层细密的汗珠，我把这句梗在胸口的话说出来。

"笨丫头，"他又嘀咕了一句，"总算有点良心。把我当牲口使了，终于晓得道歉了。"

"可是要不是为了提醒你，我也不会栽进去。你早就看到那块石头了？"

"所以才说你笨。"

"我不晓得你眼睛厉害，好心提醒你，所以笨？"

他背着我顿一滞，好一会才说："我说你笨，是因为你不懂，保住自己才是最重要。这世上，没有什么值得让你自己奋不顾身去救的人。更何况是我这样一个……一个无关的人。"

我愣住，"无关的人"。

那我，想必也是无关之人罢。

钝痛无来由地袭来。牛毛细雨适时从天而降，融在轻盈如纱的迷雾里，将我与他的衣裳浸染。

肆

他一声不吭地将我背到一处漆黑的山洞里躲雨。他突然脚下一滑，许是踩到了洞中凸出的畸石，但还是扶着石壁将我稳稳托住。

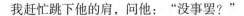

我赶忙跳下他的肩，问他："没事罢？"

他的声音在黑暗中听上去十分疲惫："没事。"

我摸索着包袱想找出打火石，他问："你在找什么？"

"打火石，"我不假思索，"这么黑，不点火怎的看得清？"

他猛地一抽手抽出包袱，让我愕住："先别点灯，雨说不定一会就停，别折腾了。"

这厮古古怪怪的今日又着了什么魔障。我假意顺从："那我们就不往里走了，在这坐会。"

他"嗯"了一声，好像坐在了地上，在包袱里找什么东西。我听着窸窸窣窣的衣料摩擦声和他有些急促的呼吸声，心中疑窦顿生，悄悄拿出刚刚藏在袖中的打火石与半截蜡，凑到他身旁。

火焰"嘶"一声攀住了蜡，照得他的脸形如鬼魅，惨白一片。他正拿着匕首划开了右臂膀的袖子和被血染透的绷带，露出惨不忍睹的伤痕。他的大臂被烫伤了一大块，都是还没结完痂却已恶化流脓了。

他难以置信地转过头，眼中火光吞噬了黑眸："莫语……"

我忍不住失声："你不是说，人痛了就要喊痛？你自己却忍着痛背我走了这么远的路！你教我自己照顾好自己，却不管不顾自己的伤？你训起我来头头是道，自己却连药都不好好上？你是不是为了救我，才冲进火场被烧成这样的？"

他垂下头，只是轻叹一声："我跟你不一样，莫语……"

我将他手中的匕首取过，在火上炙烤："若是疼了，你便喊出来，我不笑话你。"

他这种时候居然笑出来了："都懂学我说话了？丫头，你的手可别抖。"

话音未落，刀刃就进了肉，他面色一沉。我利索地将那些坏死的肉一点点割掉，血一滴滴沿着他白皙的臂膀落在地上，惨不忍睹。

可是他没有叫唤，只是冷静而残忍地看着我割掉的那些腐肉。但灼热急促的呼吸吐在我脸上，痒痒的，却也出卖了他。

怎么可能不疼？

我给他上了药，用绷带缠好伤口。他抬起手，反手用手背轻轻擦拭我眼角的泪，轻柔地劝我："别哭了，好不好？"

雨越落越急。

而我越想忍住泪，却越忍不住，泪流得越急："我以为自己长大了……我不再怕一个人走夜路，不再怕什么土匪恶霸……可是……原来我还是会怕……怕喜欢上一个不喜欢我的人，怕一厢情愿，怕自作多情；又怕有一天我们终归分道扬镳了，我又要逼自己习惯一个人忍痛，又要逼我自己一边自欺欺人地忘记你……你为何要三番四次地救我？你为何偏要来招惹我？"

烛焰烧到尽头，幽然熄灭，并着他眼中的烛火一起黯淡。洞中的黑暗倾覆了我，却被他一把揽入温暖的怀中，温热的吻来得急速却也温柔，让我失了方寸。

他吻得突然开始凶狠起来，不让我有停顿思考的机会，让我分不清我究竟是在抵抗，还是顺从。我失了清明，几乎要忘了自己是谁。

在我喘不过气时，他终于放开我，却还是搂住我，让我躺在他的左肩上，摸着我的头："睡一会罢，雨一时不会停。莫胡思乱想的，你不赶我走，我便不会走。"

　　翌日一早，我们坐在堆起的燃尽的柴火边吃着干粮，却听见有人走进了山洞。

　　我还没看清来人的脸，只听得那声音带着娇弱的颤音抖了几抖："年年……是不是你？"

　　我同莫之聆四目相对，双双愣住。

　　都说血缘这样的东西，骗不了人。早先耳闻了阿婆模样标致，气质恬淡。在她三姐身上，果然也看到阿婆的几分影子。虽然已到中年，却还是瞧着可人温婉，风韵犹存。

　　秦家三女儿秦若涵，此时领我同莫之聆坐在茶花林的竹林小筑上，取出茶具为我们沏茶。我早在洞中表明身份，但只说莫之聆是我从小相识的远方兄弟。之前从祁翟的对话里听来，我预料到他或许有什么麻烦事在身，还是不多提他和莫家有关系为妙。

　　"虽然我同阿宁不熟稔，但再怎么说，她也是从秦府出来的人。此番她的女儿来拜访，我本当好好招待你俩，"她将沏好的茶递给我们，模样恭顺可亲，"但这荒郊野外的，我本有这份心，也无这份力。"

　　"三小姐，你莫要这样说，"我打断她，"其实此番上山我是来找五少爷的。自从我阿爹进了宜山，就同他断了联系。我阿爹此番特地遣我同他问个好，代他叙叙旧。不曾想来到山里就遇了山雨，昨夜便没能登顶见着五少爷。"

　　"就算上了山顶又如何，"她用绢帕细细揩尽唇边的残渍，叹道，"如今他活得人不似人鬼不似鬼，连我这个三姐都闭门不见，哪还有什么旧可以叙？十二年了……他成天只惦记着年年，念叨得连我差点也信了他，以为年年没有死。这茶山除了年年和他，根本无人问津。我听见洞里有声音，还真的以为她回茶山了。这是人老了，胡思乱想的，教你们见笑了。"

莫之聆暗暗看我一眼，我晓得他让我开口问。我又不是真蠢，自然接了话茬："三小姐，年年是五少爷的夫人，余年年？"

她黯然一笑，点着手指道："是哪，这竹林小筑还是年年自己亲手建的。如今却，"她顿了一下，声音忽然低落，"却物是人非。"

"当年发生了何事？"我一如既往地刨根问底，一心执着于那消逝在过去的真相。

她低头："都是些旧事情，有些见不得听不得的东西。秦家一开始瞒得死死的，毕竟我们秦家明面上的面子，不能败。可十几年了，这些往事，除了我们这些还活在过去的人，还有谁在乎？"

那个早晨，她带我们踏入这一场充满着尘埃与碎梦、痛楚与欢愉、毁灭与重生的过往，探寻着我们想要晓得的秘密。而她也重新以一个客观的视野，将那些后来她才晓得的事情，一点点拼凑起来，展示给我们，也给她自己看明白。

伍

十几年前，秦府还将将从一场岌岌可危的危机中喘过气来。当然想必莫语你明白，这是以怎样的代价。

你阿婆，我一母同胞的四妹阿漪，嫁给了池安号称第一大败家子的莫懿。

　　府中我们兄弟姐妹的关系各有不同,但个个都喜欢她,唯独阿浮,好像事事都想找她不畅快。

　　他是我们最小的阿弟,和大哥若涟同为正房大娘所出。他不过小我们几岁,平日却寡言少语,喜怒不形于色。二哥吃饭的时候爱说笑,说得连平日我们不苟言笑的老古板阿爹也乐呵呵的,只有他只晓得埋头塞饭。二哥若潮打趣他:"小阿弟,长得俊,苦瓜脸,走霉运。"大家又哄笑,他却只是又夹了块茨实糕,不发一言。

　　当日他去送陪嫁马桶到船上,回来了就把自己闷在房里不出来吃饭。丫鬟阿草端着饭菜苦着脸从我面前走过,我拉住她问:"怎的了?五少爷为难你了?"

　　她抿着唇,模样可怜:"少爷不肯吃。不知怎的了,暗搓搓地同自己较劲,连饭都不吃。"

　　"我这个阿弟,脾气古怪难以捉摸。把食案给我罢。"我心中好奇,他平日虽然像块石头,但却会和四妹发脾气。

　　比如,他养了只鸟唤作云莺,是他心头的宝贝。一日他出去了,鸟还挂在后花园中淋雨,四妹看见了便帮他收在她房里。结果他回家晓得了,却向她兴师问罪:"我的东西,你凭什么碰?"

　　四妹唤阿宁将鸟笼还给他:"你若不喜欢,以后我便不碰。我同你道歉。"

　　结果他狠狠剜她一眼:"碰都碰了,道歉有用么?"说着拂袖而去。

　　我叩门三下无人应答,身后却有只手用指尖推开门。转身一望,是大哥。他二话不说拿过我手中的食案,径直走进去。

　　我生下来是宁静寡淡的个性,与世无争,鲜少同兄弟姐妹起争执。大哥却属锋芒毕露的个性,看到我们有什么做得不对,必要管,必要教，尤其针对五弟，毕竟我们同二哥都不是大娘生养的。

我有时也厌烦他这副自满自足说三道四的官架子模样，一向只会多说我们，自己却骄奢淫逸，在外打着秦家的旗号犯下的糊涂账反倒毫不觉得丢人。我是懒得说，四妹却是碍于情面不提。二哥同他打太极，被说几句也不提什么，不愿给大娘难堪。只有五弟这个闷葫芦却一反常态，但凡大哥说错了什么，五弟必定能和他吵起来，将他气得直跳脚。

我还犹豫着，大哥却已经在房里讽笑道："秦五少还学会摆架子了？学绝食不吃饭是硌硬谁呢？"

"硌硬你，硌硬阿爹，硌硬你姆妈。"五弟毫不示弱，声音听上去皮笑肉不笑。

大哥当场就发了火："秦若浮，别以为你生得最小，家里人人都得宠着你！有本事有骨气你就他娘的给我收拾包袱滚出去，不爱吃秦家的饭，那就要饭去！我们秦家不欠你的！"

"即便是去要饭，也强过靠卖了阿妹在这作威作福的你千倍百倍。大哥也晓得'骨气'两个字如何写？"他淡淡一句，却足有四两拨千斤之力，弄得大哥脸色涨红。

我听这阵势不对，闯进去想要劝架，还未踏进去就被大哥轰出来，锁在门外。他一边锁了我，一边放狠话："若涵你别管我们！今日我不教训这个臭小子，明日我便滚出秦家！"

听着里面他是发了狠开始殴打五弟，我急忙去叫丫鬟唤出大娘和阿爹劝架。

阿爹带着小厮撞门进去时，若浮已经被揍得不成人样，趴在地上地望着我们一群人。

大娘心疼去扶他，却被他推了一把。他那种仇视的眼光，刺穿我们每一个秦姓之人，刺得我们痛彻心扉："你们买通了月老祠的人骗莫老太太，推我四姐进了火坑！你们口口声声说你们最爱她这个女儿，她这个阿妹。可连我这般讨厌她的人都晓得血浓于水，都晓得护着她，你们却推她去死？"

大娘哭得泣不成声，大哥却扶起大娘，道："主意是我出的，若漪嫁都嫁出去了，你还想怎样！"

话音刚落，若浮就像只饥肠辘辘的狼精准地扑倒了大哥，反压在身上捞起菜碟子倒扣在他脸上。大哥嘶叫着想补他一拳，却听得阿爹敲了敲拐杖："行了，若涟，做大哥要有做大哥的样子。"

"爹，他……"大哥一边将扣在脑门上的菜叶子摘下，一边怒吼。

"带你姆妈他们出去吃饭，自己也收拾收拾！我只说最后一遍！"

我们都识相地走出去，结果阿爹叫住我："若涵，你留下照顾你阿弟。我出去透透气。"

他拄着拐杖看了一眼若浮，想要蹲下来摸摸他的头，最后却还是收回了手。

我叫小厮将他抬上床，给他上药。

"你一向和四妹不和，这次却为了四妹的事和大哥闹成这样。"我皱眉看了看他的伤痕，手放轻了些。

"我向来看不惯她曲意逢迎的样子。可是一码事归一码，她总归是我四姐。"他说着说着眼神凌厉起来，"三姐，我以为你是不一样的。你性子再冷，可是待我和她一直都很好。你早就晓得，对不对？"

"若浮，"我有些难过地摸摸这个闷葫芦的头，看他平日一副无牵无挂的样子，想的却这样多，"我们每个人都在逆来顺受。你懂么？如果被选中的是我，我会怎么选，你想必也清楚。秦家走了几百年的路，你以为这条路光明磊落么？这路上有人倒下，有人流血，有人牺牲，甚至连名字都不能入族谱，甚至我们都不晓得他们是谁。可我们毕竟世世代代繁衍到现在，昨日它屹立不倒，今日也根基尚存，可谁又能担保明日呢？只有我们了，连阿爹都老了。如果我是大哥，我只得说，我亦会这样做。"

他闭上眼，好像根本没听进这些话。我还是将新盛来的菜放在他桌上，轻轻合上了门。

但我却望向若漪空置的房间，欷歔不已。

陆

四妹嫁去半年后，大哥被阿爹拉去蘅安见客，一月有余不在家里。这空当，二哥却突然病了。

大夫过来望了望，只说估计是不打紧的肺炎，开几帖药服下便是。结果药服下好了两日，可后几日却发起了高烧，人都烧得不清不楚的，情况凶险。

眼瞧这节骨眼上，大娘、我姆妈、三娘个个都没了主意。大娘身边一个管事的老嬷嬷，唤作阿和，劝她们："二少爷都病成这样了，以后都不知能不能好转得起来。不如替二少爷娶个姑娘，冲冲喜。若是少爷还能缓一阵子，说不定还能留个种，也算有点念想。"

那日下午，若浮被叫到大娘房中。他垂着头，没看她的眼睛："有什么事，你便快讲，我还要去船埠。"

"你二哥病成这样，我们都说好了要给他冲喜。可惜如今你阿爹和你大哥还在外面做事，秦家只有你一个当家作主的男人。阿浮，你便帮你二哥选一个姑娘。"

她指了指桌上一排摊开的画像，上面有七八个芳龄女子，长相大都平平无奇，说道："来罢。"

他抬头，明显是被惊着了："我不懂怎么选，这又不是选牲口。"

"你不选，难道看着你二哥死？难道任由你三娘没了儿子又没了孙子？"她咄咄逼人地看着她的儿子，非要逼着他选。

他站到桌子前扫视了那一排照片，却俯身捡起被他姆妈放置在桌上孤僻角落的一张小像："不如，就选她罢。"

他姆妈没有接过照片，蹙眉道："你连看都不看一眼？"

他笑笑："从小到大，我没有一回称过你的意。你不喜欢的东西，我却偏偏喜欢。你不喜欢这个姑娘，我看八成我却偏偏中意这位。"

言罢他回转过身要走，却被叫住了。他止住了步神色不悦："姆妈还有什么事要吩咐？"

"你年纪也不小了，这次和你二哥一起办了罢。我看中的那个姑娘，身家清白，门当户对，你将她的八字和这个姑娘的八字一起拿去罢，交给秦望一起打了簪子下聘。"

若浮没有接过写着两张八字的纸，只是道："姆妈替我挑的，我未必喜欢。"

他的姆妈别有深意地看了她的儿子一眼，嘴唇涌现出可怕的笑意："可惜这些，终归是父母之命，媒妁之言。你再讨厌我，我始终赠你一身骨血。若你不高兴娶这位小姐，你只消学那哪吒割肉还我，我们两不相欠，我也不会逼你娶什么你不合意的人。"

他凝神看着自己血肉相连的姆妈，呆了许久："你又何必把话说得这样难听。虽然你向来不把我当儿子看待，但我却始终还是把你当作姆妈来看待。既然如此，我娶她便是。"

言罢，他接过两张纸，从容不迫地走了出去，连回头看她一眼的念想也再也没有。

若浮去找秦望，便是你阿爹打簪子时，你爹正在作坊里吃晚饭。若浮是个闷葫芦，却喜欢同秦望混在一起研究古董什么的，也算志同道合。

你爹才将将出道给"秦簪"撑门面，手艺虽然娴熟，但是待人接物并不厉害。遇到刁钻苛求的客人，往往都是若浮出面替他摆平的。

那次秦望接了八字，却差点噎住，难以置信地将筷子一摆，瞪大眼问若浮："你这小子乳臭未干，也要娶妻？娶了也罢，还一娶娶一双？"

若浮面无表情道："那你接不接买卖？"

秦望顿了顿，为难道："我近日已开始打一副花簪，总有七支，怕是没空给你打了。"

"那一副被谁买了？"

"分开订的，蘅安祁家两支，秦安方家三支，还有……还有莫家一支，剩下一支还没订。"他说到莫家时，偷瞟了若浮一眼。

还有哪个莫家呢？可是若浮并不再想多管莫家的事了，他泥菩萨过河自身难保，又哪里来多的力气再渡个人过江。

若浮搓了搓手，坐在秦望身边，还是打算说些好话："阿望，我们这么多年交情，再怎么也算是本家，虽然分支略有不同。肥水不流外人田，你便帮帮我。"

　　秦望转了圈筷子，故意吊若浮胃口："其实按规矩，也不是不行的。方家未过门的孙媳妇被山贼掳了去，人还不晓得回不回得来。按我们的规矩，兆头不好，这单子也算是废了。你想订也成，那便要顶了方家的缺，一共有三支。但是其中一支，花样都定好了，怕是难改了。"

　　"三支便三支罢，定了的就莫改了，"若浮将其他准备好的花样夹带着两个姑娘的生辰八字暗扣在银耳羹的碗下，顺便将一张崭新的银票放在秦望手中，"其他两支，便按上面的花样打。这张银票，可够？"

　　秦望揭开银票的一角瞟了瞟数字，便将银票退回若浮手中："你给多了。"

　　"其中一支，实是给我二哥定亲用的，能快则快，家里人等着替他娶亲冲喜。多出来的，权当给兄弟你的赏钱。"他将银票重新递回，却被秦望拦住。

　　"我们秦家铺，规矩很多的，我让你拿回去，你不要拒绝。该付的钱，我会同你们管家取。你以为是帮我，到时让上面晓得了，反倒是害我。"秦望右手拇指一弹，将酒壶的酒塞一下子弹飞，喝了一口。

　　若浮晓得他的性子，也晓得秦家铺素来神秘古怪，便不再坚持，只问他："能有多快？"

　　醉意一下子上了秦望的脸，熏染得他的脸酡红。他笑眯眯道："那么你明日这个时候来找我，我便能帮你赶出你二哥这支。可是还有一支还缺了一个八字，你懂我们的规矩。"

　　若浮没有多想："那便，用我的八字罢。"

　　秦望扑哧一声笑了："秦簪从来是给女子的，哪里有做给男人使的？秦五少，我这个喝酒的没醉，你这个滴酒不沾的倒醉了。"

"可是听说，安乡的男子没寻见意中人，便用自己的八字打支簪子带在身上，便可早点遇见自己的意中人，并以之作定情信物？那你们秦家铺，又有没有这样的规矩？"若浮拿过酒壶，倒出一摊在桌上，用手指尖轻轻一点，开始在木桌上写字。

秦望看他这个样子，最后苦笑一声："有是有。但你不是要成亲了？既然那位姑娘不是你的意中人，你又何必娶人家？现在你们读过书的，不都讲究婚姻自由？"

若浮连头也没抬一下："这四个字，我并不认识的。"

秦望见状，也晓得不好劝他，最后揽了揽他的肩："若浮，你这个少爷出身的，光晓得挥霍，净糟蹋我的好酒。你结婚那日，你不赔最好的给我，我可不答应。"

"还能少了你的，"若浮嘀咕一声，写完最后一画，没有多道别就已经起身走了，"明日再会。"

"再会。"秦望同他背影说道。

灰暗的背影倒在桌上扭曲变形，纠结成了一团畸形可怕的东西，随着若浮的脚步一步步跳动向前。过了短暂的一瞬，背影离开了，唯独留下一行散发着酒香的字静静躺在桌上。

那是若浮的八字。

柒

　　本来替二哥同五弟办的亲事，已经定得七七八八差不离了。东西买好只差布置了，谁料二哥这一天突然开始好转起来了，烧退了，人也清醒起来了，能吃下粥了。

　　若潮病好后能下床了，表明了不想娶亲。三娘由着他，大娘也没多说什么。而若浮的亲事，还要等我阿爹回来拍板才作数。

　　哪知我阿爹同大哥回来那夜，真是祸事连连。他们风尘仆仆归来，大哥却哭丧着脸。原来二人去蔼安谈完了生意，订出去好些布匹绸缎。可回来才晓得，这次下头的人偷偷买了劣质材料，搞得用它们染出的布匹有了色差。之前蔼安有人先一步过来看了小样，勃然大怒，如今我们布匹出事的事已经传回蔼安了，搞得所有买主都十分生气，让我们按协议赔偿，按原价的两倍赔偿他们的损失。

　　原本我们调了优等的材料过来，赶工之后只不过晚一天能送去蔼安，但买主们说什么都不肯给我们机会。钱是小事，若是不能和解，对我们秦家日后生意多有不利。

　　而此时，若潮突然又发病了。这次发病比上次更加凶险，人都开始抽搐，最后变得昏昏沉沉的，一周也没好转。我阿爹赶去厂子又赶回家看他，忙得焦头烂额。

　　大哥也在厂里忙前忙后，无法脱身。阿爹无暇再管，也是束手无策，最后还是同意了冲喜的事。

　　而此时我二哥二次发病，花再多的钱媒婆也说实在说不拢书香门第的小姐。万般无奈，最后绕了一圈，大娘同三娘还是定了那个原先定的姑娘。

用早膳的时候，大家都心事重重的样子。我五弟却搁箸，正色道："阿爹，我要去霭安。"

全家人都惊了，大娘忍不住问："去霭安作甚？还嫌家里不够乱？"

阿爹却很平静，问他："你想说服买主？阿浮，我和你大哥已经耗了十天，他们软硬不吃。"

而我大哥此时语气轻蔑："阿弟，你毕竟是个阿弟。这些年虽然跑过船埠，但这些事不是你想的这么简单。"

"简单不简单，总要试过才晓得。大不了，他们只是把我赶回来，事情还能坏成怎样？"他说得轻巧，话却若雷霆万钧。

大哥还想说什么，阿爹却摆了摆手："那你，打算带多少人一起去？"

"一个。"若浮扫了我们一圈，看尽了我们或讶异或难以置信的目光，重复一遍，"只我和阿恒。"

阿爹用手按了按太阳穴，最后只是道："那你明日上午就启程罢，带着你二哥的聘礼一齐去。我只给你三天，三天后，就是你二哥的婚期。我派人去船埠来接你和你二嫂，你把聘礼送到你二嫂家，顺便陪你二嫂一齐回秦安。"

若浮点点头，好像并不是什么大不了的事，转头吩咐丫鬟："再给我打一碗虾皮馄饨。"

若浮对这件事其实也不是很有把握。论老练，他比不上我阿爹；论阅历，他也不及我大哥。但是他心眼比他们都多，这个木头脸从小就观察琐碎之事，而且能忍着不说破。

他到了霭安，拜托伙计安置好聘礼后，第一件事就是奔到茶楼里坐了一个下午，把细枝末节错综复杂的关系捋顺了。第二件事，便是听大家如何评论这些买家的。

凡是人，必有软肋。他坚信能找出那些买主的软肋。

他们的确有软肋。东边黄家的少爷好赌，他只须在赌场设套假意解救；西边林家的少爷喜好女色，玩厌了霭安的歌姬们，他只须差人从秦安带个新鲜的，再引他入套；南边潘家只生了一个独女，潘老爷瞒着原配在外面包养着情妇想生私生子，他只须略略恐吓一下潘老爷即可；北边王家的侄子好食鸦片，是用上好的鸦片贿赂他，还是在烟馆给他安个陷阱，他还没想好主意。

可是三天，办不完这么多事。

他将目光转向最后一家，余家，便是他姆妈选中的亲家。其实东南西北这几家，都买余家的面子。可是毕竟他同余家的女儿并未成亲，当时只是草草合了八字，因着二哥的婚事作废，便差媒婆去说将他俩的婚事也搁一搁。而偏偏又是余家，将他父亲和大哥赶出余府，因着余老太爷眼里最容不得弄虚作假。

偏偏这余家的生意，都被余老太爷紧紧攥在手里，半点都不让儿子碰。他儿子吃喝嫖赌样样沾，但他却行得端坐得正。想让他服软，简直就是痴人说梦。

这样一个老爷子，唯有效之古法，负荆请罪，以诚意打动他才行。

他填饱了肚子抹了抹嘴，从酒肆出来，便差车夫送他去余府。

到了余府，他报了姓名，管事的只说："余太爷今日在族里开会，还未回来。"

若浮料到他有这一招，便答："无碍的，我便站在这等他。他到了，请帮我知会一声。"

掌事的又笑了："秦少爷这又是何苦。我们老太爷已经说了，余府的门口从今不能站秦家的人。若是站在这，便让家丁乱棍打出去。"

"那我便跪着，不知老太爷还会不会差人乱棍打我出去？"若浮一边问，一边跪在地上，身形矮了半截。

掌事的又阴阳怪气地笑了声："秦少爷愿意跪，那便跪罢。我们老太爷并不吃这一套，若是跪瘫了，也不关我们的事。"

若浮跪了一个时辰，还没等到老太爷。余府大门口的戏台上却有人开始唱戏。这是霭安镇里的戏台，经常请戏班的人来唱戏。

可是今天下了大雨，并没有人来看戏。若浮就惨淡地跪在大雨里，心中盘算这场雨究竟是太好还是太坏。坏在这一身湿漉漉的衣服又冷又难受，何况跪着更是雪上加霜；好却好在这大雨又彰显了些他的诚意。

明明没有人听戏，那个女子却还在台上唱戏。他听着觉得十分难听，这个女子声音虽然也有水乡女子特有的清婉，但唱得不怎么着调，想必是刚出来练习的新手，难怪会选这种日子。

雨越下越大，管家出来望了他两眼，摇摇头便锁上大门走了。已是晚上，想必余家开始宵禁了，若是要走，也只能从侧门或是后门进了。也许这是暗示他，他所做的毫无意义，因为老太爷根本就不会再从正门过。

但他没有挪窝。他看得懂余家的把戏，老太爷根本就在里面盯着他。

他跪得昏昏沉沉就快睡过去，突然觉得雨停了。

可屏气一听，雨声却还在。他一仰头，看见一把绘着水仙的油纸伞竖在他脑袋旁，而着戏服的女子站在他身旁。

她生了一张瓜子小脸，两撇柳叶眉细长舒婉，五官清雅如画。虽穿了戏服，却未仔细化妆，只那眼上上了胭脂几欲入鬓，似远山黛上春色流离。

他竟有些反应不过来，看得有些出神。

那女子却开口了："少爷，你跪在这里好些时间了，雨这样大，你不回家么？"

他抹了抹脸上的水，却反问那女子："姑娘，你唱的曲子，怎的这样难听？"

女子娇笑："我只不过初入行。师父也嫌我唱得难听，赶我出来练练。今夜就算不下雨，也没有什么人来捧场的。还是要多谢公子你，听我唱了一晚上。这把伞，就送给公子罢。"

她说着笑得害羞又明艳，娇滴滴将伞递到若浮手中。若浮却冷着脸道："姑娘还是有点良心的，偷了我的钱袋，还晓得把伞留下。可惜，我不想要一个小偷的伞。指不定，这也是什么贼赃。"

那姑娘脸色一变，拔腿掉头带着伞便跑。若浮没有力气再去管这些，还是老老实实跪在那里没有动。

若浮足足在那里跪了一夜。清晨管家出来开门又瞧见他，不再嘲笑他，倒是真心实意地劝他："秦少爷，余老爷子打定的主意，你就算跪上一个月，他也不会来睬你。你还是早早回去罢。"

若浮没有说话，只是盯着他，将他看得发毛，灰溜溜地走了。

半夜停下的雨却在早晨又接上了，虽然是小雨，但还是冷得让他打战。冷不防一个钱袋突然吊在他面前，他余光一扫，那姑娘又站在他侧面给他打伞，一只手却拎着钱袋，在他面前转悠。

他跪在那里不冷不热地瞥她，她却先开口了："少爷的钱袋，可还想拿回来？"

她一边开口，一边将手拎着钱袋在他鼻尖上蹭了蹭，想勾他动身来取。

可若浮却纹丝不动，反乜了她一眼，道："姑娘自重。"

那姑娘见他不理不睬，反倒失了兴趣："少爷跪在这好些时辰了，你若肯走，我便把这钱袋还你。"

"我爱跪就跪，你一个贼，还管这么多闲事？"他嘲讽一句，挑眉冷笑。

"男儿膝下有黄金。你堂堂一个少爷，这样卑躬屈膝，伤的是你父母的颜面。"

若浮已经被她搞得炸了毛，生出无名之火，指着她鼻尖道："你父母若是晓得自己的女儿去做贼，恐怕后悔生了你这样一个没羞没臊的女儿！"

这一句吼总算有了效果。女子流转的眼波里蓦然浮起阴霾，她一声不吭地调转过头走了。

若浮泄了愤，突然不知为何，心里生出点愧疚来，也自知骂人的话讲得重了些。

他其实一向是个软心肠的人，即使对一个贼，也下不了重手。只是在跑船埠学着做生意的时候，也不得不伪装出一副铁面无私的面孔来，好教买主和手下不会欺负他。

一下子到了中午，雨停了，太阳出来了。初夏的太阳有几分毒辣，身上本是又冷又湿，被太阳一照，不知是暖还是炙。

饶是身体健康的人，也经不得这样一冷一热的折腾。若浮感到身上发了一身的虚汗，才晓得太阳也并不像想象中的温和。

在他快要坚持不下去时，一片阴凉袭来。女子熟悉的香粉味又飘进了他的鼻，他不看，也晓得那执伞的少女又回转来了。

他因着刚刚的怒火尴尬得不知说些什么，而那女子就执伞站着，不发一言。

两个人默契地保持着这份沉默。炊烟渐起，已到吃饭的时候，各种菜香味冉冉升腾包裹着他们，无声无息地引诱着他们。

若浮叹了气，终于还是开口："何必要性子打这样的赌。若是想让我道歉，我说便是了。你莫要在这里站着了，姑娘，回去吃饭罢。"

"你以为我是要一句对不起？"那姑娘手酸了，换了只手继续举着，"少爷，难道你看不出我是在帮你？"

"帮我？"他用犀利的眼扫视那女子，反倒笑出声，"为何要帮我？"

"我和我姆妈打了个赌，关系我一生的赌局。"她看着他，自己反倒被逗乐了，"世上怎么会有这么傻的你，也有一个这样傻的我呢？"

他觉得这女人有些疯疯癫癫的，索性闭了眼不再理她。她愿意打伞就打罢，反正拿了他的钱袋，就当他付她小费罢了。

若浮本身觉得这样无望地等待是一件难受的事，可那女子站在他身旁，他却生出了一种和她作对的意味，将这无聊而无意义的等待转换成两人悄无声息的对峙。他不吱声，她也不认输离开，两个人一个跪着，一个站着，彼此僵持着，越来越不觉得时间过得很快。太阳偏移，她也收了伞，却还是在他旁边站着。

黄昏已至，余府的大门忽然大开，最先出来的还是"笃笃笃"的拐杖声，十分有节奏。余老太爷颤巍巍地一步步挪到若浮跟前，透着老花镜仔仔细细地打量他。

若浮眼睛也没眨一下，不卑不亢地仰面同他打个照面。

余老太爷撑着拐杖，眯着眼，声音却洪亮有力："你这个孩子，怎么这样没有眼力？一个老人家站在你面前，路都走不动，你就不晓得上前扶一把？"

"你去扶他一把。"若浮转头对那女子说。

那女子迟疑地望了一眼，最后还是去扶了余老太爷，却反被余老太爷一把推开："小子，你长耳朵没有？我要的是你来扶！你有求于我，却这副态度，你们秦家不仅毫无信誉，还送上你这个没有家教的黄毛小子，是想气死我这个老头子？"

若浮笑了笑，目光却是坦荡荡地犀利："阿爷，您骗我您在茶山，自己却在家里好端端坐着看我跪在这里一天一夜。您这样骗人，也是毫无信誉。再说了，您自己亲口说的，若是秦家的人敢站在你们门口，你就差人乱棍打出去。若浮并不想成为你们棍下亡魂。"

余老太爷没有生气，反倒大笑了出来："你这个小子，还有几分心眼，让我找不到理由打你出去。可是这声'阿爷'，你小子攀不上这个辈分。"

"秦家早已收到余家给的八字，只不过还未下聘。余年年终归会是我秦若浮之妻，她叫您一声阿爷，我也叫您一声阿爷，并不过分罢？"

余老太爷捻着胡子道："小子，你这盛气凌人的模样，和我年轻时倒有几分相似。可惜啊，我们终归还是攀不上这个亲戚的。我虽老了，孙女的婚事还是能做主的。退亲的信，估摸着已经送到你们秦府了。我平生是最见不得不忠不义之人的，你们秦家这次进了假料，生意也好，人情也罢，我都不想同你们再有瓜葛。"

"听说年年五岁就同奶娘进了茶山，同她阿爹，甚至同您的关系也不算好罢？您吃了多少回闭门羹了？怕是三双手也数不完，可是您还是三天两头就去茶山找她，不是么？"若浮不急不缓地陈述事实，胸有成竹。

这一下就戳中了老太爷的软肋，他不吭声了。当年他嫌弃年年的生母出身不好，年年的阿爹始乱终弃时他也懒得多说些什么。直到年年五岁时，生母受尽余府内上上下下的白眼，又被年年阿爹外面养的情妇逼得不安生，最后一尺白绫了结性命。他虽然不喜欢这个儿媳，但的确打心眼里疼那个孙女。可孙女之后就将他和她阿爹看成一丘之貉，就一直在茶山躲着他不见。

精明如他，却还是因为这个弱点松了口："你又想说什么？"

"老太爷明明晓得毫无意义却一直坚持，而我也是同样。秦家也是被熟人所骗，我们也同余家一样，秉承诚信为本的理念。此次马失前蹄，只是希望您能给我们补救的机会，同另外几个老板说些好话，减些违约金。我相信精诚所至，金石为开。但在商场上混活，讲的还是生意，不是情理。那情理之外，我愿同您做一桩生意。您此次助我一臂之力，日后我必助年年解开心结，同您重归于好，也成全您的精诚所至。"

若浮晓得苦肉计并不能让这个老爷子完全信服，终归还是留了一手。余年年，才是制胜的关键。

老太爷思忖良久，最后还是摇摇头："后生，你现在莫要夸下海口。年年的性子，饶是我都束手无策，你又知她多少？我中意你这个小子有几分骨气，也知进退，也有些脑子。但这桩事，你办不成。"

他说着拂袖便要离开，可若浮却又喊住他："老太爷，如今我跪在这里，也不过是死马当活马医。而您不也是如此？姑且便让我一试。"

余老太爷止了脚步，青筋爆出的枯老的手摇晃着摸出怀表看了眼，终究叹气："你这个死性子，和我年轻时也是如出一辙。我可以安排他们同你和解，但下个月这个时候你要送聘礼去茶山。若是年年，她没将你轰出来，你们便成亲，而你便兑现你的诺言。若是她轰你出来，你也别怪我心狠手辣。这秦家的招牌，在我霭安就算败了。我们都赌一场，小子，你中意不中意？"

若浮淡然一笑："阿爷说的，我都中意。"

他别过头看若浮一眼，跨了脚走进去，道："和解书明日送到秦府，你答应我的事，莫忘了。"

只是轻描淡写的一句，大门又轰然关上。

若浮做出的笑容瞬间枯竭，他按着自己的眉头艰难地撑着身体站起。麻木的腿不顶用，还是教一旁的女子扶了他一把，才稳住了。

他瞥了眼那女子，把自己的手忽地缩回来，一瘸一拐地想走开。

可那女子叫住他："秦少爷，连自己的钱袋也不拿了？"

他看了看她，突然觉得有几分好笑，也许是因她一个贼居然这样执着地跟在他后面，有些荒唐："是你有本事，这钱袋理应是你的。"

"你早早晓得我偷了你的钱袋，却不曾阻止我，这不算是我的本事。"她想将那钱袋放回他手中。

他没有接，只是顺手捞过她的那把雨伞道："那么，就权当我向姑娘买这把伞罢。后会无期，姑娘。"

捌

事情早一日办完了，若浮心里却愁大于喜。以前那个幼稚热血的少年，好像在某一刻已经死去了。

他问伙计要黄酒喝，温到恰好的温度，一股脑喝下肚子暖胃。他一头湿发还没干，虽换了衣服，还是冷，尤其是冷无影无踪地遁入他受了伤的膝盖，让他觉得疼得厉害。

酒肆里静得发慌。突然角落有喧闹声响起，隐匿的人们被这响声吸引过去凑热闹。有男人粗声的诘问和女人的咒骂声响起，刮得若浮耳朵生疼。

若浮本不想管这闲事。但一瞬，他听出这声音有些耳熟，便忍着疼一步步走过去拨开了人群。

上座的老爷带着瓜皮小帽，肚皮鼓出，双眼深陷得像只蛤蟆。而他的手下恶狠狠地刮了被他压在桌上的女子一个耳光，那老爷却看得喜欢，仿佛得到了吞食下虫子的餍足感。

那女子，正是若浮遇到的女贼，却死死地抓住一个玉镯，水头极好，看着价值不菲。

她咒骂着，耳光被扇得出血，嘟囔着听不出在说些什么。下手却越来越重，而老爷却在旁边咬了一口西瓜道："呵，小贼不知自己几斤几两，偷到我这里来了。你下手轻点，别打脸。这张脸，还是有些看头的。等我玩够了，卖到窑子里去，再赚到钱请你喝酒。"

女子一听闹得更烈了，咬住了手下的虎口反侧过身往手下的要害踢了一脚，自己往若浮的方向跑去。却被那手下一下子赶上，拽住她的头发。她一个踉跄，跪倒在若浮脚边。那手下提着她就想走，若浮伸出脚来绊了他一下，手下带着那女子一起往下摔下去，幸亏若浮眼疾手快捞起她，把她带到自己身后去。

那手下虎眼一瞪，想同若浮动手，那老爷却先他一步道："行了，你下去罢。"

"老爷，他……分明是来找茬的，说不定是这个女贼的同伴。"

"是么？"那老爷背着手朝若浮走过来，绕了他们二人一圈，挑着兰花指撩起若浮腰间悬挂的一块玉，"这世间，还有少爷同女贼是一伙的？也算是天下奇事了罢。"

若浮任由他看那块玉，待他看够了，才开口："这位老爷若是喜欢，便把这玉拿去好了。这块玉，比她偷走的那只玉镯，价格还是翻了这么一番。"

那老爷却没理他，将银元摆在桌上道："伙计，将这位少爷的账也结了。"挥了挥手，带着手下转折到若浮跟前道："秦少爷，今日我是看莫家的面子，不同她计较。若她还敢来我这里作乱，即便你四姐四姐夫来了，我照样叫巡捕房来抓她！"

人群随着那位老爷的离去而作鸟兽状散去。

若浮没管那女子，走回自己的桌子继续斟上酒独酌。那女子顺了顺发，摸了摸手中攥着的玉镯，看着玉镯没事，才在地上寻找被扯落的木簪。左寻右寻，没有寻见时，若浮却伸出手，平摊在她面前。她掉落下的木簪，正在他手上。

"本事都还没练好，却要学人家做江湖大盗？"他奚落她，在她想要接过木簪时，却顺手斜斜插入她凌乱的黑发。

她随着他的动作一惊，仿佛未料到他会有这样的举动。他却点了点身旁的座，道："一人独酌，着实没有意思。姑娘不介意陪我一会罢？"

"秦少爷不介意我是个贼？"她抽开了椅子，倒上一杯酒，指了指他身后，"你可知他们用什么样的眼神打量你我？"

"你怕了？"他举着酒杯放在唇边浅浅一抿，"我还以为姑娘什么都不会怕呢。既然在戏班唱戏，为何还要出来做贼？"

她低头不说话，只是豪气地将一杯酒一饮而尽，尔后才答道："做贼还有什么原因？自然是缺钱了。揽戏班的活，无非是兴趣，做贼才是我的正业。"

"可惜你业务并不好啊，"他饶有兴趣地看着她发间那支木簪，上面雕了什么花，没看清楚，"无论是唱戏还是偷东西，你都不在行的。"

她却否认："我做了五年的贼，秦少爷是第一个识破我的人。是秦少爷太厉害，不是我不在行。"

"哦？"他夹了筷小菜，"那那位老爷又怎么算呢？今日若不是我，姑娘你怕是早已羊入虎口了。以后，还是莫要做这样的事情了。"

她将酒杯举起敬他一杯酒，"其他的东西我可以不偷，只是这玉镯是我姆妈给我的遗物，我同他的管家说了好些回了。我愿意赎回来，他却不愿再卖给我。这教我还能有什么办法。"

他想起早上朝她吼的话，心里有些悔意："你姆妈……已经不在了？"

她又饮下那杯酒，却没有回答，转而换了个话题："你心里有烦心事罢，否则不会一个人在这里喝酒。可是同余老太爷的生意都谈成了，秦少爷还有什么可烦的？"

他笑笑："你晓得秦家的罢？那个秦安号称商贾大户的秦家。那个卖我四姐去莫家的秦家。连现在保个你，还要用我四姐夫的面子，你说人活着，的确是没有意思的。"

她听出些端倪，便宽慰他："我也晓得人活着各有各的难处，富人有钱有富人的烦，穷人没钱更加烦。得过且过罢，只要做的事无愧于心，便也够了。"

"无愧于心？"他拍手大笑，"可是动手了，一辈子都是贼了。你要偷别人的东西，我却要去偷别人的心。我和姑娘倒是彼此彼此，的确各有各的难处。"

后面他越喝越多，头昏脑涨，也愈加不记得自己到底说过什么了，反正同平日那个似木头的他不一样。他不会耍酒疯，一个人喝醉了就会拉着旁人絮絮叨叨说心事，所以他一般都一个人在自己房里喝闷酒。喝醉了也没什么事，反正只不过自言自语一会。

后来仿佛有人在叫他，是那姑娘的声音。但是他已经睁不开眼了。

玖

若浮醒来时已是日上三竿。

他按着头额吁着气醒来，头上冒了一脑门子冷汗。他平日酒量是不浅，但后遗症发作起来却比两个阿哥厉害得多。头疼到这种地步，走起路来都虚。昨日又跪久了，脚都不利索。

他四处望了望自己待着的客栈，昨日自己怎样走到这里的并不记得了。也许自己醉了，伙计便抬他到酒楼对面这家客栈罢。

他下床来喝茶，瞥见茶壶旁放的一碗绿豆汤，并着他的钱袋。

汤已凉了许久，他拿起钱袋来，终究明白，原是她送他回来的。

日后还会再见吗？应该不会了罢。他想想又好笑又遗憾，竟连她叫什么都不晓得。就像是一对萍水相逢的男女，朝夕之间，又奔赴人海，来不及道一声再见。

　　他下去同老板结账，老板挥挥手："公子，那和你同来的姑娘结过账了。"

　　他突然明白，她这是不想欠他的意思。

　　雇了轿子，他回去原先住着的客栈。聘礼同下聘的簪子都妥善安置在那里。他取回的三支簪子，自己都没仔细打量过，粗粗看了一眼就放在木盒里了。

　　轿子都要启程了，店伙计追出来叫他："公子留步！"

　　他撩起轿帘，伙计将纸伞递进他的轿窗："蛮好的伞，公子莫要落下了。"

　　他接过去，纸伞上的水仙娇俏，似在散发幽幽清香。

　　他们选中的姑娘，名叫叶汲澜。若浮只知她是顾家小姐顾绾的私生女，对于顾绾同顾家的事再不晓得更多。顾家一直在霭安有些名气，因着历年来安乡一些有头有脸的人物都是顾老太爷的得意门生。就算顾老太爷不教书了，改作给人写书题字，生意也不冷淡，这字画价格也不菲，中间人却鲜少收费。顾绾后来出嫁给余年年的堂叔，但不知为何，还会有一个私生女，倒教他姆妈晓得了。

　　他按着地址带着马车夫七绕八绕来到叶家，一间再普通不过的破落小屋，远离热闹繁华的镇中央，只是远远立在巷子深处。

　　他叩了叩门，门内无动静，再叩时，忽听见脚步声响起。门好久才被打开。

站在他面前的是干瘪的老太太，还没问声好，那老太太就干咳了几声，身子不好的样子。

"阿婆，我是秦家秦若潮的五弟秦若浮，此番是来送聘礼的。敢问一声，叶姑娘在罢？"他恭恭敬敬地道声好。

可那阿婆却脸色铁青，"啪"一声将门关上。

若浮隔着门不解，喊道："阿婆，有什么你开门同我说。叶姑娘在也罢，不在也罢，您让我先进去谈一谈。"

那老太太一边咳嗽一边断断续续抵着门道："我同你们秦家没什么可说的。那死丫头背着我同牙婆签了卖身契，自己做主把自己卖了！你们秦家有再大的本事，也不能背着我的意思拿着她的卖身契把她抢走！"

"阿婆，您让我进来说！"

"进来？你这辈子也莫要想踏进我家门槛！"

僵持不下时，突然有什么倒地的声音。门也应声松开了。若浮一惊，推开了门，老太太已倒在了地上。

若浮急急差马车夫去叫大夫，自己将老太太移到了榻上。

等了一刻大夫终于来了，一看是叶家的阿婆，顿时有数，同若浮道："她这次是年纪大上了火才气晕的，说不定同长的瘤子也有关系。早就同叶姑娘说要找西医动手术的。"

若浮一下子明白过来，叶汝澜是为了筹那老太太的医药费才同意嫁来秦家的。这老太太，想必是她的养母，照料她长大的。

老太太还没醒过来，一个阿婶见门没关着，就踏了进来，弱弱地问若浮："敢问，这是叶姑娘的家吗？"

若浮点了点头："你是？"

"我是叶姑娘请来照顾叶婶的，"那阿婶自我介绍，"她聘我来照顾她。"

"聘？"若浮顿觉有些异常，"那她人呢？"

"她说要出远门一年，托我好好照料叶婶。她说叫了西医明日来，今日让我好好照料叶婶休息。"

若浮这才懂了，叶姑娘是跑了。秦家先前已送了定金给叶婶口中的牙婆，想必她是用钱请了西医和佣人照顾自己的养母，自己却偷偷逃了。

他面色沉郁，觉得焦头烂额。马车夫看了看他，还是把不敢讲的话讲出来："秦少爷，这嫁妆是？"

"都拎来了就撂下罢，"他挥挥手，叫来阿婶，"不够钱的时候，你晓得怎样做的罢？"

那阿婶点点头："秦少爷，我是牢靠的人，不会多贪什么钱的。"

若浮没有接到叶汍澜，心中却奇异的轻松。这样一个可怜的姑娘，即便是逃了，他何必再去捉她回秦家呢？而他深知二哥，即便是死了，也不愿这样坑害一个姑娘，做这些毫无道理的事情。

西医。连农户的女儿都晓得请，可怜他们堂堂大户，一群太太却迷信觉得西医不牢靠。若是请了西医，今日怎会闹到这个地步？

他独自去了船埠，叫人放信鸽送信去秦安，请西医回秦家。自己上了一艘去秦安的大船，船上有五六十人。

他想静一静，想在这喧嚣中找到属于自己的宁静。

拾

船本行得十分平稳，若浮他坐在船内一个高级些的内阁，不必同其他人挤在小小的船舱里。

他拿出随身携带的账本，仔细开始对账。他晓得大哥一直在管账，所以向账房借了一些副本，想在船上看看。

过了一个多时辰，行驶平稳的船突然无故颠簸。他拿毛笔的手随着颠簸一抖，一滴墨赫然点上宣纸，掩盖了他的字迹。

颠簸得越来越厉害，他扶着船舱，艰难地从内阁穿梭进船腹，想要去找船头的船夫问个话。

可船舱里早已闹得沸反盈天。许多人团聚在一起吵吵嚷嚷的，一个船夫被围在中间，大声解释道："各位稍安勿躁！这里的雷雨来得快去得也快，你们莫要乱动，抓紧扶好了，过了这阵便没事了！"

"没事？都颠了这么久了？老子还想再活几年！"一个大汉推搡了他一把，"你们没本事驾船，老子便是跳河也不想陪你们一起死！"

他一说了跳船，其他人纷纷有了别样的心思，瞬间集结在一起，朝船门口涌过去。

若浮就站在船门口不远的地方，见这阵势，不自觉后退了几步。心想，这些人活得不耐烦，也是他们的事，自己懒得理了。

可他身边却不知走来了何人，突然撒了一大把银元在门口。那些慌忙逃窜的人看见了一地的银元，突然脚步开始迟疑起来。有人转身想要去拿，却听见那个领头的大汉又说："呵，拿了钱也没命享，若是船沉了，你们就拿这些钱一起死罢！"

那些人纷纷缩了手又想往外逃。可一个姑娘却不知从哪里窜出来，拿着匕首站在了那大汉前，一下对准他的咽喉："你是嫌自己活得太长了？若想跳船送死，何必这么麻烦？我补你一刀就是了，还能留你个全尸。"

那大汉一愣，身旁逃窜的人也是愣住了。若浮看到了那支熟悉的木簪子，听到了那熟悉的声音，唇边浮现出他自己也没意识到的微笑。

那大汉却也哈哈大笑："小姑娘，你敢下手吗？别装得很有胆子，杀人见血的营生，老子比你做得多！"

若浮看这周边的人又蠢蠢欲动，默默沿着边缘的空隙钻到了那汉子同姑娘旁边，指着那匕首道："是啊，我也想逃命的，姑娘又何必断人生路呢？"

那姑娘同他四目相对，好像都忘记了眨眼，一瞬之后却将那匕首放在了若浮腿边："那好啊，你倒是试试看。你敢走，我就敢捅你。"

若浮笑了笑，跨腿便走。刀子来得有些优柔寡断，比他想象中的更痛一些。

他其实还能走，却假装痛得跪倒在地上哇哇大叫。那些还想再走的人，被那姑娘做出的凶悍表情并着这血腥吓破了胆，纷纷抱着孩子拿着包裹乖乖坐在自己的位置上，连那大汉也嘟嘟囔囔地坐回原位。

若浮将自己的演技发挥得淋漓尽致，哀号着把两个船夫招惹来了。那两个船夫认出了他，一边忙朝着那姑娘骂："这什么德行啊！连秦少爷你也敢伤！"一边将他抬回了内阁。

若浮嘱咐他们："你们还是看着船罢，一点小伤不重要的。"

他们也晓得还是船重要，没多作停留便走了。

若浮自己忍着痛等船稳下来去找药，忍得十分辛苦。恍惚之间，有人点亮了他桌上熄灭的油灯，走近了瘫倒在靠椅上的他。

他望着来人，道："你真是不讲礼数，连门都不敲一下。"

而她没有理他，只是将油灯靠近他受伤的腿："痛不痛？"

"呵，我也是有血有肉的人，你说痛不痛啊？姑娘？"他看着她纤细的手一点点卷起自己的裤腿，心却变得柔软起来，"要是我不陪你演这出苦肉计，你当真会杀了他？"

她蹲下来将油灯放在方桌上，从怀里掏出自己的药："我不会杀人的。你一直都晓得的，不是么？秦少爷？"

他看着她的脸，看着她脸上半真半假的笑，一时感觉自己好像在做一件错事，但自己也说不清这是什么错事。是的，只是那一瞬的对视，他们就默契地晓得对方想要干什么。他做黄盖，她做周瑜，他们一起演一出苦肉计，杀鸡儆猴。

"你好像还没谢过我。"他痛得暗暗抓了下扶手。

"你是保住了那些人的命，我不欠你的。"她埋头给他上药，船却一震，她手指戳到了刀口，疼得他出了冷汗，灯也再次熄灭。

"你没事罢？"这次她的语气真的急了，说话不再那样冲，"我不是有意的，你要不要紧？"

"蹲下！"他一把揽住她顺势缩在角落里。桌上瓶瓶罐罐并着他的毛笔滚落在地上，一片物体碰撞的声音轰然响起。

过了这一波，船突然又稳起来了，想是雷雨过去了。他终于松了口气，这才发现，他们的姿势实在暧昧，像一对连理而生互相缠绕的树。

他松了手，脸却在黑暗中红了。这样近在咫尺，彼此能感受到对方的呼吸，实在是最致命的挑逗了。

　　她站起身想去点灯，他摸了摸自己的脸还是制止了她："这段最险了，过了这段再点灯罢，省得一会又灭了。"

　　她于是坐在另一旁的靠椅上，感叹道："刚刚那一段，着实险。多谢秦少爷。"

　　一句谢谢就能把这暧昧瞬间冷却，若浮觉得这实在是个聪明的法子，于是又接上刚刚的话茬："为何要救他们？"

　　"生而为人，恻隐之心，人皆有之。我并非善类，但也不愿违背本心。"

　　若浮转过头去看黑暗中那个不分明的轮廓，低声道："比起我，还是善良一点点。"

　　"我不是好人，因为我没得选。良知与道德，比起活下去，简直一文不值。"她擦拭净手上他的血渍，"也许有一天，我也会为了活下去而杀了你。那时你就清楚，其实世上并没有善良的人，只有不被生活所迫的人。"

　　若浮听了她的话哑然，半晌道："谈了这么久，都不晓得你叫什么名字。"

　　"明日下了船，我们还是分道扬镳。名字晓得不晓得，好像也不打紧罢。"她一边说着，一边点亮了油灯。

　　他的眼一下适应不了光线，被刺得流泪。而她低头重新为他上药，并未看见他泪光闪闪的模样。

　　他终于看清她簪上雕刻的水仙，同那油纸伞上的如出一辙。而他不自觉伸出手来想要抚摸一下，在她未察觉时却还是收了回去："你这簪子上，刻的可是水仙？"

　　她闻言仰脸看他，眼中闪烁着光亮，好像繁星万点："好眼力。我来到霭安的那日，只记得岸边水上，开满了金盏银台的水仙。可惜如今，它们没为我送行。"

"你是要去秦安？总归要回来的。"

她眨了眨眼，替他打好结："怕是很久才能再回来了。你休息罢，秦少爷。"

若浮还想问她些什么，可她已经离去了，不再给他这个机会。

翌日一早，船到了秦安，船夫请若浮先出舱。他刚下意识地抬腿想往船腹走，却被船夫拦住："秦少爷，不必绕远了，您这后面还有出口。"

他看着船腹的方向，终于明白他惦念着想同她见上一面，哪怕是远远地道别。

既然杜绝了所有的暧昧，又为何期许这最后一眼呢？

他收回视线，带着她给他的伤，一瘸一拐地走向船舱口。

岸边人头济济，若浮找了许久才认出秦府的人。他正盘算着如何讲叶汶澜逃婚的事情，领头的小厮阿恒已经大叫着奔到他面前，笑得起了一脸褶子，忙不迭替他拿了包袱行李："五少爷，舟车劳顿，必是累了。一家子都等着您，上了轿，您好生休息。"

若浮心想，阿恒难道忘记他也是一并要去接他二嫂的么？罢了，这桩烦心事，还是回去同阿爹他们商量。

他走到轿子前，才惊觉面前有两顶轿。他还未反应，轿门前的轿夫就开口了："五少爷，这顶轿子……"

轿帘"唰"的一下被撩开，盖过了轿夫的说话声。

她面上的胭脂，在他的眼里燃起一场炽热猛烈的大火，而她却只是这场火中央一株单纯盛开的水仙，在火星里毫发无损地散发着清幽的香气。

她微笑："好没有眼力的下人。五少想坐我的轿子，那便让他上来就是。我去坐另一顶，也无妨。"说着就忙着起身。

若浮却抓住了她悬在轿帘上的那只手，她讶异地回眸，若浮像抓了烫手山芋似的遽然脱手："既然嫂嫂都落座了，我便还是坐那一顶罢。都是轿子，也无孰优孰劣。"

"初见五少，果如传闻一样。五少一表人才，心胸大度，自然不会同我计较些什么。"她又颔首一笑，算是行了礼，想把帘子放下，却又被若浮挡住。

"嫂嫂的名号，原是'汝澜'？"他定定看着她，忽然大笑，"我怎么先前并没有想到呢？"

轿夫看着他们二人，有些摸不着头脑。阿恒只得出声道："少爷，一家子，都还在等着您呢。"

他松了手，轿帘倏忽而落下。她带着笑意的脸，霎时消失在他面前。

他走上了轿，听着阿恒一声悠长的"起轿"，方才出了梦。

水仙的香气，悠长从容地从他左手的那把纸伞中一点点散发开来。他疑心纸伞上画的水仙活了，低头才闻到了，是指尖沾染的香气，来自那一瞬短暂的碰触。大抵这一辈子，也不会再有了。

拾壹

二哥娶叶汝澜的那日，阴沉许久的天猛然放晴了。

但二哥仍旧昏迷着，脸色煞是难看。

眼看吉时就要到了，新娘子在花轿中等着二哥去踢轿门。家里人原本商量好了，让大哥代二哥去踢轿门，之后便抓公鸡代二哥拜堂。谁晓得那日大哥在外养的情妇却突然找上门来闹事，所幸大娘发现得及时，暗暗差人赶大哥去别处避风头，省得那情妇不得安生，搅黄了喜宴。

如此一来，只有五弟能替二哥去踢轿门了。他被叫进了大娘的房间，我在外只听见两人激烈的争吵声，虽未听清，也知他是不愿。

我当时不知他同她在蘅安的种种，却当他只是同情她羊入虎口，或许要守一辈子活寡，便还是在他负气冲出大娘房间时叫住了他。

他一脸怒容，话语中讽意正盛："三姐还有什么让弟弟我洗耳恭听的教诲？"

我晓得他在气头上，酝酿良久，还是开口："若浮，我晓得你不爱听这话。但即便你不去，她也走不了了。何必还要给秦家难堪呢？走走排场的事罢了。"

他盯着我，反讽我道："三姐，你真是活得最聪明的一个。"

我反问他："难道你不聪明么，若浮？用余年年来掣肘余老太爷，这法子我想一辈子也想不到。"

他脸色难看，我自知戳到他痛处，心里也不好过，上前轻轻抱住他："我的小阿弟长大了，可是我却希望他不要长大更好。若浮，下辈子你便不要投胎在这样的人家了。"

他抬起头，却没有看我的眼睛："好啊。可惜啊，这辈子，我还是秦若浮。"

若浮最终还是替代二哥踢了轿门。

一片爆竹声在门外响起，轰鸣声使若浮的耳朵嗡嗡作响。他看着身后的喜娘和其他人，脸上都挂着兴高采烈的笑意。只有我和他对望着，眼神中都是深不见底的悲戚。

他看着我出神，却被一旁的喜娘一把拉到轿门前。他回了神，伸出手在轿门顶轻轻一拍，是为提醒轿内的新娘子有个准备。

轿内一片安静。他深呼吸了一下，终于抬起脚踹上了轿门，然后连一眼都没看，像是在躲避些什么，疾步离开了这里。

叶汍澜缓缓下轿跨过火盆时，好像有所感应，不知为何回过头望着他离去的那个方向。明明她盖着喜帕，看不见东西，我却清楚地看见她遥望着他，在遥远的隐蔽处盯着她看的他。

很多年后，直至现在，我都会回想起这一幕，想这心有灵犀并不是一个无端端的令人发笑的笑话。也许在那时起，我应该察觉出端倪，而避免更多无辜的人被卷入这件是非。而其中，我最觉得对不起的，大抵便是年年了。

叶汍澜同公鸡拜堂时，谁也不曾料到被喜娘抓得紧紧的公鸡突然会急红了眼，狠啄了她的手。喜娘"哎哟"一声大叫了出来，公鸡却扇扇翅膀穿过众人的围堵绝尘而去。

大娘一边吆喝着下人去抓鸡，一边脸色阴沉地同一旁证婚的族老道歉，只因那只公鸡不识好歹，还在族老脚旁拉了一泡屎。

族老撮着自己那一小把山羊胡，什么都不说，只将眼光扫了叶汍澜好几圈，扫得大娘也打量起叶汍澜。

喜堂内已是人仰马翻，唯独她挺立如松柏，对周围嘈杂之声充耳不闻，也从未想过揭下喜帕来看一看究竟发生了何事。

族老反抬起手罩着嘴同大娘说了什么悄悄话，大娘掩着帕子仿佛是笑了笑，但那笑与眼神透露出凌厉的意味，让我感觉到一种敌意，来自他们对汎澜的敌意。

我捏了把汗，转头一见，却见若浮已经抓着公鸡站在汎澜身后了。

一堆下人带着被鸡爪抓出的红痕，在飞扬的鸡毛中落魄地望着他们的少爷，像是看见了从天而降的大救星一般，忙不迭地让喜娘赶忙接过那只公鸡。喜娘像是被啄怕了，又悻悻地看着我阿爹的眼色，挪移着小碎步害怕地朝若浮那儿去，结果还没到他跟前，就跌了跟头，面如土色晕了过去。

一群人赶忙围着她，掐她人中。又是忙得一阵鸡飞狗跳，我阿爹沉着有力的声音终于响起："抬她下去罢！若浮，你替她抓着鸡拜堂，莫要误了吉时。"

若浮什么都没说，这次却是顺从地带着鸡来到汎澜身侧，却连余光都没看她。

"一拜天地！"

他抓住鸡下跪时，又闻到了水仙的芳香，清雅淡然，死死揪住他。

"二拜高堂！"

他此时有些心猿意马，忍不住微微转头看看她是什么样子。唯独膝上的痛让他清醒过来，转回了头。

"夫妻对拜！"

这逃不过的劫数来临，另一个嬷嬷扶着她转过身正对着他。他突然庆幸着还有这样一层喜帕，能尽数隔离去她的面容，能让他的心短暂地心如止水，不惹烦忧，能让他理智尚存地送她去那个深不见底的地狱。

可是两人俯身额顶相触之际，她趁着那交际之时，说了一句仅仅他能听见的耳语。仅仅这样一句轻声细语，那来自她的轻如春之细雨、绵软无力却润物无声的话语，却瓦解了他内心最后最深的防线。

"阴差阳错，将错就错。千错万错，初见便错。"

他始知，那个夜晚，被雷雨声乱了心神的人不仅有他，还有她。

只不过，有些事，终归只是飘忽如晨雾的一场痴梦，风吹即散，不留余痕。

拾贰

汩澜来到秦家的这几年，我晓得她并不好过。在第一日洞房花烛夜，还未来得及脱下凤冠霞帔，就得为时不时口吐白沫、脸色蜡黄的丈夫不停换水擦脸的她，心知肚明：在不久的将来她很有可能会成为寡妇。我那时颇为她担心。她看上去纯净得像一汪泉水，可在我们这样污浊的地方，迟早会变得面目全非。

但那时，毕竟我不了解她。其实那汪泉水下跳动着一颗七窍玲珑心，埋在太深太深的地方。她不是单纯至蠢钝，而是懂得隐忍。或者说，有时候她很像若浮，晓得有舍有得的道理，便不会做太多抵抗。

成亲后第一日，她循例换装来正厅给阿爹他们奉茶，却无意冒犯了大娘。大娘那时还未到正厅，只有三娘坐在位上。她微微转头看贴身丫鬟阿梨的眼色，阿梨在她耳边耳语："说是大太太没睡好，今日或许不来了，便给三奶奶奉茶罢。"

她端起茶正跪下想请三娘喝茶，说是缺席的大娘却大摇大摆地进屋了。她看着大娘，一时尴尬，跪也不是，站也不是。刚笑眼盈盈想要喝媳妇茶的三娘猛地缩回了手，低下了头，像个偷吃糖被抓住的孩子。

　　大娘却发了话："怎么我一进来就愣住了？汮澜，继续给你阿娘奉茶啊。"

　　照例站在一旁的阿和又要说话了："哎哟哎哟，毕竟是小门小户出来的野丫头，不晓得规矩。我不过替大太太多梳了会头，怎的就这样性急？才刚刚进秦府，连长幼有序的道理都不懂？"

　　汮澜听了脸一红，将茶杯一转，跪着递到大娘面前。大娘睥了一眼，语气却温和起来："罢了罢了，毕竟是老二娶媳妇，这茶让三妹先喝一口，也没什么大不了的。"

　　汮澜听了，脸更红了，一下被大娘推到进退两难的境地。她渴望三娘能替她说什么，但抬头一望，却发现三娘的脸比她的更红。

　　这时，我阿爹终于发声了："这日子刚开头，何必跟小辈过不去？你是正房，便喝了汮澜端的茶罢。"

　　大娘皱了皱眉，伸出了手，像是默许。

　　谁料，她刚接过那茶，喝了一口，便从鼻腔发出嗤鄙之声，将茶递给阿和："这茶都凉了，阿和，去倒了。"

　　场面更加尴尬。汮澜只得开口："是汮澜思虑得不周全，让汮澜再奉一杯罢。"

　　"哪里的话，"明明是笑得一团和气，大娘却还是让汮澜不禁打了个冷战，"娶你进门呢，会不会礼仪，会不会奉茶，都不重要，重要的是，你得将若潮照顾得妥当。给你阿娘奉完茶，就好好去照顾若潮便是了。这种小事情，不必在意。规矩嘛，阿和可以慢慢教你的。"

阿和却一副欲言又止的样子，大娘看她一眼，心有领悟，装作不耐烦的样子："阿和，你又有什么想说的？"

阿和扑腾一下跪在地上："奴才年纪大了，古板净说些招人厌的话。什么规矩都能不懂，但二少奶奶，怎么能连定亲的簪子都不戴呢？这多不吉利啊！"

红着脸的三娘一下脸色煞白，挣扎着终于结结巴巴地说出了口："这是我没交代清楚……"

大娘却转向阿爹一旁："若我说按老规矩办，想必老爷也不会有意见罢？"

他深深叹了口气："这才第一天，即便做规矩……"

"规矩，也是祖宗做的规矩，"她咄咄逼人，"我们秦府的女人，哪一个，不是这样做规矩做出来的？"

他无力地看了汝澜一眼，似乎还想螳臂当车："若潮病得这样重……"

"不过就这一天光景，我多派几个丫鬟去伺候他便是了。"

说得阿爹只得也低下了头，不再反抗。

见安静了，大娘抬手吩咐她的心腹："既然老爷没意见了，便带着二少奶奶去领罚罢。"

汝澜听了，神色却淡然得如同不起波澜的泉水。

若浮在工厂忙了一天，刚回家，便得知汝澜被罚去跪在祠堂门口了。他找我问原因，我便把从下人那里问来的都告诉了他。

他听了却反常地没发脾气："不作就不是她了。"

我深知他同大娘的关系紧张，便劝他："大娘想要先杀个下马威，本也是意料中的事。连阿爹求了情也没用，你便别去火上浇油。若是让大娘更记恨她，便不好了。"

他听了嗤笑一声，从我的果盘中挑起一个苹果，抛给我："你先替我削了苹果，我再回来找你。"

"哎！"我话音未落，他就一个纵身跳出了门，不见人影。

后来，若浮果真一边啃着苹果，一边带着我和阿梨去接汆澜。汆澜看着他，依旧是那副心如止水的样子。

我上前一步想扶起她，却被若浮制止了："阿梨，你先跪下，同她一起跪到明日日出。"

我们所有人大惊，阿梨呆若木鸡："少爷，我……"

"跪下！"他声音阴沉，与以往那个让人感觉如沐春风的秦五少截然不同。

阿梨只得硬着头皮跪下。

他背着手站在她们身后，一字一句正色道："老祖宗立了什么规矩，我记不清楚，但有一条我记得清清楚楚，奴必为主忠，鞠躬尽瘁，死而后已。你身为贴身丫鬟，明知规矩却怂恿二少奶奶先行奉茶三太太；身为贴身丫鬟，竟不知向人要定亲的簪子；身为贴身丫鬟，主子去跪了祠堂门口，你却敢置身事外不陪着主子。哪一条，都够在列祖列宗前打死你了。"

阿梨慌了神，赶紧低下头："少爷，不是这样的。我在府中人微言轻，哪里敢忤逆嬷嬷？都是她的意思。"

若浮冷笑一声："好一个人微言轻。那倘若她让你杀了二少奶奶，你是不是也照做？"

阿梨噤声，完全是一副吓傻了的神色。

“这样不忠不义的奴仆，要来了也不过是添堵。阿恒，把她拉去窑子卖了罢。”

阿恒闻言刚想上前，不吭声的汍澜终究出声：“阿梨终归是我的下人，怎样处置她，好像轮不到五弟做主。”

“也是，轮不到。”他似笑非笑，眼眸被暮光盛满，“你的奴才，还是留着你自己管教。三姐，我们回去罢。”

我惊诧：“阿浮……你不是……”

我话还没说完，已经被他执拗地拉走：“这事左右同我们没什么干系。看完热闹，便该走了。”

他一向待人和善，眼里容不得沙子，是最看不得他姆妈做欺负人的事情的。明明已经为汍澜强出头了，临了却任由汍澜这样跪着受罚，让我甚是诧异，只得出面道：“阿浮，你一向是有度量的。汍澜才刚刚进门，你便多体谅她些罢。”

他听了这话回头看了汍澜一眼，故意放开声音说给她听：“这事轮不到我做主呢！”言罢，就甩开拉着我的手，面色阴沉道，“三姐若是还愿管这桩是非，便留在这罢。五弟不是闲人，还有事要做，便先回去了。”

我挽留不下他，只好折回汍澜旁细声细语道：“汍澜，你起来罢。其实他同大娘已经说过了，大娘她准你回去了。他只是气你顶撞他，才不愿带你回去的。他平素一直是个温和有礼的好孩子，只是近来太忙了，有许许多多多烦心事。”

汍澜看着我，同样柔声细语地回我：“我晓得的。可是的确是我坏了规矩，说好跪到明日日出，便是日出。”

我带着几分怜悯地埋怨她：“你这个孩子，怎么也这样死心眼呢。”

她浅浅一笑，只是道："有阿梨陪着我，涵姐便先回去罢。"
她没有喊我四妹，许是其实她比我小了几岁。

　　我看拦不住她，也交代了阿梨几句，才一步三回头地走了回去。

　　到了后花园，却见若浮在喂鱼，可不像他说的，在忙什么正经事。我蹑手蹑脚过去想吓唬吓唬这个臭小子，哪料他先出了声："三姐，你从来不这样小孩子气的，还想过来捉弄我。"

　　我没好气地揪住他耳朵："臭小子，这时候倒不像块木头了。你也晓得什么叫小孩子气？你跟汝澜吵个什么劲？你不是一向最体谅别人的吗？"

　　他拉着脸道："三姐，你好歹是个大家闺秀，别大吵大嚷，跟我一般见识。"说着挣脱开我的手，"你要晓得，我就算心再大，再怎样体谅人，用热脸贴冷屁股这种事，我再也不想做了。"

　　我摇摇头，转身把他放在地上的鱼食都收起来："也罢，反正这个家里，我半点都管不着，乐得做个无事闲人。天要下雨了，你早点回屋歇着罢。"

　　那夜滂沱的大雨把熟睡的我惊醒，在一旁的阿欢却还睡得像死猪一般。我披上大衣悄悄拿起放在一旁的灯笼，点亮之后一人穿过了走廊来到后门，想要去看看那个傻丫头是不是还在跪着。

　　谁料走到一半，就撞见了两只落汤鸡，一只还背着另一只。我们互相僵立在雨中，哗啦啦的雨声冲刷得我大脑一片空白。半晌，我才拿起准备好的一把伞递给在若浮背上的汝澜："雨这样大，你们两个木头，就不知叫轿夫过来接你们。"

　　汝澜接了伞，却面有难色，动了动身子想要下来，却被若浮喝住了："不能走还下来？三姐又不会误会什么。"

我看着汝澜的脸，又看了看若浮的脸，不动声色地说："汝澜，你就让若浮背你回去罢。"

我们一路无语地走到了后门，我正欲跨进门去时，被汝澜拉住了衣袖："三姐，能不能请你搀我回屋里？"

说话间，若浮一声不吭地把她放下，也没同我说一句话，朝着自己的屋子走去了。

我立刻扶住她，也知她早就站不稳了："一家人还客气什么。阿梨呢？"

她哆哆嗦嗦地靠着我往前走："下雨了，自然让她回来了。"

我摇摇头劝她："汝澜啊，这丫头心思活络得很。你莫要以为你这样做，她就会对你死心塌地。我早上虽然骂了若浮，但他这么做，其实才能叫这丫头吃瘪。"

"涵姐，你也觉得我蠢罢？"她转头看着我，突然笑得像朵花，"你可知以前我是做什么营生的？"

我哑然。她讲："我可是个江湖骗子啊，她这些花花肠子，我难道掂量不清楚吗？"

她忽然压低了声在我耳边说："她是谁的人，我自然清楚。我只想让她把我想要说的话传给那个人听，当然，这些未必是我的心底话。"

我一惊，瞬间明白了她的意思："汝澜……"

她又宽厚地笑笑："但我对你说的，肯定是心底话。谁教你是个老好人呢，涵姐。可是对她，我不服软不行。至少要让她觉得，我服了软。但你呢，我不想骗你。你若是嫌弃我，觉得我两面三刀，我也是认的。"

我伸起食指放在她唇前："走罢，莫说这么多了。你都着凉了，明日若是发了烧，还怎么照顾若潮。"

　　我扶她进了我的里屋，没叫醒阿欢，从我柜里拿了套衣服给汝澜："便穿我的衣服罢。明日天一亮，我便叫醒你，你悄悄换了你的衣服再回你屋子去，好让阿梨以为你跪到天亮才回来。不能让你洗个澡，委屈你了。"

　　她点点头，自然也懂我的意思："还请涵姐去看看五弟。他之前在蔼安受了伤，我怕……"

　　"这死小子，"我叹了口气，"只会让人操心。"

　　看罢若浮，我回屋时，汝澜倚靠在我平日不怎么用的美人榻上已熟睡过去。我看着她凌乱的发丝下那张干净的脸，忽然想起了她和若浮碰见我时，对视那一眼的目光。

　　那目光太复杂，我说不出个所以然来。或者有时，一旦我们起了不愿相信的心，就开始强迫自己不去深究那些初现的端倪。

拾叁

　　因为若浮这个死小子那夜的逞强，他发烧烧得不省人事，也惹得大娘急得上蹿下跳火急火燎。

　　她整天没有一刻坐下，一遍又一遍不知疲倦地差遣丫鬟换水，又亲自为他换上湿冷的毛巾。她尖着嗓门问阿和大夫究竟几时来，

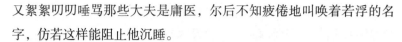

又絮絮叨叨唾骂那些大夫是庸医，尔后不知疲倦地叫唤着若浮的名字，仿若这样能阻止他沉睡。

三娘来劝慰她："阿姐，这烧总需要时日养。"

大娘却反手给她一个巴掌："滚！别带着秦若潮的病气来祸害我们家若浮！他的命数还长着，用不着你惦记！"

在一旁的汲澜扶住泪眼盈盈的三娘，在她耳边不知耳语了什么，又惹得大娘一阵不耐烦："你这个丧门星还不快带着你阿娘滚出去！也不知是冲喜还是带祸，一进门秦若潮没好，还连累我们家若浮。当初我怎么就瞎了眼让你进了秦家的门？"

我在一边听得汗涔涔的，在汲澜身后拢了拢她的肩，轻声道："你先走罢。"

汲澜抿了抿嘴，搀扶着三娘出了门。

大娘却还无休止地发着无名大火，转过身来指着我脑门道："你也不必留了！一无是处的大小姐，只会成天像个木头似的站在这儿，什么忙都帮不上！秦家的米粮啊，都养了这么一帮蛀米虫！"

我低下头心里翻了她一个白眼，忍不下气还是走了。大娘时不时夹枪带棍的讥讽之词，我早就惯了，只担心汲澜受不住这口气。

是夜秦府来了位贵客，是出身于秦安却少时便留洋在外的西医，名叫秦康时。秦康时生得白白净净甚是年轻，风尘仆仆地背着一个大箱子，被安置在偏厅喝了一杯又一杯菊花枸杞茶，等了一个时辰，却还不被允入内看诊。

三娘犹疑着是否真要请秦康时这西医来替二哥治病。本想等阿爹大哥回来拿个主意，结果他们的船在池安被扣了，一时半刻回不来。

汍澜这些年混江湖，眼界也开阔了些，道："阿娘，你毋需担心。我姆妈的病，也是西医看好的。你莫要有什么成见。"

"可是老爷……"

"老爷若是问责，我叶汍澜一力承担。"

我在一旁默许："我同汍澜，一起承担。"

听丫鬟说已领了秦医生进门，汍澜松了一口气，同我前去若潮的房里，"多谢涵姐，帮我说服阿娘。"

"不必谢我，"我望了眼若浮房内进进出出的丫鬟老妈子，"是若浮请的人。我不是信西医，更不是信你，只是信若浮。"

她顺着我的眼神望去，眉梢一抹忧色："他……烧还未退？"

我摇摇头："不仅未退，温度也高得很。"

闻言汍澜的身子一震，突然回过身牵住我的手，目光如炬："涵姐，帮我。"

我听汍澜的吩咐，特意装作火急火燎的样子找大娘，只说镇上伍山脚下有位隐世高人。我去求他给若浮瞧病，他甚是不愿，点名要让大娘亲自去请。

大娘听了我的话虽是半信半疑，当即也领着阿和去找我说的地方。

汍澜趁她们走后，忙带着秦医生进了若浮的门。

谁料，我正看着二人还在谈话，大娘因忘带了手上佛珠，特地回来取，却看见秦康时在若浮屋内。

她瞬间明白过来，她一个箭步上前就想扇汍澜，幸亏秦医生早有察觉，拿住了她。她破口大骂："你这个丧门星！光祸害你自家男人还不够，还想拖若浮下水？好，我先打死你！来人，还不快把他们两个，连着秦若涵这个胳膊肘往外拐的，都给我乱棍打死！"

秦医生转头看了一眼若浮，道："秦太太，您不要对西医有什么成见。我只不过给若浮打了退烧针。他的情况已经很危险了，若不是二少奶奶找我替他打针，他真的会熬不过去。"

"呵，勾结外人一起糊弄我？"她张牙舞爪地挠开了秦医生手上的皮，秦医生"哎哟"一声放了手，她便径直扑向汈澜。

汈澜一下便躲过去了，反手抱住她："若是秦若浮死了，我就给他陪葬。我用命赌他活，这样您满意吗？"

她歇斯底里地大叫："你以为我真稀罕你这个野种的贱命？若不是顾老太爷，你以为我会要你进我秦家门？你们都是死的啊？都给我滚过来拿下他们两个！"

"秦医生，给她打镇静剂。"汈澜抱着又踢又闹的大娘，面色疲倦，"求您了。"

秦医生很利落地取出了针筒，打了一针，惊呆了没见过世面的奴仆们，吓得魂飞魄散跌出了门。

我只得与汈澜一起合力将大娘安置回她的房。

秦医生先去了二哥房中，尔后对赶来的我们说："二少奶奶，我便直说了。其实即便我治了，也治不好，只不过是延长最多半年的命。"

秦医生也许讲惯了这种生死攸关的话语，丝毫不觉得有任何残酷。可是对我们这些至亲至爱来说，无异于催命阎罗判下的死刑。

"治不好人的医生还算哪门子医生！"我冷言冷语，"枉我以为秦医生有何通天的本领，还轻信了你们西医是有真才实学的。原来秦医生和传言中说的也未曾有分别，只不过是区区一介庸医罢了。"

秦医生定定地看着我，转而低头收拾一旁的药箱："既然三小姐这么想，也罢。秦某自认不是什么良医，但也始终铭记恩师所道救死扶伤的本职。自问无愧于我的病人，更毋需同你做什么解释。"

汶澜忙上前拦他："康时，涵姐并非是这个意思。只不过紧张若潮的病，才出口重了，您莫要介怀。"

"恐怕我留在这里，介怀的并不只她一个。康时已领会过大太太的本领，便不想再领会其他人的了。"

"秦医生！"汶澜一边阻挠，一边用胳膊肘捅我，"涵姐，你便道个不是。"

"我先前还真以为秦医生有什么妙手回春之术。既然他如此说，我今日绝对不依，不依他为若潮诊病！"

"若是我依呢？"

我们三人闻声一齐望去：若浮披着披风弱不禁风地倚靠在门框边上，还带着满面萧索的病容："康时，你便去准备手术罢，毋需理会他们。今晚，谁也不会接近这里。"

我慌忙小跑去扶他："你这么快便醒了？刚刚才从鬼门关回来，瞎转悠什么？丫鬟们呢？怎么这么该死，都不知帮你一把。"

"只怕我再不来，秦医生便被三姐你气走了。"他说得我脸红耳赤，我索性低头不再去看秦医生，"你可不知我好说歹说，秦医生才肯来的，又会是哪门子庸医？除了他，又有谁还能替二哥续命半年？"

我闭上眼，泪从眼角滑出："你知，我不相信，我不信他只有半年光景了。"

他叹了口气，搂住我，却对秦康时道："秦医生，你便放手一试。我保证，今晚不会有任何人找你麻烦。"

他又向汭澜颔首："有劳嫂嫂替我向三娘撒谎了，只说二哥会一切无恙，莫提半年之事。反正嫂嫂做这样的事，早已熟能生巧，若浮信你。"

汭澜似乎苦笑了一下："是啊，五少便还是回去休息罢。只怕大太太晚上醒了，寻不着你，还是要来捉我替你赔命。"

"赔命？"他扬起唇角，眼梢带笑，"恐怕黄泉之下，若浮最不想见到的人，便是嫂嫂了。你若要赔命，我兴许真不敢死了。"

"若浮，"秦医生先出了声打破尴尬的气氛，"有你的话便够了。你先回去休息罢，发这么严重的烧还来这里，我知你在死撑。你既信我，我便会尽了全力。"

若浮颔首："有劳。有什么事，便让嫂嫂料理。若浮恭候你的好消息。"

那个难熬的长夜里，我们秦府的每个人都在度过自己难熬的劫数：阿爹与大哥在池安百般斡旋，才平息了事先未缴税产生的风波；我姆妈在佛堂诵经念佛，只盼望阿爹早日归来；三娘信了汭澜的一套说辞，不知二哥其实在生死线上挣扎，同我姆妈一齐在佛堂祷告；大娘因着镇定剂不必操这许多闲心，但仍梦呓着若浮的名字；我在若浮病榻前照顾他，一颗悬着的心却始终无法安放。

丫鬟们端来了米粥同酱萝卜，我细细喂给若浮吃。若浮挥了挥手，让下人都出去，一边吃饭一边问我："云莺呢？问了阿七，说是记不得谁吩咐的收到自己房里去了。三姐，是你罢？"

我一怔，晓得他心爱这牲畜，但府里早乱成一锅粥了，谁还有心思挂念这个小可怜："我这几天不曾有这个心思。"

他出神许久，才低低答道："前些天下了暴雨，只怕都被水淹了。"

我用调羹舀起满满一勺吹凉："以前你四姐替你收了，你还发火；如今她不在了，倒是没有人再记挂起。"

他默不作声地看向窗外，好一会才道："是啊，我一向不知好歹。"

我料理他吃了饭，便守着他劝他早些睡。他拿了本书在看，死活都要等着秦医生来报信。

我知他的性子，便不做争执，只是陪着他一齐等。终于他派去的阿七在子夜敲响了他的门，向我们报信："五少爷，五少爷！秦医生说事成了，成了！"

若浮听了一把掀开被子下了床，走两步险些跌了，幸而被我扶住。我扶着他嘱咐阿七："你早些去休息罢，莫要惊扰其他人，尤其是三娘。明日等她起了，再告诉她。"

我们到达二哥处时，秦医生已被送走了。汩澜收拾着一挂一挂带血的布条，看得我一滞："秦医生说，他何时能醒？"

汩澜回过头看我们俩，眼中都是倦色："也许明日，也许后……"

话还未说完，若浮突然挣脱我的手一个蹿身，上前扶住了晕过去的汩澜。他探手摸了摸她的头，一顿："三姐，叫秦医生回来。"

我这才晓得汩澜居然也发了烧，一边答应一边跑去找秦医生。

汩澜的房就在若潮上一层。秦医生喂了她药后只说不是什么大问题，也是淋雨受了风，加上一天操劳才会病发。若浮再三谢过他，叽叽喳喳的鸟声突然传来，引得我们三人转头而视。

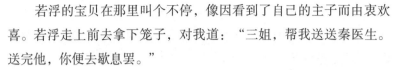

若浮的宝贝在那里叫个不停，像因看到了自己的主子而由衷欢喜。若浮走上前去拿下笼子，对我道："三姐，帮我送送秦医生。送完他，你便去歇息罢。"

"那你……"

"我过会就回去，"他端详着云莺，"只不过未曾想好，到底是否留它在这。"

若浮休息了一周，终究还是到了日子，不得不动身去霭安，去茶山向余年年提亲。

他差人为他做了根拐杖，一边咳嗽一边用拐杖敲了敲身前的假山。顿时灰尘四扬，池水被假山的震动连累，泛起一圈一圈的涟漪。

我站在他身后插嘴："这拐杖牢靠得很，是镇西齐家的老师傅做的，你毋需担心。"

"如同三姐你一样牢靠，从不劳让这个阿弟劳心。"他挂着拐杖转过身来一步步走近我，"帮我好生照顾他们。"

我回想这鸡飞狗跳的一周，心有余悸。大娘醒了之后看若浮没事，却还仍不忘变着法子找汝澜不痛快。每天汝澜同她请安时，她便故意让汝澜先跪到晌午，再支使她去柴房厨房两处跑，代替下人煎了所有的药。

这次若浮却没有去说情，只是自己带了所有的丫鬟小厮到若潮房里坐着。除了他贴身丫鬟阿七照顾他，其余的都按秦医生的嘱咐照料若潮，前后未有歇脚的工夫。他看书时，有下人来报，大哥同阿爹摆平了风波，只不过还需多留几日才能返家。他将书翻了一页，似是充耳不闻。待汝澜端了药过来他仍是这毫不动容的模样，自始至终从未抬眼。

然而，还被留在汝澜房里的云莺伺机大吵大闹吆喝起来，终于扰了他的神，他放下书本看着在一旁喂药的汝澜道："嫂嫂，劳你喂喂云莺，它饿了。"

　　"既是你的鸟，为何要劳我？"

　　"既想饿死它，又何必假仁假义救它？"

　　汝澜听了这句话，却顿时愣了。周围的丫鬟不敢插嘴，只是忙活着手上的活计，却暗窥两人的神色，大气不敢出。

　　若浮抽了身子离开了卧榻，一步步走出了房，轻飘飘留下句不痛不痒的话："明日启程去霭安，云莺，便托嫂嫂照料。嫂嫂若是嫌烦了，放了它便是，不用差遣我房里的人，徒增不便。"

　　我听了这桩事，心神总是难安，是以问他："究竟是他们，还是她？"

　　他却流利对答："也对，你是该多照料照料二哥。其余的人，自己会料理自己。"

　　"你晓得我说的是哪个'她'。"

　　他背对着我，好像只是在端详着那汪池水归于平静。尔后问我："难道我会如此没有分寸？"

　　"情爱从不讲究分寸，"我低低答道，"阿浮，若你踏出这里去了茶山，就再没回头的机会。"

　　"早就没有这机会了……"他又咳嗽不止，显得十分羸弱，"秦安秦若浮，从生下来，便是个笑话。终其一生，也只能是个笑话。"

　　我想上前为他披一件衣，他却转身倒退一步横起拐杖制止我："阿姐，回去罢。这路，始终是我一人走。相送远近，终须一别。"

　　我看着他的背影远去，几乎要出了我的视线，终忍不住大喊：

"阿浮，我应你。"

他顿了一顿，复又前行，心中已了然，我是何种意思。

拾肆

若浮去茶山的故事，我虽不在他身旁，却恰恰成了我最熟悉的。只因他带我来这扫墓时，年年都要念叨。不知是怕我不记得，还是怕自己记性一日不如一日，忘了什么细枝末节，却又要空落落心疼半日。

若浮来到茶山脚下时，不逢烈日当空，却赶上江南特有的梅雨之期，每一团空气都蓄着汗，伴着蝉鸣一片，更让人心焦气燥。

一旁的阿恒出声问他："少爷，是否歇息一会儿再上茶山？听闻茶山从未修过路，可不易攀登哪。"

若浮摇了摇头："不必。你带着聘礼，往回走，去最近的那家客栈等我。"

"少爷，这怎么行？你腿脚不便，何况山中还有豺狼虎豹横行，我怎能留你一人……"

"余家小姐自五岁便住在这里，余老太爷便是翻了整座山也必定除了这些豺狼虎豹，怎会让它们伤着他的亲孙女？阿恒，要想成事，便听我嘱咐。"

"少爷，可是……"

若浮推了阿恒一把，把他往反方向送："成了成了，若是十日之后我还未下山，你便来寻我。否则你哪怕是跟着我，我也有法子甩了你。"

打发走阿恒，若浮皱着眉用拐杖打着地，确认无误了才慢慢往山上走。余年年是存心不想让人进茶山，遍地都是机关陷阱。为了躲着它们，若浮的脚程不得不慢了下来。除此之外，更因为他在霭安留下的病根。那日他在余府前跪了太久，伤及筋骨，又没有细心打理，以至于在日后每一个阴沉的梅雨天，他的双腿都会隐隐作痛。即便借了拐杖的力，也无法减轻他的痛楚。

已是傍晚时分，若浮看准了方向，想找处山洞休息。不紧不慢地进了洞口，却是背上一凉：洞里一只小狼崽转动着眸子看着他，而它身后是死去的一头母狼和一窝小狼崽。

若浮和它对视着，心知它必定把自己当成了仇人。可此时若是转身逃跑，兴许反而更加激怒了它。他举起了拐杖，亮出了架势，也挑衅似的告诉小狼：你尽管来罢！

小狼龇牙朝他扑过来，他一棍子狠狠打在它脑门上。虽然打出了血，小狼却在地上滚了滚又机灵地朝他背后扑去。他腿脚不便，想要转身已是来不及。千钧一发，却只听狼见撕心裂肺的嚎叫，软软地落在他面前，背后早中了箭。

他刚想拿拐杖动它，却被迎面而来的箭逼退了。

他抬起头，身前是位猎户打扮的豆蔻少女：脸盘圆润，耳垂有珠，一对铜铃眼煞是可爱。但那双眼却充满了肃杀之气，和她身上那张大弓相得益彰。

"你是何人？怎敢擅闯茶山？"她保持着距离逼问他，语气不善，"霭安谁不晓得茶山闯不得，我余年年更惹不得。"

"秦安秦若浮，来向余年年提亲的秦若浮，"他不卑不亢地答话，心中却想，真是许久没遇上这样的"烈马"了，"未曾通传，便惊扰了姑娘，是若浮的不是。"

余年年虎着脸蹲下身看了看小狼，咬牙切齿地瞪着若浮："一会再同你算账！你帮我背着它跟我回去！"

若浮一惊，待在原地，怀疑自己的耳朵出了毛病："背着它？"

"废话！让你背你就背！它还没断气呢！我得带它回去救活它！"

若浮又是一惊："救活它？"

"废话！我一手养大的狼崽，当然得救！"她狠狠地白了他一眼，仿佛要将他碎尸万段，"要是它死了，我就再找个狼窝把你扔进去喂狼！"

若浮这下彻底蒙了："既然这样，你为何射伤它？"

余年年听了这话却冷笑一声，抬肘朝着若浮的腰间猛捅过去，捅得若浮痛呼一声："阿爷真是好本事，从哪里找了块只会说废话的木头？真是废话！我不射它，你还有力气站在这里跟我说话？你脖子上架的到底是脑袋还是块木头？要不是你乱闯山洞，阿茶怎么会咬你？要不是为了救你，我才不用费劲射它再把它救活！快点，背上它！"

若浮一边吃痛背上小狼，一边回想他对余老太爷的承诺，终于深刻地明白了，什么叫不听老人言，吃亏在眼前。

"走快点，木头！"余年年在前头时不时吆喝着，像驱赶牲畜一般驱赶若浮，面露凶色，"就你这脚程，走到竹屋阿茶就得断了气！你要不怕被我拖去喂狼，你就继续跟个婆娘似的慢慢吞吞地走。"

余年年的威胁让若浮又好气又好笑："你恐怕拖不动我。"

话音刚落，他觉得身上一轻。原来余年年将瘫软的小狼一卷，挪到了自己身上，眼中尽是鄙夷："得了得了，你滚罢！真是没半点用场。"

若浮不得不承认，余年年真是永远有让他吃惊的本事。小狼还是挺有分量的，但看她背狼的架势，大气也不出一口，就晓得她刚刚并非开玩笑了。

"喂！"他喊住余年年，"姑娘就将我扔在这里？我不认路，又蠢得和木头一样，迟早也是葬身狼腹的下场。"

"谁管你死活？"她将滑落的弓拱上肩膀，"你这种娇生惯养的公子哥，安乡多一个不嫌多，少一个也不嫌少。我余年年亲手养大的狼如今可只有这么一匹！本想救你当个粗使小厮，谁知你细皮嫩肉的什么都不如我，真是瞎了眼做这种赔本买卖。"

若浮被她这样一说，脸有点挂不住，心里却明白了她的如意算盘，只得哄骗她："我力气是不大，但是会做的事却多了。姑娘若将我带回去，便知我的好处了。"

"骗人的本事也没有！"余年年噘着嘴头也不回地走了，"你便留在这自生自灭罢。不过你放心，我肯定会帮你收尸的，省得你脏了我的地。"

当若浮顺着她的脚印找到她家，敲开余年年的竹屋门时，她还是惊讶的，否则她也不会让若浮钻了空，闯进了竹屋。卧在余年年榻上的阿茶一见是他，喘着粗气却动弹不得，只能龇牙咧嘴地朝他叫唤。余年年见状，忙替阿茶顺毛宽慰它："乖乖，不生气！我这就赶走他！"

若浮看了看她一副来势汹汹的样子，不自觉倒退几步，还是心存侥幸道："姑娘，我包里有上好的金疮药……"

　　然而若浮还是被踹出了门，余年年的声音隔着门闷闷传来："包留下，人给我滚！"

　　若浮才真正懂得余年年的不好惹。想了想他对余老太爷的承诺，纯粹是痴人说梦。若浮正在绞尽脑汁想法子，一支冷箭突然从门缝里射向他的手臂，轻微地擦伤了他的大臂。

　　余年年背着弓开了门，朝他道："进来罢，木头！"随后，手指着方桌上打开的药瓶，"你先给我来试药！"

　　帮阿茶涂了药，阿茶打起了小呼噜睡着了。余年年端着一盆血水掩鼻指挥若浮："你给我把水倒了。"

　　若浮应承一声，拿过她手中的水盆，看了看她赤裸的脚，将水盆放到一旁，从自己的包中又拿出一瓶药："涂了这药，脚上的擦伤很快能好。"

　　在喝水的余年年瞟了他一眼，冷哼一声："谁要这种药？赶紧给我倒了水回来！"

　　若浮倒了水后，余年年便领他去柴房："喏，今天你就在这伺候我睡。你乖乖给我赶蚊子，要是我被咬了，明天一早就把你拖狼窝！"

　　"我包里有防蚊子的药……"

　　"闭嘴！谁稀罕！我就爱折腾你，不愿意被折腾，你就去我房里和阿茶睡！但你若是和它一齐睡，压着它的伤口，我就把你宰了！"

　　若浮"噢"了一声，撩起包袱就往余年年房里走。只听得余年年在后面冷嘲热讽："呦，真有几分骨气。随你！"

　　酝酿已久的暴雨终于得到了倾泻的机会，伴着轰鸣的雷声席卷了茶山。在睡梦中的余年年被雷雨声惊醒，仓皇起身，却不小心被一个软物绊了一脚，摔在了地上。

她起先疑惑自己摔在了被单上，因着一点痛都察觉不出，挣扎着撑着"被单"起身，那"被单"却开口说话了："余姑娘，你的脚踩到我伤口了。"

她被若浮的声音惊吓倒了，赶忙移开脚站在一旁，摸索着点了灯。只见他四仰八叉地仰卧在地上，样子狼狈，却没多说她一句不是，掸掸灰尘就起了身。

"你不是和阿茶在一起么？"余年年看他脸色惨白，收了收一向厉声诘问的语调，"怎的会在这里？"

他拿起放在地上的拐杖："不是说好了替你赶蚊子吗？"

"那你刚刚为何骗我？"

若浮挑起木屋边的伞，开了门撑开了伞："等你睡了再进来，省得你又看我气结同我吵架，连睡觉的心思都没了。"

"哎，你拿我的伞干甚！"

若浮只是转身，做了个"请"的姿势："你提灯，我替你撑伞便是。"

下了雨的山路湿滑泥泞，余年年赤足而行，却反倒占了优，不得不迁就若浮的速度。兴许是觉得不好意思踩到了他的伤，她这次倒是破天荒没催他。

可若浮觉察出她的小心思，将伞交到她手中："你去罢，别被我拖累。"

"你晓得……我想去哪？"

"听说茶山的山茶花艳绝不衰，从十月一直开到五月。如今花期虽过，有心人却还是担心这雷让它们遭了罪，怕它们等不到今年的十月。若浮便祝这有心人，得偿所愿。"

余年年巫巫拉住说完了话正欲离开的若浮，将灯与伞硬塞给他："木头，拿着，我们回去！"说罢，将身子挪开了伞，暴露在大雨里，"你一人撑着，给我带路回草屋。"

若浮只是笑笑，丝毫不在意因想护余年年周全而打湿的大半身："我岂能让你淋雨？"

却又被余年年捅了一肘子："你这木头给我撑好伞！受了伤，还淋雨想找死么？你要死出了茶山再死，更别死在我跟前！"

若浮却未移动脚步，只是看着摇摇晃晃的烛焰反问："不去看了么？"

站在瓢泼大雨中的少女，和之前那个凶狠冷酷的猎手判若两人，低声问举着灯的若浮："木头，看与不看，有分别么？"

她低下头喃喃自语，不知是说给谁听："我精心灌溉这山茶林，撒药驱虫，暑天怕晒了它们，冬天怕冻着它们。我以为花开花落，离人终有归期。我以为姆妈不会舍得抛下我，抛下她亲手栽下的山茶林。可是十几年了，在等的人，始终只有我。看与不看，山茶是开花还是枯萎，她不在意，更不会回来。山茶兴许能活过今夜，熬到下一个秋天，可我等的人，却永不会来。"

若浮在灯里看着她投射下的身影，在丛林的密网里像一条不幸中计被死死网住的鱼。若浮酝酿良久，却还是将伞移到了她头上，罩住了她，压低了声："兴许她回来过，只是你并未发现。兴许她在哪个角落里看你，更不希望你这般淋雨伤了自己的身。"

余年年抬头看这雨水一滴滴从他的发梢凝结成更为巨大的水珠，滴答滴答落在地上。声音轻，却在她的耳膜中无限轰鸣。她不领他的情，倒退一步重站回雨中，狠戾地笑："我都不记得我姆妈长什么样了，但永远记得她断气前说的话。"

"什么？"

"油嘴滑舌的男人，不是好东西，得离远一点。"

说罢，她头也不回地赤脚逆风奔跑，在黑暗里像极了一匹孤傲的狼，精准地躲过了所有阻碍，离着若浮手中赤色温暖的光远一点，再远一点。

看来这灯与伞，她并不需要。只是他多虑了，连同他自己一起，好心帮了倒忙。

拾伍

若浮看着虎视眈眈盯着他的小狼，试探性地伸出手给它薅毛。阿茶瞥了他一眼，嗷呜了一声，高傲地扭过头闭上眼享受。

"跟你主子不一样，吃软不吃硬。"若浮笑着叹气放柔了手，"也不记仇。"

"谁让你碰它的？"余年年的声音冷冷地传来，打开了他的手，"粥放桌上了。吃完了，趁早给我滚下山。"

若浮习惯了她不冷不热的态度，很平静地问："你昨晚后来去哪了？"

"要你管？"她将他硬生生拖到方桌前，将碗狠狠一摔，"要么吃饭，要么现在给我滚！"

"去了山茶林罢？嘴上说着不信，可是心里又存着期许。"

余年年哑然，却复又反击："秦木头，我如何想，如何做，轮不着你来指手画脚！"

见余年年发了怒，眯眼沉睡的小阿茶警惕地竖起耳朵，带着伤歪歪扭扭地走到她边上，恶狠狠地盯着若浮。

"若浮不是坏人，更不是好人，只是个普普通通的生意人。我们来做个交易，可好？"

"交易？"余年年搬出凳子坐下，阿茶也依样画葫芦坐在地上，"你脑子里的算盘我不懂么？你想诓我嫁给你，借余家摆平你们秦家那堆烂事，是不是想得太美了些？我余年年此生不会踏出茶山，更不会沦为棋子，被你这种烂人利用。"

若浮微微一笑："任何东西，都有价码。只要你嫁我，我便让你以偿夙愿，见你姆妈一面。"

"笑话！"余年年嗤之以鼻，"看来秦少爷的脑袋真真是木头了！让死去十几年的人死而复生来见我？我余年年在你眼里就这么蠢，让你编造这样的谎话来引我入局？"

"我已经开了我的价码，信与不信，在你。"他取出怀中的木盒，放在她手中，"我在山下最近的客栈等你。三日之后，我便回秦安。"

"那你还是趁早回去罢，"余年年不屑一顾地将木盒扔回给他，"我余年年此生不会走出茶山。"

若浮复又将木盒置于木桌上，拄着拐杖不利索地走出门："你来抑或不来，这簪子都是你的了。不想要，莫丢在我面前便是了。"

三日之期，晃眼便过。

扬言此生都不踏出茶山的余年年，一身素衣及着发间玲珑点翠山茶簪，由着若浮背到船上，她确实未破誓。

不改换凤冠霞帔，不着胭脂蔻丹，赤脚牵着阿茶，终还是走进了秦府的门。没有喜宴，没有拜天地，没有宴请亲朋好友，只是粗粗布置了洞房。一切按她的意思，世上再也没有比这不像婚嫁的婚嫁。

而她将喜床上的花生一粒粒碾碎，将送来的合卺酒如数倒入鱼池。阿茶伏在她膝间异常乖巧，却占了若浮的位，逼得他只能站在一旁不发一语地看她折腾。

"木头啊，"她轻轻用起茧的双手扳正他的脸，在他耳旁道，"我给你五年，足够了罢？如若我见不到我姆妈，五年之后，阿茶不会放过秦府任何一个活人，明白了罢？"

这样残忍的话从貌似天真的少女口中说出，任是波澜不惊如若浮，也不由得起了一身鸡皮疙瘩。像是为了配合她，阿茶也在旁边叫了一声。

若浮取下她的发间簪，青丝一倾而下。他端视那簪子良久，将它放到她手中，轻轻点头："我晓得，秦夫人。"

"这名号真是好生难听！"余年年不悦地皱眉，"可是既然应了你，我就姑且忍耐一下，陪你演完这出戏给我阿爷看罢。"

"真是有劳夫人了。"若浮吹灭燃了一小段的龙凤烛，走向美人榻，"睡罢，舟车劳顿，必定倦了罢。"

哂笑的声音响起："秦若浮，留在我房里，不怕被阿茶咬？"

"即便死在你房里，这第一夜，不得不留。你姑且多忍耐一夜，尔后我自会还你清净。"

若浮早早就告诉我们所有人，余年年是个异类。秦府的规矩，在她眼里压根只是一纸废话，谁倘若想用规矩去束缚她，就是在逼余家同秦家决裂。

　　果不其然，第二日一早，本该由余年年奉茶，可她却不知瞎窜到哪里去了，只留若浮去替她奉了茶。

　　站在大娘一旁的阿和果然又开始说三道四："虽说是我们秦家的功臣，但是一来不早起给太太您奉茶，毫无敬意；二来整天带着那狼走来走去，吓着了许多下人；三来不穿鞋子走来走去，任由那些奴仆看自己的玉足，哪像个千金小姐的举止？"

　　若浮听了，讽刺道："这不是姆妈看中的女子么？阿和你这么说，恐怕得自己掌自己的嘴了。"

　　大娘不好发作，只是话中带刺："自己的夫人要是管教不好，便跟废人也全无二样了。你若不会管教，日后我便亲自动手。"

　　堂上的其他人面面相觑，却一句话也说不出，包括我阿爹。

　　而若浮则放下茶杯，冷哼了一声，便走了。

　　四处找不见的年年实则去找阿茶了。她对秦府不熟，左转右转才抓到在围廊上对云莺垂涎欲滴的阿茶。阿茶灵巧地跳起身，用爪子去够悬在空中的笼子，吓得笼子里的云莺花容失色地哇哇大叫，让在一旁看戏的年年感到好笑，也丝毫没想着帮云莺一把。

　　冷不防有人的脚步声传来，随后一声口哨，阿茶愣愣地转身，瞄准了那人手上一只扑腾翅膀的活鸡，立刻放弃了云莺，疾速跑过去，咬断了鸡的脖子。

　　年年看着面容清雅的女子，她却先开口道："这云莺是五弟的宝贝，也请弟妹看顾好小狼。若伤了云莺，恐怕五弟会不高兴。"

　　"他敢不高兴么？"年年摘下鸟笼，看着笼中飞来飞去的云莺，鄙夷地努嘴，"就是只普普通通的麻雀，有什么可紧张？对了，你是哪个？秦若浮的三姐？"

"汩澜！"

从围廊的另一侧有声音传来。汩澜听了赶忙走过去，只留下了嘱咐年年的话，"劳烦弟妹将鸟转交给五弟。"

而走到了若潮跟前，汩澜才愣住了。

若浮坐在她常坐的位置上，双手剥开瓜子，放到面前的碧色小碟里，若无其事道："半月未见嫂嫂，还未曾致谢，将二哥照料得如此周全。"

若潮笑笑，牵起汩澜的手，眼里一片柔情似水："本欲叫你帮我拿本书来，结果若浮帮我拿来了。五弟一向晓得我的心意，这次还是多亏五弟，替我选中的这个媳妇，我很是欢喜。"

汩澜凝视着眼前曾拉住她的手，说着醉话的愣头小子，万种思绪交错翻滚，不自觉用空着的手捂住心口，勉强说出句话来："我也很是欢喜，阿潮你这个夫君。"

若浮的视线未停留在她身上，嘴角上扬："那自然是最好。郎情妾意的美事，也算是我这个阿弟一件功德。"

汩澜还想说些什么，可阿茶却在节骨眼窜到了她面前，朝着她的手奔去。若潮被骇了一跳，可身子瘫软在椅子上无法挪动。若浮急忙挡在汩澜面前，看着阿茶亮出的獠牙无能为力。

可下一秒，年年却挡在了他面前，呵斥阿茶："你疯了么？阿茶，快停下！"

阿茶哀嚎一声，却全身一软，口吐白沫地死在他们面前。

拾陆

"阿茶除了叶汝澜喂的鸡，可什么都没吃。"余年年伸手抚摸着阿茶的尸体，从头到尾，无泪，更无愤怒，只是叙述着一个平平无奇的事实，"它是被你二嫂毒死的。"

若浮背手而立，站在她身后道："那也是你二嫂。"

"我余年年只晓得，血债血偿。"

"即便那是她带来的鸡，你怎晓得那毒一定是鸡里的？那时你也亲眼看见鸡还活着，不是么？"

"阿茶死前都要吊着最后一口气去找叶汝澜，它难道不知杀它的是谁？"

"它只是只畜牲，"若浮抑制不住吼了起来，一反他昔日的淡定自若，"它懂什么！"

"是啊，一只畜牲懂什么？"余年年开始哈哈大笑，笑声瘆人，"我把你的云莺扔到后花园的水池里去了。听说，它是你最宝贝的畜牲？"

若浮紧握双手，青筋暴出。却还是缓缓蹲下身子，箍住了余年年的肩，一字一句对她说："你可以怪我，可以扔我的鸟，朝我发火。可以打我骂我，甚至杀了我。可你不要去招惹我二嫂，晓得么？"

"如果我偏要替阿茶讨这个公道呢？"她明明粲然一笑，却让人觉得冷到了骨子里。

"我不是在求你。"他对她说，"你要的公道，我会给你。但你得信我，她不会做这样的事。"

余年年眨巴着眼，对视着若浮的眼睛。良久，背起僵硬的阿茶，赤着双足打他身前走过，淡漠道："原来你这样的木头，也会发火啊。"

更深露重，夜色幽幽。若浮在"悠然亭"喝酒，我悄声走近，替他斟满一杯又一杯。

"你怎的不劝劝我，"他苦笑，"三姐一向最爱劝解别人。"

"若我是你，我也不知如何是好。倒不如，一醉方休。"

他用冰冷的眼神打量大娘房间的方向："她的伎俩，我真是看厌了。"

"可是年年不会懂她这招嫁祸于人，她更不可能承认。最后说不定还会逼汍澜顶了这罪责，反而徒增她的麻烦。"

他重重叹气："我何曾没想过这些。这压根就是一个死局。不过老实说，三姐你也怕阿荼罢？"

我老实道："府里无人不怕，那毕竟是匹狼。如同年年，她性子野得也像狼，平日也不将我们任何人放在眼里，见谁也不会打个招呼。"

"她是匹狼，"若浮一语道破，"只该属于荼山。可我又做错了一件事，将她带来这里，只为了我可笑的一己私欲。那毕竟，是匹狼啊。"

有人的脚步声响起，却极轻。我警觉地回过头，可若浮却还在灌自己酒，似乎毫无察觉。

我还记得我第一次见到年年的模样。她没有像寻常夫人那样结髻，簪上发簪，而是披散着一头凌乱的发，还是穿着那一身初来时的素衣，手拿一个木盒，静悄悄地走到半醉的若浮跟前，却细细打量我的脸。

若浮对她的出现似乎丝毫不意外，只是拽住了她拿着木盒的手，低声斥她："有什么话，我们回屋说。别在三姐面前撒野，没大没小。"

她凑近他低下头，闻见了浓浓的酒味，偏着脑袋，貌似无邪地问我："这是什么酒，闻着好熟。"

"汝澜亲手酿的'桃花酿'。听说霭安的女子出生时，姆妈都会酿下一壶桃花酿，埋藏在桃花树下。等着女儿出嫁，这桃花酿就是最好的嫁妆，"我拿起另一只酒杯，替她斟上，"弟妹是霭安人，岂有不熟的道理。"

她朝我笑笑，挣脱了若浮的手，拿起酒樽一饮而尽："怪不得闻着熟，味却不熟。我姆妈就是用她的桃花酿掺了砒霜，送自己上路的。我记得靠近她时闻到的味道，就是这个味。可惜我从未有这个福气，有姆妈替我酿这样的酒。"

"余年年！"若浮在我面前轻喝一声，站起身来带倒了面前的酒樽，掉落在地，汁液溅上他的玄色衣襟，"你以为这世上只有你一人可怜？她出生时生父就被她外祖父打死，自己也差点被他亲手掐死！侥幸被送给农户活到如今，却为了医治自己的养母嫁给我二哥，明知二哥的光景不过这半年。如今我姆妈嫌弃她私生女的出身要同她作对，只不过做了这个局借阿茶引你厌弃她、针对她，你是不是也要同我姆妈站在一起，也要逼死她？"

他勃然大怒的模样令我也吓了一跳，急忙起身拦在他们之间："若浮，你醉了，先回屋去罢！别把酒气都撒在年年身上，大呼小叫的，让他人看热闹。"

年年却挡开我的手，面上还是那副不为所动的模样，悠然打开那木盒，轻声细语道："秦若浮，你以为我说这些话是让你可怜我没有姆妈？你以为我说这种话，是想逼你给我个交代？我这一生，不像你们，不必仰人鼻息，不必寄人篱下，更不必顾影自怜。"

若浮瞠目，我也同样。

她指着木盒："你给我看清楚，秦若浮，这是阿茶的骨灰。我如今无法把它的全尸带回茶山安葬，这是你欠我的。"她蹲下身拾起打翻的酒樽，郑重地倒满，将骨灰全数倒入，推到他面前，"我要你永远带着它，记着它是因你而死的。"

我被吓了一跳，忙劝年年："年年，我知这是若浮不好，可……"

年年遽然伸出的手生生打断我的话，灵活地举起酒樽再次一饮而尽。若浮呆滞地看着她，连一个字都讲不出。而她扔了酒樽，翩然转身："我怎会留它在你身边？你这个不识货的蠢货，只会糟蹋它。秦若浮，二嫂酿的酒真是好喝。你下次若是得罪我，便问她打一壶桃花酿，讨我欢喜罢。"

我哑然看着一地狼藉，若浮却摇摇晃晃地追着她被月光拉得悠长的身影，喊她的名字："余年年！余年年！年年！"

话还未喊完，他就不胜酒力，醉倒在地上。

阿茶的风波，全因这一场酒醉后的对质趋于平静。若浮不知去哪里寻回了一只浑身雪白的猫崽子带给年年，算是赔礼道歉。可年年看都没看一眼，就又把它扔出了门："我余年年要的是狼，你赔我只猫算怎么回事？"

若浮被气得不轻，又不能同她发作，三天两头往我屋里跑，连连诉苦："下周就回霭安省亲，她这样不买我面子，余老太爷扒了我的皮，已算是轻的。"

我揶揄他："没有这金刚钻，你何苦揽这瓷器活？"

他抱着猫崽子愁眉苦脸了一阵，忽听见云莺叽叽喳喳的叫声传来。我的丫鬟阿绵带着云莺回来，对我道："三小姐，带着云莺遛了一圈，它心情好了，又开始叫唤了。"

若浮看直了眼："余年年不是把它沉塘了，怎会……"

我把云莺连着笼子交给他："她小孩子脾性，也不过是说说而已，自己偷养了一天，就嫌烦扔给了我。你如今便自己带回去照料罢。"

猫崽子伸着爪子不停在他怀里扑腾，想要扑向云莺，他扶额叹气："还是多劳烦三姐了。"

若浮还没将余年年摆平，大哥又开始与他作对了。阿爹的身体每况愈下，秦家当家人的位置兴许很快便要易主。虽从霭安回来，若浮只是照例跑船埠管一些零散的生意，却还是碍了大哥的眼，隔三岔五便要在晚间用膳时训斥他一顿。

譬如今日，只因着从池安来的一班货船晚归了，他便将若浮骂得狗血淋头，说是若浮怎的没早日报信，误了交货日子。

大嫂也在一旁煽风点火："五弟，按理我一个妇道人家不该插手你们男人的事。可这班货要得这样急，你不该疏忽至此。"

阿爹因着大哥多次说他的不是，也开始对若浮心有芥蒂，出言斥责："莫要以为你救了秦家，就可如此任意妄为。阿浮，心骄气傲，最是要不得的。"

若浮本来还想解释几句，被他们一说，气得只顾埋头吃饭。恰逢年年偶尔心情舒畅，同我们坐在一起吃饭，她使着筷子截住了大哥正欲夹起的一块肉，发问道："是哪批货晚了啊？"

大哥的筷子愣在半空，大嫂忙拍了他一下。他瞪了年年一眼，答道："是运去'琳琅阁'的一批刚出窑的瓷瓶，镇北秦家要得急。"

"噢，那你可知池安的瓷窑隶属哪家么？"年年夹了糖醋莲藕放在若浮碗中，"在安乡敢嫌弃我们余家发货慢的，大哥也算是头一号了。谁不知这几日水路上好多商船被劫？我们余家的伙计小心慢行了一日，倒也成了我们的闪失。"

满桌人都哑口无言，只有余年年不满地点着若浮的碗："吃啊，愣着作甚？不喜欢我夹的菜？"

大嫂尴尬地笑笑："弟妹，这不是我们的意思。只不过镇北秦家要怪罪，最先只会怪我们误了期。"

"那你们大可去找我们余家，毕竟那是我们余家的错。"她撂下饭碗，貌似不经意地一提，"只不过大哥宁愿将钱花在烟花柳巷，也不愿花钱请镖局提前接应去押货，也真真是匪夷所思了。"

我们所有人哑然无声，尤其大哥大嫂的脸色难看得不成样子。大娘终于坐不住喝斥她："妇道人家，多嘴什么？年年，我知你没姆妈教你规矩，但在我们秦家，你就得守规矩。"

年年霎时脸色发青，手上的筷子开始微微颤动。若浮在暗里向下握住她的手，却直视大娘正色道："既然我同年年，扰了大家吃饭的兴致，那日后我便带年年去二哥房里吃了。谁叫我这个有姆妈生没姆妈教的不肖子，也不是很懂秦家的规矩。"

大娘气急败坏，忽然拿起面前的汤就朝若浮泼去。我们都惊呼了一声，年年却最先反应过来推开了若浮，自己的后背却淋了不少热汤，忍不住叫唤出来。

若浮赶忙叫下人请大夫，抱起年年往自己房里走。临走之时，却不忘用让我永生难忘的眼神剜了大娘一眼："幸亏没溅上大哥的背，只怕那样，大太太要剥了我的皮替他换副新的呢。"

在一旁服侍的阿和忙不迭地辩解："五少爷，太太只是无心之失。"

他讽笑一声："我只知，若是年年有事，我便只能剥了大太太的皮。"

由着大娘在饭桌上发了一通火，将我们一个个都骂得体无完肤，我才得了空退了席，往若浮房里去。

年年趴在他床上，依旧愤愤不平："你这根木头！就只会由着你大哥大嫂欺负人！"

若浮一边捣药一边不服气："我们的家事，关你何事？你一向都不关心的。"

她瞪大了圆圆的眼睛，猛地打了若浮一下，疼得他龇牙咧嘴："废话！他们算是什么东西，也敢欺负我余年年的男人？做你的夫人可真憋屈！你骨头再这么软，我就把你休了！"

我忍不住笑出了声，他俩才看见我站在门口。若浮讨饶似的把药往我怀里一塞，一溜烟便跑了。

我坐下揭开年年的外衣，幸亏烫得不是那样重，边上药边安抚她："好了好了，他知错了。"

"三姐，为何他同那个老婆子闹得这么僵？"

我知她心里有气，故意把大娘叫成老婆子。

我斟酌许久，还是告诉她实情："当年，阿爹有位原配夫人。大娘为了做秦家的主母，怀了若浮后，自己喝了堕胎药，却诬陷是原配夫人干的。阿爹一气之下，便把原配夫人休了。幸亏若浮福大命大，还是活下来了。后来，大娘的丫鬟良心不安，终是说了实情。可那原配夫人早就流离失所，客死在他乡。而若浮长大，晓得了这件事，从此也对他姆妈生分起来。这些事，他应是不肯对你说的。他这根木头，有什么苦也只会自己憋在肚子里。"

年年听后，许是愣了："他……"

"他"了半天，也说不出话来。

我笑笑："你便当没听过这桩往事罢。他这样的性子，宁愿一个人抗着，也不想示弱给他人看。"

因年年养伤，若浮便推迟了带她省亲的日子。如他说的，之后他便只带她去二哥房里吃饭。二哥借着养病的借口，一直闭门只同汍澜一齐，省得大娘又找什么由头挑刺。

看见若浮带了年年一道上门，二哥笑得眼睛眯成一道缝："和小时候一样，犯了错只晓得往我这里跑。"结果一笑，就咳嗽不止，使得在放菜的汍澜连忙跑过来替他顺气，"晓得自己身子不好，便少折腾。"

"这不是五弟和弟妹上门，我高兴么？"他说着又笑起来，"弟妹生得真好看。"

余年年一听，也似乎被感染，笑成了一朵花："还是二哥嘴甜，从不像这木头，什么好听话都不会讲。"

二哥听了，仿佛同年年产生了极大的共鸣："这死小子从小到大只会苦着张脸，也不知欠他些什么。"

二人都打开话匣子数落若浮，倒惹得若浮哭笑不得，拉年年坐下："汤都快凉了，先吃饭。"

汍澜在一旁替大家都盛好汤："是啊，一边吃，一边聊。"

饭桌上年年同若潮喋喋不休，若浮和汍澜都只顾着给两个喋喋不休的人夹菜。年年吃完了豆花，终于转开了话头称赞："这豆花，比常日的好出一截，和以前我奶娘带上茶山的一样味道。"

"这是你二嫂做的。"若潮转头望着汍澜，"确然美味。"

年年这才想起被冷落一旁的汲澜，笑眯眯地望着她道："二嫂真是一双巧手。豆花好吃，桃花酿也不差。不过只有二哥有这福气吃二嫂的小灶。"

汲澜笑笑，给她又盛一碗："弟妹喜欢，我三餐都可给弟妹送。我就说，还是霭安的小菜合弟妹口味。"

"二嫂不回霭安省亲么？听闻二嫂的姆妈还病着，二嫂可回去看过？"

气氛一下变得诡异，若浮瞟了年年一眼，出面接话："二哥如今还病着，二嫂哪里走得开？你以为个个都同你一样，想走便走？"

若潮带着歉意望着汲澜，汲澜却若无其事："若是弟妹回去，便帮我带些水仙回来罢。秦安寻不着水仙，实属遗憾。"

年年指指空空的饭碗："那二嫂可要用一大饭桌菜来换！年年从不做赔本买卖。"

惹得若潮又是一阵大笑。若浮却看着低头吃饭的汲澜，被她头上别着的白玉水仙簪吸引，只在刹那间便又闻见了那久违的香气。

拾柒

终是到了不得不回霭安的时日，若浮却在书房里寻东西寻得满头大汗，过了早已约定好的启程时间也浑然不知。

"阿七，我放在这里的一只锦盒呢？"若浮问正好进门来催他的阿七，脸上都是汗珠，"哪里去了？"

"少爷，您嘱咐过的，书房里的东西我们一律都不会碰的。阿七是真不晓得……"

若浮听了便大手一挥，埋下头又开始东找西找，几乎把书房都翻了个底朝天。

心浮气躁之时，一个白色的小绒球突然蹿了进来，喵呜喵呜地就往他怀里钻。他顺势搂起受惊的小猫崽，下意识地回头一看，只见年年点着手指破口大骂："坏东西！喂你东西吃还咬我，不识好歹！"

若浮摸了摸猫崽子，还没来得及说话，年年又连珠炮似的说起他来："哎哟，怎的跟个千金小姐似的，出行要这么多派头？在找什么呢，这是？"

若浮点了点面前的书架："我原先在这里放了个锦盒，你可有见过？"

年年听了这话，努力回想一会，声音却陡然低下去："啊……那个锦盒啊……我是见过……"

"你动过它了？"若浮的语气有些急，"你放哪里去了？"

年年从无这样扭捏，低头攥着衣角扭成一团："阿茶之前闯进来，不小心把它打在地上。我追进来，看见锦盒摔开了，里面的玉镯都碎了。我就……就把锦盒放自己这里了，想寻着个机会跟你说。结果后来事情一多，就忘了。"

若浮用手揩去一脑门的汗水，良久开口："你可知……"

年年急忙道："我都送到玉器行去修补了，修好就送回来。你若不欢喜。我这就赔给你。"

若浮抱着猫起身，胸口起伏不定，声音却还是从容安稳："罢了，你便忘了这事罢。阿七，替我将书房理好。"

　　两人坐着轿子去了船埠，很快便上了最后一班船。若浮用手替猫崽子顺着毛，问年年："不是不喜欢这畜生吗，怎的又带上它？"

　　年年从若浮手里抢过熟睡的猫崽："你看它的性子这么傲，也有几分像我。它不喜欢我，我就偏要养着它。等它离不开我了，我再把它扔了，让它白白懊恼。"

　　若浮望着一身绛衣绾发的年年，脸上带着最干净无邪的笑容，心中却藏着弯弯曲曲的小九九。可她从不会遮掩自己的心思，总是将自己敞开给旁人看。宛如那茶山上冠绝群芳、延绵不绝的红茶花，不会收敛妍丽之貌在叶丛间，只会倾尽所有，展露在清曜下。

　　"有鱼，"她勾着手指挠挠它的下巴，"你就叫有鱼，天天有鱼吃，欢喜不欢喜？"

　　他拨弄着有鱼的尾巴，替它回答："欢喜。"

　　年年有余，怎会不欢喜？

　　"我问它，你答个什么劲？"她总是有本事让他吃瘪，"还是看我这样乖，任由你牵着回余家，打心里高兴着呢？"

　　若浮没有直接答话，只是抬手松开她的山茶簪。年年的长发散落，惊得她一缩手："你干吗？"

　　若浮扭转了身子，替她重新绾发："簪子插歪了，不好看。"

　　年年嘴硬，却由着他收拾："哪来这么多的麻烦事？"

　　"第一次回门，你该漂漂亮亮的，让他们晓得你过得畅快，让他们不要担心。"若浮用梳子替她梳开那些死结，"不对么？"

　　年年摸了摸有鱼的耳朵，声音忽然变得轻软："你以为我还在乎他们么？这十几年了，若是他们真有悔恨，那为什么，只有我姆妈死了，而他们却还能这样厚着脸皮逍遥快活？若是他们真有悔恨，那又如何？世上再不会有霭安的袁心心，世上也再不会有真心一笑的余年年。若是他们真有悔恨，那又如何？覆水难收，我这十几年的辗转难眠，岂能因他们一句可笑的悔恨，便化作过眼云烟？"

若浮结好发，簪上了簪子，没有违逆她的意思："你说得不错。"

年年侧过头来对上他的眼，他却别开脸："十几年辗转难眠，怎能说摒弃就摒弃。"

年年望着他的背影，指尖却摸到猫脖颈上的凉意。她晓得，他流泪了。

"可是一身骨血，又岂能说断便断，说还便还？"他声音嘶哑，艰难缓慢地叙述着，语速越来越慢，"我觉得你比我走运，年年。你晓得他们都在悔恨，只是你不愿原谅。但我……我永远等不到她的致歉。我想她最大的错，便是生下我罢。"

年年咽了口水，不知该说些什么。

"我未有资格评判你们的家事，尤其是你阿爹。可是你阿爷……我同情他……我同他一样，都这样眼巴巴地等着你们回头来看我们一眼。只是我剩下的时日长，而他却短多了。你用十几年去缅怀你姆妈，他也用这十几年等着你回头。他的懊悔的确无法挽回些什么，可若今天你还要同他置气，也许不久的将来，他不必懊悔，而你却又多了一个缅怀的人。"

她被他说得微微湿了眼眶，自己却未感觉。只是伸出玉葱般的手指绕过去，抹去他的眼泪，自己却落下一滴，同样落在有鱼的脖颈上："其实你不必说这些。我答应你的，哪怕是演戏，我也会让阿爷欢喜。"

"可是我最怕的，恰恰是你在演戏。"他用手覆上她因沾染了泪珠而发凉的手，"真心与假意，等了这么久的人，难道看不出？"

年年木然，由他握着她的手，擦去她眼旁的泪："莫哭了，红着眼，让阿爷以为我欺负你。穿鞋去，好不好？"

她忍住喉咙深处难以压抑的呜咽声，装出凶凶的模样："废话！你不知我一向不穿那些劳什子？"

他还是固执地俯下身，将给她准备好的鞋子一只只穿上："这一回，我不能依你。我要让你漂漂亮亮的，让那些你厌憎的人，晓得你过得比他们好，让他们心生妒忌，让他们不得好死。"

"秦若浮，"年年破涕而笑，"你骂人的样子，真是好看。"

她说得不响，而有鱼正好醒来极惬意地"喵"了一声，盖过了她的声音。

若浮不得不问："你刚讲什么？"

年年掀开船舱的布帘，光芒齐齐洒落下来："我说，到岸了。"

"到了。"若浮先下了马车，徐徐掀帘。

年年盯着那紧闭的大门旁两只守门的石狮，忽然向若浮招手："你先上来！"

若浮没有硬逼她，从容不迫地走上了马车，坐在她身旁："后悔了？"

她摇头，掀帘对马车夫说了什么，抛过去一枚银币，自己却坐上了马车夫腾出来的位置，转头对若浮道："你可坐稳了。"

一炷香工夫，她驾马到了一条僻静的巷口。年年没过多解释地喝停了马，他便也随她下车，跟随着她走到一处茅屋前的榆树下。

一位打扮怪异，穿红着绿的阿婆在树荫下的摇椅上摇着蒲扇，赶着蚊子。年年抱着有鱼，蹲下来望着她，许久才憋出两个字："甘娘。"

那个阿婆听到叫声，半眯的眼睛一下张开，眼睛里却是一片混沌："你是哪个啊？"

她垂首笑着，掰开甘娘另一只紧握成拳的手："我是……年年啊。"

"年年？"甘娘脸上的皱纹都被挤作一堆，可见她多努力在回想这个名字，"年年是哪个啊？"

年年吸了吸鼻子，垂着头就不再说话了。摇椅吱呀吱呀在她面前来回摇晃，甘娘又闭了眼摇着蒲扇。像是不死心，年年又开口说话了："就是你一手养大的年年啊。你说除非我寻着茶山最野的狼，找着世间最好的夫君，才能下茶山来看你。我要穿一身大红的衣服，和他在你面前三拜天地，让你给我们倒合卺酒，铺'百子被'。你说到那个时候，你绝不会把我忘得干干净净。你怎能不认呢？甘娘？"

那阿婆听着这些话又睁开了眼，冲着年年笑笑。年年惊喜交加，可甘娘却跳起身，直冲着站在她身后的若浮走，伸出枯藤一般的双手缠绕着若浮："麦芽糖！你身上是不是藏着麦芽糖！"

若浮从袖中拿出一小盒麦芽糖给她，她看都没看便抢过来吃了。

空空的摇椅有一下没一下地晃着，掉落在地的蒲扇被甘娘踩出了鞋印。年年放走有鱼，蹲着拿起扇子看那些纵横的缝隙，像是想要读出一片叶子的叶脉，读懂它的宿命。

若浮绕过甘娘，径直走到年年面前，俯下身问她："还拜天地么，年年？"

她仰面含泪看他："你看，她都不记得和我的承诺。我何苦还要守信呢？"

他点点头，一把拉起她："那我便和你一起等。等她何时记起，我们再拜天地。"

她用蒲扇掩嘴轻笑一声："若是她永远记不起，那我不得一直跟着你？秦若浮，你的如意算盘打得真响。"

　　若浮在那刹那，因她纯真无邪的笑意忘记了置身何处，忍不住将她拉进自己怀里，低头问她："倘若我真是这样想呢？"

　　她的笑意瞬间凝固在脸上，扩散开的红晕像极了春日桃之夭夭。

　　"大小姐。"

　　身后有声音传来替她解围。他们同时转头，是一个丫鬟打扮的女子，想必是余家的下人。

　　她朝他们行了个礼，就利索答话："甘娘的病最近没有好转，太爷已去池安请大夫了。大小姐莫要担心，兴许下次来，甘娘就好多了。"

　　"成了，"年年又恢复那漫不经心的模样，"这种话从送甘娘下山到现在，早已都听腻了。我走了，你替我好生照顾她。"

　　"大小姐，太爷还在等您。"那丫鬟不依不饶，"您就回去看他一眼罢。他最近身体也不康健，经常召大夫看诊。这回门的日子，总该去去。"

　　年年又抱起有鱼，拉着若浮回头就走了，对丫鬟的话置若罔闻。而那丫鬟也未阻拦，可见也是常态了。

　　两人上了马车，这次年年却拉着他一起坐在马车夫的位置。若浮狐疑地问她："这次又想去何处？"

　　她挑眉："自然是茶山。你们秦府我住得太憋屈，我自然得带你回茶山住了。"

　　若浮点头，拿起缰绳就"驾"了一声，催马起步。年年却猛然发问："秦若浮，你不怕么？"

"我怕什么？"他一副怡然自得的模样，眼中一派清朗。

"若是我们回了茶山，你就是对我阿爷违信。你说你们秦家，会不会一夜败落？失望么？你费尽心思劝我，却还只是这样的下场。"

"年年，"若浮又鞭打了飞驰的骏马，"我确然会失望。我输了，我愿赌服输。但是即便他赢了，盘下了秦家百年基业，百年之后，他的子子孙孙，也无一个真心人给他送终。"

"百年之后……"年年念念有词，"那时候，不知茶山的山茶花还在不在……不知还有谁替我守着那一树茶花。"

若浮的失落在瞳孔里慢慢涣散。他原来从未懂过她，心如铁石，所思所念，只有"茶山"二字。那他何苦拖她回这一场红尘世俗的是是非非，不如让她抛下这些琐事，走得潇洒？

思虑间，年年却道："把缰绳给我。"她把有鱼塞给他："回到茶山前，还得做一样事。阿七他们还在茶铺等我们，是么？"

他点头："是。"

拾捌

若浮从未想到，年年会带他来到汝澜的家。时隔两月，他仍然记得这里的样子。屋宇破败，远离闹市，悄无声息地伫立在霭安的一角。

年年看他一时出神，问道："不认得这里么？"

他神色迷茫，看着她，略略回过神来："自然认得。只是，没想到。"

答话之间，门庭大开。发丝凌乱的叶家阿婆，被先前的妇人搀着，颤颤巍巍走到他们跟前，朗声问他们："可是秦安秦家派来的人？"

若浮先一步上前，向两人作揖："阿婆还记得我罢？秦若潮的阿弟，上门提亲的秦若浮。"

阿婆一改原先冷若冰霜的态度，往他的方向福了福身，客客气气道："秦少爷，既然到了，上门喝杯清茶罢。"

茶香缭绕，水泽氤氲。阿婆将姿态放得极低，恭敬垂首道："有劳秦少爷跑来看我这个老婆子，上次多有得罪。"

若浮连忙道："哪里的话。是若浮行事莽撞，未曾提早知会一声。"

阿婆将茶端上，终于抬起头用混浊的双眼打量坐在她面前的一双佳人，小心道："阿澜这个孩子，命途多舛。本该是被供在手心的掌上明珠，可无端却教我这个老婆子拣去养。她跑了江湖这许多年，没过过什么好日子。进了你们这样的高门大户，我知你们定然会嫌弃她行为粗鄙，出身低贱。"

"阿婆，您多虑了。"若浮用指腹摩挲着茶杯上所绘的水仙图，心却一沉。

"她……可好？"犹豫许久，她还是脱口相问。

好么？他不知该如何回答。因为他也不知，在汝澜心中，这样的生活于她而言，是好还是不好。

可是他还是告诉她："一切皆好。只是忙于照顾我阿哥，一时无法脱身来看您。等我阿哥病愈，她定会归乡省亲。"

阿婆的脸却沉郁下来，侧开脸，声音嘶哑："但愿我老婆子，还能活着等到这一天。"

若浮却不忍再看她的眼睛。只因他清楚，若是若潮去了，汝澜的后半生将如一支锁进妆奁的水仙簪，在阴暗不见天日的地方默然积满灰尘，再也不知旭日东升，夕阳西下，再也不知春花秋月，夏虫冬雪。

"人老了，挂念的东西也不多了。清醒时倚闾而望，望她归；睡梦中轻声呓语，望她归。我们两个活生生的大活人，相隔不过一条横亘的安河，可却无法得见。那我便只有日思夜想，替她祝祷平安康顺，望她归时一帆风顺。"她说着说着泪眼婆娑，"让你们见笑了，我这个老婆子真是烦。"

年年从进门开始，就缄默着听她自言自语。此时却递上她的绢帕，问阿婆："一定等得累了罢。有想过舍弃么？就这样忘了她，自顾自生活，岂不乐哉？"

她没有接过那方绢帕，只是笑答："世人皆说有舍有得。可有些事，注定无法割舍，只能求之也不一定得。"

"你会等到何时？"年年很认真地问她，但仿佛问的又不是她。

"我想，此生若是无法得见，黄泉之下，我在奈何桥等她。"

明明是笑着说出口的话，却让三人都各自黯然神伤。

年年向叶家阿婆讨要了一盒水仙种子，再三致谢，便心事重重踏出了叶家。她遥望天际的落日宿鸟，仿若终于下定决心似的，对若浮缓缓道："去余府罢。"

到余府，已是皓月临空。或许是叶家阿婆的话点醒了年年，她最终，还是带着若浮回到这里。

余府门口，倚闾而望的余老太爷终于得见十几年未见的余年年，却未表现出一丝一毫的激动之情，反倒是管家抑制不住大喊大叫起来："太爷，是大小姐！大小姐！"

年年却死命地拽住若浮的手，手心早已一片粘湿。有鱼乖巧地依偎在她脚边，看着这个矮小佝偻着背的老人，"喵呜"叫了一声。

一句"阿爷"还是梗在年年的喉间。可老太爷丝毫未在意，摸了摸年年的头："回来就好，回来就好。"

余老太爷不知用了什么法子，赶着余老爷同一屋子妻妾儿女去了其他地方。偌大的余府，竟只剩下几个丫鬟、小厮和他们三人。

在府中，老太爷同若浮的交流大大超出他同年年的。仿若是晓得心结一时难解，老太爷没有过多强求。与年年不经意在抄手游廊上碰见，年年也只会低头略微颔首，算是行了礼。

只有在用晚膳时，他才会问问她在茶山生活的情形。她也未过多回答，草草说些冠冕堂皇的话了事。

省亲之期转眼就快到尾声。临走之前的那一夜，年年和若浮终归是被管家带到了他跟前。岁月从不轻饶过谁，清逸俊朗的少年早已变成垂垂老矣的掌权者。这一生他从未跪过谁，一身铮铮傲骨，一腔壮志豪情，成就他流芳百世之名。

可唯独这一夜，他跪在了自己的亲生孙女前，郑重磕头致歉："阿年。"

他顿了许久才继续道："本来，我是该上茶山跪在你姆妈坟前，顺便叫人重新修葺。可我晓得，你不愿让我踏进茶山一步。"

"这一生我从未觉得自己做错过哪一件事，唯独这件，我错了。若我当年肯替你姆妈说一句话，不由得你阿爹这样胡来……你便不会……"

沉默与哽咽代替了他余下想说的话。这样的一念之差，却要用自己最珍重的岁月去弥补偿还。

但余年年毕竟是余年年。她毫无动容地冷眼旁观，只字未说便离开了他。

若浮看了看长跪在地老态龙钟的余老太爷，上前想去扶起他。可老太爷却没有起来，只是用一种近乎哀求的目光看着若浮，搅动了若浮的神思："阿浮，这一跪，是给你的。我求你，若我撒手人寰，余家宗族无论怎样相争，你都要护阿年周全，不要让这些风波伤了她。"

看似将余家牢牢握在手中的余老太爷，其实也有这样的烦恼。这些在古老的岁月里便艰难扎根的大家族，总是暗流涌动。而我们，只是里面的沧海一粟，或许说不定哪天，就会在这波倾轧下无法立足。

"阿爷……"思忖许久，若浮还是张口道，"我做不到，她是我永生也追不上的一阵风。她不会依靠我，更不会甘于躲在我身后。"

余老太爷闻言拿下自己的老花镜，睿智的双眼里有了怅然，但很快被希冀所覆盖："风总有停下脚的那天。无论是你依靠风，还是风吹着你走，前路不是孑然而行，那就够了。"

这些老者的话，在我们听来，如同佛偈一样令人摸不着头脑。若浮似懂非懂地看着余老太爷向自己如释重负地一笑："多谢你，阿浮。"

余老太爷拄着拐杖，一路相送到船埠。余年年再未同若浮提起回茶山，反而抱紧怀中的水仙种子，头也不回地上了船。

余老太爷在岸上并未同若浮说太多，只是拍了拍他的肩，说了句："去罢。"

船行将离岸时，余年年却定定地看着余老太爷，嘴唇翕动，似乎在说些什么。

"阿爷，我还会回来看你的。"

若浮听见了这句几乎微不可察的话，心霎时软成了一汪水。而年年第一次卸下她长刺的铠甲，对若浮笑言："多谢你，木头。"

而在岸上，老太爷已是老泪纵横。

拾玖

若浮回到秦安后，阿爹便对他额外重视起来，移了酒楼和绣庄让他打理，并嘱咐他莫要去船埠了。

可有一日，若浮本是约了一位贵客谈事。谈到一半，窗外忽然开始下雪。

他看了一眼，便匆匆拜别了贵客，将谈了一半的事干晾着，就不知所踪。

他三日之后才回到秦家，大哥又是添油加醋一番说道。而也因他做得实在太出格，阿爹把他关去秦家祠堂，勒令他面壁思过，将他手上的生意重交给大哥。

年年本还在外逍遥，听到若浮被关，一下急了，匆匆赶回秦宅，打算去同阿爹求情，却被在宅内等候的阿恒一把拦住："少奶奶，少爷吩咐过了，你莫去说了。"

年年凶神恶煞地盯着阿恒："那你同我讲，这根木头，这三天究竟去哪儿了？"

"这……这少爷真没同我讲。"

"你若敢撒谎，我便把你拖去狼窝里喂狼，我说到做到！"

年年的恫吓一般十分有效，因为她着实是说得出做得到的人。

阿恒叹了口气："他是回茶山了。那日，秦安下了大雪。他怕霭安也要下起雪，那些山茶无人料理，便撇下客人，带人去山里给树包裹些东西防寒。"

年年的衣摆被她的手搅作一团。她说她自己对山茶林上心，却在外吃喝玩乐，忘了这茬事。而那木头，却为了山茶林，开罪了客人。

"少奶奶，这回，你便听少爷的，莫要再去老爷跟前闹了。老爷也是心疼他的，不多会儿，便定会放他出来了。"

塞翁失马，焉知非福。

大哥接管了若浮手里的生意，却做得十分不成样子。客人们都不愿同大哥讲事情，反而常往老爷跟前跑，说若浮机灵会想法子，平素又待人厚道，只问他何时再回来掌事。

阿爹在某天，终将若浮领到了秦家的账房，将账房钥匙郑重交予他。这也是变相说，他意欲将主事人的位置，交给若浮。

可若浮却没接过钥匙，而是认真对他道："阿爹，我自认不是这块料，只不过运气好，近来才赚了些钱。大哥从小到大耳濡目染，比我更有本事，许是在淡季，才会亏了些。这钥匙，你便还是留给他罢。"

　　不等阿爹再说什么，他就将手插在口袋里匆匆而去，甚至有落荒而逃的意味。

　　却刚好撞上前来账房的大哥。

　　他们隔空对视着，若浮在那一刻，确信自己在大哥眼里看见了恨意。

　　之后，若浮便辞去一切事务，终日流连于酒楼茶铺，听曲喝酒。有时一人悄无声息出去游玩几天才回来，也从不给我们留信。

　　对他这副烂泥般的模样，一向在外逍遥的年年终不能坐视不理。

　　那日，她像拖死尸一般拖着醉醺醺的若浮从酒楼里出来，到霭安河旁，一把把他的头按到水里，又一把拎起。

　　若浮惺忪着眼，酒有些醒了："年年，你这又是闹腾什么劲？"

　　"够了，秦若浮，你不要再这样胡闹下去！你可晓得外人怎么说你？"

　　"怎么说我？"他扯起唇角，"我倒是很想听听。"

　　"他们说你流连于烟花柳巷，说你痴迷于一个青楼女子，说你怕得罪余家无法迎娶她，说你每日醉生梦死，人没人样！"

　　"那我应怎样？"他加大力道夺过酒壶，"是该重返秦家账房掌管事务？是该继续同大哥针锋相对，让我姆妈找我麻烦？还是该像如今这样收敛锋芒，至少还有安身之处呢？"

　　"针锋相对如何？找你麻烦又如何？秦木头，他们都没想珍重过你，你为何又要处处顾念他们！"

　　"年年，我不是你。"若浮喑哑了嗓，"我没有你这般能放下。那个青楼女子，我都不记得她叫什么，只不过是长得像我四姐。"

　　他脸上浑圆的水珠一滴滴落到地上，在静夜里十分清脆响亮，更显他嗓音苍凉："她省亲回门，我亲手打了只玉镯本想赠予她。机缘巧合它被毁了，机缘巧合你被伤，恰好推迟了你的归期，也错过了她的省亲之期。天是有眼的，一切早有决断了。我先前没有好好珍重她，如今无颜面，也无缘再见她。他们是未珍重我，可我再不敢放下他们，只怕我像如今一样，悔不当初。"

那夜他说完这句话，便醉倒在年年怀中。是年年背着他，从霭安河一步一步走回秦宅。

那日，所有人都去听戏了。只有汆澜留在秦宅，侍候若潮入睡后，到后花园看她刚播种的水仙。

正迎上背着若浮的年年，她暗暗吃惊了一下，便反应过来，帮年年一起将若浮安置回床上。

汆澜去替若浮做醒酒茶，只剩年年一人在他床榻前。

看着他这副德行，年年还是咽不下这口气，故意胡乱给他抹一把脸，却被他忽然扣住手："水仙的香气，我是欢喜的。"

年年以为他又在说什么胡话，便没理他。

结果，他又絮絮叨叨地问："你说，我做得对不对？我是不是不该不接那钥匙？我只想听你同我说。"

"说说说，我没跟你说么？你这根烂木头，朽木不可雕！"年年气得又打他一拳，才发现身后的有鱼不知什么时候溜进来，在用爪子捣腾若浮房里的伞。

"你这死猫，真是好大胆子！"

看着有鱼把伞柄的柄塞弄落了，年年又是好不生气。她驱赶有鱼，自己想将柄塞塞回去。

却不知，刚拿起伞，就有什么东西落了出来。

那是一团本来放在伞柄里的纸。

她拾起，展开。

"你许是忘了，去年河灯节，在蘅安我被人挤倒，差点被踩伤。若不是那时你护着我，便也无今日再偶遇你了。"

"从那一眼，我便心悦你，秦若浮。"

纸张已是泛黄了，上面署下的日期，也是将近一年之前的日子。

"我只想听你同我说，汝澜。"醉去的若浮又吐出一句轻飘飘的呓语，在年年耳里，却有了千钧之重。

年年在若浮出事后，终把一切告诉了我。甚至若浮自己都不知，那水仙伞里，有这样一张字条。

而那时她的眼里，百感交集："他心悦水仙，可我，却独爱山茶。"

廿

那一番酒醉之后，若浮不再外出，除了逗鸟，便是待在若潮房里，同若潮下棋弹琴。午膳与晚膳，都一直只在若潮房里用了。

年年却打从那时开始，过起了恣意妄为的生活，常常改了男装在秦安走街串巷，惹了麻烦便说自己是若浮，让他们去秦府讨公道。只有此时，若浮才会出府替她收拾烂摊子。

但去若潮房中蹭的饭，年年倒是一顿不落。

她回秦安时，亲手将水仙花种子交给汝澜，二人闭门长谈，之后关系就愈发亲密。四人坐下吃饭时，关系更为微妙，若浮只与若潮谈论，而年年却独独冷落若浮。

十月之期，气节转凉。若潮的身子急转直下，若浮急召秦康时回秦府诊病。

诊病之后，若潮只请了若浮进门相叙。

若浮看他面容枯槁，心下一沉。自小到大他最爱的二哥，现今也要抛他而去了。他抓住若潮伸出的手，想要把他从泥泞里拖出来，可这又怎么可能呢。

"二哥……"他喊了他一声。

"阿浮，康时也说我，是时日无多了。"他笑笑，并无难过，反倒有种脱身的轻松感，"秦家暗流涌动，我一直自诩潇洒，不愿进这趟浑水。实则我一直是个懦夫，不愿同长房相争，只愿保全我姆妈和阿澜。"

若浮没料到他在回光返照时，说起的竟是这番话，只得握握他的手："你做得对，二哥。"

"我姆妈一向委曲求全，大娘兴许不会找她麻烦。但我去了，大娘对阿澜……我不愿她过这种生活。"他挣扎起身，被若浮扶起，连连咳嗽，"我也晓得，你也不愿。"

若浮愣住，不由得放开了抓住若潮的手："二哥……"

"天空放晴，收伞的时候要放好地方，不要随随便便就让年年拿来用。她心不细，随意丢在我这。我放在床底，你等会记得拿回去。"

若浮心知，那是画了水仙的伞，终于忍不住辩解："当她进门之时，她就只是我的二嫂，仅此而已。"

"我晓得。"他的笑容恬静安详，似在安抚若浮，"而无论如今你对她存着怎样的心思，我都不介意。这封休书，你帮我转交给她。"

若浮却没拿走他手中的休书："你应该晓得，即便有这封休书，她也绝无可能安然无恙走出秦家。"

"至少保全她性命，不必按族例替我陪葬。"他洞察一切的双眼紧闭，"我已做了我能做的所有。其余的，便劳烦阿浮你了。"

"二哥……"

"若来世相见，不知是何种光景。我虽倾心于她，但她心中却未曾有我。或许来世，不必相见恨晚了。"他带着笑意最后道，"该说的话都说完了。让其他人来罢。"

若浮收好了休书与伞，恍恍惚惚扶着墙走回自己的屋里。半路上遇见了从赌场归来未改换女装的年年，却毫无察觉撞了上去。二人都撞倒在地，休书顺势落在一旁。年年眼尖拾起："你这是想休了我？"

若浮一把夺过："别碰，是我二哥给二嫂的。"

年年思虑一番便知为何，扯着他的袖子问："二哥是……"

若浮一抽袖子，冷漠道："在赌场玩得夜不归宿，还来留心我秦家的家事做什么？他是生是死，关你何事？"

年年一滞，却还是笑了出来："也对，这关我什么事呢。"

尔后二人擦身而过，各自走向各自的宅院。

府里的风声，从来不会在哪一刻停止。树欲静而风不止。二哥的死，便又是一阵大风。

头七过后，族长到秦家歇脚。阖家上下，已知这是一场处置汰澜的大会。汝澜仍在佛堂诵经礼佛，而其余的人却一同商量如何将她置之死地。

族长同大娘交头接耳，全当堂上其余坐着的人为空气。少顷，族老悠悠开口道："按族例，冲喜未成，又无所出，应当早日安排冥婚，让二少爷在地下同二少奶奶长相厮守。"

大娘闻言念一句："罪过。"转头问阿爹："老爷，三妹，你们如何看？"

其余的人都埋下头去不敢多说。我正欲起身，一旁的若浮却拦住我："请秦老先生先看过小孙手中的休书，再做定夺罢。"

丫鬟接过休书便递到族老手中，与大娘一齐看了。大娘却先一步开口："我如何晓得，这休书是他亲手写下，不是他人伪造的？"

"二哥自己的一方印，从来都是他自己保管，"若浮从容对答，"如何能作假？"

族老干咳一声："既是冲喜嫁来秦家的，即便休书是真，又岂能说放人就放人？此生无论若潮如何决断，叶汝澜生是秦家的人，死是秦家的鬼。一纸休书，恐怕也是枉然。"

"二哥在休书中已言明，他不需二嫂陪葬。是否二位还要违背他的本意？"

"本意？"大娘冷笑着端起茶杯，"若潮弥留之际，我特意请高僧为若潮诵经祝祷，可叶汝澜自己却不慎打破观音瓷像。若不是她得罪菩萨，或许若潮此时还不至于遭受此劫。他不需叶汝澜陪葬，那是他宅心仁厚。可叶汝澜需不需要赔命给他，我相信诸位自有公论。"

若浮皱眉攥紧了拳："我不知有这样的事。"

大娘挑眉冷眼相望："你夜夜声色犬马，自然没有闲暇关心这些。"

话音刚落，一条疾飞的弧线吸引了众人注意。那重物直直扑向大娘手中的茶杯，茶杯应声落地，碎成粉末。

"有鱼！真是放肆！"坐在我右手旁的年年忽然起身，抱起摔落在地的有鱼，连连致歉："有鱼是畜生，不懂事，还请阿娘多担待。先前也是它淘气弄坏瓷像，只不过阿嫂甚是爱这只猫，才会一力担下罪责。如今真要论罪，恐怕有鱼才该去陪葬。"

大娘闻言大怒，拍得桌子一震："这哪里轮得到你这个女眷肆意插嘴？"

"那敢问阿娘，是不是一介女流呢？"年年起身站到若浮身后，"我余年年不怕告诉你，今日我就是要借余家的声势保下她。若今日你们敢让她陪葬，秦家就不需再期望在霭安立足！"

"放肆！"大娘走下座来，步步紧逼，"余年年，你真以为你们余家的本事到这个地步，可以左右我们秦府怎样处置一个寡妇？我告诉你，就算你阿爷如何疼爱你，也断不会插手我们秦家的家事。四乡十七族，都明白什么叫公私分明。哪一族私自插手另一族的家事，就是名誉扫地的错事。你是不是要让余家赔上名声，也要多管闲事？"

堂内鸦雀无声。良久，有鱼叫了一声，才打破这诡异的宁静。

若浮还想扭转乾坤，却被大娘一眼驳回："有些人的心思，若要非花在不该花的地方，徒然惹人非议，败坏门楣，那我只能送你'自讨苦吃'四字。"

虽明明像是对年年说，却是指桑骂槐说若浮。我心下一凉，看大哥与玉书在一旁幸灾乐祸，难掩喜色，忙起身拉回若浮与年年："今日你们都是吃错了什么药？既是族例，多说无益。"

若浮推开我就闷声离去。有鱼耷拉着脑袋走回年年身旁，身上的血流了一地，鲜艳夺目。

年年用手绢包扎有鱼的伤口，放声大笑："的确是我二人吃错药了，竟然以为有些人不会泯灭良知到此等地步。"抱起有鱼，也匆匆离去。

大娘手握绢帕按着太阳穴，眯眼吩咐族老："毋须理会无关人等，烦请先生写封书信通知族里。"说着，就将手中休书放在蜡烛上方，悠然看着那书信被火舌舔舐到消失殆尽。

廿壹

汳澜从佛堂出来就被关到若潮房里，除了大娘，无人可近她身。

我们一同想去她房里看她，果不其然就被阿梨拦住。

"三小姐，五少爷，请莫要为难我们下人。"守着汳澜房门的阿梨跪地不起，"若大太太晓得，我们便要被扫地出门了。"

我拿着食盒微微一笑："只不过吃顿饭，你们都守着门窗，难道我们还能带她飞了不成？"

阿梨依旧面有难色。

若浮见状道："当日我在祠堂口说的那番话，望你还记得。日后二嫂随二哥去了，还不知你会被分给谁。若是落到我手里，但凭你今日的做法，兴许下场会比扫地出门更惨。"

饶是我听了这话也不免背上一凉。阿梨面如土色，终于让开了路。

若潮的房里一片雪白，凄凉之相毕露。而汳澜却不声不响地正在编织一个竹笼，看到我们，也毫无喜色："你们来了，坐罢。"

说着想要给我们倒茶，却被若浮制止："不用了。今日来，是来商议……"

我捏了他的手一下，用眼光示意他，兴许隔墙有耳。

他话锋一转："我那只云莺，最近在笼里总是待得不畅快，又吵又闹。不知二嫂以前如何照料它？我想与其这样，不如放了它。二嫂觉得如何呢？"

她静静打量我们，自己却打开了食盒拿出菜肴："我倒是觉得云莺一向在笼里待得更安稳。即便在这笼里被囚至死，那它也只是求仁得仁。二位都不必同情抑或怜悯，当日是它甘心被擒。这世道终归有舍有得，何须惋惜。"

我们二人面面相觑，若浮却仍不住提高声音："云莺的双亲，兴许还在等它还家。"

汍澜将竹筷递给我们："那若是五弟精通鸟语，就烦请转告。云莺一切皆好，只是被囚于此，难再得空回去。"

我们没有人接过竹筷。像是不死心，若浮还在垂死挣扎："我二哥当日留言让我善待云莺，我自想给它一个安稳归宿。此事，还望二嫂考虑清楚再下定论。"

"云莺从始至终都是五弟的，它的归宿，由五弟决断便是。可人的性命，从始至终都被自己握在手里，轮不到他人安排筹谋。"

她向我们鞠躬再三，斟酒敬我们："多谢涵姐，与五弟今日还抽空来同汍澜用膳。只望来日再见时，一切如故，二位康健随顺，如意喜乐。"

我无声饮下这杯断肠酒，却知一切已成定局。而若浮直直盯着她，迟迟不饮杯中酒。

汍澜见状，又倒一杯酒，口中轻轻念叨："阴差阳错，将错就错。千错万错，初见便错。既知是错，何须再错。"

若浮闭眼，端起酒杯一饮而尽："那若浮便祝嫂嫂，求仁得仁。"

寒风萧瑟，秋意已浓。

向来只在祠堂口领罚的汍澜，终于有幸能步入秦家的祠堂，在祖先的注视下，为她死去的夫婿上柱香。

我同若浮无能为力地看着她虔诚跪拜，燃烧的香散发出缕缕白烟，附于牌匾上由金漆书写得端端正正的"秦"字。她身旁的阿梨手端木案，里面放着毒酒与匕首，也算是她临走前的一点恩赐，不必被生生活埋。

她长叩许久终于站起，却推开了木案，拿下头戴的水仙簪，转身凝视大娘站立的方向，道："便让汍澜自己选一次罢。这毒酒匕首，还是留给下位未亡人。"

她闭眼手攥簪子正欲给自己痛快，我一旁的若浮终归是按捺不住冲了上去，一把夺过她的簪子，抢先放在自己的脖子上，逼出了血珠，让我们大惊失色："人既是我选的，也是我带进门的，若要取她性命，还是先取我的较好。"

族老同大娘都脸色煞白，只有阿爹拄着拐杖叹道："阿浮，生死有命。不是你选中的她，是天选中了她。"

僵持不下时，一袭白衣突然闪现在祠堂口："呦，这么多人都在。"

我们齐齐回头，看着三日前已去霭安扫墓的年年，摸不着头脑。

她笑道："秦若浮，你这么做，是要让我也做个寡妇，被视作'不祥人'，拉去陪你的葬？"

若浮怔了怔，却还是没松手："这辈子，我只欠你一人。下辈子，定当加倍奉还。"

年年听了笑得更歇斯底里："这种狗屁话，也只有你们这种读书人才说得出。不过有位读书人刚从霭安赶来，正在花厅等候阿爹阿娘与族老。不如等见完了贵客，再定夺二嫂去留。"

此言一出，大娘狐疑之色丛生："不知是哪位贵客还能来插手我们秦家的家事？"

"那位贵客，姓顾，是位桃李满天下的教书先生。"

阿爹大娘与族老相看一眼，便急急地赶去花厅。众人一看，也想跟着去见贵客是何方神圣。偌大的祠堂，只剩下我们四人。我与年年站在门口，若浮与汍澜站在灵位前，相顾无言。

还是年年开了口："还拿着簪子做什么架势？还不扶着二嫂出来？"

若浮脱手掷了簪子，疾步走到年年面前，箍住她的肩问她："你回来干什么？"

"你在干什么，我便在干什么。"

"我救她，是二哥的遗愿，我必须做。"

"我救她，是我姆妈的遗愿。我姆妈曾受汍澜生母恩惠，如今她女儿有难，我如何能置身事外？"

"所以你便从霭安找顾老太爷过来？若是他早想救她，那她出生之日，他便不该杖毙她生父，将她母亲强嫁给你堂叔，最后使她郁郁而终。也不该让汍澜流落在外，毫无倚仗，最后只能嫁来秦府给我二哥陪葬！"若浮暴跳如雷出手指责，"余年年，你既然已晓得前尘往事，你怎么还会以为汍澜会承一个弑父杀母之人的恩典！"

"我想救她，想怎么救她，这些通通都是我的事，"她狠狠地对他道，"不如你还是想想，为何你姆妈非要置汍澜于死地。"

她说完话看了我同汶澜一眼，便冷哼一声决绝离去。赤裸的足沾上了湿滑恶心的绿色苔藓，让人不免惋惜那幼嫩白皙的皮肤。

而若浮却脱力地跪倒在地，捶地号叫，我从未见他这样失态："余年年！你愚蠢若斯！"

年年听了，怔在原地，静静地听他在她身后咆哮："你以为我不知是谁在搅动这一潭浑水？他朝若是你堂叔上位，今日你公然与他作对，他会饶过你么？"

"秦若浮，这是我的事。"她没转过身，"和你，毫无关系。"

"毫无关系？"他捶红了手，却仍毫无知觉地木然继续动作，眼神里却有一分伤情，"年年，我以为有些事始终会有些不一样的。"

她加快脚步，不留余地："又能有什么不一样？我是余年年，而你，也只是秦若浮罢了。"

年年离去后，若浮躺在地上，木然地仰卧着，看苍穹一碧如洗。我同汶澜想要扶起他，他却闭眼，喑哑道："让我一个人待一会罢。"

廿贰

顾老太爷离开秦安那日，风平浪静，是个适合远途的日子。

我们三人在悠然亭用早膳，听阿梨禀报："二少奶奶已在祠堂由德善姑婆替她'梳起'，以后便迁往'冰玉堂'做自梳女，替二少爷披麻带孝，守灵送葬，守节终生不可再嫁。以后她便住在'冰玉堂'，名义上虽算秦府的人，但秦府也不可再干预她了。"

我听了喜大于忧："如此这般也好。想来顾老太爷的面子，大娘驳不回。只不过本来明明可还汍澜自由身，却还要自梳，蹉跎青春韶华。"

阿梨却支支吾吾道："二少奶奶说，她这一生不喜欢欠别人东西。只让我把这句话告诉你们。"

阿梨走后，我才点破："她欠的那个人，大约是若潮罢。"

年年看了一眼低头认真地从银耳羹里挑出枸杞的若浮："若不是心中有愧，安乡的狗屁族例，她也不会放在眼里。我们霭安的姑娘，都不是笼中困得住的云莺，却为了他人，才甘作府邸里的有鱼。汍澜的姆妈如此，汍澜亦是如此。索性她这一生，不需与一座吃人的牌坊作陪，而有幸能脱离秦家，在冰玉堂终老。"

"三姐，吃完了饭，你就回去罢。我有话对年年说。"若浮将一粒粒的鲜红聚集在一起，煞是灼眼。他一向讨厌吃枸杞的。

我依言起身离去，心中却满怀忧虑地看那静默相对的二人一眼，终还是悖了若浮的嘱咐，藏身在后面的假石里偷听。

"我已想清楚了。我早该同你讲，我当日是在骗你。人死不能复生，你想必也清楚。我无力将你姆妈还你，你要杀要剐，悉听尊便。"

年年抿嘴，鲜少的没有回嘴，不发一言，格外安静。

"我晓得你在这待得不痛快。总之，左右都是我对不住你。你若是点头，我今日便写休书，明日便送你回茶山。"

年年顿了很久，最终还是问出了口："是不是她走了，你的心也不在这了。如今，却是要用这种话搪塞我。"

若浮淡然冷静，毫无波澜："你爱怎么想，便怎么想罢。你若还有什么不满的，你同我讲。只要我能做些什么补偿你，便都会做到。

但至此之后，我们二人便再无瓜葛。"

"你还能补偿我什么呢？你早就晓得，我并不是我姆妈的女儿。你早就找到了我的生母，你还有什么，可补偿我呢？"

平素一向冷静的若浮，在这一刻却瞪大了眼，手中的勺子猛然落入碗里，溅起银耳粘稠的胶质："你何时得知……"

"秦若浮，你不该多喝酒的。"年年的嗓音忽然变得干冷沙哑，"只有你这样的木头，才会喝了酒，什么真心话都往外说。那一晚，我便晓得了。你上茶山之前，便已经查清，我姆妈当年并未生下我。她生了个女儿，却不多会儿便因先天不足死了。我姆妈怕阿爹生气，才让人从牙婆那里买了一个孩子，那便是我。你说的将姆妈还给我，无非就是暗暗去找当日抛弃我的女人。你已经找到了，现下却同我说，你做不到。"

年年一边说着一边靠近他。他故意别过头，不去看她的眼睛，她却执意把脸凑到他跟前："为什么？明明找到了，却一个字也不肯跟我说，秦若浮？"

若浮先是不答，嗫嚅良久，才道："人总要有点念想。就算是假的，也比没有要好得多。我本就不该把你带到秦家来，是我为了我的一己之私利用你。当日我情急才同你这么讲，可讲完之后，我才发现，我真是个坏人。我不该让你发现一点点端倪，我该让你姆妈一直活在你心里。而不是应该像现下一样，做一个坏人，打碎你一生的念想。"

年年无言许久，若浮抬起头来，不忍看她那副想要流泪却忍住的模样："走罢，年年。不要再蹚秦家的浑水了。你只该守着那山茶林，我不该上茶山，你当日也不该救我。是我错了，全是我错。"

"过去的事，便过去罢。你要补偿我，那我要你十日之后陪我回茶山，从此再也不回秦府。我要你替我精心灌溉它们，驱虫撒药，守着那片山茶，了此残生。"

"年年？"未料到她竟说出这样的话，若浮大为诧异，"你懂不懂你在说什么？你该厌弃我，你该鄙夷我，你该……"

"我只懂得，下雪的日子里，总有人替我留意那片山茶林，比我还要上心几分。那日你醉酒说的话，我便一齐也忘了。我只会记得，我姆妈会回来看山茶，而你，会一直陪我等。"

若浮还想再说，年年却把手竖在他唇上："在我面前，你未有拒绝的机会。秦若浮，你的命，今生注定是我一人的了。"

后来的后来，若浮问我，年年为何当年一定要他离开秦府。

我同他说，当日，他为何执意要让年年离开，年年便为何执意也让他走。

他们都从汩澜差点要被拉去陪葬的那刻起，明白了秦府这个是非之地，多少躲不过的波澜会一波一波涌上来，随时会淹死他们。可他们都一样，宁愿让自己溺死，也要让对方活着。若浮起先不说出实话，何尝又不是为了另找一个借口逼年年走。他以为年年心死了，就算大闹一场，也会很快离去。秦府的风波，便不会再伤及她。

可他们中，却没有人肯说出他们彼此的心思。

按例，冰玉堂的自梳女在入堂五日之后还可回婆家答谢婆家恩情，也算一顿诀别酒。

阖府上下，却没有人有闲心准备这顿酒。晚膳时阿和提起，大娘又是面色一沉："怎么，出了我秦家的门，还要让我们秦家破费准备酒宴？"

三娘一直夹缝求生，每次都无法出面救助汩澜，又还是闷声吃菜。

我姆妈听了倒是相劝："明面自梳，暗地还是为若潮守节，也是她给秦家的功德。"

大哥听了，瞥了年年一眼，眼中有压不住的怒意："若不是有人节外生枝，秦家的规矩又岂会说坏就坏？这次在族里，我们秦家的面子都败光了。"

年年毫不相让："面子从来都是自己给自己的，若大哥晓得自食其力的道理，又有谁会在背后敢说我们秦家一句不是？"

"你！"

大哥一掷筷子，抬起手就欲动手，被若浮一把拦住："大哥喝醉了酒，还是回房休息。别做了什么错事，让下人笑话。"

果然大哥愤然离席，只留我们其余人咋舌看着却自顾自吃饭的若浮与年年。

回门之期，汝澜却报信说不必备酒，省了好多麻烦。一人去三娘房里问候一番，便打道回府回去了。

若浮在外办事，年年却去听曲。只有我一人留在府中，重遇了她。如今她仍戴着那只水仙簪，却褪去了进府时那番精神气，越发端庄沉稳："涵姐。"

我屏退一旁丫鬟，向她问候："最后来这里，没什么想再去走走，看看？"

"虽是一年不到的光景，该看的，该走的，都看太久了，走了太多了。"她抿唇一笑，是风华正茂的冰玉美人，"命里注定多波折，如今有幸脱身，何须回看？"

"若浮道，他房里的东西，望你带走。"我只转达这句话，"汝澜，一路走好。"

　　她颔首致谢，却毫无走向若浮房里的念头，却眼望着那株若潮差她种下的桃树，抽出了树苗："他曾说，桃树开花结果之时，我们或许会有一个女儿。那时，他会亲手埋下桃花酿，等她出阁之时赠予她。"

　　我闻言鼻子一酸，安慰她："但是他走时，同我说，他了无牵挂。他感激若浮，选中的是你。"

　　她却低声细语："是我欠他的，我会还给他。我的前半辈子是个贼，偷了很多不属于我的东西。后半辈子，我都要还清楚。"

　　本以为汮澜离开，一切事都有了终结。谁料第二日晨曦初露，却听若浮房里传来一声尖叫。

　　我们许多人都被惊动，三三两两奔向若浮房里。

　　进门一看，所有人瞠目结舌：若浮同汮澜衣冠不整，肢体纠缠于床榻。若浮被声音吵醒，睡眼惺忪地看着我们围观的众人。这才反应过来一转身，看见了沉睡的汮澜，深锁双眉。

　　我看了看站在最前面的大哥，咬牙切齿地说一句造孽，但那笑意却还是渗透出来，让我神伤。

　　而最后赶来的年年静静打量着这一双人，半晌只是自语："天要下雨了。"便一个人自说自话地走了，好像他于她，只是一个无名的陌生人而已。

廿叁

那一夜，若浮对我说，都快记不清自己见了多少人。

大娘应是第一个去看他的，他说他记得很清楚。

那时大娘坐在他跟前，手指指着想骂他，却骂不出一个字。

他好笑她的惺惺作态，出口挑破："这样愚钝的我，姆妈你可满意？"

她垂下了手，不解地看他。

"你早就晓得大哥设计想要捉我们的奸，不是么？阿爹如今每况愈下，你想扶他上位，想除去我这个阻碍。一切的一切，终归还是如了你的愿。"

她还是那样呆呆地看着他，含泪反问："你可知你在说什么，阿浮？"

"我当然晓得！顾老太爷十几年前本欲杀了汣澜了事，如今后悔，才会将她的照片送到秦家，希望秦家给她一个安身之所。可你们呢？明面上答应顾老太爷，给他一分面子，另一方面却又被年年的远房堂叔笼络，想要除去汣澜，只因汣澜是他死去夫人的私生女。"

"我猜，大哥忌惮余老太爷会在背后挺我上位，而你们便想除去汣澜，借年年堂叔挺大哥上位。毕竟在余家，余老太爷若是去了，不成器的余老爷未必会成为掌权人。顾老太爷被你们糊弄，不知你们要拉汣澜陪葬。若不是年年请回他，如今你们已经成事。可年年出来搅局，而又知我要离开秦安，索性一石二鸟。实在是妙计。"他背对着她，说着说着，却慢慢哽咽，"姆妈，在你心里，若浮也许真的只是这样的笑话。你可以要我的命，可是为何还要连累其他人。"

　　他本以为她会冷着脸笑话他，数落他，可怜他，可大娘只是冷然道："你错了。"

　　若浮转过身来，迷惑地看她。

　　"你以为阿梨是仅凭你三言两语，便可打发走的么？"她走近他，撬开他紧握的手，放了船票在他手心，"我给了你机会，带着你心爱的女子远走高飞。我晓得你厌倦尔虞我诈，一心只求清净。我晓得你娶了年年，却心属汶澜。我晓得你在雨夜里，和她在祠堂口说的所有话。我晓得就算让她陪葬之前，你也想放她走。我本以为你会带她一起走，可你和汶澜，都教我失望。"

　　"阿浮，你也是我十月怀胎生下的。"她伸手久久抚摸他的脸，泫然若泣，"虎毒尚且不食子。我呢？你们都以为我铁石心肠，心狠手辣，可若不是这样，秦家还能走到现在么？秦家该吃香火的先人，并不只祠堂里的那些。秦家多少女人，一步步走到今天，你以为她们的手就干净么？可是我们死后，徒留一句骂名，又得到什么？连这祠堂也入不了，连自己的亲生儿子都要误会自己。"

　　若浮看着一夜衰老的她，终于相信了她的真心话。她想把这压抑的心里话，一股脑倒给他听："阿浮，我不晓得你大哥会荒唐到如此地步。是我教子无方，是我对不起你。可我保不下汶澜，只能保住你们的声誉。族里知晓你们的事，明夜秘密行刑，送汶澜去浸猪笼，以后只说她失足落水身亡，出一副空棺。之后，我送你出秦安，说你同年年去了茶山，不会回来。"

　　若浮怆然大笑，笑得声泪俱下："姆妈……你真该早些告诉我……我这十几年的期许，更加让我沦为笑柄。"

　　他将她放在手中的船票一下一下撕碎，丢给她，仿若漫天鹅毛大雪从天而落："你以为我去了茶山，他便放过我？他早知年年要把我带离秦府，却还是要像如今斩草除根，他会放我一条生路么？"

她郑重地跪在他面前，泪如雨下："阿浮，是我错了。无论付出如何代价，我这次必保你一条生路。"

"姆妈，"他蹲在她面前道，"你两个儿子，都不大听你的话。而对我来说，我宁愿死，也不愿你再去求他。这一场恩恩怨怨，就这样了结罢。既然我知你的心意，今生，也算别无所求。"

"阿浮……"

她呢喃一声，却还是被他强逼离去："走罢，姆妈。"

我也曾带着一张新船票去看望他，劝他接受大娘的安排。

他这次没有撕碎，只是看着我喃喃低语："三姐，走到如今，从未想过，以后我们兄弟姊妹五个，便只剩你和大哥了。"

我强忍泪水，心想明明本是同根生，却还是脱不了俗套，非要上演这相煎何太急的戏码，嘴上却还是劝他："若浮，算三姐求你，你走罢。留在这里枉送性命，又是何苦。只要你不去余家，不去茶山，他不会找到你的。"

他闻言毫无动容，只是嘱托我："我心意已决，不会放她一人孤身赴死。只望死后，三姐替我照顾好年年。送她回茶山时，千万护她周全，不要让什么宵小在船上做了手脚。"

"我不会答应你，"我握住他的手，将指甲掐入他手里，让他清醒，"这是你欠她的，你要活着还给她。"

"活着？"他眼色迷茫，脸上却第一次有了无能为力的无措，"活着太难了。只愿来生，我不做秦家的秦若浮。"

　　年年素衣乌发出现在他面前时，他兴许是记起了她进秦府的模样，又兴许是记起了茶山初见时的娇憨少女。她变了，却什么都没变，好端端站在他身前，恍如水塘里倒映的一弯月，看得见，却摸不着边。

　　他不晓得该同她说些什么。明明他同汝澜实属清白，但在她面前，他却觉得自己好像真的做了什么错事，于是垂首，不再去寻觅她的目光。

　　她见状，只是抱着有鱼坐在一旁的矮凳上，粗声粗气道："见了这么多人，累了罢。"

　　见他静默，她自顾自讲下去："汝澜曾经告诉我，当年她同牙婆自荐来秦家，她养母甚是不愿。当日她正同她养母走过余府门口，看见你跪在地上求我阿爷。霭安都晓得，我阿爷软硬不吃，定了的事便定了。你们秦家开罪了他，你若能踏进余府，无异于是痴人说梦。她于是同她养母打赌，若是你坚持跪下去，得见我阿爷，她养母便要同意她来秦家。"

　　"她姆妈嫁给我堂叔后，郁郁而终之前，也和我姆妈有过几面之缘，替她出面指责我姨娘。你看，人与人之间的命与缘，本身都是休戚与共。情深缘浅，有缘无分，有分无缘。"她顺着有鱼的毛，不觉有个结紧紧缠在一起，"木头，你说我们算哪种？"

　　他没回答她诡异的问题，却一眼看见她手中的船票，不由得冷笑："怎的今天，大伙都商量好了，来送我船票？"

　　年年让有鱼跳下她膝，将船票放在他眼前："可他们送来的都是一张。而我，却买了两张。"

　　这举动却让若浮慌了神，下意识地抓住她的手："你可知你在干什么？"

　　"这是你的休书，"年年从怀中掏出一纸字迹娟秀的休书，"从今你秦若浮，便与我余年年毫无干系。你们一对自由人，天高海阔，爱去哪里逍遥，便尽管去罢。"

若浮第一次在她面前张皇而失了分寸，不顾一切地狠狠用手钳住她："余年年，你说我欠你阿茶一条命，你说我欠你一个还你姆妈的誓约，你说我欠你茶山一世陪伴。我答应你阿爷在他百年之后，让余府的风波不必伤及于你；我答应甘娘，要在她记起你时，和你同饮合卺酒；我也曾一人独上茶山，在你姆妈墓前起誓，让你平安喜乐，一生无忧。你今天站在我面前，却劝我带着不明不白的冤屈，忘却我欠的债、立下的誓，就这样不明不白地离开秦安。你现在，明白你自己在干什么吗？"

"我懂，我一直懂，秦若浮，"她用自己的眼勾住他的眼，眼中万般波澜，汹涌澎湃，"无论二哥如何嘱托，你都不愿烧了那把伞。你的拐杖上，雕刻了许多水仙花。你以为，那一夜醉酒，你只说过这么点真心话么？你需汶澜，汶澜也需你。可我不需任何人，也能过得极好。而像你一样的过客，在我一生中真是数不清。可我在乎过你们的停留么？没有。只要我余年年始终活着，那么一切离去归来，归来离去，都只是轻如鸿毛，撼动不了我半分。"

若浮想，原来他以为谁都不懂的心思，事实上谁都看懂了。可此时此刻，他却打心底不能接受这样的结局，难以置信地再三问她："那我的命呢？那也是你的东西，你不要了么？"

"我要你留着这条命好好活着，要你和汶澜平安顺遂，长安长乐。"年年勉强挣脱出来，指指桌上的东西，"午夜子时，秦安船埠，我已打点好一切。"

她说完这些话就要离去，却还是没能逃开他的桎梏："那你呢？你去哪？"

　　她想都未想："我？我从哪里来，便回哪里去。生于茶山，死于茶山。我一辈子要求的，不过这么多。一个人像浮云一样自由自在，多好。"

　　有鱼仿佛嗅到了离别的气味，哀哀嚎叫一声，仰卧在她脚旁。而他再一次愣在原地，不知因何而生的失落之情缠绕住他，让他难以呼吸。

　　"你不能独自一人回茶山！"他想起什么，在她身后执拗地叫道，"你堂叔有这么多花花肠子，你不是不晓得。"

　　年年拾起有鱼，蔑笑道："那就尽管来罢，我等着。"

　　复又想想，她添上一句："木头，别和那些话本子演的似的，临了别了还矫情。木头，再也……再也不见了。"

　　"年年！"他在她身后喊她，"你等一等！等一等！你不能也扔下我，像我四姐那样扔下我！我晓得，我会后悔的！"

　　可只有有鱼回眸。

　　她顿了一下，低低道："可我不悔。谁教我钟爱山茶，必得傍山而居；而你独爱水仙，便只能依水而宿。千里山河，不可平分。"

　　他从来就留不住这样一个像风一样的女子，就好像她从未预设过自己会为他停留。

　　可我晓得，若是她像自己所说的那样满不在乎若浮，她就不会如此豁达地放若浮与汩澜离开。她信的是有债必还，而不是以德报怨。

　　而她走后，我整理她的屋子时，其实找到过一双护膝，想必是她知晓若浮的腿疾做给他的。但当她知晓了汩澜的存在，最终没有送出手。当我将护膝转交给若浮后，他对我说，若是他晓得，那是他见她的最后一面，他不会那样草率地任她离开。

他是个喜怒不形于色的人，初时像个愣头青一样热血，随着年月匆匆而过，他开始晓得世事艰难，变得冷淡消极。唯独年年，是让他重回青葱岁月的一抹亮色。她的气焰嚣张，她的不易屈服，她的敢爱敢恨。她的一切一切，何时让他倾慕，何时让他向往，何时让他不忍放手。他不晓得。

　　而他也不晓得，年年也藏起了两句话，就在那补好的玉镯里。

　　他错过了若漪的省亲，便对年年说，随年年怎么处置那玉镯。年年将那玉镯和护膝放在一起，镯子上却多刻了话：山茗亦有重开日，所爱却无再归期。千里山河不可平，便教碧玉藏我心。

　　若是他晓得，他不会后悔至今。

　　那时，他总是以为有时间的。他以为他金蝉脱壳，去霭安设法抓住她堂叔和他大哥勾结的把柄，重回秦安之时，洗刷了身上的冤屈，他会有一辈子的时间去同她辩解。

廿肆

　　故事讲到尾声，我同莫之聆已是屏息而闻，感觉胸腔里的心都提到了嗓子眼。可是我们明明已经得知了结局——年年还是死了，和她的姆妈一起，被葬在这山茶树下。

　　只不过这一小段的留白，最终被若涵告诉我们的真相所填补：

　　"那夜，若浮和汩澜离开了秦安。但大哥却带着下人和族老来船埠阻拦他们，我同在一旁的大娘、三娘和年年也带着我们的人去制止他们。慌乱间，年年被人挤落水中。两方缠斗之后，才发现她不见了，忙派人下水去寻。但至今，都没寻着过她的尸首。"

"三个月后，正值新春佳节。若浮却带着年年的堂叔重回秦安，在族老面前当场指证大哥与其串通，意欲置汝澜于死地。更以他们的书信为证，揭露大哥安排下人用迷药迷晕他们，制造通奸的假象。族里商定过后，驱逐大哥与玉书出了秦安。但此时，他才得知年年出了事。因着怕余家晓得这件事同我们闹翻，一直只说年年病了留在府中。"

"他那时表面上看起来一派平静，该谈的生意照谈，该查的账照查。可一旦有空，就亲自带人去船埠下河，寻找年年。他笃定年年一定活着，所以前五年，他没有离开秦安的意思。日日找，夜夜找。冬日寒冷，水面都结了冰，我都劝他，怎么可能有大活人还在里面？他却偏不信，让人砸了冰就跳下去继续找。"

"除了年年姆妈的忌日，他必是要回茶山祭拜扫墓，顺便照顾那些山茶树，此外他就一直留在秦安找，甚至生意也越来越不上心。我们秦家总不能无人顶梁，所以我这个女子也开始学着经商。"

"直到十二年前，他终于信了，秦安河绝不会还他一个余年年。适逢余老太爷过世，他便去余家披麻戴孝，跪在老太爷灵前痛哭流涕。老太爷走前，其实已经原谅了他，因为他对年年的执念，比他还疯狂。我们所有人都晓得，年年肯定是死了。那夜的河水湍急，可是年年不会凫水。可是他不信，直到今日。"

"他送走了老太爷，便在霭安买下了房子，但大部分时间，还是住在茶山里。他相信她会回来，并用自己的后半辈子等着。是的，今生他再也不执着于任何事，只是等她回来。"

"我得空来山上陪他，却不知怎么劝他。你们都晓得，我也懂，他在做一件荒唐可笑的事。可这是他唯一的念想，如果失去了它，他就无法再苟活于世。我保全他对她的念想，从不拆穿。就如同当年的年年，始终保存着她对她姆妈的念想。"

我心中的酸楚长着棱角，一下子又刺破心脏的束缚，肆意汹涌在我的嗓子眼，让我忍不住难受起来。在这一场场没有风花雪月，只有爱恨嗔痴的故事里，我已经难以再作一个冷眼旁观的观众：只是倾听，毫无情动。

可我不得不一次次煞风景地问我面前的人："年年落水时，是否佩戴着那山茶簪？汎澜如今又身在何处？"

她澄明的眼总给我无边际的安全感，抚平内心蠢蠢欲动的惶然无措："若浮在第四年打捞上她的山茶簪，来到霭安时，葬在了她姆妈的坟墓旁。而汎澜，听说在她养母故去后，她就落发为尼，去了茶山山脚旁一家名叫'水玉庵'的寺庙里。"

我们离开茶山时，也未有这样的好运一睹那些传说中终生难忘的山茶花。但是我们跟着三小姐一起，找到了在山茶林喝酒的秦若浮。

他不过三十有五，一头乌发却已是掺了白。他又喝醉了酒，蹲在地上眼望着那些山茶林，缓缓道："这是你最喜欢的山茶花，花都开了几季了，你不来看，错了花期，怪可惜的。"

"有鱼生了崽子，崽子又生了孙崽子，孙崽子又生了小孙崽子。我都算不清楚几代了。你怎还不回来照顾它们？"

"你说你只想见你姆妈一面，你死了也愿意。从前我打心里笑你蠢，可是现在我懂了。若我还有半辈子的性命，该有多好。等着等着，兴许哪一天你就回来了。"

"余年年，你晓得不晓得，我不想平安顺遂，长安长乐。我只

是想和你一起，在这里，年年有余。"

他反复念叨这四个字，一会发笑，一会流泪，好像已失了神智。

三小姐身朝我们，面有难色，而莫之聆早已领会："今日多谢您一番提点。您照顾五少爷罢，我们自行下山，不碍事的。"

她再三向我们致歉无法送我们下山，而我们也一再表明不需要她相陪。

秦若浮，他从未对余年年说过与爱有关的任何话语。他用一个无法兑现的承诺拉拢她来秦家，而她当时半信半疑，也因为想圆甘娘的一个梦嫁给了他。最终，在他都还未来得及发现他喜欢着她时，他已经失去了她。

"他一生活得清明，却独守着这难得的糊涂。"

我在下山时对莫之聆这样说。可是余年年何尝不是这样？她以为世间再也不会有什么让她记挂，因为她已足够强大，强大到想要一次次挺身而出，为秦若浮挡下秦家的明枪暗箭。但是她从来没有思考过，为何她付出了一切，来帮一个她曾经厌弃的商人。

有些爱情，没有开花就已零落。如同这山茶花，我们注定无法得见。若是若浮早些看见玉镯的话，也许结局本不一样。

在下山之后的一天，我们也找到了叶汎澜。三小姐不是忘记了她的法号，而是因难以置信才选择不信。她的法号应该是史无前例的，叫'若茶'。

别人都供奉香烛在佛像前，而她虔诚地把那水仙簪插在香炉里，被风吹来的香灰埋没。青灯古佛，寥寥一生。所幸她身旁仍有那些水仙陪伴她一起终老，在木鱼的敲击声里昂然挺立，生生不息。

我和之聆最终没有上去惊扰她，因她早已弃了自己的前缘。我曾以为，她仅仅是为年年的死而悔悟，所以削发为尼以作补偿。但看见她为若潮所设的灵位，我才懂，原来她法号里的那个若字，是若潮而不是若浮。

　　有些爱情，浅淡得都算不上爱，就如同这水仙花，淡雅的芳香，恒远长久，萦绕心间。也许相送了那把水仙伞，也早就注定他们的姻缘散。若是若浮在上岸前，寻到了汍澜藏的字条，那也许，又是另一种结局了。

　　这两段爱都成了不为人知，被秦氏宗族掩埋的秘密。大家都以为余年年和叶汍澜在秋日出游时，失足落水，遍寻不得。而至今，没有人再费心去记挂秦家的五少爷秦若浮，也没有人再去议论秦大少是如何被赶出秦家。我们都是健忘成性的，只有这些入戏者，用自己的大半辈子去凭吊那些唾手可得却终究未得的东西，故此难以忘怀。

廿伍

　　在霭安逗留了十余日，莫之聆突然闯进我房门，让我改了男装同他去一个地方。我照旧摸不着头脑："为何要换男装？"

　　"跟我去了你便晓得，何必问这么多？不信我？"

　　然而，在老鸨带着一身刺鼻的胭脂香粉味，有意无意地再三撞到我身上时，我终于忍不住狠狠地踩了莫之聆。

他正和身旁的姑娘打得火热，被我这样一踩，不由得嗷呜一声，阴恻恻地看着我："秦弟可是嫉妒我佳人在怀，自己却无中意的佳人？嬷嬷，你怎的回事？你看看你调教出来的庸脂俗粉，我们秦公子一个都看不上呢。"

闻言，他身旁的佳人一哄而散，全调转方向往我这里挤。我有苦说不出，被她们喂酒喂得天昏地暗。

"莫少爷与秦弟相交颇久，竟不知他是个断袖么？"忽然有人挤开了那些莺莺燕燕，拢上我肩膀，"想必还是我，比较中他的意。"

断袖一出，四处哗然。莺莺燕燕们的脸挂不住，骂了我句"变态"，齐齐跺脚走了。

而来人收紧了拢着我肩的手，笑逐颜开："是不是还是这样有用些？秦姑娘？"

我的脸腾地一下着了火，对着阴魂不散的丛之漠道："多谢丛公子拔刀相助。"

暗里却想绕开他的手，谁料他收得更紧："她们一会要是回来了如何办？不如就多将就一会罢。"

话音刚落，莫之聆就"不甚"把一壶酒打翻在了丛少爷和我身上，可丛少爷却没起身清理的意思，而是笑道："莫少爷的伎俩，也就这些么？"

我瞥见莫之聆不悦的神色，只好灰溜溜地起身道："我去清理一下酒渍。"

结果丛之漠还是不放手："宴会要开始了，你现在走，可是要后悔的。"

莫之聆冷冷地对他道："你莫要太过分。"

而他却仍有闲情逸致给自己和我斟酒："我过分么？出手相救

一个自己心仪的女子，有什么过分的？"

两人剑拔弩张之时，阁楼中央的台子上忽有奏乐之声响起。我们三人都望向楼上。一个蒙着面纱，身姿绰约的女子在椅子上弹奏着琵琶，而一群舞姬在旁，执剑相和，伴着乐声舞剑。一时楼中刀光剑影，把这温柔乡生生衬出了冷硬的气味，却又显得台中央的女子更为冷艳夺目，在这剑舞中淡定自若，并未走音。

"月波楼不愧是月波楼。这秋日斗艳，也只有它最别出心裁了。"丛之漠总算松开了手，为台上人鼓掌喝彩，"莫之聆，看来你今日想要近她的身，未有这样容易了。"

我听不懂他的话，不由得相问："近谁的身？"

而莫之聆却一把把我拉到他身后，指着丛之漠的鼻尖道："你不要欺人太甚了。"

丛之漠掩嘴一笑，眼里有些血丝："莫之聆，可惜今晚，人我是要定了。"

我还未反应过来时，丛之漠突然挑开他随身带着的包袱，将它往空中一抛。如鹅毛大雪般的银票纷纷扬扬洒落在酒楼的每一处，惊得每个人都合不拢嘴。台上舞剑的舞姬们也又惊又喜，弃了剑冲下台去哄抢银票。只有台上弹着琵琶的女子镇定如常，没让手下的音走调。

丛之漠见状，从容不迫地步履翩翩，从楼上踱步到楼下，轻而易举地来到那弹琵琶的女子面前，揭下她的面纱："月波楼的头牌云昙，果然名副其实。"

台下寻欢作乐的男人们，丝毫未注意台上发生了什么，只是和他人为手中的银票斗得你死我活。只有我和莫之聆匆匆下楼奔向两人。

面前的女子肤若凝脂，唇红齿白，身姿婀娜摇曳，但双眉却因浓密而缺少了温柔可人，而那双丹凤眼稍稍一扫，就是风情万种，勾人摄魄。可她却懒于用这双眼去魅惑我们任何一人，只是专注于手中的弹奏道："早已是半老徐娘，让公子如此破费，也算是见笑了。"

丛之漠一笑，手却迅疾地逼向她头上的发簪，可她立刻察觉到，扭转身子，躲过了他。而谁料丛之漠的另一只手却转而逼近，云昙余光一扫，刚巧到了曲子里的空拍，她右手抱琴，左手却很快地抽出发簪狠狠刺向丛之漠的手。丛之漠来不及缩回，被重伤了一道，而云昙在他衣上蹭干了簪子上的血渍，淡然插回了原位，坐在椅子上，弹响了最后一个尾音。

"精彩！"莫之聆在我身边赞不绝口。可楼中拾捡银票的，没有一人看见这精彩绝伦的演出。

云昙冷笑一声："这么多年了，他才发现少了这发簪，差你向我取回？可笑，可笑！"

丛之漠捂着伤口，不置可否："看来你是不愿交出这簪子了？"

"谁叫奴家，向来卖身不卖物？"她抿唇一笑，收起了冷淡的神色，俯身对丛之漠道，"今日公子为奴家挥金如土，那奴家自然只能相赠一夜春宵。望公子还不要嫌弃奴家已过三十，青春不再。"

话语间，她想要夺过丛之漠手中握住的面纱，谁料丛之漠恶作剧一般松脱了手。面纱化作蹁跹之蝶，飞舞向正在看热闹的我俩。云昙步履匆匆赶过来，正巧面纱落在莫之聆脚下。

她刚欲蹲下身捡起，却看着莫之聆的面容，不由得呆若木鸡。

"是不是晓得我要嫁人了，才赶来见我？"她含泪自语，摸上之聆的面颊，"十二年了，我晓得你记得我的。"

之聆因着她一番举动疑窦丛生，愣愣地问："你可是错认人了，云昙姑娘？"

　　"错认？"她扑闪着那双出尘绝艳的眼睛，怒极反笑，"你果然是忘了。那五年于你，断然只是短短五天。于我，却是一生哪。"

　　"第一年你见到我，便站在这个位置。我眼睁睁地看着我的阿哥跪地求我，卖了我的初夜筹钱给他。追债的人拿着刀盯着我和他，我绝情地摇头，看着他们剁下他的手，直接丢给了门外的野狗。眼看他们要把他都丢给野狗，我起身问楼里可有恩客愿意买我的初夜。"

　　"你出了钱，把银票扔给那些追债的人。可你只是问了我叫什么名字，就走了，却连我的一个手指都没碰。"

　　"第二年，你来这里谈生意，他们叫我作陪。你不记得我了，又问我叫什么名字。我说，云泥。你说不好听。你又说有种花叫昙花，一生只在夜间绽放两个时辰，一生只得一夜相见。可我刚想问你，还记不记得你曾买下我一夜，你就已经离开了。至此之后，我就改了名，叫云昙。"

　　"第三年，时月波楼为了吸引安乡权贵的目光，包下了画舫，逼着我们在船上赤身裸体地搔首弄姿。一边行船，一边招揽那些肯为我们一掷千金的嫖客。而你在那夜为我挺身而出，从桥上跳落下来，为我披上一件外衣，使我不必羞愧难当地暴露在那些居心叵测的人面前。你为我挥金如土，免于我失去我最后的尊严。你对我说，你用钱买通了老鸨，还我一个自由身，但只是因为我长得好像一个人。"

　　"第四年，你喝醉了酒，醉卧在酒肆，我把你捡回这里来。我打量了你整整一夜，却痛恨这一夜是多么短暂。可你睡醒时，只是像个正人君子一样向我道谢。我不甘心，猛然将自己衣服的结松开。我记得清风掠过窗棂前，那串风铃发出叮叮咚咚的声响，掩盖住衣服滑落的声音。而我赤裸着白玉无瑕般美丽的胴体，一步步逼近你，让我的风情溢出了眼眸，我问你，'他们一掷千金，趋之若鹜的东西，秦爷见了连眉毛都不抬一下。究竟是我不够美，还是秦爷，根本就不是个男人'？可你却还是帮我罩上外衣，默然离开。"

"第五年，你来到月波阁，看到我还在这里，问我为何不走，还留在这里。你说你想喝酒，我便陪着你。最后你同我道，阿姐，我这一生做了很多错事。"

"这时我方知，你一次次救我，只是因为我长得像你阿姐。而你又说，曾经你订下一支簪子，期待遇见一个真心喜欢的女子，将簪子送给她，而那簪子上雕刻的正是昙花。买了簪子后，你才晓得，世间竟然有这样神奇的花。也暗自想，也许是一语成谶，你想要寻觅的人，一生难以觅见。"

"你又醉在我榻上，也脱手让簪子坠落在地。我将它拾起，却没有交还给你。你又同我道谢，问我是不是赎金不够，还滞留在这里。可我摇摇头，没有告诉你答案。"

"尔后我等了十二年，直至今日。我从月波阁的地上泥，摇身一变，变成花魁头牌。我的名声遍传安乡，可你却再没有出现。我以为至少你会向我讨回发簪，可你没有。我以为在你眼里，我至少有过一夜盛放的美丽，可你没有。明日我便要出楼嫁人，你终于来这里见我。可你又偏偏忘了，我是谁。"

"秦若浮，"她倚靠在之聆身上，泪水涟涟，"你可真是个伤人的商人。"

此语一出，我们心中都已了然。传说中，秦若浮为之挥金如土的青楼女子，实则只是一位长相酷似阿婆秦若漪的月下美人。也许在漫长的等待里，她也迷失了心智，竟错认之聆为若浮。

之聆闭上双眼，也许是不想戳穿这难堪的真相，抚摸着她已有白发的长发道："你何必等呢，云昙？"

"一生只得一夜相见。于云昙来说，一年只得一夜，也足矣。"她擦干眼泪，笑道，"我狠心允诺嫁人，因容颜易老，我不愿你回来时，见我这样衰老丑陋。所幸如今，我尚能不负这'花魁'之名。"

说着说着，她忽然咳嗽起来。她用纤纤玉指掩口，殷红的血却从她指缝间滑出，落在他衣袖间，像冬日盛放的点点红梅："所幸如今，我赌赢了，你来得不早不晚，这毒还能让我留一口气，死在你怀里。"

"云昙……"之聆的神色溢出一抹惊慌，"你这又是何苦……"

何苦用大半辈子，记住一个在你生命里只留下五夜的人。他买醉是因为年年的死，是因为汲澜的错嫁，是因为即便晓得我阿婆过得孤苦，都无颜站在她面前求她原谅。

"秦若浮，你是喜欢我的。"她留着的那口气，几乎要消散了，"对不对？"

之聆面色凝重地看向我，点了点头。

他放轻声，代秦若浮告诉她："我喜欢你，云昙。"

我想秦若浮一生，自己恐怕都没说过"喜欢"这两个字。如今，倒是之聆替他说了。

她听了面露喜色，终于安心离去。发间的昙花，绽放如初，不像她所说的，昙花只能一现。

楼中的你争我抢却只是拉开一个序幕。没人关心月波阁的花魁死在这白茫茫一片的银票里，没人关心她为何在出嫁前服毒，没人关心这台上谁人登场，谁人惨淡离去，没人关心这一幕幕生离死别的哀乐，究竟为谁而鸣。

　　"那些银票，好像是送她上路的纸钱。"我下意识说道。

　　之聆点头，放下她。却冷不防丛之漠抽出云昙的发簪，当着我们的面收入囊中："怎么？都到这一步光景了，你还不愿下手？莫之聆，你的怜悯之心，真让我可怜。"

　　我吃惊地看着被我遗忘的丛之漠，下意识往前站了一步，却被之聆拦了回去。

终簪

合欢零落葬相思

壹

莫之聆卷起裤脚，小心翼翼地步入秦安河中，冷得倒吸冷气，"咝咝"作响，却还是拿稳了竹丝脚箩，认真地淘洗里面的晚米和糯米。

我在岸上没给他好脸色："这么热的天，居然还嫌河水冷。"

他装作没听到的样子还在淘米，却忽然冲上岸把我拉入水中。波光粼粼的河水汹涌而上，我这才感受到蔓延开来的冷意几乎逼入骨髓，挣扎着起来打了个喷嚏。

莫之聆笑得像只狐狸，露出他那口白牙："嘿，这下懂了什么叫'站着说话不腰疼'了吗？"

我瞪他一眼，抔起一抔水顺势向他泼去。他嬉笑着用手一挡，复又把我拖进水里。

自从在霭安被丛之漠夺了花簪，再也找不到他时，我每一日都一筹莫展，紧锁双眉。回到秦安一周，同莫之聆只是游山玩水，心里却又有说不出的苦楚。可这一次，我总算能纵情欢笑。

我们玩累了，四仰八叉地躺在岸边看夜空中的繁星大喘气。

　　我们各自思考着，维持着静默。他忽然问我："怎么心血来潮，大半夜想要打年糕？"

　　我寻思着要不要说真话，最后还是忍不住同他讲："阿聆，我要回家了。"

　　第一次，他向来无波澜的眼里有了呆滞："回家？"

　　我望向他，因我的睫毛沾着水珠，眼前模糊一片。可他的侧影却有种淡淡的光辉，让我不由得为之一振："是啊，回家。"

　　他用难以言喻的眼光打量我，启唇问我："所以，明日的年糕宴便是诀别？"

　　我不知他心里是怎么想，可我心生出难以言说的痛楚，让我整个人浑身发冷。我说不出这两个字眼，于是在漆黑的夜色里点了点头。心里暗劝自己，秦莫语，你早就晓得分别在所难免，何苦痛惜。

　　可他却从后面轻缓地抱住我，低声问我："我们还会再见么？"

　　两具冰冷的躯体在这样清冷的夜晚温暖地纠葛。我怀念这种暧昧，也痛恨这种离别前的暧昧，而还是狠下心骗他："定然会的。"

　　当我步入宜山之时，我料想，他此时应只是睡眼惺忪地看着那盛满了糯米的蒸桶一脸茫然。若我真的等到那年糕出炉，兴许我便不能铁下心离开他了。可我注定有我的使命与责任，从成为秦莫语起，我便注定不能与他相守。

　　丛之漠夺了昙花簪后，抛下一句没头没脑的话就逃之夭夭。他一直如影随形地跟着我，定有不可告人的秘密。

　　可我如今寻不着他，只能回到宜山再作打算。

　　我离开宜山时，曾信誓旦旦不寻回所有发簪，决不会踏回这里，可如今却还是破誓。

跟着尘封记忆来到一处隐秘的废弃山洞，那里被碎石所填满。我用手搬动最下方的两块落石，一个凹陷的坑随之出现。坑内有条细细的缝隙，我掏出藏在最秘密地方的发簪，狠狠刺向那条缝隙。一阵天崩地裂的声响震得我捂住耳朵，直到看见身后密道的入口出现，便极快地取出发簪，抬脚飞身踏入里面。

　　在门口取了一个火把，我提着裙子避免沾上沙尘。意料之中还没摸到门边，就被从门旁的石柱后突然现身的蒙面人掐住了脖子："我还以为你是有骨气的，没曾想，还是和一条狗一样摇尾乞怜地回来。"

　　我用簪子刺向她的手，却被她反扭住臂，把我压制在一旁凸起的顽石上："什么本事都没学好，就急着赶来送死？"

　　我无法扭头看她，只得厉声道："我也是秦族后人，哪一条族规说了你可拦我？"

　　"秦莫语，你当日不管不顾走出宜山，再想进这个门，可没这么容易，"她凑近我耳旁道，"吃完了一百零八鞭，领了罚认了错，我自然放你进去见大族长。"

　　我冷笑三声："不过是上个家法，我若是怕，就不会回来了。"

　　我的确什么本事都没学好，却偏偏学了嘴硬。一百零八鞭的滋味的确不好受，五十鞭不到，我就忍不住叫出声来，惹得她一阵幸灾乐祸："秦莫语，我早说了，你只是赶着来送死的。"

　　而奇怪的是，火烧火燎的刺痛感忽然没有再增强了。我在凌厉的鞭子声中，以为自己已然麻木。扭过身一看，却发现莫之聆罩在我身上，豆大的汗珠沿着他的脸蜿蜒流到我衣服上，他却对我一笑："年糕都没打好，怎的就跑到这里来了？"

　　我失声叫道："你怎会跟着我？你走！这不是你该来的地方！"

　　我想要推开他，而他却更蛮横地抱住我，任我拳打脚踢："别闹了，很快便过去了。"

　　我声嘶力竭地恸哭，他却很平静地用手圈着我，默默地忍受呼呼作响的鞭子落在他身上，却咬紧了牙根没喊出一句话。

　　从未感到一生中有哪段时间这样漫长。一百零八终于数到了头，他伤痕累累地蜷缩在地上，而我横在他和秦莫然之间，咬牙切齿道："这样你可满意了？把门打开，让我去见大族长！"

　　莫然用指尖点上鞭子末端新鲜的血液，用嘴嘬了一口，眉梢眼角尽是肃杀之气："秦莫语，他是你至亲还是你骨肉？既都不是，一个外族人，焉有资格替你代受这鞭刑？"

　　她蹲下身来看着地上的之聆，如同在考虑怎样捏死树中蝼蚁："只不过多一个人送死而已，替你白白挨了这几十鞭。"

　　之聆撑起身来，拼着劲站在我身旁，踩着秦莫然手握的长鞭，正色道："想必，这世间有种至亲，不必有血缘关系。她是我莫之聆未过门的妻子，你同她说话，可得客气一些。"

　　我噙着泪望着他，暂时忘记了自己将要面对的惊涛骇浪。而他刚说完这句话，紧闭的石门终于开启。

　　大族长坐在木制轮椅上，头发已是全白，却是精神矍铄。他习惯性地摸着下巴上的一颗黑痦子，吸着鼻涕吩咐秦莫然："成了，然丫头，再怎么说，她也是你表姐。罚也领了，罪也受了，让她进来罢。"

　　秦莫然冷哼一声，站到大族长身后，不再看我们。

　　我正欲行礼致谢，他却话锋一转："但是这位公子，便只能劳烦你回去了。"

之聆却攥紧我的手，言辞坚定："即便是死，我也会陪她走到底。"

"死是这样容易的事情么？"大族老笑得喘不过气，"既然你这样有心，便和她一齐走过这'合欢道'罢，我在祠堂等着你俩。阿然，你先陪我过去。"

车轮摩擦着地面的声音响起，余音回荡在这密室里，久久没有消弭。我红着眼查看之聆身上的伤口，他却拼死都没有放开攥紧我的手："秦莫语，你怎么胆敢就这样抛下我走了？你说你要回家，这算哪门子家？"

"那你呢？"我忍不住朝他大吼大叫，"你又有什么资格替我领罚，又有什么资格对他们说我是你的未婚妻？莫之聆，回头罢。我同你只是萍水相逢，从来都不可能开花结果。"

话还没说完，他把我拥入怀中："我不要开花结果，我只要这一刻和你在一起。走过霭安、蘅安、秦安、池安这许多地方，见证了这么多悲欢离合，我便不会让你不明不白地从我的生命里消失。"

眼泪还是夺眶而出，我小声地抽泣："你会后悔的。"

"至少现在，我未有悔意。"他不由分说地仰起头，继而俯身吻上我的唇，将我所有软弱的抽泣封存在唇齿之间。

"合欢道"是通往密室正中央的祠堂的小道，整条羊肠小道十分长，并且伸手不见五指，是给秦族刚成亲的新人专门留出的小道。一双有情人十指交握，在漆黑无边的小道里互相摸索，直至走到祠堂，对那里的祖先行三拜九叩之礼。

我搀扶着之聆进了合欢道，对他道："行路的时候纵然无趣，不如我同你说说我和这宜山的来历。从此之后，我对你再无隐瞒。"

"好。"他先我一步走入那再无光亮的小道，再也看不清他隐没在黑暗里的脸。

贰

人们都道安乡是世外桃源，因这安乡的人喜欢与世隔绝。进出安乡的人都要付一笔数额惊人的"过路财"，来安乡做生意也要多交商税。久而久之，大家都不爱出入安乡，使这里在江南一岸，有了它特有的静谧与美丽。你看，即便现在外面已是战乱不休，却没人真的来打我们这里的主意。因我们于外界，已是落后了许许多多。当他们都开始使用那些我们闻所未闻的东西，我们却还是习惯这桨声灯影，琼楼烟雨。

而我们宜山秦族，就像一个不问世事的深居隐士。我们都不知谁是我们真正的祖先。但当宜山的族谱出现时，我们的祖先已替我们安排了我们的路。我们世代造簪为生，造簪的手艺传男不传女。当男子已过冠礼，便要下宜山选一处作自己的铺子，替有情人打簪。学有所成，心有所感后，方能回宜山。

我们的宗祠正中央，放置着簪神"灵兮"的石像，而她身后有一株不知何时就在的参天古木，是合欢树。虽然宜山秦族一向重男轻女，灵兮却是一位姿色艳丽的女子，相传她是月老的弟子，庇护有情人终成眷属。所以名扬天下的秦簪，都要靠她祝祷方能成事。每位下山的宜山男子，都会从她背后万古长青的合欢树上锯下一块木块，自己按着石像雕刻同样的一尊。下山后，替姑娘家做好了簪子，打簪人会开始对灵兮进行血祭。他们会用簪子划破自己的手，滴在木像的头顶，把簪子放在木像的手中。然后再在灵兮张开的口中放上那位姑娘写好的八字燃烧后的灰烬，或是姑娘的父母之血，再等着在头顶的打簪人之血缓缓落入灵兮口中。若是血滴没有滑到灵兮口中和灰烬或是双亲之血相遇，便是指灵兮不会保佑这姑娘许下的姻缘，打簪人便不能把做好的簪子给那姑娘。若是有哪位公子为姑娘定下花簪作聘礼，道理也是同样。只要这种仪式失灵，打簪人便会找理由毁了花簪，不会将花簪交予买家。

有许许多多的打簪者也会留一支簪子给他的心上人或是儿女。虽然宜山的技艺一向传男不传女，但女子的鲜血同样有献祭灵兮的力量。灵兮身后的合欢树，一向都是饮血长大的。有些嫌家里女儿太多养不起的宜山秦族人，会在女儿及笄之时，在合欢树前替他们的女儿放血，献祭灵兮簪神。

这些残忍或是诡异的规矩，已铸就了一个隐秘而古老的家族。安乡遍传秦簪能佑得女子情路通畅，完满姻缘，却从来不知打簪者都出于宜山，更不懂他们缘何忽然出现在小镇上，为何又突然离去。

我阿爹下山之时，本也是无牵无挂的一个纯真少年。他在秦安见到了山里从未得见的红尘世界，也遇见了我的姆妈，便是我阿婆身旁的丫鬟，秦宁。

总之因缘际会，他们相遇在秦安的龙舟节。我姆妈女扮男装，顶替一个熟识去赛龙舟，正好遇上不想相让的我阿爹。二人不打不相识，结识后却互生喜欢。

然当我姆妈去他铺子里时，却酿成大错。在我阿爹交货之时，她不慎划破了自己的手，却未曾留意。而又心生好奇去看灵兮的雕像，触摸灵兮之后，就把自己的血留在了灵兮头顶。

　　我阿爹归来之时也未洞察这差错，因着留下的血渍太小，且早已干涸。然而只要灵兮沾上了外族人的鲜血，就视为对灵兮的不敬，是宜山秦族所忌讳的。灵兮一旦被得罪，不但不会庇佑那些痴男信女，还会将庇佑化作诅咒。只要是在沾上外族人的血之后献祭的簪子，所持女子都不会有完满姻缘，要么红颜薄命，要么终成怨侣，要么独守空房。

　　我阿爹游历安乡后，便带我姆妈回宜山拜堂成亲。他向她坦白了一切关于宜山的秘密，而她丝毫不在乎。即便是相守在这山中，此生都无法再回到安乡，她也觉得一切亦是值得。

　　然而他们都不知晓，我姆妈酿下了怎样的错误。直到合欢树开始呈颓败之势，守着合欢树的大族老才察觉到了不对劲。因为我阿爹的木雕正取自合欢树的根部，原本只要我阿爹在安乡献祭成功，成功保佑有情人，那被削掉的木头便会逐渐长回原样。但那块凹陷的根部，自从我姆妈犯错之后，便停止生长。合欢树再也饮不进献祭的血，树叶开始凋落。

　　那已是我五岁的事。其实如同那些繁星一样，合欢树每日都在衰败，只是因太细微，直到五年后才东窗事发。大族老捉走我阿爹，严加拷问，却说不出所以然。终于我姆妈想起自己那天是怎么因好奇冒犯了灵兮，在祠堂跪求一死来免除我阿爹的罪责。

　　我阿爹一家本是宜山的名门，因血统纯正，以后便是要继承族长之位的。但这名门，毁于这样一个小小的错误。我大姑、二姑、奶娘都自愿献祭给合欢树，以求灵兮的谅解，来赎回我阿爹的性命。三个女子的命，终于平息了灵兮的愤怒，合欢树慢慢开始生长回来。但在游历安乡的宜山人却发现，他们做出的簪子都失去了先前的效用。定下簪子的姑娘们，不是在婚礼前疯了，便是逃婚出走。

大族老说，合欢树还未长回枝繁叶茂的模样，便是代表灵兮心头余恨未消。我们必须都得等。

宜山秦族人都回到宜山等着合欢树再次枝繁叶茂，等着灵兮消气。尔后被拖去献祭的女子，不计其数。

我姆妈连献祭的资格都没有，因她不是宜山之人。她在我大姑、二姑与奶娘献祭的那一天自杀。她穿戴整齐，手上拿着一个包好的豆沙粽，嘴角带着初见时不谙世事的笑容。我阿爹从祠堂被放出，便捂着我的眼睛，一个人哀哀哭泣。

他说："阿宁，我从未有悔意。我对不起宜山，对不起大姐二姐同寻娘，可我不后悔喜欢你。"

可我与他，至此便成了宜山的罪人。刚刚那个带着鞭子的女子，是我二姑的女儿。若不是我姆妈，她也会有姆妈疼爱。有时我恨她对我百般刁难，但终归想清楚了，这一切是我欠她的。

我行过及笄之礼，便对大族长说，我要下山去找寻我阿爹最后打的那一副花簪。他们都不懂合欢树为何迟迟不生出叶子。而我在及笄之时，对上灵兮眸子的那一瞬，我忽然明白了。阿爹酿成了错误，把受到诅咒的花簪卖给了六个我素未谋面的女子，却从未想过拿回这些祸患。若我将它们寻着，一一摧毁，灵兮便不会再为我们这般祸害了别人的姻缘生气。而若是赶得及，我甚至可以阻止那些女子接受她们不公的命运。但大族老并未应允，我只得偷偷筹划下山。

我阿爹晓得我要离山那天，却没来看我。在我姆妈走后的每一天，他已活得如同行尸走肉，整日端坐在书房里，画着各式各样的簪子小样，然后又如数烧毁。他很少朝我笑了，以前他是最爱笑的。

后来，我在秦安收到信，说他在一个午夜不知所踪。

我孤身一人上路，却眼睁睁地看着抑或听着那些无辜的女子，用她们的青春，埋葬一曲相思一曲泪。我阿爹和姆妈欠了宜山，而我欠了她们。从我阿婆到伊洛、将离，从年年到汝澜，乃至云昙，我从未能救起她们任何一人。

之聆，这一路走来，你好奇我为何执着于找寻这一套花簪，也必然好奇为何我受了伤还要心急去茶山。事实正是如此，一路以来，我不是在找寻簪子，而是在找寻那些我欠下债的女子。然而一路走来，我更觉我罪孽深重。如若这世间，从无这些可笑荒唐的信仰该有多好；如若我的姆妈不会因熟识病了，就去了那届的龙舟节，该有多好；如若我只是一介平平无奇的女子，而不是宜山秦族之后，该有多好。

可惜，老天从不遂我们所愿，不是么？

叁

我说完最后一句话，用力推开石门。合欢树和石像赫然出现在我们面前，大族长带着讳莫如深的笑意打量着我同之聆，抽着水烟道："阿语，你当日走出这里之前，曾对我说，说是不寻回那些簪子，必不会重回这里。"

我踟蹰许久，终于下跪："莫语有负宜山上下。事情本是一帆风顺，然则寻着最后的花簪时，却被一个名叫'丛之漠'的男子所夺。他跑得无影无踪，我在霭安找不到他，辗转才回了这里，料想族里会有能人异士，助我一臂之力。"

"能人异士？"大族长突然摇着轮椅到我跟前，探出手放在我头上。之聆警觉地看着他，想要打掉他的手，却被我的目光制止。

"你以为宜山还是之前那个宜山么？没有秦簪出产，也无簪神庇佑，我们都几乎断了生路。早有能人异士，也是叛离宜山去谋自己的生路。除非合欢树重新生叶开花，才有一线生机。"他那双鹰隼一样犀利的眼睛穿透了我的心，"若有一条生路，阿语，你可愿一试？"

我默然不应，之聆却问："是何种生路？"

大族长望着他，收回了手，脸上的赘肉抖了抖："嫁人。嫁一个我选中的人。"

他击掌三声，有个人在他身后出现。

初见时，道他是毫无城府古道热肠的公子；再见时，也是对我关爱有加；分手时，却赠我狂怒异常。

丛之漠，他怎么还能这样玉树临风地站立于我与之聆面前，不改愧色："秦姑娘，久违。"

之聆握紧了拳头便要上去，丛之漠却先开口道："我想秦姑娘一定很想知晓，我为何一路尾随你们，还夺走了昙花簪。不瞒你说，我家是做簪子生意的。早闻秦簪闻名天下，可偏偏在十几年前就开始绝迹。但家父艳羡其名，尤其相传出于你阿爹的绝作更是设计精巧。我早就游历安乡开始收集这些下落不明的花簪，直至遇见你。"

"我以为我是个不会动情之人，直至你出现，让我不再留念这些虚无之物。如今我夺走花簪，只是想让你做我妻子。那时，我必将那六支花簪作聘礼一一献上。除却这些，宜山将得到我们家的资助。

不需三年，必定东山再起，重新使秦簪名扬天下。"他背着手煞有介事地向我许诺，"丛某不是好人，但必定是个守信之人，绝不会像你身旁的那位无情无义。"

我闻言下意识看了面有愠色的之聆，冷然道："六支花簪，又是何意？"

丛之漠狡黠一笑："怎么秦姑娘就这样笃定，你当日所毁的簪子都是出于你阿爹之手呢？更何况余年年与叶汍澜的花簪，你始终没有亲手拿到并损毁，不是么？"

我闻言一怔："你做了什么？"

他收起笑容，正色道："等你我共饮合卺酒时，一切我自会告诉你。"

我望着大族长："我一向敬重您，可您却这样卖了宜山的秘密，还让他一个外人进了我们的祠堂？"

在一旁本是默不作声的大族老向我吐了一个烟圈，用让我发憷的语气道："他拿着你阿爹的花簪托人上山报信，我焉能不理？秦莫语，我不想再听你要如何偿还我们的废话。如今机会就在你面前，救不救宜山，我要你一句话。只要你点头，今夜便是你们的洞房花烛夜。"

我回眸看已经全身僵硬得不成样子的之聆，不顾一切地抱住他，旁若无人地吻遍他的脸，在他耳边唔唔细语。他用尽全力抱紧我，同样热烈地回吻，最后却还是松手任由我离开。

合欢树的枝蔓互相缠绕，寓意相亲相爱的有情人共结连理。

无花无叶，深情错付，不见白头，故难厮守。

在那秃秃的树下，我绝情地抛下之聆，走向丛之漠："只望你信守承诺。"

肆

"饮下这杯合卺酒，我们从此便是夫妻。"丛之漠将一个杯子递到我面前，自己也手握一杯，脸上是有喜色，却是那种看着唾手可得的猎物的喜色。

我不为所动，并未拿起酒，只是冷淡地指着他摆在桌上长案里的那六支发簪道："我要知晓，我亲手毁掉的发簪，如何死而复生。甚至那些，我并未亲手拿到的发簪。"

他微笑，用手摸了摸我的脸，我却鄙夷地别过脸："你说不说？"

"莫语，我晓得你那日是如何甄别那些花簪的真假，"他不再挑逗我，而是随手从中挑起一支，点着其中的花瓣道，"每一支花簪的花瓣里，都有你阿爹镌刻的落款。可你亲手毁掉之时，必然不会再去看那些花瓣，因为拿到手之后你已经确认过，并妥帖保管。但若是在你确认以后被掉包的花簪，你如何能察觉出来呢？"

我即刻反击："不可能，至少那玉簪，我从阿聆手里拿过再三确认，才毁去的。"

他把那簪子放回原处："你要听的真话，我已然说了。言尽于此。不过我可以告诉你，余年年和叶汝澜的发簪，一个是我亲手掘出来的，一个是我亲手从香炉里拿出来的。"

我反手便是一掌："我从未想过，有人会无耻到去掘一个人的衣冠冢，还会动佛祖前的东西！"

他朗声大笑："那是因你妇人之仁，所以愚蠢到让我捡了便宜。"

"秦若浮是不会让你动余年年的衣冠冢，叶汝澜也不会让你带走水仙簪，"我咬牙切齿道，"你做了什么？"

"我做了什么？"他拿起酒杯，再一次放到我面前，"我能对两个死人做些什么呢？"

"你！"

"别这样看着我了，小美人，"他凑近我的脸，"人这一生，总要有舍有得。你再怎么恨我，还不是得乖乖地喝了这合卺酒。即便你心里所念的是另一个人，还得留在我身边，喊我一句夫君。"

我红着眼夺过酒杯，和他交握一饮而尽。

看着他饮下酒，我终于将手放到了那个秘密的位置，猛然拔出簪子，横置于他脖颈若隐若现青筋的地方："丛之漠，人在做，天在看。"

他毫不慌乱地微微颔首，言语之间还是嘲弄："怎么，眼看花簪入手，就要谋杀亲夫了？"

我身上陡然一软，不由得松了手，簪子应声掉落。我浑身乏力，倒在一旁，眼看着丛之漠捡起我的合欢簪。

他向我吹了一声口哨，得意非常："小娘子，你的心还是急了点。我赌你被我一激就会拿出你贴身的宝贝行刺我，我还是赌对了。这最后一支簪子，你根本不用寻。它同你如影随形，就一直被你藏在身上。这一套花簪，终究是到了我手上。"

我竭力向他啐了口唾沫："丛之漠……你……"

"像我这种无赖流氓苟活至今日，还是得有些蒙汗药防身的，"他朝我扬了扬空空如也的酒杯，"秦莫语，你太疏忽了。"

"恐怕疏忽的是你。"弹指之间，之聆从床底窜出，将丛之漠狠狠钳制在身下，搜遍他全身，抛给我一个玉瓶。

我用着最后的力气打开瓶子吃下解药，生龙活虎地在趴在地上的丛之漠面前晃来晃去，得意洋洋的人换作是我："你以为诀别之吻，仅仅只是一个吻而已么？一个吻那么短，却也够我交代很多话了。"

他面有恨意地向我怒吼，却又仰头大笑："呵，秦莫语，到头来，你也只不过会空欢喜一场！"

我不愿听他废话，一个手刀就把他劈晕，拿出随身的绢帕卷起七支花簪，同之聆道："快走罢。要是族老发现了，我们都难以脱身。"

之聆点头却背起晕过去的丛之漠，让我讶然："你带着他作甚？这个大累赘！"

他却从容镇定道："若是他醒了，定然会像只狗一样追着我们跑，倒不如牵着他，以防他在暗里对付我们。"

我一想觉得十分有道理，称赞他道："还是你有远见。"

伍

下了宜山，我同之聆藏身到他以前在池安购置的一所隐蔽的庭院里，除了每日乱打丛之漠一通泄火，便无所事事。

之聆院里有个阿爷叫秦伯，一直在他游学期间打理庭院。只可惜，他是个不会说话的哑巴。每次他见了我，就露出被烟熏黄的牙齿佝偻着背努力向我问好，却又咿咿呀呀的，半天说不出个字来，让我又急又乐。

可之聆却对他敬重有加，不仅不让他操劳，有时还亲自下厨，做宵夜给他吃，惹得我甚是眼红："你怎的对秦伯这样好？"

他没回答，只是也给我一碗秦嫂鱼羹："你难道不奇怪，为何院落里会有一口枯井？"

我被他勾起求知欲，摇着他的手撒娇："这是为何？你告诉我……"

他一开始沉着脸，被我弄烦了，忽而转头做了个鬼脸："那是因为枯井里有个女鬼，一直在喝水！"

一下把我吓破了胆，对他拳脚相加，让他连连喊饶。

这样无忧无虑的日子，终随着我捅破最后一层窗户纸而告终。

那日秦伯咿咿呀呀乱叫，让我不由得奇怪，顺着他的手指奔向关着丛之漠的柴房，却只见那一捆被割断的草绳，而柴房空无一人。

我一头闯进还在呼呼大睡的之聆房中，驱逐出一直紧紧追着我的秦伯，将他关在门外，反锁着门，径直走到之聆面前，一掌拍到他身上道："戏演够了么？莫之聆？"

他揉了揉眼，打了个呼噜，背过身去继续呼呼大睡。我却不依不饶，终于一股脑道出真相："你还要演到什么时候？自己放走了莫之聪，还要佯装睡着了？"

他依旧充耳不闻，继续鼾声大作。

我叹了口气，最终开口："你到底想要在我身上得到什么？仅仅是那七支花簪，还是把我带回你们莫家，替你们制作那些无价之宝，牟取暴利？"

他不再打呼噜，身子僵卧在榻上，良久才动了动。

"我又该如何称呼你？是外乡人莫之聆，还是生于池安莫家的莫之聆？那个我阿婆与莫懿的亲生儿子，莫之聆？"

他转过身来，我坐在他身侧，他眼里的凄凉与悲痛一点点吞没我，将我蚕食。

"我应想到，凭你，迟早会发现的。"他起身，面无表情地问我，"那么，是哪一点露出了破绽，让你察觉到这些？"

"第一个破绽，是我们去见秦若浮的时候。有句话说的不错，外甥像阿舅。初时见到秦若浮，我已然觉得他像一个人，可我想不起是谁。"

　　"第二个破绽，云昙为何会错认？不是她失了理智，而是你和十二年前的秦若浮，定然长得太过相像。"

　　"第三个破绽，丛之漠的名字。丛之漠，倒过来念就是莫之聪的谐音。你一而再再而三地装作同他并不熟识，骨子里却又厌弃他，那你们俩又是什么关系呢？"

　　"第四个破绽，为何我毁掉的芙蕖簪、芍药簪还有苏伊洛断了的牡丹簪会在丛之漠手里？我毁掉芙蕖簪时，在我面前有可能掉包的是你；我置放芍药簪到将离棺中时，因伤痛过度，并未查看，而递上簪子的那个人，也是你；被修补好的牡丹簪送到祁府上，我根本没亲眼确认它是否被掉包，然而若真的有，当时身在祁府，有能力掉包的也是你。"

　　"第五个破绽，我打晕了丛之漠，你却坚持带他走。你给我的理由确是牵强，若是动手杀了他，反而能了却麻烦，可你却宁愿带着他。"

　　"第六个破绽，初次见你在莫家祠堂，你先前对我咄咄逼人，但是我提了我阿婆的名号，你却愣住了。她是你的故人，你却从未提起，只当自己是个置身事外之人。世间除了莫家的小少爷，谁还会去祠堂探望这个故人，却又不愿向他人提起呢？"

　　"第七个破绽，"我望着他古井无波的那双黑眸，终还是狠心说出了口，"天底下哪有这样容易得来的情爱？你一次次舍身相救，一次次尾随于我，一次次亲口承认喜欢我，为的，是集齐这七支花簪，助你重返莫家？还是你深谋远虑，想把我这个可以血祭的女子带回你们莫家，为你们制作源源不断的秦簪？"

"莫之聆，这七个破绽，够了么？"

他没有任何犹豫，拍手赞叹，是一副看完好戏的神情，眸子中却又闪现出阴冷黯然的光芒："精彩！全中！"

我揪起他的衣襟，将他抵到一旁的墙壁上，愤恨不平扭曲了我的面容："我不想晓得，你和莫之聪串通了什么，更不想晓得，你们莫家的恩恩怨怨。一路走来，纵然没有功劳也有苦劳，我可以不计较你如何欺瞒我，如何同莫之聪串通来算计我。但至此之后，若你再敢打我和花簪的主意，我绝不会轻饶你！"

他没有抵抗，只是瘫软在墙壁旁，却反问我："既然你早就怀疑我，又为何到现在才戳穿我？秦莫语，你敢说，你对我，如今除了恨，就没有其他？"

"没有！"我大声打断他，手上力道又加重一分，"还是我假意动心于你，你终还是信了？"

他木然地看着我，瞬间僵硬，下垂着眼，不再看我："若我说……我信呢？"

我难以置信地放开手："什么？"

"若我说，我后悔做了你所说的这些。若我说，从今往后，我不会理会莫家。若我说，我要带你离开安乡，而你，愿不愿意抛下宜山的前尘往事，同我离开？"他低垂着头，再开口时，声音已是疲倦到嘶哑，却还是执意重复，"莫语，你愿不愿意？"

这一刹那，有太多太多不计其数的画面在我脑中一闪而过，让我再次失去了怨恨他的勇气。一路相伴，互相支持。我放不下，而他也同样。我晓得，他说了他的真心话。可他不知晓，我永远也不可能答应他。

我苍然而笑："莫之聆，你拙劣的笑话，我还会信么？若你真的还有良心，就莫要再出现在我面前。从此以后，互为陌路，再不相见。"

　　这次换他拉住了我的衣襟，再次出口的话语颤抖不成声："说谎的是你，秦莫语！秦莫语，你留下，你留下！"

　　我含着泪用合欢簪迅疾地刺入他的胸腔，使他不可置信地瞪着我，我却更迅猛地拔出发簪，迸发出点点殷红的血珠，落入我的手上。

　　他捂着伤口，趴伏在榻上，昏了过去。而我凑近他耳畔，咬着泛白的嘴唇，含泪道："对不起，阿聆。"

　　我一开门，秦伯就慌忙奔向瘫软的之聆，没有工夫在意我的去留。我去我房里收好花簪，将它们妥帖放在包袱里，便从容不迫地离开那里。

　　离开时，我忽然想起那日他同我讲的笑话，不知为何，应是心有所感，忽然移动了脚步，想看看那古井。

　　岂料刚探下头想去看那一望无际的暗黑洞口，有人便在我身后猛然一推。一阵天昏地暗的晕眩，我便带着包袱落到了冰冷的井底。

　　我看见秦伯的脸出现在井口，带着狰狞的笑："秦莫语，你便在这里好生休息罢……"

　　我以为他只是忠心护主，可莫之聆急切响起的脚步声夹杂着他异常震惊的诘问，让我晓得一切又有了偏差："秦伯，你这是干什么呢？"

　　秦伯的脸随之消失，传来他阴冷无比的声音："主子，你莫要管我。"

　　我一惊，莫之聆也是同样："你……你不是个哑巴么？"

　　他冷哼一声，道："我不是哑巴，只是在被族里驱赶出来时，被灌了药。然而我最后催吐出大半碗，过了这么多年，药效早就不足够让我继续当个哑巴了。"

　　莫之聆不想再去听他的解释，忙步履蹒跚地走向他房，甩下绳子给我："莫语，快上来！"

　　话还未说完，他一个踉跄，忽然从天而降，一起掉到了这几近枯竭的井水里，看得我瞠目结舌，但还是把他扶起。

　　我忍不住指着在井口观望的秦伯破口大骂："你疯了罢？他是你主子，你推他作甚？"

　　"谁想要救你，谁便是我的敌人，"他声音中的狂怒如同嗜血的毒蛇一样缠绕住我，"宜山秦莫语，你晓不晓得，十几年前看守合欢树的人便是我？承你阿爹的功劳，族里一开始以为是我没照看好合欢树，将我驱逐出来，还将我毒哑了！若非今日偷听你和主子一番对话，我岂能得到这个千载难逢的机会，让你偿命呢？"

　　他阴鸷的笑声让我胆寒，不由得后退一步，正靠在之聆身上，而他悠然道："秦伯，你晓得我敬你如父，我不信你会罔顾我们多年情谊。你先把我救上去，我们一切都有商量。"

　　秦伯的脸没有再出现在井口，而是抛下一句话让我们胆寒："主子，色令智昏，恕我难以做到。秦里归来之时，定会好好厚葬你，不会让你做孤魂野鬼。"

　　寒夜的冰冷像决堤的洪水，侵蚀了我身上每一寸温暖，让我抖动得像竹筛。

　　之聆在我背后轻叹一声，靠着朦胧的月光，向我走过来，并着哗哗的水声，轻轻把我拥入怀中。

我作势反抗，他却将下巴颏抵到我头顶，规劝我："别作了，我也怕冷。"

　　其实，我只不过怕压到他伤口，可我还是没说出口。

　　"我们会死在这里么？"我仰面问他，正寻见他幽深眸子里倒映出的水光，一片幽寂。

　　"还不是你作出来的，还有脸问我？"他又变成初见时喜欢打趣我的莫之聆，脸上尽是嘲弄之色，"现下晓得害怕了？"

　　我哑口无言，因为确然连累了他。

　　"你放心罢，我以前在这井里待过大半个月，"他说这话时，忽而神色落寞，"如今不还是好好的么？"

　　我好奇地眨巴眨巴着眼睛："为何会……"

　　"都是些无聊的恩恩怨怨，不听也罢。"他仿佛是刻意报复我之前对他撂下的狠话，"反正你不爱听。"

　　我刚又想发作，却还是他先一步告饶："成了，别乱动了，我都告诉你。"

陆

　　你晓得我一出生便被过继到我叔公名下，无忧无虑地在池安长大。他和大娘待我极好，如同一对亲生父母待儿子一样。我初时喊他们阿爹、姆妈，并不知自己的身世是那般光景。

　　直到二娘生下了之聪。他比我小一岁，脑子里全然都是些古灵精怪的想法，也是大家捧在手心里都怕摔着了的小少爷。

　　我们七八岁的时候玩得很好，感情甚是不错，阿爹对我们也全无分别。但有一日，之聪从那些嚼舌根的下人那里得知我是过继来的，就开始对我不冷不热，抑或是阴阳怪气地嘲笑我。

　　终于我们有一次口角，他将自己听到的话原原本本告诉了我，我才晓得，原来我竟只是莫家的一个弃子。我哭着去找阿爹问他是不是真的，他没有回答我，只是在我面前把之聪狠狠揍了一顿。但从他的态度，我已然猜到，那些流言蜚语却是货真价实的大真话。

　　从那一天开始，之聪便把我视作死对头，明里暗里都要同我不断较劲。比如，像我先前所说，阿爹让我们一齐练箭，他便故意将箭射穿我肩膀，使我养了许久的伤。

　　阿爹兴许觉察出什么来，有一日嘱咐我，让我多多包涵之聪，说是他不懂事，才会这样冲撞我这个兄长。然则，我晓得他是受自己的小厮丫鬟挑唆，害怕他日我成了莫氏的掌事，强夺了他在莫家原能享有的地位。

　　可是我全无计较这些。毕竟，我知晓阿爹他是如何疼爱我，并不愿教他为难。

　　直至我十岁时，池安开始闹瘟疫。适逢我夜里去外边戏水，着了凉，感染了风寒。家里请了大夫来看，却一直不好，症状和瘟疫初期并无二样。此时，我阿爹也打定主意去外边发展生意，想把全家迁到安乡之外去。瘟疫提前了他的迁家计划，使他急于带着一家老小走出池安，免被瘟疫感染。

　　当我的病一直没有起色时，他开始怀疑我得的病是瘟疫。他对我说，阿聆，你长大了，是时候该自己照顾自己了，便给我留下了一个已是年老体弱的奴仆，陪着我来到我们所在的这处偏僻的庭院，自己却带着全家老小一走了之。

他告诉我，他会回来寻我的。我信了，便一天天探着脑袋在门外固执地等他。我的病终归好了，可他却没有出现。我等得心灰意冷，近乎绝望，然而，之聪他来了。

　　我跪在他，一个九岁稚童的脚下，苦苦哀求他让我阿爹来见我，他哂笑着指了指这口枯井，对我道："你站到那口井边上，我便答应你。"

　　我听他的话乖乖照做，可你应该想到了，他却一把将我推到井中，任我大叫哀号，亦无动于衷，只是冷冷地告诉我："莫之聆，这辈子，他也不会来见你。不是嫡亲的，终归不一样。"

　　我在冰冷的井水里绝望地哭泣，却又明白，他说的是真的。若得病的是之聪，我阿爹不会任由他在这里自生自灭，也不会从不来看望，让我如今深陷枯井无法逃脱。

　　照顾我的嬷嬷四处寻不着我，耳朵也不好使，根本听不到我的呼救声，便一人乐得自在地收拾包袱离开了这栋幽深凄异的古宅。我一人多少夜，看着月的阴晴圆缺计算日子，喝着天空突降的甘霖残喘度日，吃着这井底的苔藓勉强为生。

　　直到大半个月后，忽然闯进古宅的秦伯发出的脚步声，让奄奄一息的我找回生的希望。我已再无力气去喊去叫，只能用拳击打着井壁，一次又一次，不知重复了多少次，去引起他的注意。我也无法再去思考，他是不是路过的土匪流氓或是山贼。我只晓得，我得活下去，我得好端端地站在我阿爹面前，让他痛悔对我所做的一切！

　　如你所见的，秦伯他救起了我，如今我才能和你说这些话。我和秦伯靠着我阿爹留下来的钱相依为命，他是个能干聪明的人，替我操持着一切。直到我十五岁时，他让我去留洋念书，并劝解我，就算要报仇，也得学好了本事，正所谓"君子报仇，十年不晚"。

我依言便去了日本，而他留在池安替我打探安乡和莫家的消息。终于在去年我得知，莫家在安乡之外发展受阻，便想用曾闻名安乡，复又绝迹的秦簪替他们重新打响名号。他们参不透秦簪的秘密，便派人重新回到安乡寻找失落的秦簪，最好也能找到秦簪的传人一探究竟。

我晓得我当时健在的生母曾留有一支秦簪，便想从日本回来，以那支簪子为突破口寻回一套花簪。我想拿着那一套花簪重回莫家，然后在我阿爹面前一支支将其销毁，让他尝尝当初他抛弃我，让那些绝望混杂着痛苦吞噬我的心，将我一点点瓦解的滋味。

我亦想站在我生母面前问问她，为何当初她如此绝情地扔下我。但即便曾和她一齐住在池安，我都不敢去找她，去向人打听她的消息。

有许许多多的日夜，我辗转难眠，想象她的面容，恨意恣意滋生，蔓延至我身体的每一个角落，将我空旷的脑袋塞得满满的。若不是她，我不必寄人篱下，更不必饱尝这被人丢弃的滋味。我想站在她面前数落她，责骂她，用全身的力气咒她去死。

而最终，当我找到她时，她已不在人世。

如今我知晓了她的归宿，现下想起，我与她曾多少次擦肩而过，我又多少次从她手里接过那莲藕羹一饮而尽。可她只当我是过路的陌生人，而我也只当她是个平常妇人。我们在池安的街头相聚相散，偶然掠过的目光交汇，便带着从容安谧的微笑互相问候彼此，却从不知，我就是她的一部分，而她，曾用那般饱含泪水的双目诀别了她的这一部分。

我从别人的嘴里，晓得了她的苦心孤诣，再也无法这样单纯地恨她的冷情抛弃。相较而言，我现下更恨她，为何就这样铁了心不来见我，不留一口气等着我？我晓得她为了我的前程似锦，放弃了我，可如今让我再选一回，我宁愿被人唾骂是个弃妇的儿子，也不愿孤零零漂泊一生，寻不着一处温暖的光，曾是为我而留的。

　　你的出现让我晓得我的机会到来了，因为你便是秦家的后人。我邀你一齐时，我的确暗自算盘如何让你乖乖跟着我回莫家。可是秦莫语，当你罔顾自己的性命去守护自己心中所想时，我动摇了。

　　我来到秦安的第一日，莫之聪就已打探到了孟菀笙的下落并来见我。他许诺，只要我凭借着故人的身份助他重夺那套花簪，他便从莫家祠堂三跪九叩到我面前，给我赔礼道歉，并让我带着无上荣耀重返莫家。

　　我本不想从，但因着那恨意违心答应他，想让他在同我致歉时，再一把毁了花簪，让他和我阿爹都悔不当初。

　　可是我无法否认，莫语，从我们相见那刻起，我便是背叛你、欺瞒你的人。在第一次和你玩闹时，我偷偷调换了芙蕖簪。在祁府，你放入棺材的芍药簪就是假簪，而送回祁府重新修补好的牡丹簪也早就被我调换，交给了之聪，换取他的信任。但到了霭安，上了茶山，在那一刻，我已经不想再继续我的计划，也许是不忍利用你，也许是不忍夺去我阿舅和汝澜最后的念想。但无论是哪一种，都不重要了，我只晓得，从今往后，我不是莫家的莫之聆，而是你秦莫语的莫之聆。

　　我晓得之聪一直暗地跟踪着我们，便暗自走了远路甩开了他，但没料想他居然会出现在月波楼，更将计就计，想要强逼你嫁给他，以妻子的名义带你回到莫家。若是他已从你族老那里听到了所有的真相，待你毁掉花簪，使合欢树复原之时，以他的个性，定会强逼你用你阿爹的法子造出秦簪，让莫家从此依靠秦簪名扬天下。

但之聪总归是我的手足，你看我总是心软成不了事。

我还是放走了他，并同他约定，永不相见。

我想我同莫家的恩怨从我决定回来的那一刻开始，就已经不复存在了。恨是一件好的东西，它让我懂得我真正应该珍视的东西。一路走来，见证了我阿爹、阿翌和我的小舅若浮的爱恨情痴，我怎可能无动于衷？

柒

讲完了这句话，他沉默片刻，更紧地拥住我："阿语，如若我们能出去，你能不能收回你说的话，重新给我一个承诺？我晓得你愤恨我欺骗你，可我也有我的不得已。"

我还沉浸于他跌宕起伏的故事，久久不能遣怀。听到他的发问，一时踟蹰，不知如何回答，只能打太极道："可我们……除了葬身于此，谁还能来救我们？"

"我能救你们。"

当我和之聆气喘吁吁地，带着满身的水珠脱力躺在地上时，手握草绳的之聪在我面前反反复复地绕着圈子，轻蔑地看着我和之聆，不屑道："莫之聆，到头来还是我救你。"

之聆当即捂着胸口的伤跳起，狠狠捶打在之聪身上："臭小子，你早就到了，还站在上面听墙角，让我在里面挨冷受冻！你还有没有良心！"

两个人打作一团，让我深刻地明白了不仅夫妻越打越相爱，手足何尝不是如此……想必这一趟之聆心软放了莫之聪，他们两个死对头的心结终于解开了，而莫之聪也终被之聆所感化。

"大嫂，"莫之聪笑嘻嘻地扶我起身，"先前多有得罪，真是不好意思。我大哥同我早已促膝谈心，我亦是看清了。你放心，我没有动秦若浮和叶汍澜，只是把他们迷晕了。至于那些花簪，我定会返还……"

我却一个手刀再次劈晕他，使他软软地倒在我脚下，倒在了那摊我留下的水渍里。

莫之聆倏忽钳住我的手，睁大了双眼："莫语，你做什么？"

"既然你同他有这样的深仇大恨，不如让我带他回宜山。我们的族老有一千种方法，让你们这种打秦簪主意的人不得好死。"我不留痕迹地掩饰住心中所思所想，满不在乎地看着他。

"他已经打算放弃了，你没听懂么？"他再一次问我，"不是说好了，从今我们便一齐离开……"

"我怎知他说的是真是假，又怎知你说的是真是假？"我轻笑道，"狡兔尚且三窟，你莫之聆的花花肠子我几时看懂过了？或许你在井里也只不过编了个故事，或许秦伯也是你安排的，让我深信于你，再把我骗到莫家！我不会信你，我只会回宜山！"

"你他娘的心里只有那个宜山么？"他捂着被我刺破的胸口，质问我，"秦莫语，你难道不明白？世上既没有巫蛊之术，更没有你们那套邪门的把戏！所谓的血祭、所谓的簪神、所谓的秦簪，只不过是用来迷惑人心的蠢话。难道你们一生的命运，便被一支小小的簪子所左右么？难道你就甘心，让数以万计的女子再以血祭葬身在合欢树下，只为了不知是谁口口相传的一个笑话而已？"

我当即甩给他一个巴掌："不许你胡言乱语！若是没有簪神，你如何解释合欢树，又如何解释我姆妈、苏伊洛、苏将离、余年年、叶汝澜和云昙？她们哪一个人，得到了毫无波折的姻缘？"

"我不想解释她们的，"他朝我伸出了手，"但我只知，你有一支合欢簪，若你此时点头，你便会得一生情路完满，因我此生，必不会负你。"

我想没有哪句情话，会比这句更加动听。可我无法接起他为我伸出的手，只能强忍着心中忽强忽弱的刺痛感，指着倒在地上的莫之聪道："我不要你，我只要带他回宜山负荆请罪。"

之聆伸出的手无克制地转而扬到半空，却迟迟没有落到我的脸上。长喟一声，他背起毫无知觉的莫之聪，转身离开了我："那你尽管用你的簪子再来刺我罢，只要我死了，你就可以带着我们，再回你的宜山。"

我看着他的背影离我远去，泪眼婆娑，庆幸他没有转过头来看见我的失态。我朝他大吼："莫之聆，我没力气再要你的命！也追不上你！但若你再出现在我面前，我绝不会再让你活着走出安乡！"

他闻言没有再停下脚步，成为了遥远的青石板路上，一个移动的，而又飘渺的黑点。

我晓得从此之后，我众里寻他，再也找不到这样一个摇着折扇，笑说风云的男子；我晓得从此之后，我踏遍安乡，再也找不着这样一个爱着我的人。我倚着那口号称有女鬼的古井号啕大哭，一遍遍对着空气说对不起，一遍遍也对我自己说对不起。

他说的没错，我们都有彼此的不得已而为之。当我爱着他时，我就明白我们无法相守的宿命。因为当他离开安乡时，我注定已长眠在宜山里，不会再记得此时他苍白的脸，有多俊俏。

捌

所有的故事，总会有个结局。

当我花三日来到宜山山脚，看着隐匿在宜山的族人如同一队迁徙的大雁，稳稳飞下了宜山时，我明白结局已经在我未意料间来到了。

我站在源源不断、接踵摩肩的人群里，任由他们甩起的手臂擦着我的身子而过。我想张嘴发问，却发现我害怕听到那些真相，还不如莫知情好一些。

莫知情，莫之聆。

我想到这三个字，脑袋里突然空空如也。

直到暮色绵延，莫之聪在林中里发现失了魂魄的我时，一切才有了答案。

他对我说的那些话，是我一生以来听过的最离奇最诡谲的话。

他说，莫之聆偷进了秦家的祠堂，一把大火烧了那合欢树，最终也烧毁了整个祠堂，让簪神灵兮和那用不计其数的鲜血灌溉的合欢树，并着我们秦家的亡魂，长久安眠在这里，再也没有让我们这些秦家后人血祭的机会。

我迷茫地看着莫之聪："你在说什么蠢话？大族老一直死死看

着那树，他怎么可能瞒着族老烧了树？再说他没有我们宜山的簪子，怎么可能开动山洞的机关……"

我说着说着，自己突然愣住了。

初见之时，他从我头上取下的木簪，其实便是我的合欢簪的翻版。除了一个木制，一个银质，花纹样貌，无甚不同。

"他们同我说，火起得又快又猛……没人看见大族老出来，也没人再看见过他……"

我有一瞬的眩晕，踉跄着想往那个山洞冲，却被他一把抱住："莫语，我找了他许久，他不会来了。"

我对他拳打脚踢，涕泗横流："莫之聆你是不是疯了！你既不信那些邪门的说辞，何苦和那些劳什子同归于尽？"

"是我醒了之后，告诉他大族老同我说的话，他才会一意孤行来到这里。我没拦住他，是我愚笨！"那个桀骜不驯的少年，此时却和我一样，为他刻意刁难的大哥流下泪水，"莫语，他知晓真相后说，他总算懂了你那日为何绝情如斯。你一生夙愿，并非振兴宜山。只不过是想救你们宜山的女子于水火，不必因你阿爹的疏忽再被拖去殉葬。而他只不过想还你一个自由身，也还她们一个自由身。"

是的，那日在合欢道，我没有告诉他：只要是打簪者留给儿女的簪子，不仅会保佑他们的情路，更寓意着他们一生性命都与那簪子维系在一起。

簪在人在，簪去人亡。这便是一个宜山人的信仰。

只要我决定毁了花簪得到簪神的原谅，就代表我势必会殒命，因为这合欢簪，便是我阿爹为我打造的第七簪。

　　我从初始决定上宜山，并不仅是为了追查昙花簪的下落，而是等待着这个在簪神面前献祭的机会。只要我带着那七支簪一同赴死，我们秦家所欠的情债皆可还清，而我们宜山秦族将会延绵不绝，世代繁衍。而我当日刺伤莫之聆，再劈晕莫之聪让他死心，皆是因为想让他不再惦念这个心狠手辣的我。

　　然而我还是败了。我一生的唯一信仰，终于在他的爱面前溃不成军。我笃定簪神不是无稽之谈，将六个女子不幸的命运归结在我身上，此时却不信我一向所信——人定胜天。我笃定我的死，会让合欢树再度开花，必能庇佑天下有情人，却从未想过，究竟是这秦簪有情，还是有情人本就情比金坚。

　　"他说，他要证明给你看，没了这合欢树，亦能白首不离。你们所见证的悲剧，只是因他们都不够勇敢，没胆量透露一句真心，没胆量冲破世俗，没胆量相信此情不渝。"

　　此情不渝。

　　我闭上眼，仿佛看见了在那彤彤的大火里，他再一次朝我伸出手，轻唤我的名字："秦莫语！"

　　秦莫语，情莫语。

　　原来，有些感情，一旦出口才更伤人。它灼伤了，我为减负罪感而一厢情愿，不得不信的信仰；它撕裂了，这个古老家族用无数条鲜活的生命，换来的万古长青。

　　合欢树已亡，族人们便都只能离去。

　　我不知宜山是不是毁在我手上，也不知谁因我认识了莫之聆而活，谁因我认识了莫之聆而死。我只知从此时开始，我不必背负着这个沉重的秘密而活。既然合欢树已死，安乡至此之后将既无诅咒，也无庇佑，他们的爱恨情痴，便由他们自己一手书写。而我们宜山秦族的女子，不必被那样轻贱，不必被迫选择过早地结束我们的生命。当她们离开这座山之时，她们便冲破了最后一道束缚着她们的枷锁。

而我，只能默念"此情不渝"这四个字，怀揣着被我温热的那七支簪子，长久地跪拜不起。不是为了簪神和死去的合欢树，而是为了一个我再也无法遇见的男子。

他叫莫之聆。

尾声

江南六月，烟雨迷蒙。翠荫环黛，水波无痕。

"青天白日的这么没羞没臊，整天张嘴离不开'阿戚'两个字，"我打趣在我面前的翠莺，却还是把做好的簪子递给她，"从来没见过哪个姑娘自己忙不迭地来取订亲的簪子。喏，给你！"

"莫语姐，还是你好，连夜赶好了活计，可比对门那个胖阿爷好得多！"翠莺喜滋滋地收了簪子，向我捶了一拳，"你定要来喝喜酒！届时还请了舞狮子的人来哩！"

我差点没被捶断气，望了望翠莺这个憨憨的姑娘只得咬牙切齿地挤出笑脸："定然去，定然去。"

她欢欢喜喜地正要出门，忽而指着我供奉在案上的簪子："莫语姐，这支簪子看上去很不一样，你卖么？"

我看了看，怅然一笑："这支，不卖。"

一日的工作将要收尾。我拿起账簿，翻开数十页，在里面密密麻麻的名字里寻着一个空当，记下了"邓翠莺"这个名字。

　　忽然有敲门声响起，我打开门，一看是翠莺，不由得满腹狐疑："你怎的又回来了？"

　　"莫语姐，有人在街上塞给我个小样，说是让我转交给你。还说，明日酉时送至镇南辛湾桥交货。"

　　她将纸塞到我手里，却惹得我一阵不满："什么人哪？这是？一天不到，怎来得及？你……"

　　话音未落，我生生改了口："你先回去罢，多谢了！"

　　她笑着应了，替我带上了门。

　　而我展开的纸，被风吹到了案边，上面赫然是那支放置在案上的合欢簪。

　　酉时已过时，我望着辛湾桥，攥着那簪子，出了不知多少手汗。可无人应约前来，让我提起的心，再一次一落千丈。

　　浑浑噩噩沿着桥，不知怎会又乱走到莫家祠堂。这一年以来，我结结实实做了一回缩头乌龟。不去问，不去想，不去看。

　　我只是打簪人秦莫语。我想忘记关于七支簪的一切。

　　可这一回，我终还是踏入祠堂。清清冷冷的祠堂，让我不禁又打了个寒战。

　　灰尘飘飞，此时无人问津。

　　我盘坐在地上，茫然失神，自语道："我离开秦安时，曾回过霭安，去过茶山，托三小姐将那茶花簪放在秦若浮枕旁。那一夜，他说他梦见年年，骑着狼，穿着火红的嫁衣来到他面前。"

"我去过水玉庵，将水仙簪放回原位。叶汝澜看见它失而复得，却只是抬起手，又擦了擦秦若潮的牌位。"

"我去过云昙的坟前。她未嫁的那个商人，替她一直守着坟。我将昙花簪转交给他，他朝我道谢不已。他说她十二年前曾救过他，那时他只是个被人欺负的小乞丐。可惜她再见他时，已然忘了。"

"我也回过蘅安，如今祁翌和伊洛已经有了个女儿，他们叫她祁将离。我还是将那对簪子，偷偷埋进将离的墓冢。世间该不会有哪个鸳鸯墓，是做给姐妹，而不是夫妻的了罢。"

"最后我终归是来到了池安。在你姆妈和你阿爹的鸳鸯墓里埋下这簪子，为你替他俩上一柱清香。"

"我在这待了很久，这是你从小到大生长的地方。我如今有了一家簪子铺，替许许多多姻缘美满的姑娘做了簪子当嫁妆。她们有人觅得良人，有人却痴情错付，有人为了自己的自由抛下家人，一走了之。我听着她们的悲欢离合，每等到一对有情人，便在我的账簿上记上一个名字。"

"我走过了这么多路，记了这么多名字，也听了这么多故事。我晓得我过得极好，即使无人与我白头。"

"而你呢？你在那里，过得好么？"

我说完这句话，终于闭眼，让那些温热的泪水夺眶而出，落入我颈间的疤痕上。

"莫氏族老向来不允外人踏进这里一步，尤其是女人。秦姑娘违背了族规，可怕被族老惩罚？"

熟悉的声音让我的心脏漏跳一拍。我一个激灵，刚想睁眼，却被宽厚的手掌覆上。

那人不再作声，却把我手中紧握的合欢簪取出，斜斜插入我发间，温热的鼻息却摩挲着我的脸，甚是痒："是秦莫然最后救了我。大族老想要拖着我一起死在火海里，是她打晕他，带着昏迷的我出去的。怕宜山的人找我秋后算账，她托之聪送我出了安乡，嘱咐他这一年看好我，更别告诉你，怕被宜山的人听到风声找到我。我在我阿爹那里养了一年伤，如今风波平息，伤也总算好了，我同他们说，我想回来了。"

　　莫然同我一样，都是嘴硬心软的人。终究还是她，最后帮了我一回。

　　"我想，我还从未为那个女子簪过发；而那个人，还欠我一顿年糕。所以我绝不能，放她又来我们莫家祠堂撒野。"

　　我泪流满面，却哭不出声。他放下自己带着疤痕的手，让自己随着微弱的光亮，一齐落到我眼中。

　　我们在阿婆的灵位前，深深一吻。旖旎风光里抬眼一望，窗外雕梁画栋、粉墙黛瓦的环绕里，却生长出了一株合欢树。花团锦簇，美不胜收。这无休无止的相思，在这一合欢树下，终有了永不凋零的盛放。

　　合欢会有零落时，相思绵延无绝期。

　　此情不渝。